l'envie

LE COMPLEXE - TOME 3

ANNA FURY

© auteur Anna Fury

Ebook ISBN: 978-1-957873-38-1

Brochet: 978-1-957873-40-4

Ce roman est une œuvre de fiction. Tous les noms, les personnages et les incidents décrits sont le produit de l'imagination de l'auteur. Toute ressemblance avec des personnes existantes ou ayant existé, des événements ou des lieux serait purement fortuite. Toutefois, si un mâle Alpha plus vrai que nature se présente demain sur le pas de ma porte en exigeant d'entrer, je veux bien réciter une petite prière de gratitude.

Traduit de l'anglais par Marie Marcon et Valentin Translation

Correction de la version originale - Mountains Wanted Editing

Relecture de la version originale - Mountains Wanted Editing

Couverture - Anna Fury

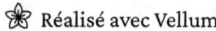 Réalisé avec Vellum

avertissement

L'Envie est une romance omegaverse, ce genre traite souvent de sujets difficiles entre autres choses la violence généralisée, la possessivité, le sans-abrisme, la précarité alimentaire, la domination physique, le consentement. Ce livre vise un public adulte en raison des thèmes sombres qu'il aborde tout du long.

Mon intention n'est pas de choquer ou réveiller un traumatisme chez mon lectorat, mais si cela vous inquiète, sentez-vous le droit de me contacter à author@annafury.com et je vous en dirai autant qu'il le faudra pour vous mettre à l'aise.

avertissement

Quand le virus de l'Éveil frappe l'humanité, les hommes deviennent des bêtes avides et incontrôlables qui sèment le chaos sur l'ensemble de la planète et à présent les humains qui subsistent vivent dans la peur constante.
Les événements du tome 3 sont la suite immédiate du tome 2. Même si ce livre peut être lu de façon indépendante, la lecture en sera beaucoup plus appréciable si vous commencez par le premier tome.

Vous pouvez trouver ici le tome 1, *L'Fievre*

CHAPITRE UN

carmen

— JE SUIS DÉSOLÉE, c'est vraiment un connard, concéda ma collègue, Jazz.

— J, ça va aller, je comprends tout à fait, je trouverai bien une façon de m'en sortir, je m'en suis toujours sortie après tout, la rassurai-je alors que j'entassais le peu que j'avais dans un sac à dos noir.

— Oui, mais j'ai vraiment l'impression d'être une abrutie, dit-elle à mi-voix, les yeux débordant de larmes tout en se dandinant sur place.

Je relevai la tête et tendis la main pour lui frotter l'épaule.

— Tu as raison, Tony est vraiment un connard de t'avoir demandé de me dire de partir et tu mérites bien mieux que lui, mais ça ira et je sais ce que je vais faire, tu sais. Je vais monter dans le nord de l'État, il y a une forêt protégée et probablement des résidences secondaires abandonnées et je pourrais m'y installer et être en sécurité.

Elle eut l'air dubitative.

— Tu veux aller dans la forêt en plein hiver ? Pourquoi ne

pas aller au foyer sur la quatorzième ? Au moins, tu aurais un repas chaud. Carmen, réfléchis bien, je t'en supplie, m'exhorta-t-elle.

La détermination me fit me redresser.

— J'y ai beaucoup pensé, J. À une heure au nord d'ici, il y a une petite ville qui s'appelle Parrish, c'est à la lisière de la forêt ; il peut y avoir du boulot là-bas et ça sera plus facile de se cacher là-bas et plus simple d'échapper à tout ça, dis-je en faisant un geste qui désignait la ville et son agitation de l'autre côté de notre fenêtre.

— Tu as toujours peur de te faire chopper ? demanda-t-elle d'une voix tendue et je soupirai.

— Deux des filles du foyer sur la trente-cinquième ont disparu ces derniers jours et c'est pratiquement toutes les semaines que ça arrive. J'en suis au point où ça vaut plus la peine que je prenne des risques pour mon boulot de merde sous-payé. Je ne peux pas vivre comme ça, J. J'ai l'impression que ce n'est qu'une question de temps avant que je me fasse enlever, que ce soit par les Éveillés ou les Forces opérationnelles. Et je ne tiendrais pas le coup...

Jazz eut un sourire forcé.

— Qu'est-ce que tu feras sans ta coiffeuse préférée pour t'aider à dompter tes boucles, hein ? s'enquit-elle en tendant la main et tirant sur une mèche brune bouclée qui revint en place peu après.

— Je trouverai bien, mais il faut que je parte d'ici, dis-je.

— Billy vient toujours au foyer ?

J'acquiesçai, me recroquevillant sur moi-même comme pour me défendre.

— Oui. Non qu'il ait fait quelque chose de mal, hein ! Mais il est toujours dans le coin, tu sais. Et je n'ai pas ce genre de sentiments pour lui. Merde, je n'ai même ce genre de sentiments pour personne et je n'ai pas eu de rencard depuis dix ans. Et j'ai la trouille que s'il attrape le virus et qu'il effectue la transition, il vienne me chercher, je sais qu'il le fera. Je ne peux pas accepter ça. Parce qu'il me fout les jetons.

Elle se redressa et se retourna, quittant la petite chambre où elle m'avait laissée m'installer durant un mois et lorsqu'elle revint, elle fourra deux bouteilles de démêlant pour cheveux bouclés dans mon sac à dos.

— Voilà, c'est bien le moins que je puisse faire si je laisse mon mec te mettre à la porte. Bon Dieu, c'est vraiment un connard !

— Oui, mais c'est ton connard, pas vrai, lui dis-je avec un sourire sans joie. Je ne pouvais pas lui en vouloir de l'avoir choisi lui plutôt que moi. Elle attendait leur premier enfant et il fallait qu'ils restent unis. Et j'étais forte, bien plus forte que ce que la majorité des gens s'imaginait. Je tiendrais le coup. Il allait bien falloir que je tienne.

* * *

L e soleil était en train de se coucher lorsque j'arrivais finalement à la petite ville de Parrish, état de New York. Ma vieille Honda peinait, mais c'était un cadeau de Lucy, ma dernière assistante familiale, au moment de son décès et j'étais reconnaissante d'avoir un véhicule. *Ce qu'elle pouvait me manquer !* Passant la main sous mon tee-shirt, je frottais le collier d'améthyste qu'elle m'avait offert pour mon anniversaire. Elle était décédée peu avant, mais elle avait voulu s'assurer que je l'ai. C'était mon bien le plus précieux parce qu'il me faisait me souvenir d'elle et de l'année que j'avais vécue à ses côtés. L'année la plus heureuse et la plus insouciante de toute ma vie.

Repoussant ces pensées aigres-douces, je regardai les alentours pour voir ce qui se trouvait à Parrish. Il y avait un petit bazar ainsi qu'une station essence et je n'avais pas besoin de beaucoup plus. Je viendrais sûrement en ville toutes les deux ou trois semaines pour me ravitailler si je trouvais un endroit où m'installer. Ou peut-être que j'aurais un coup de chance et que je trouverais du travail comme je l'avais dit à Jazz.

Je repensais à la famille d'accueil qui m'avait amenée dans le coin pour faire du camping il y a longtemps de ça avant qu'ils ne me remettent dans le système. Une forêt dense entourait Parrish, mais il y avait de nombreuses résidences secondaires au nord de la ville. Des maisons que j'espérais être maintenant à l'abandon à cause du virus.

Personne ne voulait prendre le risque de quitter ce qui leur semblait être la sécurité relative de la ville et je comptais là-dessus. Au plus profond de mon esprit, je pouvais admettre que mon plan avait ses défauts, mais je n'avais qu'une seule certitude : j'avais besoin d'un nouveau départ et de me sentir en sécurité. Plus important encore, je voulais prendre mes distances avec les Forces opérationnelles et Billy Ocampo qui me suivait comme mon ombre.

Et ce quel qu'en soit le prix.

Je me garai et me dirigeai vers le bazar en gardant l'œil ouvert. Une rousse flamboyante dont les cheveux étaient coiffés en Pompadour me dévisagea avec un sourire méfiant lorsque j'entrai dans le bazar.

— Vous avez besoin d'un coup de main ? me demanda-t-elle de derrière le comptoir, une cigarette au coin des lèvres.

Je lui fis un petit sourire avec un signe que non avant de faire un tour rapide de la boutique en jaugeant de ce qu'il serait facile d'emporter avec moi. J'avais une plaque électrique que j'allais pouvoir utiliser le temps que je trouve un endroit où m'installer. Tant que je trouvais un endroit où la brancher, j'avais de quoi m'en sortir pour manger.

Alors que j'allais faire un second tour de la boutique, je sentis le regard de la femme se poser sur moi.

— Tu vas me voler un truc ou te contenter de faire des tours dans mon magasin, gamine ?

Irritée, je me retournai, mais fis de mon mieux pour me calmer. J'avais toujours eu un sacré caractère, mais par nécessité, j'avais appris à n'en rien laisser voir. Il valait parfois mieux se tirer sans faire de remous dans ce genre de situation.

— J'essaie seulement de décider ce que je prends, je n'ai qu'un seul sac à dos, dis-je en montrant le sac sur mes épaules.

— Mmm, fit-elle, impassible.

Puis, elle détourna le regard au moment où une femme un peu plus jeune que moi entra avec dans ses bras un gros bébé heureux. La femme rousse se mit à s'extasier sur le bébé, gazouillant alors que je retournais dans les deux rayons de nourriture. Je récupérais quelques paquets de nouilles, des conserves de haricots à la tomate, des saucisses et des conserves de sauce tomate. Et des ramens aussi, parce que c'était facile à manger en déplacement. Lorsque je revins à la caisse et y posai tous mes articles, la femme me regarda avec méfiance, mais ne dit rien avant de m'annoncer le prix.

— Ça fera 18,42 $.

Je plongeai la main dans mon sac à dos et récupérai un billet de vingt dans mon portefeuille, le posant sur le comptoir et grimaçant en voyant le peu d'argent qu'il me restait. J'allais devoir rapidement trouver du travail.

La femme me rendit ma monnaie et me regarda, à dire vrai très attentivement, alors que je rangeais soigneusement mon portefeuille dans mon sac. Lorsque je relevais la tête pour essayer de lire son visage, son expression était indéchiffrable, mais elle et la jeune femme se contentaient de me dévisager et c'était horriblement inconfortable et je n'étais pas certaine comment il fallait le prendre.

— Vous n'avez jamais vu une latina de votre vie ? demandai-je, impassible, alors que mon caractère finissait par prendre le dessus alors qu'elle poussait le sac sur le comptoir.

La femme plus âgée se décomposa.

— Ce n'est pas ça, chérie, simplement on n'a pas l'habitude de voir de nouvelles personnes dans le coin, encore moins des femmes. Pas depuis le virus. Je suis une vieille pépée méfiante, mais c'est impoli, mes excuses...

Eh bien, je ne m'attendais pas à ça. Je ne savais pas quoi dire parce qu'à présent, j'étais tout à fait mal à l'aise, m'empourprant alors que les deux femmes continuaient de me dévisager.

— Eh bien, si vous avez besoin d'un coup de main ici, je prévois de rester dans les parages un moment...

La femme plissa les lèvres et balaya sa boutique du regard.

— Malheureusement, il n'y a pas beaucoup de clients ces temps-ci, mais on gère des commandes pour une famille nombreuse qui vit à une vingtaine de minutes d'ici. Laissez-moi en toucher un mot à mon mari et revenez d'ici un jour ou deux et l'on pourrait vous trouver quelque chose...

Je ne pus m'empêcher de sourire.

— Oui, je repasserai... Comment vous appelez-vous ?

Elle sourit.

— Moi, c'est Margie, et voici ma fille, Kayla et mon petit-fils, Ty. Comment t'appelles-tu, chérie ?

— Carmen, contente d'avoir fait votre connaissance, je reviendrai d'ici un jour ou deux et je verrai si je peux vous aider, mais pas de pression, hein ! répondis-je avec un petit sourire.

— Ça me paraît bien, Carmen ! On se revoit bientôt, fit Margie alors que je sortais du bazar.

Je ne savais pas comment j'étais passée d'une accusation inconfortable à une offre d'emploi potentielle, mais je la prendrais. Mais je pouvais comprendre. Les gens ne faisaient plus aussi facilement confiance depuis le virus de l'Éveil. Tout le monde voulait quelque chose et s'ils pouvaient le prendre, ils le feraient. Du moins, dans mon expérience c'était le cas. J'espérais sincèrement que les choses allaient s'améliorer.

CHAPITRE DEUX

carmen

APRÈS AVOIR QUITTÉ LE BAZAR, je passai dans les quelques autres magasins de la rue, demandant s'il y avait du travail. Et sans surprise, je reçus partout des réponses négatives. Mais la quincaillerie n'était pas ouverte pour le moment alors j'étais déterminée à repasser parce que j'avais déjà travaillé dans le domaine. Une de mes familles d'accueil tenait une quincaillerie et comme le vélo, ça ne devait pas s'oublier. Évidemment, ils ne m'avaient pas payée. Mais ça, c'était encore une tout autre histoire.

Il fallait que je me mange alors je retournai d'un bon pas jusqu'à l'endroit où j'avais garé ma Honda. Il me semblait avoir vu un parc public dans les parages et généralement on y trouvait de l'électricité. Par chance, je trouvais une prise sur le côté du bâtiment où je m'étais garée. Branchant ma plaque chauffante, j'allais récupérer une petite casserole dans ma voiture et j'y versai une bouteille d'eau. Une fois qu'elle fut chaude, j'y mis la moitié du paquet de pâtes, attendant qu'elles cuisent et pendant ce temps-là, je coupais les saucisses en rondelle et ouvris la conserve de sauce tomate. J'égouttai les pâtes puis j'y versais saucisse et tomates, préparant les spaghettis les moins chics au monde.

Je pris une fourchette dans mon sac à dos et je me mis à manger, soupirant de contentement lorsque les saveurs simples explosèrent sur ma langue. Je n'avais pas mangé depuis le matin et je comptais garder le restant du paquet de pâtes pour le dîner du lendemain. Ce n'était pas grand-chose, mais c'était mon choix. Ne pas avoir le choix et vouloir pouvoir prendre moi-même mes décisions avaient été les raisons principales de mon départ.

— Mon Dieu, mais es-tu en train de manger dans le froid ? demanda une voix de femme.

C'était Margie. Lorsque je relevais la tête, je me demandais si elle allait m'engueuler d'utiliser son électricité, mais je grimaçais lorsque je vis qu'elle était horrifiée.

— Tu vas geler sur place, Carmen, il doit faire au moins -10 °C... Pourquoi ne viendrais-tu pas chez moi et je te ferais un bon dîner !

— Ça va aller, je vous remercie, dis-je en montrant ce que j'avais cuisiné.

— Et où tu loges après ce festin ? demanda-t-elle, pince-sans-rire.

— J'ai un plan, mentis-je et elle fit la grimace.

— Pourquoi j'ai dans l'idée que ça veut dire dormir dans ta voiture ? fit-elle d'une voix rauque et gutturale impliquant qu'elle avait sûrement fumé toute sa vie.

— Je vais bien, vraiment, lui rappelai-je gentiment, espérant qu'elle abandonne.

— J'insiste, j'ai une chambre d'amis chauffée et largement de quoi manger, viens, dit-elle.

Cet échange me mettait bien trop la pression, je ne connaissais même pas cette femme. Et je me hérissais à l'idée qu'on me prive de mes choix aussi louables que pouvaient être ses intentions.

— Margie, j'ai dit que j'allais bien et je le dis franchement. Merci pour votre proposition, mais tout va bien pour moi ici.

Elle eut l'air choquée et soudainement méfiante et j'imagine que la possibilité pour moi d'avoir un travail venait passer de « probable » à « inexistante », mais j'étais venue là pour reprendre le contrôle de mon existence et j'avais bien l'intention de le faire.

— Fais comme tu veux, mais je m'attends à te voir revenir dans quelques jours pour ce travail, reprit-elle en soufflant.

La fierté me gonfla le cœur. J'avais tenu bon et quelqu'un avait respecté mes choix. Bon Dieu, que c'était agréable, assez pour que je laisse échapper un petit sourire alors que Margie se retournait.

Bien joué, ma fille, m'encourageai-je ? La situation s'améliorait. *Enfin.*

CHAPITRE TROIS

connor

JE TRITURAIS l'extrémité du bandage qui me recouvrait l'œil. La plaie ne guérissait pas aussi vite que prévu en considérant que j'étais un alpha qui avait fait sa transition, donc pratiquement indestructible. Car s'il y avait bien une chose positive dans ce virus de l'Éveil qui avait fait de moi qui j'étais à ce jour, c'était bien la guérison extrêmement rapide.

Ce matin-là, sous la douche, la plaie s'était mise à suppurer et ce n'était pas bon signe. Je luttais pour ne pas arracher le bandage afin de la regarder de plus près. Je me retournais dans le lit pour regarder par la fenêtre le terrain d'entraînement.

Ma chambre était coincée entre celle d'Orion et celle de Samson et ces derniers temps, ces deux-là avaient été très occupés. Beaucoup plus que je ne l'aurais voulu. Ils venaient récemment de s'apparier avec des omégas et les bruits délirants qui venaient de leurs chambres toutes les nuits commençaient à me taper sur le système, d'autant plus que j'étais à présent au courant que Samson pouvait sentir et entendre tout ce qui se passait dans *ma* chambre.

Ce qui voulait dire qu'il était au courant pour Brady et moi, ce que nous n'avions pas encore dit au reste de la meute. Pas que je me souciais de ce qu'ils pensaient… Même, j'avais demandé à Brady à de nombreuses reprises de cracher le morceau, mais le moment ne lui semblait pas encore opportun et il s'inquiétait que le fait que nous soyons ensemble mette en péril son travail de psychologue de meute et Dieu sait combien nous en avions besoin ces derniers temps. Il avait peur, ce que je pouvais comprendre. Ma famille avait toujours su que j'étais bisexuel et il ne me serait jamais venu à l'esprit de le garder secret. Il n'avait pas eu cette chance en grandissant dans une famille ultra catholique. Admettre qu'il était bi était déjà difficile pour lui.

Cela ne me dérangeait pas d'attendre qu'il soit prêt, cela étant dit, parce qu'il m'appartenait. Et qu'il n'avait été qu'à moi depuis le jour de notre rencontre. Soupirant, je me laissais retomber sur le dos et m'empêchai tant bien que mal de frotter mon œil douloureux. Il était tellement gonflé que je ne pouvais plus l'ouvrir et la démangeaison était telle que je me demandais si un bain de glace pouvait aider. Voir même aller courir. Tout pour ne pas me focaliser là-dessus. J'aurais dû aller au Cabanon pour le montrer à Jude ou Pen, mais je n'étais pas d'humeur à ce que l'on me fasse toute une histoire dans l'immédiat.

Pen n'était pas du genre à prendre des pincettes et elle risquait de me dire qu'il fallait me retirer immédiatement l'œil, ce que je n'étais pas prêt à entendre. Il aurait fallu que je trouve une plaisanterie pour faire retomber la tension parce que c'était ce que je faisais normalement. Mais je n'avais pas assez d'énergie pour ça dans l'immédiat. J'aurais préféré être seul, ce qui ne m'arrivait pratiquement jamais.

Je me retournai et regardai à ma droite, souriant devant la vision sublime qui s'offrait à mon regard : mon compagnon, Brady. La peau mate, les cheveux bruns ébouriffés, foutrement beau. Je préférais penser à lui et comme il était ancré dans mon âme plutôt qu'aux événements de la semaine précédente.

Je tendis la main et effleurai son ventre plat, mes doigts en suspens au-dessus de son membre alors qu'il commençait à se réveiller. Me penchant, j'embrassai son épaule, son cou, son torse et même si mon œil me faisait un mal de chien, le regarder avait l'air de toujours détourner mon attention jusqu'à ce que je ne puisse plus penser à autre chose que comme je l'aimais.

Ses yeux sombres papillotèrent et son regard se riva au mien, un petit sourire dansant sur ses lèvres généreuses qu'il avait posées sur ma queue la veille au soir, me rendant fou de plaisir.

— Bonjour toi, dit-il doucement, la voix encore rauque de sommeil.

— Faisons de ça une meilleure matinée encore, suggérai-je alors que j'effleurais délicatement son membre épais sur toute sa longueur.

— Mmm, c'est bon quand tu fais ça, soupira-t-il en s'allongeant sur le dos, refermant les yeux alors qu'il passait un bras musclé derrière sa nuque.

— J'ai besoin de toi, murmurai-je lorsqu'il rouvrit les yeux et qu'il me contempla.

Je savais ce qu'il éprouvait à ce moment-là : de la honte, de l'inquiétude et des doutes. C'est lui qui m'avait tailladé le visage durant le raid, c'était à cause de lui que mon œil était dans cet état. C'était un accident et je n'avais de cesse de lui répéter, mais je pouvais bien voir à quel point ça le dévorait.

J'étais déterminé à l'aimer encore plus fort pour lui rappeler que je ne lui en voulais pas pour ce qui s'était passé. On s'était battus pour sauver notre peau et on avait fait du mieux qu'on pouvait. Me hissant pour dominer mon ravissant compagnon, j'utilisais mes lèvres, mes dents et mes griffes pour lui montrer combien je l'adorais, que j'avais toujours envie et besoin de lui et comment rien ne ferait changer ça.

* * *

— Les femmes te manquent parfois ? s'enquit Brady à mi-voix, pensif alors que nous étions allongés dans un enchevêtrement de membres.

Je me tournais sur le côté, la tête précautionneusement en appui sur mon coude.

— Que les femmes me manquent ? Mais pourquoi ?

Il haussa les épaules et se redressa, s'adossant à la tête de lit.

— Maintenant qu'il y a trois omégas dans la maison et que tu es si proche d'elles, je me demandais seulement si ça te manquait pas de sortir avec des femmes.

— Honnêtement, je n'ai plus pensé à sortir avec des femmes depuis que je t'ai rencontré. Quand tu es sorti des bois il y a trois ans, la première fois que je t'ai vu, je t'ai senti dans mon âme. J'aime bien traîner avec les omégas parce que j'ai toujours apprécié l'amitié des femmes, mais non, ça ne me manque pas de ne pas coucher avec elles, parce que c'est ça que tu me demandes, pas vrai ? dis-je en le gratifiant de mon sourire le plus débauché, ce qui le fit rire.

— Je me le demandais seulement parce qu'il y a tellement eu de changement dans la maison ces derniers temps. Les alphas qui deviennent métamorphes après qu'ils ont marqué des omégas. On ne se transforme pas, alors je voulais savoir si tu pensais aux omégas..., fit Brady sans finir sa phrase et je savais là où il voulait en venir.

— Il n'y a que Samson et Orion qui se transforment après avoir marqué leur oméga. Mitchell ne se transforme pas, ni toi, ni moi, même si nous sommes liés, lui rappelai-je.

— C'est vrai, concéda-t-il, mais je me demandais pourquoi il ne le faisait pas ni *nous*. La première fois qu'Orion s'est transformé, je dois admettre que je me suis posé des questions.

— Tu t'es demandé si on était vraiment liés ? repris-je.

J'étais un peu choqué que Brady ne m'en ait pas parlé plus tôt, mais je savais que l'oméga de Mitchell, Alice, avait les mêmes doutes à présent que les autres omégas avaient provoqué chez leurs alphas la capacité à se métamorphoser, mais Mitchell et elle n'y étaient pas parvenus et elle s'en inquiétait beaucoup.

— Je n'ai jamais douté du fait que nous soyons deux âmes sœurs, je trouve seulement bizarre que les expériences individuelles soient toutes aussi différentes, pas toi ? Je veux dire, toi et moi n'avons pas développé de pouvoir même si nous sommes liés.

— Tu sais quoi ? J'en ai rien à faire de ne pas avoir de pouvoir ou me transformer parce que tu es tout ce dont j'ai besoin, et ce depuis le jour de notre rencontre et tous les jours qui ont suivis. C'est noté ? dis-je en m'absorbant dans la contemplation de ses fossettes sur son beau visage qui apparaissait même lorsqu'il ne souriait pas.

Et là, il sourit. Je n'en avais pas fini là alors, je souris en retour, passant une main aux griffes noires sur sa gorge et serrai légèrement.

— Je crois que la réponse correcte serait plutôt « Oui, alpha ».

Ses yeux sombres se dilatèrent de désir sous l'effet de ma voix d'alpha. Nous étions tous les deux alphas, mais nous dominions à tour de rôle au lit. Le sexe entre nous était davantage une question d'alternance, mais j'appréciais la façon qu'il avait de répondre à mes grognements, mes ronronnements et mes envies. Il était entièrement mien.

Mon œil se mit à palpiter de nouveau, me rappelant qu'il

fallait que je sorte du lit et que je me mette à faire quelque chose d'utile. Me levant, je traversai la pièce à grandes enjambées, souriant lorsque je sentis le regard de Brady sur mon corps alors qu'il m'observait m'habiller.

— Tu veux un petit spectacle, alpha ? murmurai-je alors qu'il se redressait et s'adossait confortablement dans le lit.

— Et que ça saute ! grogna-t-il alors que la main qu'il n'avait pas passée derrière sa nuque s'affairait sur son membre épais.

Alors j'en fis tout un spectacle, mettant lentement mon jean qui collait à mes cuisses musclées. Puis, j'enfilais ma chemise bûcheron préférée que je boutonnais sur mon large torse couvert de duvet blond et doux puis je fis de mes longs cheveux un chignon au sommet de ma tête, souriant alors qu'il se caressait, me regardant paresseusement, et ce durant de longues minutes avant de soupirer et bondir hors du lit. Il se leva, traversa la pièce sans bruit, toujours inquiet que nos frères puissent nous entendre.

— Tu sais, je pense qu'on n'est peut-être pas aussi discrets que tu le crois. Samson peut nous entendre et voir notre Lien comme il voit le sien, celui d'Orion ou celui de Mitchell avec leurs compagnes, plaisantai-je.

— Oui, mais ce n'est pas parce qu'il sait que tout le monde est au courant et je ne suis pas prêt pour ça, répondit doucement Brady.

— Oh, je sais et ce n'est pas grave, je dis simplement que nous sommes liés et que c'est évident pour n'importe qui avec deux yeux de voir que nous sommes ensemble, dis-je avec douceur.

Merde, pourquoi avais-je dit quelque chose avec des yeux ?

Brady riva son regard sur les miens, toujours enveloppé d'un épais pansement de gaze blanche et il se décomposa sur place, posant une main sur ma poitrine.

— Je suis désolé, je sens bien que ça te fait mal.

— C'était un accident. Je ne t'en ai jamais voulu alors, arrête de t'en vouloir, lui rappelai-je.

— Tu le dis, mais je crains qu'à terme tu nourrisses de la rancœur, admit-il.

— Ne commence pas à me psychanalyser, chéri, fis-je, narquois avant de poursuivre, tu as raison, mon œil me fait foutrement mal, mais tu sais quoi ? On a protégé cette maison, les omégas et on est toujours là l'un pour l'autre et c'est tout ce qui compte.

— Tu as raison, il faut que je te croie. Tu me dirais si tu étais fâché, pas vrai ?

— Totalement, confirmai-je.

— OK, répondit-il d'une voix soudain très rauque pour moi, j'ai des rendez-vous pratiquement toute la journée, mais passe au cottage quand tu as besoin de faire une pause, fit-il en bécotant doucement mes lèvres avant de quitter la pièce, jetant un coup d'œil dans le couloir pour voir si personne n'arrivait.

Je ne pus m'empêcher de lever les yeux au ciel parce que je me doutais bien que tout le monde dans cette foutue maison devait savoir que nous étions ensemble, mais ce n'était pas ça le problème. Le problème, c'était que Brady n'avait jamais été ouvertement bisexuel de toute sa vie avant de m'avoir rencontré. J'étais le premier homme qu'il fréquentait et il n'était pas prêt à mettre tout le monde au courant alors nous attendions qu'il soit prêt.

Une douleur incisive à l'œil me fit tendre la main et agripper si fort la poignée de mon armoire qu'elle vola en éclats. Bordel, la douleur pouvait encore me surprendre parfois. J'étais un fichu alpha et j'aurais dû guérir plus rapidement que ça. Mais peut-être qu'il y avait une limite aux capacités de guérisons de nos corps même si c'était un virus qui d'humains normaux avaient fait de nous des montagnes de muscles.

Soupirant de frustration, je retirai mon jean et enfilai un pantalon de jogging, ce qui serait plus approprié pour aller courir. Je ne savais pas l'effet que l'exercice aurait sur ma plaie, mais je ne pouvais pas continuer de « me ménager » comme Pen et Jude m'avaient averti de le faire.

Sortant de ma chambre, je refermai la porte sans bruit. Ma meilleure amie, Mallo quittait la chambre d'Orion au même moment et je ne pus résister à l'envie de la serrer dans mes bras dans une étreinte d'ours. Je la pris dans mes bras et l'étreignis fort la faisant basculer de gauche à droite comme un pendule. C'était notre truc à nous et j'adorais ça.

À son arrivée là, elle était une journaliste terrifiée qui avait trouvé le cran nécessaire pour donner aux alphas leur chance de raconter leur côté de l'histoire et à présent ses articles faisaient fureur, montrant au monde entier que nous n'étions pas tous des connards. J'étais foutrement fier de pouvoir participer à cette évolution des mentalités en prenant les photos qui illustraient ses articles. Je ne faisais pas partie du conseil de meute, mais ça, je savais le faire, et même que je savais le faire sacrément bien.

— Repose-moi immédiatement, mes cheveux vont rentrer dans ta plaie et il faut que tu fasses attention, s'indigna-t-elle en poussant un cri strident, faussement furieuse.

Ah oui, mon œil...

— Mallo, j'ai déjà le crâne recouvert de superbes cheveux blonds et s'il devait bien y avoir des cheveux qui me rentrent dans l'œil ce seront sûrement les miens.

Elle eut la décence de lever les yeux au ciel alors que je la serrais une dernière fois contre moi. Des trois omégas présentes à la maison, c'était d'elle que j'étais le plus proche. Je ne savais pas si c'était sa fragilité et sa terreur à son arrivée ou sa répartie incroyable et son humour incisif, mais elle me comprenait et je la comprenais et rien que pour ça, je ne pouvais que l'adorer.

Et puis, elle savait pour Brady, ce qui voulait dire que je pouvais être totalement moi-même lorsque nous étions seuls elle et moi. Ce qui n'était pas si fréquent, il fallait bien l'admettre, parce que notre exécuteur de meute, Orion, n'avait pas l'air de se lasser de sa belle compagne. Dans tous les cas, remonter le long couloir et descendre jusqu'à la cuisine en sa compagnie était un plaisir pour moi et nous parlâmes de tout et de rien jusqu'au moment où nous arrivâmes à destination.

Samson était déjà là, en train de cuisiner pour son oméga, Pen. Cette fille mangeait autant qu'un adolescent ; c'était fascinant. Je fis un clin d'œil rapide à mon voyant et je sortis de la cuisine avant qu'il ne puisse me dire quoi que ce soit. Il était peu loquace, mais il me *voyait* plus nettement que n'importe qui d'autre dans cette meute et c'était toujours un peu déstabilisant. Ce n'était pas parce qu'il connaissait tous mes secrets que je voulais en parler immédiatement.

Heureusement, Samson paraissait décidé à garder pour lui ce qu'il savait de ma relation avec Brady. Même si à présent que notre exécuteur et notre voyant étaient tous les deux liés, ils semblaient plus en phase avec la meute que jamais. Orion lisait les auras et Samson avait une seconde conscience qui lui disait tout sur les meutes d'alphas, leur dynamique et ce qui devait se passer dans la nôtre. On était un peu dans la Quatrième Dimension, si vous vouliez mon avis, mais personne ne me posait la question.

Sortant de la cuisine, je me dirigeais vers l'arrière de la maison, traversant le mess et le terrain d'entraînement. Notre alpha de meute, Mitchell, était à l'extérieur avec Orion et mettait à l'épreuve nos frères dernièrement arrivés. Nous ne pouvions pas baisser notre garde même si nous avions renforcé

les défenses du Complexe après le raid des Forces opérationnelles la semaine précédente.

Orion me fit signe d'approcher alors que je passais devant
lui et je ne pus m'empêcher de grogner intérieurement. Il allait
me parler de mon œil.

— Je ne vais pas te parler de ton œil, rit-il alors que je m'arrêtais à sa hauteur.

Lorsque je haussais les sourcils, il rit de plus belle.

— Ton aura est assez rouge et furieuse dans l'immédiat
alors je ne vais pas en parler, dit-il alors qu'il plongeait son
regard gris pétillant dans le mien.

Mais Mitchell me regarda en grimaçant.

— Tu as besoin de quelque chose, mon frère ? demanda-t-il
d'un ton prudent, mais curieux.

— Tu es déjà venu aux nouvelles trois fois par jour depuis
le raid, Mitchell, je n'arrive pas à trouver de quoi je pourrais
avoir besoin à présent, dis-je.

Il rit et croisa ses gros bras sur son torse.

— Je suis l'alpha de meute, veiller sur tout le monde, c'est
mon seul et unique boulot.

— Et puis être un bon compagnon aussi..., répliquai-je avec
un clin d'œil.

Il se décomposa et je m'en voulus intérieurement, parce
que j'avais parlé trop vite et je devais vraiment arrêter et réfléchir trop vite. Parce que sa compagne, Alice, avait beaucoup de
mal à ce qu'elle et lui ne soient pas liés de la même façon que
Samson et Pen ou Orion et Mallo.

Orion me gratifia d'un regard qui criait « Connard ! » alors
qu'il donnait un coup de coude à Mitchell.

— Elle s'en remettra, mon frère. Peut-être que tout le
monde ne se transforme pas quand ils prennent une
compagne, tenta-t-il de rassurer Mitchell. Quand son regard
gris se posa sur moi, je savais qu'il parlait de moi. Je savais que

j'avais raison : Brady et moi n'étions pas aussi discrets qu'il croyait que nous étions.

— C'est signe que je pars, Mitchell, désolé si je t'ai blessé.

Ce que vous avez, Alice et toi, c'est un objectif et j'espère être aussi génial que toi, un jour.

Les yeux clairs de mon alpha de meute croisèrent les miens et il eut un sourire doux.

— Connor, où que tu ailles à présent, s'il te plaît, fais attention à ton œil. On a besoin de toi ici, et entier, d'accord ?

J'acquiesçai parce que c'était un sujet qui donnait matière à réfléchir. Il s'était écoulé quatre jours depuis que les Forces opérationnelles avaient envoyé la meute souterraine de New York nous attaquer et ils avaient fait sauter le mur d'enceinte du Complexe et tuer sept de nos frères. Ce qui impliquait tout un tas de questions qui nous pendait au cou.

En partant, j'entendis Mitchell et Orion échanger avec force sur les trois alphas que nous avions capturés durant le raid : deux mâles et étrangement, une femelle. Aucun de nous n'en soupçonnait même l'existence. Ils subissaient un interrogatoire, mais l'idée me faisait frémir. Quel genre de torture fallait-il pour parvenir à briser un alpha ? Je ne pouvais pas me l'imaginer, mais j'étais heureux de ne pas avoir à le faire.

Repoussant ces sombres pensées, j'accélérai légèrement le pas, passant devant le cottage où Brady recevait ses patients, et m'enfonçai dans la somptueuse forêt sombre qui bordait la limite du domaine de Mitchell. Et puis je mis à courir, des heures et des heures, essayant de repousser au plus profond de mon esprit ma douleur.

CHAPITRE QUATRE

brady

JE DEVAIS RETOURNER à ma chambre dans l'aile la plus récente de la maison. J'aurais vraiment voulu pouvoir aller courir avant mon premier rendez-vous du jour, mais mon esprit continuait de repasser en boucle le combat, le moment où j'avais manqué de tuer mon compagnon. Encore et encore, je voyais les deux alphas qui m'avaient attaqué, le déchaînement de poings, de dents et de griffes. J'entendais à nouveau les bruits de pas martelant le sol et être si pris dans cette lutte à mort que lorsque je m'étais retourné et que je m'étais déchaîné de toutes mes forces, je n'avais reconnu Connor qu'au dernier instant. Le temps avait ralenti et j'avais essayé d'arrêter mon bras. En vain. J'avais manqué de lui taillader complètement le visage et à présent il arborait une horrible blessure qui ne guérissait pas par ma faute.

Et pour empirer encore les choses, les autres alphas m'avaient sauté dessus lorsque je l'avais blessé et ils m'avaient assommé. Alors, non seulement Connor m'avait protégé, mais il l'avait fait en étant grièvement blessé puis m'avait porté jusqu'au Cabanon pour me faire raccommoder alors que j'étais inconscient et inutile.

Pour la centième fois depuis ce moment où je l'avais blessé, la honte et le chagrin m'envahirent si fortement que j'aurais voulu enfouir mon visage dans le torse de Connor pour y trouver du réconfort.

Mon compagnon ne m'en voulait pas, il comprenait tout à fait et je m'en sentais presque plus mal encore. J'aurais préféré qu'il rugisse, qu'il s'énerve, qu'il m'en veuille. Tout pour faire sortir les émotions au grand jour, pour m'empêcher de tout intérioriser et qu'elles cessent de venir se tapir insidieusement au plus profond de moi. Je le croyais lorsqu'il me disait qu'il ne manquerait pas de me dire s'il était en colère, mais le doute étreignait tout de même mon cœur.

Jude et Pen l'avaient imploré d'y aller tout doux pour laisser à sa blessure le temps de guérir. Parce qu'en fin de compte nous ne sommes pas invincibles. Si quelqu'un m'arrachait le bras, il ne repousserait pas. Je l'avais blessé à l'os et il se pouvait bien qu'il ne s'en remette jamais.

Il fallait que je me déleste de cette anxiété dévorante avant que je prenne les rendez-vous de la journée. La meute avait besoin que je garde contenance. D'ordinaire, j'étais calme, raisonnable, celui qui se souciait de la santé mentale de tout le monde. J'encourageais, je guidais, j'entretenais un espace où l'on pouvait s'exprimer et nourrir la flamme de l'espoir. C'était moi d'ordinaire.

Même les psychologues n'étaient pas parfaits, j'imagine. On se construisait en permanence.

Je souris à Aadrik lorsque nous nous croisâmes dans le couloir, ralentissant légèrement. Mon camarade de meute avait une séance un peu plus tard dans la journée.

— Brady, c'est toujours d'accord pour aujourd'hui ? demanda-t-il, son regard sombre chargé d'inquiétude.

Je savais qu'il avait besoin de cette séance après ce qui s'était passé durant le raid la semaine précédente. Un frère dont il était particulièrement proche avait été tué et il avait du mal à s'en remettre. Merde, nous avions tous du mal à nous en remettre.

J'acquiesçai.

— Bien sûr, Aad, j'ai juste envie d'aller courir un moment avant d'y aller, mais on se voit bientôt.

— Bonne idée, ça aide à se détendre, pas vrai ? sourit Aad en me tapotant l'épaule.

— Bon Dieu, j'espère bien, marmonnai-je alors qu'il s'éloignait après m'avoir salué d'un hochement de tête.

Dans ma chambre, je me changeai et enfilai un jogging. Courir me détendrait. Il le fallait. Je sortis de ma chambre à grandes enjambées et entrai dans la salle de sport de mon aile. Je souris lorsque je vis Griz qui était déjà sur l'un des deux tapis de course.

Mon stratège de meute courrait méthodiquement et rapidement, son corps sombre luisant de sueur qui gouttait de son crâne rasé et ruisselait entre ses épaules musclées. Griz était... sublime. Il était un vrai phare pour notre meute. Bon, consciencieux, génial. Sous sa direction et celle de Mitchell, nous étions en sécurité au Complexe depuis trois ans. Du moins jusqu'au raid.

Je montais sur le tapis de courses à côté du sien et il pencha la tête pour me saluer.

— Bonjour mon frère.

D'ordinaire, il me demandait comment j'allais, mais ce jour-là il n'était pas très loquace. J'imagine que ce devait être une combinaison d'inquiétude pour notre sécurité après le raid et le besoin bouillonnant qu'il avait de Jude Chen. Elle et son père étaient toujours là dans le Cabanon, à tenter de trouver des façons d'aider notre meute. Ils pensaient pouvoir trouver une façon d'en finir avec les crises de sauvagerie qui frappent les alphas lorsqu'ils font la transition. S'ils y parvenaient, ils pourraient changer le monde.

D'habitude, ils ne restaient pas aussi longtemps avec la meute et je savais que c'était plus simple pour Griz quand Jude n'était pas là, qu'elle n'était pas aussi omniprésente. La première fois que j'avais rencontré Jude, je l'avais vue le regarder avec un désir éhonté et je savais qu'elle et Griz étaient faits pour être ensemble. Au bout d'un moment, ils finiraient bien par surmonter ce qui leur faisait obstacle et leur histoire d'amour serait très belle. Ils avaient attendu si longtemps. Ou peut-être bien que non, parce que son père à elle était un connard fini et qui d'une certaine façon, la gardait sous cloche.

Je réglais le tapis de course pratiquement au plus rapide, après quelques étirements, la machine se mettant en marche en ronronnant, dès qu'elle fut à la vitesse requise, je grimpais et me mis à courir, les premières minutes terriblement douloureuses. J'avais toujours aimé courir, mais j'avais toujours eu horreur du premier quart d'heure.

Je priais pour que cela me vide la tête comme d'ordinaire, mais j'avais eu beaucoup de mal à y parvenir depuis le raid. La culpabilité me dévorait alors que je continuais de voir le moment où j'avais réduit en lambeaux le visage de Connor alors que je sentais la colère me remontait du bas des reins alors que je montais encore d'un cran la vitesse du tapis et que je continuais de me déchaîner.

Griz ralentit son tapis et finit par l'arrêter, s'appuya contre la console pour me regarder. Je ne fis pas l'effort de tourner la tête, mais je sentais le regard de mon stratège qui me jaugeait. Tous les alphas avaient une sacrée intuition, mais les membres de notre conseil de meute étaient plus intuitifs encore que les autres. Être dans la même pièce que l'un d'entre eux, cela voulait dire être avec quelqu'un qui vous voyait vraiment. Et il était très difficile de continuer de garder secrète ma relation avec Connor, ce que je voulais encore dans l'immédiat.

Je luttais contre l'envie de soupirer et de le dire à Griz. Mallo était déjà au courant et les sens de Samson étaient tellement aiguisés qu'il pouvait nous entendre. Il n'était plus qu'une question de temps avant que toute la meute ne soit au courant, mais seulement, je n'étais pas prêt. Avoir Connor pour moi seul, en secret, ça me donnait l'impression que j'avais une petite tranche de quelque chose qui n'était rien que pour moi et que je n'avais pas envie de partager.

— Ça va aller ? demanda Griz avec douceur.

Mais qu'est-ce que je devais répondre à ça ? Après avoir réfléchi un moment, je me dis qu'une demi-vérité, c'était ce qui me convenait encore le mieux.

— Je repensais au raid, je me demande ce qui nous attend, dis-je.

Je ne mentais pas, car je me demandais en effet ce qui nous attendait à présent qu'il était certain que les Forces opérationnelles savaient que nous étions là. C'était terrifiant, mais ç'aurait été mentir que de dire que c'était ma seule préoccupation. Lorsque je me souvenais du raid, je repensais surtout à cet effroyable moment où j'avais manqué d'arracher sa tête à Connor et la culpabilité me dévorait.

— On pense tous à la même chose, Orion surveille et nourrit les trois alphas que nous avons capturés et c'est... stressant. La femelle, c'est vraiment une enfoirée ! admit Griz.

J'étais le seul psychologue de formation du groupe et comme je faisais partie du conseil de meute, je savais qu'il n'était qu'une question de temps avant qu'ils ne me demandent de les aider lors de l'interrogatoire des alphas qui s'en étaient pris à nous.

— Et ont-ils dit quelque chose à Ri ?

— Pas un mot, bougonna Griz, on avait espéré qu'en arrachant ce patch rouge, ça les aurait aidés à recouvrer la raison, car on a l'impression que cela doit les contrôler d'une façon ou d'une autre parce qu'avec, ils étaient particulièrement déchaînés. À en croire Jude, c'est bourré de stimulants et d'hormones, mais on ne sait pas trop dans quel but. À présent, ils sont juste furieux et abattus. À un moment ou à un autre, on va devoir les interroger, Brady, fit-il en posant son regard sombre sur moi.

— Je suis prêt. Je ferais n'importe quoi pour que tout le monde reste en sécurité, mentis-je.

En fait, je ne voulais pas faire subir un interrogatoire à qui que ce soit, mais ils s'en étaient pris à notre maison et cela faisait d'eux une menace pour notre sécurité et il était primordial que l'on comprenne pourquoi les Forces opérationnelles avaient raflé le restant de la meute d'Arkan et les effets de ce patch rouge.

— Tiernan nous a dit qu'on avait encore un peu de temps avant de nous inquiéter et nous avons décidé de mettre en pause le projet d'interview de Mallo par la BBC même si le sénateur Leivan maintient sa proposition de loi quoiqu'il advienne, poursuivit Griz, pensif.

— Bonne chose, pas vrai ? Tu crois que ça fera une différence ? demandai-je.

— Encore trop tôt pour le dire.

Je savais qu'il passait en revue les différents scénarios possibles.

— Tu veux venir t'installer sur le divan ? plaisantai-je alors que la sueur commençait à perler sur ma peau, glissant le long de mon cou.

Griz rit et croisa les jambes.

— Brady, ce que tu fais pour notre meute n'a pas de prix et je veux que tu saches à quel point nous t'en sommes reconnaissants, commença-t-il.

Je risquais un regard rapide avant de me remettre à courir.

Je sentais quelque chose d'inconfortable se loger au creux de mon ventre : la pensée affreuse que Griz était sur le point de commencer à vouloir creuser plus loin.

— Mais tu n'es pas seul à te soucier de la santé mentale de la meute et tu ne peux pas négliger la tienne en t'oubliant au service de tes camarades, conclut-il.

— De quoi parles-tu, Griz ?

Nous nous dirigions vers des eaux troubles où je risquais bien de commencer à dire des choses et faire sauter des murs pour montrer à mon stratège de meute qui j'étais vraiment. Il poursuivit.

— Je connais beaucoup de psychologues qui consultent eux aussi pour les aider à faire face à tout ce qu'ils apprennent durant les thérapies de leurs patients. Tu l'as déjà fait ?

Je fronçai les sourcils en réfléchissant à ma vie d'avant le virus.

— Non, jamais, et j'aurais sûrement dû, mais j'avais l'impression de n'avoir jamais le temps pour ça, mais cela fait partie des bonnes pratiques, c'est vrai.

Griz acquiesça.

— Je sais que nous ne vivons pas une existence normale ici, mais je veux que tu prennes soin de toi.

L'agacement commençait à m'envahir. Prendre soin de moi ? Mais je ne voulais pas avoir cette conversation. J'accélérai encore et le tapis roulant peinait à garder le rythme. Griz se redressa et il resta silencieux plusieurs longues minutes, il fallait que je dise quelque chose pour mettre un terme à ce silence.

— Je vais faire un marché avec toi, Griz, rétorquai-je, agacé, si tu viens sur le divan me parler de Jude, je viendrai sur le divan pour que quelqu'un m'écoute.

Bon Dieu, j'étais vraiment un connard et ça ne me ressemblait pas, mais je n'aimais pas être passé comme ça au microscope et avoir l'attention totale du stratège sur ma santé mentale. S'il pouvait voir ce qui se passait à l'intérieur de ma tête, je doutais que ce qu'il allait y trouver lui fasse particulièrement plaisir.

— Il n'y a pas grand-chose à dire là-dessus, bougonna-t-il alors que j'accélérais encore.

— Plusieurs fois, tu as dit que tu étais un livre ouvert, mon ami, lui rappelai-je.

Griz haussa les épaules, descendit du tapis roulant et contourna le mien.

— Si je commence à parler combien j'ai envie de Jude Chen, je vais me briser au point qu'il ne restera plus rien de moi et je ne peux pas ouvrir ces vannes-là, concéda-t-il avant de sortir de la pièce sans bruit.

Merde, j'avais vraiment été un connard quand lui avait été honnête avec moi. Je lui devais des excuses et peut-être que j'allais le prendre au mot et que j'irais m'installer dans le divan pendant que lui m'écouterait. Peut-être.

CHAPITRE CINQ

carmen

LA VEILLE AU SOIR, j'avais refait le tour de la ville, mais ici, tout semblait fermer assez tôt et j'avais fini par aller me faire une sorte de nid sur la banquette arrière de la Honda et il m'avait fallu une éternité pour réussir à m'endormir parce que j'étais habituée au tapage d'un foyer d'hébergement en ville.

Le lendemain matin, je grognais lorsque je fus réveillée par le soleil qui passait à travers les vitres tremblantes de la voiture. C'était vraiment merdique de dormir dans une voiture et je l'avais fait des centaines de fois ces dernières années, mais l'expérience n'avait pas été plus agréable ce jour-là. La voiture entière était couverte de givre et même si j'étais enveloppée dans toutes les couvertures que j'avais pu grappiller, j'étais toujours frigorifiée.

Mais ce jour-là, c'était le grand jour ! Ou du moins le second. Le second jour d'une existence où je ferais pour moi-même mes choix plutôt que de me soumettre aux circonstances et aux Forces opérationnelles me mettant en déroute.

Je ne me faisais pas d'illusions, ça ne serait pas facile, mais au moins les choix seraient les miens et je tenais une piste avec la proposition d'emploi de Margie. Alors, la seule chose qu'il me restait à faire dans l'immédiat, c'était trouver un endroit où m'installer plus durablement. Je pris une carte et passais en revue les environs. Il y avait quelques grands lacs, des sources chaudes et une vaste forêt.

Il n'y allait pas avoir de résidences secondaires dans la forêt nationale, mais en lisière, il y aurait sûrement de quoi faire. Les gens riches aimaient avoir une jolie vue alors j'allais concentrer mes recherches autour du lac qui était à une vingtaine de kilomètres d'ici et il semblait que j'allais pouvoir y aller en voiture sur les dix premiers kilomètres. Ce ne serait pas idéal de devoir faire de la randonnée pour pouvoir aller travailler, mais j'allais trouver une solution. Peut-être venir en ville, travailler quelques jours et dormir dans la voiture avant de retourner à mon nouveau chez moi.

J'étais pour la première fois depuis longtemps, excitée. C'était rafraîchissant de faire des projets en se basant uniquement sur ce que j'avais envie de faire. J'aurais cru que cette aventure allait me rendre plus anxieuse que ça, mais étonnamment j'étais à l'aise. Des papillons joyeux me tournaient dans le ventre alors que je pensais à reprendre les choses à zéro et m'échapper à la frénésie de New York.

Je mis le contact et laissais la voiture chauffer quelques instants, puis je m'engageais sur la route plongée dans la quiétude matinale en direction du parking le plus proche. Vingt minutes plus tard, je me garais à côté d'un poteau indicateur d'un sentier de randonnée et fort heureusement, il y avait un itinéraire qui allait jusqu'au lac auquel je souhaitais me rendre. Même si le parking désert me confirmait ce que j'avais présumé : plus personne ne venait dans le coin.

J'entassai mes provisions dans mon sac à dos et je mis par-dessus mes couvertures, j'enfilai mes deux manteaux et fermai la voiture à clef avant de me diriger vers la forêt, ralentie par le poids de mon équipement, mais plus optimiste que je ne l'avais été depuis des années.

— Ça va être bien, Carmen. Tu possèdes des jambes solides et tu es en bonne santé, tu fais tes choix, aujourd'hui, c'est une bonne journée, me dis-je en avançant, appréciant le soleil en essayant de ne pas m'inquiéter du froid. Je ris en repensant à la chanson d'Ice Cube[1].

Je marchais durant des heures, assez rapidement. Après tout, j'avais grandi à New York et un New-Yorkais qui marche, il court presque. Lorsque je vis un scintillement devant moi, je compris que c'était le lac sur lequel se reflétait le soleil de fin de matinée et je souris largement.

— Tu l'as fait, Carmen Alejandra ! me complimentai-je en criant, grimpant sur un rocher en agitant les bras à la Rocky. C'était un peu bête et j'étais toujours frigorifiée, mais je touchais mon collier et le frottais délicatement, me souvenant de Lucy, reconnaissante du temps que j'avais pu passer avec elle.

Il était si bon d'être responsable de ma vie sans que des forces extérieures me fassent faire des choses dont je n'avais pas envie et d'être loin, très loin des Forces opérationnelles et de Billy Ocampo qui n'allaient jamais me trouver là.

— Oui ! Oh, oui ! exultai-je dans les bois silencieux.

* * *

Je contournai lentement un superbe lac et j'aperçus sur l'autre rive une cabane qui honnêtement avait l'air un peu décrépie, mais ça n'était pas un problème, parce que je n'avais pas besoin de vivre dans un manoir. Juste un endroit où être en sécurité, un endroit qui pourrait être un bon camp de base. Sortant mon téléphone, je regardais s'il y avait du réseau, ce qui n'était pas le cas, mais ce n'était pas grave, cela n'allait pas m'abattre aujourd'hui.

— Très bien, Carmen, allons voir et prions pour que plus personne n'habite là-bas, me rassurai-je. Une demi-heure plus tard, je me trouvais devant la cabane délabrée, les portes et les fenêtres en plus ou moins bon état, mais la végétation la recouvrait, le petit jardin sur le côté était envahi par les mauvaises herbes et tapissé de glands.

C'était parfait.

Il allait juste falloir défricher un petit peu le tout. Ce que j'allais faire avec plaisir.

Il était évident que personne ne vivait là depuis un moment, parce que tout était en désordre. Les chances que quelqu'un me retrouve ici étaient particulièrement minces et même dans le cas contraire, il aurait été facile de disparaître dans la forêt. L'absence de réseau ne me plaisait guère, mais je m'admonestai en me rappelant que je n'étais pas en position pour faire la fine bouche. J'entrais dans la cabane et l'intérieur était charmant même si tout était couvert de poussière. Il semblait que quelqu'un avait fait le ménage après être venu passer quelques jours et qu'ils n'avaient jamais eu l'occasion de revenir. Il y avait des couvertures sur le lit et même quelques boîtes de conserve à côté de la cuisinière.

— Oui, ça ira très bien, me dis-je. Cela pouvait être un peu dérangeant de me parler à moi-même, mais après la frénésie et le fracas de la ville, je me dis que je pouvais au moins parler à haute voix le temps que je m'habitue au silence. En sortant, je me décidais à regarder de plus près le jardin et voir ce que je pourrais faire au printemps. Les graines n'étaient pas chères et j'avais réussi à faire pousser de la ciboule dans une canette de soda. Carmen, la fermière autonome n'était pas loin. *Je pouvais y arriver.*

CHAPITRE SIX

connor

Je courrais à travers les bois, suivant le sentier normal avant de tourner à l'ouest du Complexe et de plonger dans la forêt. Ici, il faisait plus sombre, c'était silencieux et apaisant, l'endroit appartenait à tout le monde et pourtant il n'y avait jamais personne ici. Je présume que les Normaux ne voulaient pas camper et risquer d'être retrouvés par des alphas alors les anciens terrains de camping et les résidences secondaires étaient à l'abandon depuis trois ans.

Même trottiner suffisait à ce que ma plaie à vif me fasse souffrir. Cela me démangeait autant que ça me faisait mal, j'avais envie de crier. Guérie, bordel de merde ! m'admonestai-je en criant, furieux. À quoi bon être pratiquement indestructible si une simple plaie ne pouvait pas guérir. Mais en vérité, ce n'était pas aussi simple que ça, parce que Brady avait mis toute sa force dans ce coup et s'il ne m'avait pas reconnu au dernier moment, je serais à présent un homme mort.

Je ne lui en voulais pas, nous nous battions à mort à ce moment-là, il protégeait notre maison, nos frères et j'étais très fier de lui. Il ne comprenait pas que je ne lui en veuille pas, mais je voyais bien qu'il était rongé par une culpabilité dévorante.

Alors c'était mon boulot de l'aimer, de l'élever et de lui rappeler qu'il était l'homme de ma vie en attendant que la culpabilité le laisse tranquille. Je devais avoir fait une trentaine de kilomètres et une odeur vint me chatouiller les narines. Une odeur terreuse, fruitée aussi, une odeur nouvelle. J'avais déjà couru ici à de nombreuses reprises et tout ce que j'avais pu y voir, c'était une cabane en rondins abandonnés à la lisière de la forêt. À un moment, ça avait dû être très joli, en surplomb d'un petit lac, mais à présent elle était complètement délabrée. Ce que je savais très bien parce que Brady et moi nous y étions allés à plusieurs reprises pour nous envoyer en l'air.

Je tournai et accélérai en me dirigeant vers la cabane en regardant les alentours. Là, dans l'ombre d'un jardin envahi par la végétation se tenait une femme très belle. Elle était de taille moyenne, plus grande que Mallo, mais ses courbes étaient généreuses et sa peau mate, ses longs cheveux bruns étaient noués en un chignon lâche et quelques mèches bouclées s'en étaient échappées, retombant sur ses yeux alors qu'elle soufflait pour les repousser, agacée.

Elle avait les bras croisés alors qu'elle jaugeait le carré du potager. De là où je me trouvais, je pouvais voir son regard sombre, ses yeux pratiquement noirs. Elle était... incroyable. Son odeur m'enveloppait alors que je la regardais, posté non loin de la maison. Elle parcourait avec grâce le jardin, se parlant à voix haute en faisant des projets de plantations. On était en plein hiver, mais elle avait l'air de faire des projets. Elle devait avoir l'intention de s'installer là. *Intéressant.*

Je serrai les poings pour éviter de m'interposer et dire quelque chose. Je voulais lui parler, savoir ce qu'elle faisait là, à camper à une trentaine de kilomètres d'une meute d'alphas. Elle ne devait pas être là depuis longtemps parce qu'autrement l'un de mes frères l'aurait déjà trouvée. Et cette pensée était un véritable coup de poignard dans mon cœur. L'idée que quelqu'un la trouve ici, seule, me rendait incompréhensiblement anxieux, mon cœur battant furieusement la chamade contre ma cage thoracique.

— Au printemps, je mettrai des tomates là, et peut-être de la salade et des poivrons ici, ça devrait le faire. Tu peux le faire, Carmen Alejandra, marmonna-t-elle.

Là, je ne pus plus m'en empêcher et mes pieds se murent de leur plein gré et je contournai la cabane, faisant quatre pas dans sa direction.

— Les tomates et les poivrons ont besoin de beaucoup de soleil, il faudra enlever des arbres pour ça, babillai-je.

Ses yeux pratiquement noirs se braquèrent sur moi dès l'instant où elle m'entendit, mais elle ne cria pas. Elle se figea sur place, comme un lapin prit dans les phares d'une voiture et sa respiration s'accéléra.

— Connor, me présentai-je, en souriant joyeusement.

Elle n'avait sûrement jamais vu un alpha parler parce que les informations disaient aux Normaux que nous étions des bêtes enragées dépourvues d'intellect. Du moins ce jusqu'au moment où les articles de Mallo avaient commencé à rétablir la vérité. Et il était évident que je venais de mettre la peur de sa vie à cette femme.

Elle cligna des yeux rapidement, serra les poings et eut l'air d'être prête à s'enfuir en courant alors je reculai d'un pas, fourrant les mains dans mes poches et un moment elle me regarda et je la regardai, ni elle ni moi disant quoi que ce soit. Elle était si belle que je pouvais à peine penser quoi dire ensuite, cependant, elle fut la première à rompre le silence.

— Est-ce que tu vas me kidnapper ?

C'était quoi ce bordel ?

— Bordel, non, j'ai bien trop à faire pour essayer de kidnapper une Normale, tu es en sécurité avec moi.

Probablement pas dans une maison remplie d'alphas, mais je n'allais pas lui admettre. Alors je me décidais à la place à lui poser des questions.

— Tu as l'intention de t'installer ici ? C'est le bazar à l'intérieur, fis-je.

Elle pinça les lèvres, montrant ainsi à quel point elles étaient pulpeuses et paraissaient douces, et croisa les bras sur sa petite poitrine.

— J'en ai bien l'intention parce que je veux être seule, siffla-t-elle en tapant du pied avec impatience.

— Eh bien, désolé de gâcher tes plans pour fuir le monde, mais ne te soucie pas de moi, rappelle-toi seulement que les poivrons et les tomates ont besoin de soleil alors, plante-les plus près du bord de l'eau ou débarrasse-toi de certains arbres.

Elle ne dit rien et nous restâmes tous les deux à nous regarder alors que le malaise s'installait, mais elle me dévisagea avec méfiance de l'autre bout du jardin. C'était pas une bavarde. Ça pouvait me plaire ; j'étais assez bavard pour deux. Les femmes m'appréciaient.

— Besoin d'un coup de main avec les arbres ? proposai-je.

La surprise se peignit sur son joli visage avant d'être remplacée par de la méfiance.

— Et que voudras-tu en retour ?

Je fronçais les sourcils sans comprendre.

— On est pas dans *Mad Max*, tu n'as pas besoin de me donner quoique ce soit en échange.

Elle pouffa ; elle ne me croyait pas alors que je regardais de plus près le jardin et que je commençais à avoir une idée.

— Écoute, je vais te le prouver. Je vais arracher un de ces

arbres en gage de bonne foi et si tu veux que j'arrache le reste, je serai content de le faire, dis-je.

Je contournai le jardin alors qu'elle s'éloignait promptement. Je jaugeai l'arbre le plus proche, je le saisis par le tronc puis je tirais. C'était un pin et leur système racinaire était si superficiel qu'un gros coup de vent pouvait suffire à les faire tomber.

La femme cria « NON » au moment où je commençais à tirer de plus belle et l'arbre à bouger. Mais c'est que je commençais à comprendre : elle ne voulait pas m'être redevable de quoi que ce soit. Je ne pouvais pas imaginer ce qu'elle avait dû endurer pour être aussi désabusée. J'agissais ainsi pour être sympa alors je tirai encore une fois sur l'arbre que j'arrachai en douceur, le couchant sur le côté du jardin et la lumière douce du matin filtrant à travers les arbres illuminait une partie du potager.

— Merde, murmura-t-elle dans sa barbe, semblant furieuse en agitant la tête, ses cheveux sombres voltigeant, et je me vis soudainement les empoigner.

Non. Bordel. Non, j'ai déjà un compagnon. Le choc et la surprise me forcèrent à secouer la tête pour essayer de me défaire de cette image mentale, mais elle s'était installée là. Je ne fantasmais pas sur les omégas. Il fallait que je parte d'ici.

— Il faudra que tu te débarrasses d'au moins une dizaine d'arbres, si j'ai le temps dans les jours qui viennent, je repasserai pour voir si tu as besoin que je t'aide, d'accord. Tu ne me dois rien pour ça, je suis content de t'aider, le monde est déjà suffisamment dur à vivre quand on est seul, suggérai-je à voix basse en montrant le bosquet le plus près du potager.

Je demanderais à Brady de m'accompagner et nous l'aiderions, du moins si elle voulait. Elle me regardait toujours, me jaugeant avec méfiance, son regard sombre bouillonnant de rage, de frustration et d'impuissance. Je devais partir, elle voulait être seule. C'était évident.

Me retournant, je me remis à courir, la saluant d'un hochement de tête. Il fallait que je parte avant que des pensées déviantes ne m'assaillent à nouveau. Derrière moi, je l'entendis soupirer et laisser échapper une bordée de jurons colorés.

CHAPITRE SEPT

carmen

BON DIEU *de bordel de merde...* Juron après juron m'échappaient alors que l'Éveillé s'éloignait en trottinant, s'enfonçant dans la forêt dense. Autour de moi, les oiseaux chantaient et j'entendais les écureuils s'affairer, tout semblait parfaitement normal. En dehors du fait que j'étais venue ici pour échapper au monde et que dès le jour de mon arrivée, un Éveillé se pointait en me prodiguant des conseils de jardinage.

Il fallait que je file d'ici parce que clairement, je n'y étais pas en sécurité. Peut-être que je ne serais en sécurité nulle part ou peut-être seulement que j'étais entrée dans la tanière du loup et que tous les Éveillés venaient vivre dans les bois.

Jazz avait eu raison : qu'est-ce qui m'était passé par la tête quand j'avais fait ça ? Je fermais les yeux et serrais les dents, implorant mon cerveau de me trouver des alternatives. *Je suis forte, je suis indépendante et je n'ai pas peur.* C'était un refrain qui me revenait fréquemment dans les moments difficiles ces dernières années. Je n'avais besoin de personne d'autre que moi. Mais il restait que j'avais besoin d'un plan B.

Je regardais les environs, passant en revue les quelques

possibilités qui s'offraient à moi. J'étais à une bonne quinzaine de kilomètres de Parrish à pied et je n'allais pas pouvoir couvrir cette distance avant la tombée de la nuit. Malgré tout ce que j'avais pu voir aux informations sur les Éveillés, celui-ci avait l'air différent. Je savais déjà que les Éveillés n'avaient pas grand-chose en commun avec ce que l'on voyait à la télé. J'avais entendu dire au foyer que des Éveillés kidnappaient des femmes dans la rue pour essayer de s'accoupler avec elles.

Une des filles du foyer m'avait même dit qu'elle avait couché avec un Éveillé une fois et que ç'avait été la meilleure partie de jambes en l'air de sa vie. Je savais que l'on ne nous disait pas tout à la télé. Il y avait même eu des articles sur le sujet dernièrement ; apparemment, les Éveillés n'étaient pas tout à fait ce que nous avions cru au début, mais honnêtement, je me souciais trop de ma survie et je n'avais pas réussi à assimiler l'information.

Mais l'homme que je venais de voir était absolument colossal et malgré tout ce que j'avais pu entendre sur les Éveillés, je n'en avais jamais vu un de près jusqu'à ce jour. Il devait faire plus de deux mètres, une montagne de muscles dans des vêtements qui peinaient à contenir son énorme carcasse. À dire vrai, je le trouvais assez attirant, dans le genre dieu scandinave assoiffé de vengeance. Colossal, blond, avec un chignon.

Et il avait arraché un arbre comme ça... j'avais manqué de me faire dessus. J'étais terrifiée à l'idée de lui demander pourquoi il avait un bandage sur l'œil, mais j'imagine que cela voulait dire que les Éveillés n'étaient pas indestructibles, mais s'il fallait en croire les infos, il était sacrément difficile d'en abattre un.

Un frisson courut le long de mon échine alors que je jetais un œil dans les bois : il aurait très bien pu être n'importe où, à me surveiller. Mes options étaient limitées et je décidais finalement que son retour était moins dangereux pour moi que de tenter de retourner à Parrish dans l'obscurité. Parce qu'il avait été... sympa ? Bizarre. Mais sympa.

Parce que j'étais prise entre le marteau et l'enclume, je me décidais à passer la nuit sur place, mais le lendemain matin, la première chose que j'allais faire, ce serait de retourner à ma voiture et chercher des lacs dans l'autre direction. Parce qu'il y avait de grandes chances que je trouve une autre maison abandonnée.

— Oui, madame, tout va bien se passer, me dis-je à haute voix.

Il allait bien falloir parce que je commençais à manquer d'options.

CHAPITRE HUIT

JE SOUPIRAI de soulagement lorsque je constatai que mon dernier rendez-vous de la journée ne se présenterait pas. Du moins, jusqu'au moment où mon alpha de meute, Mitchell, entra en agitant la main et qu'il passe à la cuisine se prendre une bière dans mon réfrigérateur avant de s'asseoir à la table devant ma fenêtre avec un long soupir.

Je récupérai moi-même une bière et le gratifiais d'un sourire aimable en m'asseyant pesamment en face de lui. L'espace d'un moment, il resta silencieux, jouant avec l'étiquette de la bouteille et je ne pouvais qu'imaginer le stress qu'il devait éprouver, à s'inquiéter pour notre meute après ce qui s'était passé une semaine et demie plus tôt.

— Qu'est-ce qui te passe par la tête en ce moment ? demandai-je avec douceur alors que son regard bleu de glace se rivait au mien.

Il avait l'air... épuisé.

— Je suis venu te parler d'Alice, mais aussi te parler de toi, admit-il en pinçant les lèvres.

— C'est Griz qui t'a dit de venir ? m'enquis-je, suspicieux.

— Non, c'est moi qui avais demandé à Griz de te voir, mais tu ne lui as rien dit alors je suis venu, fit Mitchell sur un ton suffisamment impérieux pour que je comprenne que je n'allais pas m'en tirer comme ça.

— Je vais bien, Mitchell. Vraiment, dis-je en tentant de minimiser la situation.

— Je ne peux peut-être pas savoir quand quelqu'un ment comme Orion, mais tu es vraiment un piètre menteur. Recommence, contra-t-il.

Mais dans quelle mesure pouvais-je lui dire la vérité ? Personne ne savait que c'était moi qui avais blessé Connor et il ne serait jamais venu à Connor l'idée de blâmer qui que ce soit ou de leur dire que c'était ma faute. Ce n'était pas son genre. Alors je décidais finalement de suivre le conseil que je donnais souvent à mes camarades de meute et je dis la vérité.

— La blessure de Connor, c'est ma faute, admis-je à mi-voix alors que Mitchell se rendossait.

— Comment ça ?

Je ne voulais pas vraiment rentrer dans les détails, mais je faisais confiance à Mitchell et je pouvais lui en parler.

— Je me battais avec deux des alphas durant le raid et Connor est arrivé en renfort, mais j'étais si pris dans la rage de tuer les deux autres que j'ai donné un coup de griffes et au dernier moment je me suis rendu compte que c'était lui, mais j'ai pas pu m'arrêter assez vite.

Il se forma au coin des yeux de Mitchell des petites rides lorsqu'il me fit un sourire doux et compréhensif.

— C'était une lutte à mort, Brady.

Secouant la tête, je regardais la table en essayant de me calmer l'esprit comme je le conseillais à mes patients.

— Comment Connor ressent-il les choses ? Est-ce que vous en avez parlé ?

— Oui, mais il me dit qu'il n'est pas fâché, pourtant je crains qu'au fond de lui...

Mitchell sourit de plus belle.

— Je peux comprendre ton inquiétude, mon frère. Mais Connor vit si intensément, sans faire de cachotteries, tu crois que s'il avait un problème, il ne te l'aurait pas dit ? Vous êtes inséparables depuis trois ans et j'ai du mal à croire qu'il ne te dirait pas tout de suite s'il était fâché pour ça, dit-il à mi-voix.

Relevant la tête, je clignais deux fois des yeux et le regard pâle et scrutateur de Mitchell se riva au mien, je ne savais plus où me mettre. Jusqu'à quel point mon alpha de meute nous pensait-il inséparables Connor et moi ? J'imagine qu'il devait en savoir plus que je ne l'aurais cru.

— Il faut juste que je travaille là-dessus. Tu as raison, je ne crois pas que Connor m'en veuille. Il est tellement bon, mais ce serait pratiquement plus simple s'il m'en voulait... Si nous pouvions nous engueuler un bon coup juste pour nous débarrasser de cette culpabilité, tu sais...

Mitchell arracha l'étiquette de sa bouteille de bière.

— Je suis là, Brady, et si jamais tu veux parler de quoi que ce soit... Ça va bien se passer mon frère, tu verras, fit-il en se levant, prenant sa bière avant de poser une main rassurante sur mon épaule puis se dirigea vers la porte.

— Attends... et Alice, tu voulais parler d'elle, lui rappelai-je.

Les yeux de Mitchell se plissèrent lorsque j'évoquai sa compagne.

— On en parlera plus tard, Brady, ce n'est rien d'urgent.

Je plissai les lèvres parce que je reconnaissais un mensonge quand j'en entendais un, mais il n'était pas prêt à en parler après la conversation que nous venions d'avoir.

— D'accord, Mitchell, on en reparlera plus tard, lui suggérai-je, et il sourit avant de sortir.

Je notais mentalement de revenir aux nouvelles prochainement, je regardais par la fenêtre de mon cottage le soleil en train de se coucher et disparaître derrière les arbres.

* * *

J e fermai à clef le cottage avant de retourner au Complexe, souriant lorsque je vis que Connor m'attendait au mess.

— Est-ce qu'on peut parler ? demanda-t-il en regardant avec méfiance les alentours alors que l'un de nos frères passait derrière lui.

— Oui, bien entendu. Tout va bien ? dis-je doucement alors que je lui fis signe de s'asseoir sur les bancs qui entouraient la salle commune.

Je sentais comme un vol de frelons dans mon ventre au moment où s'assit Connor et qu'il croisa ses bras sur son torse musclé. Il avait l'air... troublé. Je me demandais si le moment où il allait admettre qu'il était furieux à cause de la blessure était arrivé.

— Je suis allé courir dans les bois et j'ai trouvé une femme qui s'était installée dans la cabane où nous allons parfois.

J'étais si stupéfait qu'il me fallut quelques instants pour commencer à assimiler ce qu'il venait de dire.

— Oh, mon Dieu, Connor, est-ce qu'elle va bien ? Est-ce qu'elle a besoin d'aide ? Est-ce que tu lui as dit de venir ici ? bredouillai-je.

Il fit rapidement signe que non.

— Nan, je lui ai vraiment foutu la trouille, mais elle était en train de faire des projets pour désherber un bout de terrain à côté de la cabane pour lui servir de jardin. Elle sera sûrement déjà partie, mais peut-être qu'on devrait retourner là-bas. Tu es doué avec les gens alors peut-être que tu pourras lui parler mieux que moi. Lui proposer de l'aide. Elle avait l'air désespérée, comme si elle fuyait quelque chose.

La façon qu'il avait de le dire me serra le cœur, car je pensais aux omégas chez nous, Alice et Mallo parce que j'étais assez certain que si quelque chose foutait suffisamment la trouille à Pen pour qu'elle prenne la fuite, elle aurait tiré dessus, mais elle n'était pas faite du même bois.

— Et tu lui as parlé ? demandai-je à voix basse et calme, parce qu'il n'était pas question de moi, de nous et de ce qui s'était passé. Il était question d'une personne en détresse.

— Oui, pas longtemps, mais je lui ai prodigué des conseils de jardinage, fit Connor, penaud, les épaules basses alors que son regard bleu croisait le mien.

— Tu as croisé une femme seule dans les bois et tu lui as prodigué des conseils de jardinage, pourquoi je ne suis même pas surpris ? fis-je remarquer, impassible.

Connor se frotta maladroitement la nuque.

— Elle se parlait à elle-même et elle parlait de jardinage alors je me suis dit que c'était la façon la plus certaine d'avoir l'air amical.

Je levais les yeux au ciel exagérément, mais je ne pus m'empêcher de sourire. Il n'y avait que Connor pour rencontrer une femme terrifiée et lui parler de jardinage.

— Est-ce que tu retourneras la voir avec moi ? demanda-t-il à mi-voix, cherchant mon visage de son œil valide avant de poursuivre.

— Je veux au moins lui amener quelques boîtes de conserve, peut-être aussi quelques couvertures, tu sais que c'est bourré de courants d'air...

J'acquiesçai et me relevai, lui faisant signe de me suivre à la cuisine et lorsqu'il passa devant moi, je me penchais contre son oreille que je mordis avec force. Il n'y avait personne pour nous voir et penser à la générosité et la prévenance de Connor, ça me faisait des choses. J'avais envie de lui et j'aimais son côté protecteur.

— Pourquoi ne la convaincrait-on pas de revenir ici ? Si ça se trouve, c'est une oméga et elle appartient à l'un de nos frères ? Ça la réchaufferait vite...

Connor se retourna, son visage si près du mien que nous aurions pu nous embrasser si je me rapprochais moi aussi, mais je m'en abstins parce que j'entendis un bruit de pas dans le couloir.

— J'aime ta façon de voir les choses, chéri. Ramenons-la dès que possible. Est-ce qu'on y va ce soir ? grogna-t-il en souriant alors qu'il se dirigeait vers le cellier.

— Deux alphas qui se pointent chez elle alors qu'il fait nuit ? J'imagine que ça sera super rassurant et apaisant, plaisantai-je.

Connor leva l'œil au ciel.

— Tu marques un point, alors on y va demain matin ?

— Oui, on se lève tôt, on embarque des trucs pour elle et on y va, ça te paraît bien ?

— Oui..., fit-il sans finir sa phrase, et je sus qu'il allait s'inquiéter pour la femme toute la nuit.

Je lui décochais un coup de pied et je pouffai.

— Je veux pas que tu t'inquiètes pour elle toute la nuit. Pourquoi tu ne me laisserais pas m'occuper de tout ce soir et je te changerais les idées ? suggérai-je en ronronnant parce que j'étais d'humeur à dominer.

Connor me fit un clin d'œil, descendit du banc et se dirigea vers la porte.

— Viens, alpha ! me fit-il avec un sourire ravageur.

Et j'obtempérai.

CHAPITRE NEUF

carmen

LA LUMIÈRE du matin entrait par les carreaux brisés de la cabane, donnant à voir le couvre-lit élimé dans lequel je m'étais blottie. L'Éveillé que j'avais rencontré la veille, Connor, avait raison sur une chose : la cabane avait connu des jours meilleurs. J'étais frigorifiée et j'avais si froid que j'avais l'impression que même mes os étaient gelés. Je ne voulais pas prendre le risque d'allumer un feu dans la cheminée si ça attirait l'attention sur ma présence.

Je ne savais pas pourquoi j'avais cru pouvoir venir m'installer ici et pouvoir faire ça seule. Je savais seulement que j'avais eu un besoin désespéré de partir, un instinct primaire de m'éloigner du danger que représentait New York. Comme dans ces moments dans les films d'horreur où on implore l'héroïne de se retourner alors que le méchant attendait de la poignarder. C'était ce qu'était devenue ma vie depuis que le virus avait transformé les hommes ordinaires en fous dangereux.

Évidemment, je savais qu'il n'y avait pas que ça. Les derniers articles prouvaient qu'il était possible d'échanger dans une certaine mesure avec les Éveillés et à présent j'avais

pu le constater par moi-même. Mais même ainsi j'étais horrifiée à l'idée que l'un d'entre eux pouvait débarquer à tout
moment d'un pas nonchalant. Il n'y avait nulle part où s'enfuir
ou se cacher ici et si un Éveillé se décidait à venir me chercher,
j'étais sans défense.

Au moins en ville, je pouvais me fondre dans la foule et je
connaissais New York comme ma poche et il aurait été relative-
ment simple de se cacher un moment, mais on ne pouvait pas
faire ça éternellement.

Soupirant, j'extirpai ma carcasse gelée du lit et rangeai mes
affaires. La veille au soir, j'avais décidé d'un plan B. J'allais
rentrer à Parrish et j'essaierais de trouver quelque chose à faire.
Peut-être même que quelqu'un me proposerait une chambre
contre du travail. Margie me l'avait proposée et peut-être que,
temporairement, j'allais la prendre au mot.

Il y avait sûrement une meilleure alternative que rester ici
où les Éveillés se pointaient pour prodiguer des conseils de
jardinage. Si mon plan B échouait, je comptais trouver un autre
lac et une autre cabane. Une fois que j'eus fait mon sac, je l'enfilai et quittai les lieux sans me retourner. Sauf le jardin. Merde,
j'avais été contente à l'idée d'avoir un jardin.

— *Adios*, le jardin, contente de t'avoir connu, bougonnai-je
alors que je m'enfonçais dans les bois d'où j'étais venue.

* * *

Une heure plus tard, je marmonnais pour moi alors que
j'avançais d'un pas pesant sur le sentier à peine visible.
Il avait un peu neigé pendant la nuit et tout était lisse et glissant. Je savais qu'une quinzaine de kilomètres me séparaient
de Parrish, mais je ne devais en avoir fait que trois ou quatre à
présent. Il faisait si froid que je voyais la buée se former devant
ma bouche et je n'avais pas assez de vêtements de saison.

— Qu'est-ce que tu t'étais dit, Carmen Alejandra ? Tu as vraiment cru que c'était une bonne idée d'aller t'aventurer dans les bois ? Non, tout ce que tu voulais, c'était partir, me tançai-je en me frottant les bras en espérant que cela réactive ma circulation.

Je continuais à me fustiger jusqu'à ce que tout d'un coup un cerf traverse le sentier devant moi, manquant de me faire trébucher. Mon cœur s'emballa dans ma poitrine et je bondis en arrière butant contre un arbre et me cognant la tête avant de tomber. Avant que je ne puisse me rendre compte de quoi que ce soit, je me pris le pied dans une racine qui dépassait et je sentis au moment de ma chute les tendons de mon genou se rompre.

Je réprimai un cri lorsque je heurtais le sol alors que la douleur irradiait dans tout mon être, j'espérais finir par m'évanouir, je serrais les dents contre la pire douleur que j'avais jamais éprouvée, soufflant et haletant alors que je peinais à respirer. Devais-je appeler à l'aide ? Est-ce que cela allait faire une différence ? Et si j'appelais à l'aide et qu'un autre Éveillé me trouvait ? Un pas sympa.

Je pesais le pour et le contre alors que le froid commençait à s'immiscer jusque dans mes hauts. Il faisait un froid glacial, et ce encore plus comme je ne bougeais plus pour entretenir ma circulation. Finalement, je me rendis compte que c'était soit crier à l'aide ou mourir ici dans le froid. Je criais longuement, mais personne ne vint. Pas étonnant, cela dit...

Je sentais mes doigts et mes orteils s'engourdir au point d'être si rigides et durs à bouger que je n'essayais même plus, affalée par terre dans la forêt alors que je regardais le ciel. Sacrée façon de mourir ; une hypothermie toute seule au milieu des bois.

Je refermai les yeux, la gorge irritée et douloureuse d'avoir crié et je me mis à rêver à mon endroit de rêve, un petit cottage à côté d'un lac au printemps où j'aurais pu être seule, juste moi et des tas de chats, parfois un animal sauvage viendrait me rendre visite. Cela me paraissait idyllique et je continuais de rêver jusqu'au moment où je sentis mes paupières retomber alors qu'une brume froide se déposait sur mon visage et que l'hiver m'enveloppait.

CHAPITRE DIX

connor

LE LENDEMAIN MATIN, Brady et moi prîmes mon quad préféré, celui qui avait un porte-clefs en forme de sein, et nous nous enfonçâmes dans la forêt. Nous avions tous les deux des sacs à dos remplis de boîtes de conserve, du bœuf séché, des ramens... Des choses qui seraient faciles à réchauffer dans la cabane. Je connaissais bien l'endroit et il y avait heureusement encore du gaz. J'étais un peu inquiet à l'idée que la femme soit repartie, mais il y avait de grandes chances que non comme il avait neigé la nuit précédente et qu'il serait un peu compliqué de marcher dans ses conditions.

J'eus le cœur serré en imaginant une femme dans les bois, seule et terrifiée. Elle aurait probablement été mieux au Complexe même si nous avions les Forces opérationnelles à nos portes. Nous protégions les nôtres, nous pouvions la protéger elle aussi, comme nous le faisions avec les autres omégas.

Mais lorsque nous arrivâmes à la cabane branlante, je savais déjà qu'elle n'était plus là. Brady descendit à ma suite, jetant un œil sur le perron avant de se retourner.

— Il n'y a pers…

— Je sais, grimaçai-je. J'imagine que j'ai dû lui faire peur.

— Tu veux qu'on essaie de la retrouver pour essayer de parler avec elle ? suggéra mon compagnon qui avait l'air d'être aussi horrifié que moi à l'idée d'une femme seule dans les bois.

— Tu ne crois pas que ça va lui faire encore plus peur ?

— Oui, sûrement, mais ça ne nous prendra pas beaucoup de temps pour lui suggérer de la ramener à Parrish. C'est un sacré bout de chemin…

— OK, j'imagine qu'elle a dû prendre le sentier, alors on regarde d'abord de ce côté, dis-je en plissant les yeux pour regarder le sentier érodé qui se trouvait derrière le jardin et qui s'enfonçait dans la forêt épaisse.

— Allons-y, acquiesça Brady et nous retournâmes au quad.

Une fois que je me fus glissé sur le siège devant lui, je le sentis tendre la main et prendre mon membre à travers mon pantalon.

— À moins que tu ne veuilles t'arrêter ici un petit moment et qu'on s'amuse un petit peu…

N'importe quel autre jour, j'aurais pris mon compagnon au mot et j'aurais sauté sur l'occasion, mais ce jour-là, ça ne me semblait pas approprié.

— Il y a une odeur de femme ici, ça ne te fait pas bizarre à toi ? commentai-je.

— Tu marques un point, mais ça veut pas dire que je vais arrêter de te toucher, en revanche, fit-il sans décoller ses grandes paluches de moi.

Riant, je démarrai le quad et nous nous enfonçâmes dans la forêt.

* * *

Nous n'étions pas depuis cinq minutes sur le sentier quand je sentis l'odeur du sang et celle de la peur et de l'inquiétude envahir mes narines alors que je sentais Brady se tendre derrière moi.

— Tu sens la même chose que moi ? demanda-t-il.

— Oui, répondis-je à mi-voix.

J'accélérais un peu malgré l'étroitesse du sentier, redoutant ce que je risquais de trouver. Au fond de moi, je savais que c'était la femme et après un virage serré, j'eus la confirmation de ce que je craignais.

Brady siffla lorsque nous vîmes le pied qui dépassait sur le chemin, un corps allongé à plat dans les buissons. Il bondit du quad et je me garai en me précipitant vers la femme, regardant dans quel état elle se trouvait.

— Elle s'est évanouie, probablement une crise d'hypothermie, elle reviendra rapidement à elle si on parvient à la réchauffer, mais son genou est dans un sale état, Connor. J'ai l'impression qu'elle s'est pris les pieds dans une racine.

M'arrêtant à sa hauteur, je baissais la tête. C'était bien elle. Ses boucles brunes ressortaient sur les feuilles, elle avait les yeux clos et ses lèvres bleutées étaient entrouvertes même si elle grimaçait de douleur comme si même évanouie, elle souffrait.

— Merde, depuis combien de temps elle est là ? me demandai-je à haute voix, et Brady grimaça.

Lorsque je vis sa jambe, je pinçais les lèvres, son articulation était étrangement tordue et entourée par les racines, elle était allongée à plat. Brady grogna.

— Il faut qu'on la ramène avec nous et qu'on voie si Mitchell peut passer un coup de fil au guérisseur de Tiernan, je ne sais pas si cela fonctionne sur les Normaux, mais c'est ça ou l'emmener à Parrish et appeler une ambulance.

— Non, répondis-je rapidement, trop rapidement, même.
Ramenons-la à la maison, est-ce que tu peux les prévenir avant
qu'on arrive ? Tu as amené ta radio ? m'enquis-je.

Il acquiesça en récupérant la radio à sa ceinture et prévint
Griz qu'il mit au courant de la situation alors que je contemplais sa jambe en essayant de trouver comment l'extirper des
racines sans avoir à trop la bouger.

Une fois qu'il eut prévenu Griz, mon compagnon me rejoignit et s'agenouilla à côté d'elle.

— Il faut qu'on arrive à l'extirper de tout ça et prier qu'elle
ne reprenne pas connaissance au moment où on le fait.

— D'accord, tu la soulèves par les bras, moi par les pieds ?
acquiesçai-je.

Brady s'installa à la hauteur de sa tête et s'agenouilla avant
de la prendre avec douceur dans ses bras, autour de sa poitrine,
et que Dieu me vienne en aide, parce qu'elle avait beau être
dans un sale état, la voir, *elle*, cette femme, dans les bras de
Brady, je bandais...

Grommelant dans ma barbe, je détachais mon regard de
Brady et la femme et je me concentrais sur sa jambe, arrachant
la racine et la libérant, mais elle resta néanmoins dans une
drôle de position alors que Brady se relevant en sifflant.

— Merde, elle est vraiment dans un sale état, ramenons-la
à la maison et on verra ce qu'un guérisseur peut faire.

Je montai sur le quad, m'avançant autant que possible,
Brady s'installant derrière moi avec la femme dans ses bras.
Elle eut l'air de reprendre connaissance durant le trajet, mais
j'entendis Brady fredonner doucement. En sandwich entre
nous, son corps était si froid que je craignais pour elle. Et
furieux à l'idée qu'elle se soit blessée dans les bois en essayant
de me fuir.

Le trajet jusqu'au Complexe me parut durer une éternité
alors que nous redescendions prudemment le sentier en

essayant de ne pas la secouer. Mais Brady ronronna et l'apaisa tout du long et elle ne pipa mot, à peine consciente.

— Elle a de nouveau perdu connaissance, murmura-t-il alors qu'on arrivait à la maison.

— Dieu merci pour les petits miracles, marmonnai-je alors que nous nous dirigions immédiatement vers le Cabanon.

Pen et Jude nous attendaient dans l'entrée, l'inquiétude se lisant sur leurs visages.

— Racontez-nous tout, pressa Pen.

J'expliquais comment j'avais rencontré Carmen la veille et comment nous avions décidé d'aller l'aider ce matin-là et qu'au lieu de ça nous l'avions trouvée blessée au milieu du sentier. Nous suivîmes nos camarades de meute dans les profondeurs du Cabanon et Brady déposa délicatement la femme sur un lit d'hôpital et nous reculâmes, laissant Jude et Pen l'aider.

CHAPITRE ONZE

carmen

L'ESPACE D'UNE MINUTE, je flottais dans une brume merveilleuse, blottie dans les bras d'un des plus beaux hommes que j'ai vu. Il était mat, avec le regard chocolat le plus doux que j'ai jamais vu. Ses cheveux bruns retombaient en boucles souples autour de ses oreilles et je mourrais d'envie de les repousser en arrière et lui murmurer à l'oreille des choses salaces. Je n'avais jamais eu de rêve éveillé plus agréable.

Il me rappelait de rester calme, que tout allait bien se passer parce qu'il était là. Et j'y croyais et ne voulais pas m'échapper de cette rêverie. Mais l'instant d'après, j'étais plongée dans un océan de douleur qui déferlait sur moi encore et encore jusqu'à ce que je me rende compte que j'allais finir par en avoir la nausée. *Mon genou.*

J'entendais des voix lointaines même si j'avais l'impression d'avoir le cerveau embrumé, qui ne répondait pas, j'étais confuse.

— C'est plutôt grave, claquage des ligaments ou plus sûrement une déchirure de tous les muscles autour du genou. Elle aura peut-être besoin d'être opérée selon ce qu'Arlo aura pu guérir et en plus de ça, elle est en hypothermie et il faudra qu'il l'examine dès qu'il arrivera.

— Doit-on l'emmener en ville ?

— Si Arlo ne peut pas faire autrement, oui, mais on verra quand elle reprendra connaissance, d'accord ?

J'étais consciente, voulais-je crier. Je pouvais les entendre, mais la douleur déferla de plus belle sur moi jusqu'au moment où j'entendis la voix de cet homme merveilleux.

— Elle s'est évanouie sous le coup de la douleur alors quand elle reprendra connaissance, ça va lui faire un mal de chien, que peut-on lui donner pour limiter ça ?

J'entendis encore parler, des murmures étouffés, mais je ne l'entendis pas reparler et je ne le voyais pas parce que la douleur manquait de m'assommer à nouveau, si incisive que je ne pouvais pas me concentrer sur autre chose que ça. Je commençais à être consciente de ce qui m'entourait même si j'aurais préféré que ça ne soit pas le cas. Je me souvenais vaguement du cerf et de la chute et du claquement horrible de mon genou. Je n'étais pas prête à faire ça, mais les voix arrivant à mes oreilles me firent me rendre compte que quelqu'un devait m'avoir retrouvée. Et que mon rêve éveillé était bien réel. Oh mon Dieu.

Avec hésitation, j'ouvris les yeux et me figeais sur place parce que je reconnaissais une voix. C'était l'Éveillé blond qui m'avait prodigué des conseils de jardinage à mon arrivée. Respirant péniblement, je tournais la tête légèrement à ma gauche et il était là parlant avec un autre homme, plus mat. Le bel homme de mon rêve. Ils parlaient à mi-voix, mais lorsque j'eus tourné la tête dans leur direction, ils se retournèrent comme un seul homme.

— Alors tu es réveillée ? fit le blond en se rapprochant de moi.

Je pris une inspiration et j'essayai de me mouvoir, pour

courir, fuir, mais j'en étais incapable et la douleur qui irradiait de toute la moitié inférieure de mon corps lorsque je tentais de bouger me coupa le souffle.

— Ne bouge pas, aboya le blond alors qu'il s'agenouillait à ma hauteur, cherchant à croiser mon regard de son œil bleu.

Il avait toujours un bandage et je me demandais brièvement comment il avait été blessé.

— Je ne sais pas ce de quoi tu te rappelles, mais tu es tombée dans les bois et Brady et moi nous t'avons retrouvée et ramenée chez nous, nous avons des médecins ici et tu es en sécurité, d'accord ? Seulement, détends-toi si tu y arrives et ne bouges pas ta jambe, parce qu'il faut bien le dire, elle est... dans un sale état, admit-il.

— À quel point ? dis-je en serrant les dents, la douleur si intense que j'arrivais à peine à penser.

— Assez sale état pour que tu aies besoin de rester couchée, coupa une voix de femme qui venait d'entrer dans la pièce.

Elle était grande, vraiment très grande, pâle avec le visage couvert de taches de rousseur et les cheveux très roux qui retombaient sur ses épaules et qui encadraient son beau visage comme si elle était une mannequin.

— Salut, moi, c'est Pen. Je suis infirmière et voici Jude, elle est chercheuse alors on va te remettre sur pied. Tu as de la chance que Connor et Brady t'aient trouvée, mais dans l'immédiat, tu as vraiment besoin de repos alors, s'il te plaît, vas-y tout doux, fit-elle avec un large sourire avant de pointer du doigt une femme asiatique menue qui se tenait à ses côtés.

Mais tout ce que j'éprouvais c'était ce besoin instinctif et envahissant de m'échapper, de fuir tout le monde, dans la paix, le silence et la solitude. Comment se faisait-il que le premier jour de ma nouvelle vie, on me retirait toute possibilité de faire des choix encore une fois ? J'étais si frustrée que je mis à pleurer à chaudes larmes même si je ne voulais pas qu'elles coulent. Je luttais pour me redresser alors que les mains du blond se posèrent sur mes épaules et me forcèrent gentiment à rester allongée.

— Dégage, ordonnai-je alors que je me redressai péniblement, et ce jusqu'au moment où le visage de l'ange ténébreux m'apparut à nouveau, ses yeux chocolat rivés aux miens.

— Reste allongée, chérie, on va prendre soin de toi, mais sois une bonne fille pour moi et détends-toi, fit-il d'un ton apaisant.

Il y avait quelque chose dans sa voix de baryton, dans la façon qu'il avait de me donner un ordre qui fut comme s'il avait appuyé sur un interrupteur dans ma tête et je m'allongeais à nouveau et ce parce que l'ange ténébreux me l'avait demandé.

— Voilà, tu es une bonne fille, une très bonne fille, ronronna-t-il.

Le besoin de fuir semblait s'éloigner de moi alors que sa voix déferlait sur moi, me réconfortant et me tranquillisant parce que si je ne venais pas de me réveiller, je me serais sûrement rendormie. Ou alors ça m'aurait excitée. Ou les deux à la fois. Mon cerveau peinait à penser de façon cohérente et je croisais son regard. Il continua de fredonner alors que la rousse s'affairait autour du lit, soulevant mes couvertures et sortant des cachets de tout un tas de boîtes.

— Très bien, chérie, fit l'Éveillé, détends-toi pour qu'on puisse prendre soin de toi. Tu peux faire ça pour moi ?

— Oui, couinai-je, ma voix me paraissant plus faible que jamais et je ne pouvais détourner le regard de lui, et ce même lorsque l'infirmière me tendit un verre d'eau et des cachets.

— Avale ça, Carmen. Ce sont des antidouleurs alors ça devrait t'aider un peu, d'accord ?

Je tendis la main, pris les cachets et déglutis péniblement, faisant la grimace alors que les cachets descendaient difficilement dans ma gorge.

— Bonne fille, très bien, grogna de plus belle l'Éveillé en me gratifiant d'un sourire radieux dévastateur qui faisait ressortir ses fossettes.

CHAPITRE DOUZE

brady

Un besoin profond d'apaiser cette femme devint soudainement le centre de mes préoccupations alors que je lui parlais, ronronnant de toutes mes forces alors que Jude et Pen s'affairaient. Son regard pratiquement noir se riva au mien comme si elle était ensorcelée par mes mots. Elle était d'une beauté captivante, la peau mate et les cheveux bruns ondulés et quelques taches de rousseur parsemaient ses joues et l'extrémité de son nez qu'elle avait droit et élégant.

La veille, Connor m'avait dit avoir trouvé une femme, mais il avait oublié de dire à quel point elle était belle. Sa lèvre supérieure était mince, mais sa lèvre inférieure était pulpeuse, pleine, parfaite pour l'aguicher avec des dents tranchantes.

Quoi ? Non. Mais à quoi pensais-je ? Je tentais d'étouffer le plus vite possible cette pensée alors que la femme s'enfonçait dans le lit et que ses yeux se mettaient à papillonner sous l'effet des décontractants que Pen venait de lui administrer.

Après avoir rapidement examiné sa jambe, Pen nous sourit à tous les deux.

— Je lui ai donné des narcotiques assez costauds et elle va

sûrement somnoler un moment alors on va la laisser se reposer et je conserverai un œil sur elle pour que vous ne manquiez pas le dîner. Est-ce que ça vous sera possible de prendre quelque chose pour elle ?

— Bien sûr, Pen ! Tu as besoin d'autre chose pendant qu'on y est ? répondis-je en luttant contre l'envie de me frotter la nuque.

Pen fit signe que non et regarda la femme d'un air pensif ; sa jambe et l'extrémité de ses doigts étaient encore si bleues que cela en était effrayant. Mon compagnon me fit signe que nous devions y aller et nous quittâmes le Cabanon sans un mot, retournant en silence à la maison principale, chacun perdu dans nos pensées, mais du moment où nous arrivâmes dans l'entrée, il me fit signe de me diriger vers l'escalier plutôt que vers la cuisine.

— On monte, fit-il, impérieux.

Ce ton me fit frémir d'anticipation alors que je montais rapidement les escaliers et que je remontais le couloir jusqu'à sa chambre où j'entrais directement. Connor me suivait et claqua la porte derrière nous, pressant son corps massif contre mon dos.

— Brady, grogna-t-il à mon oreille, prenant ma queue et serrant fort.

Il avait l'air épuisé, désespéré et... affamé. Je me retournai, mais il me fit me reculer jusqu'au mur le plus proche et se mit à mordiller ma lèvre en ronronnant puis il grogna bruyamment alors que je sentais un crépitement le long de mes flancs et dans ma nuque. Je le repoussai doucement ou du moins je tentais.

— Connor, quelqu'un pourrait nous entendre...

— On les emmerde, et si ça les dérange, c'est pareil...

Je relevai la tête pour regarder mon compagnon et sa

pupille visible était dilatée à l'extrême sous l'effet du désir et il était... déchaîné.

— J'ai besoin de toi... maintenant..., ordonna-t-il.

C'était la voix d'un alpha qui commandait et il passa sa main autour de ma gorge, ses griffes noires s'enfonçant dans ma chair, l'odeur métallique du sang envahissant l'air. Du sang ? Vraiment ? Il ne s'était jamais comporté ainsi, et ce qu'importe ce qu'il lui arrivait. Mais cette noirceur, cette violence ? Cela plaisait à un côté de moi que je n'avais jamais admis vouloir qu'il sollicite.

Nous étions assez brutaux au lit, mais il n'avait jamais fait couler le sang et ça me fit l'effet de n'être qu'un début. J'en avais envie et j'en avais envie de suite. Des images de Connor me traitant comme une poupée de chiffon me vinrent à l'esprit et je sentis tout mon corps se crisper et se tendre d'anticipation alors que la chaleur commençait déjà à m'envahir entre les cuisses à l'idée qu'il soit vraiment violent avec moi. J'avais besoin de sang, de suffocation et de domination absolue. Je voulais voir cette facette de Connor qu'il ne m'avait jamais laissé voir.

— Salle de bain, immédiatement ! ordonna mon compagnon.

Sa poitrine se souleva lourdement lorsque je détachais ses doigts de mon cou, sifflant de douleur lorsque ses griffes meurtrirent mon cou et je repoussais son bras, le dévisageant et me retournant pour me diriger vers la salle de bain qui se trouvait derrière son lit et je l'entendis grogner, mais je ne me retournais pas pour autant.

Je me glissai dans la pièce silencieuse en laissant la porte entrebâillée pour lui et il me rejoignit peu après, claquant la porte et la fermant à clef dans un cliquetis qui rompit le silence. Me retournant, je glissais mes mains dans mes poches et le regardais en affectant l'ennui, comme si je ne savais pas ce qu'il s'apprêtait à faire.

Mais la vérité, c'est que je bandais dur en voyant ce feu violent couver dans le regard de mon compagnon, j'en avais envie, besoin et je n'avais jamais voulu lui demander parce que s'il voyait cet aspect de moi, qu'allait-il penser ? Peut-être lui aussi, mais que nous ne l'avions jamais admis et tout ce que je savais c'était que mon alpha avait l'air d'être décidé à me dominer et j'avais hâte. Il y avait quelque chose... un peu plus... que ce que nous faisions d'habitude. Je pouvais le sentir.

Connor enleva son tee-shirt avant de déboutonner son pantalon qu'il laissa tomber au sol et lorsqu'il se posta devant moi, deux mètres dix d'alpha glorieusement musclé, il bandait fort, son érection tendue dans ma direction, dressée fièrement. Mon compagnon fit rapidement les quelques pas qui nous séparaient l'un de l'autre et me poussa avec force. Assez fort pour que je bute contre le mur au point de faire craquer le carrelage mural, faisant tomber quelques carreaux sur le sol avec fracas alors que j'ouvrais grand les yeux.

J'étais tellement surpris qu'il fasse une chose pareille que je n'étais pas prêt lorsqu'il bondit d'un coup pour atterrir sur moi dans un bruit sourd et il agrippa ma gorge à deux mains encore une fois, me faisant m'agenouiller puis, l'une de ses mains passa dans mes cheveux, repoussant ma tête en arrière alors qu'il enfonçait ses dents dans mon épaule. Le plaisir envahit tout mon organisme alors que j'allais au-devant de ses dents, mais il était un mur inflexible alors qu'il soufflait contre ma peau.

— Tu m'appartiens, murmura Connor toujours contre mon épaule alors qu'il resserrait sa prise sur mon cou jusqu'au moment où je commençais à voir des étoiles, la morsure si intense que j'aurais pu jouir tout de suite.

Lorsqu'il me relâcha, ma peau était lacérée et le sang

coulait sur mon épaule et sur mon torse. Mon compagnon eut un rire sombre et se mit à laper, sa langue habile courant sur mon torse et sur la morsure, ce qui picotait. Sifflant, je passai une main dans ses cheveux et le mis à genoux, mais il se releva en un clin d'œil.

— Non, dit-il sur un ton cassant, me prenant à mon tour par les cheveux alors qu'il me jetait sur le sol carrelé avec force.

Il fut rapidement sur moi, me mettant à quatre pattes, ses mains sous mon menton, serrant jusqu'à ce que j'ouvre la bouche et il s'engouffra dans ma bouche chaude et moite jusqu'au moment où ses piercings butèrent contre le fond de ma gorge, me faisant tousser et suffoquer sur son membre épais.

Il m'arrachait son plaisir, baisant ma bouche alors que dans la pièce résonnaient des bruits obscènes. Je voulais qu'il soit silencieux, mais il n'était plus en état de s'en soucier et je fis de mon mieux pour sucer et lécher, mais ses hanches étaient trop rapides et ses mouvements trop frénétiques pour que je puisse faire autre chose que de tenter de m'accrocher et profiter de cette facette de sa personnalité alors qu'il me baisait impitoyablement sur le carrelage froid, ses grands bras agrippant toujours les miens.

Une idée commençait à prendre forme dans mon esprit et je le mordis fort au moment où il s'enfonçait jusqu'à la garde, mes dents raclant sur toute sa longueur. Il beugla et frémit alors qu'il se libérait dans un tremblement qui ébranla toute sa carcasse massive et j'eus le plaisir de contempler une vision alléchante alors qu'il me baisait comme si sa vie en dépendait. Il jouit longuement, emplissant ma gorge d'un liquide chaud épais si abondant que je ne parvenais même pas à tout avaler.

Une fois remis de son orgasme, Connor s'éloigna et je fredonnais joyeusement.

— À mon tour, dis-je en serrant les dents et je sautai sur lui.

Je n'avais jamais été aussi féroce qu'à ce moment-là parce que cette facette violente de lui, je voulais la voir plus souvent.

— Bon Dieu, donne-moi une minute, m'implora-t-il alors que j'essuyais le sperme qui perlait à sa queue et que je m'en enduisis le corps.

J'avais tellement envie de lui que je me dis que j'allais brûler sur place si je n'approfondissais pas le Lien entre nous. Ce jour-là, j'allais le prendre. L'idée était délicieuse, différente et nous ne le faisions pas souvent. À dire vrai, je ne l'avais même fait qu'une fois avec lui et j'avais adoré ça, mais lui... il n'avait accepté que du bout des dents. Mais j'allais peut-être pouvoir m'en tirer parce qu'il était encore sous le coup de l'orgasme renversant qu'il venait d'avoir.

Je malmenai mon partenaire et le fis s'allonger sur le ventre, le ramenant vers moi et le faisant réprimer un petit cri. Il était déjà trempé entre ses grosses cuisses musclées, déjà tout couvert de sperme. Je ne pus m'empêcher de rire, il était à moi, c'était à cause de moi. Il gémit et enfouit son visage dans ses avant-bras lorsque je passais la main entre ses jambes, prenant ses bourses et enfouissant ma langue entre ses fesses. Je léchais abondamment, l'enduisant de salive jusqu'à ce que là aussi, il soit trempé.

Puis je glissais délicatement l'extrémité de mon gland en lui alors qu'il étouffait un autre grognement. Crachant dans ma main, je sortis, m'enduisit le membre et allais un peu plus loin et je sentis le corps de Connor se tendre alors que j'avançais un peu plus. Il était si serré, si chaud, luisant de salive et de sperme et lorsque j'arrivais finalement à destination, mes bourses butèrent contre les siennes et il glapit.

Je passais ma main sous son ventre et empoignai sa queue, il bandait de nouveau, se répandant à grosses gouttes et j'enduisis son membre, tirant et m'affairant de la façon qu'il aimait le mieux alors que je le prenais par-derrière. Connor poussa un cri désespéré alors que je tirais sur les piercings qui barraient l'extrémité de son membre. Là, où il était si sensible.

Il ne s'écoula que quelques minutes avant que nous jouissions à nouveau ensemble. Des moments parfaits où nous étions tout à fait heureux, avec personne entre nous, aucun désir que les choses soient autrement.

C'était parfait comme ça, juste lui et moi et le monde qui disparaissait.

* * *

Nous nous rhabillâmes rapidement puis nous descendîmes dîner, prenant une assiette pour Pen et Carmen et comme toujours je m'asseyais à côté de Connor, résistant à l'envie de tendre la main et le toucher sous la table. Ce soir-là, le dîner était particulièrement silencieux, les frères allants et venants. Nous mangeâmes rapidement et préparâmes des assiettes pour les femmes avant de retourner au Cabanon.

À l'idée de revoir Carmen, je sentais l'anticipation crépiter en moi. J'avais un besoin pressant de l'apaiser, de la tranquilliser et la rassurer, je me dis que c'était parce que j'étais psy et que cela me venait naturellement, mais là, c'était différent, quelque chose de plus personnel. Je ne savais pas ce qu'il fallait en conclure, mais ça ne me plaisait guère.

Dans sa chambre, Carmen était allongée paisiblement sur le côté, discutant à mi-voix avec Pen et elle braqua son regard sombre sur Connor et moi dès que nous franchîmes le seuil de la pièce envoyant une vague de chaleur sur ma nuque. C'était... déconcertant.

— Comment tu te sens ? demanda Connor avec douceur en

tirant une chaise et tendant son assiette à Pen qui la déposa sur la table à côté de Carmen et sourit à sa patiente.

— On va avoir besoin de te redresser un petit peu pour que tu puisses manger, Carmen. Tu es prête à ce que l'on t'aide un peu ? On va essayer de ne pas bouger ta jambe, expliqua-t-il.

Carmen grimaça, mais ne répondit pas. Je ne pouvais pas déterminer si c'était parce qu'elle souffrait le martyre ou parce qu'elle était terriblement la défensive, mais quelque chose en elle réveillait le psy en moi. Cette femme était une boule de nerfs dans une armure d'acier pour que personne ne l'approche. Je pouvais sentir quelque chose de similaire chez mes frères et c'est ça qui faisait de moi un thérapeute efficace.

Pen se tourna vers mon compagnon.

— Connor, peux-tu venir de ce côté et passer un bras sous l'épaule de Carmen, juste pour m'aider à l'installer en position un peu plus verticale. Mais tout doux, d'accord ? Ne tire pas comme si tu avais pêché un gros poisson, hein ?

Connor pouffa et tendit le bras, empoignant à pleine main les cheveux de Pen.

— Je suis tout à fait capable d'être doux, la Rousse ! Sauf quand je n'ai pas besoin de l'être, fit-il et là, il me regarda et je sentis le bout de mes oreilles s'échauffer alors que je le fusillais du regard en retour.

— Beurk, je ne veux pas savoir, marmonna-t-elle et Connor eut l'air amusé.

Merde. Il avait raison. Tout le monde savait pour nous et mon grand secret n'était en fait pas si secret que je l'aurais cru. J'aurais paniqué si je n'étais pas en train de regarder attentivement Carmen, attiré que j'étais par sa douleur. J'aurais voulu pouvoir la soigner.

Connor passa de l'autre côté du lit et se penchant, il glissa doucement son bras sous les siens, collant son torse contre le sien et Pen fit de même de l'autre côté, mais je ne parvenais pas à détacher mon regard du visage de Connor, la façon dont ses yeux s'attardaient sur le visage de Carmen et la façon dont celui de Carmen se rivait au sien et alors que ses bras se resserraient sur elle, sa bouche qui s'entrouvrait.

Elle trouvait Connor attirant. Une nouvelle odeur satura l'air et je la reconnus immédiatement : c'était du Fluide. J'avais passé assez de temps avec les omégas dans cette maison pour parvenir à l'identifier, mais l'odeur n'avait jamais été aussi intense, enveloppante, et délicieuse.

Je savais que Connor l'avait remarqué aussi parce que je vis les muscles de sa mâchoire se contracter. Il essayait d'être respectueux, mais elle sentait si bon. Pen fit un rapide compte à rebours et d'un même élan, Connor et elle remontèrent Carmen dans le lit, la faisant mordre sa lèvre et rejeter la tête en arrière sous le coup de la douleur, exposant l'étendue lisse de son cou superbe. Les dents de Connor en étaient si près qu'un étrange besoin impérieux de le voir se pencher en avant et mordre sa peau mate me dévorait.

Juste un moment. Jusqu'à ce que je me fiche une claque mentale. *Arrête ça Brady. Arrête ces conneries.*

— Fais gaffe, fis-je sur un ton cassant et Penelope me regarda d'un sale œil.

— Tu veux me remplacer, Brady ?

Je pinçai les lèvres, mais ne dit rien alors que Carmen me regardait l'air souffrant alors que des gouttes de sueur perlaient sur son front. Connor retourna s'asseoir sur la chaise qu'il occupait un peu plus tôt. Pen me regardait toujours d'un air mauvais.

— Je vais aller retrouver Samson pour manger. Est-ce que vous pouvez garder un œil sur Carmen pendant une demi-heure au cas où elle ait besoin de quelque chose ? demanda-t-elle.

— Oui, bien sûr, avec plaisir, répliquai-je.

Je n'étais vraiment pas ravi, car tout ce que je voulais c'était sortir de la pièce où se trouvait cette femme qui me faisait penser à des choses que je n'aurais pas voulues.

Pen sortit de la pièce avec détermination sans plus un mot et nous nous retrouvâmes tous les trois seuls, juste Connor, Carmen et moi.

CHAPITRE TREIZE

carmen

Les vingt minutes précédentes avaient été particulièrement étranges. Un peu avant, j'avais somnolé pendant que l'ange ténébreux me parlait et lorsque je m'étais réveillée, Pen s'affairait avec mes couvertures. Je lui demandai où étaient partis les Éveillés et j'eus pour réponse un « Oh, mais on ne les appelle pas comme ça ici, ce sont des alphas ».

Et elle se lança dans une explication qui dura une vingtaine de minutes sur le sujet et que c'était d'ici que venaient tous les articles qu'on voyait aux informations, Mallory Smythe, la journaliste était la meilleure amie de Pen. Non seulement ça, mais il y avait aussi des omégas femelles qui s'accouplaient avec les alphas et qu'une fois qu'ils avaient marqué une oméga, les alphas avaient des pouvoirs et pouvaient se transformer en animaux. Le mari de Pen ou je sais pas comment j'aurais dû l'appeler, pouvait se transformer en oiseau ou en loup ou tout ce qu'il voulait. Je peinais à assimiler l'information, mais Pen me dit qu'il valait mieux crever immédiatement l'abcès et c'était comme ça que nous en étions arrivées à avoir cette conversation.

Connor était revenu, me souriant en me tendant une assiette, mais merde, je ne voulais pas leur être redevable de quoi que ce soit. C'était véritablement une maison de fous ici.

— Ça ira, je n'ai pas faim, dis-je.

Il grimaça.

— Tu dois être affamée.

— Il y a encore de quoi faire à la cuisine, Carmen, tu veux bien manger, s'il te plaît, insista Brady qui se tenait au pied du lit.

Ce fut ce mot, ce « s'il te plaît » qui court-circuita mon cerveau et je me saisis avec précaution de l'assiette. Mon genou me faisait un mal de chien et chaque fois que je bougeais le bras, je sentais la douleur m'envahir.

— Besoin que je te nourrisse ? demanda Connor en plaisantant, agitant une fourchette sous mon nez.

Je ne répondis rien, mais je regardais Brady qui avait l'air de désapprouver même s'il sourit à Connor avant de braquer son regard intense sur moi.

— Carmen, si tu veux bien nous en dire un peu plus sur toi. D'où viens-tu ? Pourquoi es-tu venue dans le coin ?

Devais-je tout leur dire ? Jusqu'à présent, ces gens n'avaient été que très agréables avec moi. J'hésitais, mais je ne pouvais pas faire la fine bouche à présent. J'avais besoin de soins et ils étaient en mesure de m'aider.

— J'ai grandi à New York et j'ai pas mal bougé, je voulais partir loin de la frénésie de la ville alors, je suis venue ici.

Brady haussa un sourcil.

— J'ai l'impression que ce n'est pas toute l'histoire, me tança-t-il sans méchanceté, mais je peux comprendre que tu ne sois pas à l'aise de parler avec un alpha que tu ne connais pas. As-tu des questions sur cet endroit auxquelles Connor et moi pourrions répondre ? À propos de qui nous sommes ? J'imagine que tu as dû être choquée lorsque tu l'as rencontré et qu'il t'a prodigué des conseils de jardinage...

Le coin de sa bouche se releva légèrement et j'aurais voulu poser mes lèvres sur les siennes, vénérer sa lèvre inférieure pulpeuse, mais il fallait que je me ressaisisse parce que quelques instants plus tôt je rêvais de faire la même chose avec Connor malgré ma jambe douloureuse. Il fallait que mon cerveau redéfinisse l'ordre des priorités.

Peut-être que la solitude n'était pas la meilleure des solutions parce qu'il avait suffi d'une seule journée dans une cabane au milieu de la forêt pour que je sois déjà sérieusement blessée, mais aussi que je me retrouve à fantasmer sur deux Éveillés chauds bouillants. Il semblait normal que je doive poser des questions, que je m'intéresse à leurs vies.

— Alors qu'est-ce que vous faites ici vous ?

Le sujet travail donnait l'impression de ne pas être trop dangereux et les hommes aimaient parler d'eux alors cela me laisserait du temps pour éviter qu'on me pose de nouveau des questions.

— J'étais psy avant le virus et maintenant je fais la même chose pour la meute, répondit Brady avec douceur.

— Les alphas ont besoin d'un psy ? m'étonnai-je, la bouche pleine de pommes de terre.

Oh, mon Dieu, que c'était bon ! Quelqu'un ici savait vraiment cuisiner.

— Oh oui, parce qu'entre le virus et les Forces opérationnelles, ça pèse lourd sur le mental de mes camarades de meute et je fais mon possible pour les aider, expliqua-t-il avec un sourire sans joie.

C'était intéressant, mais aussi terrifiant. Parce que cela voulait dire qu'il pouvait sûrement lire correctement les gens et je ne voulais pas qu'il me regarde de trop près.

— Et qu'est-ce que tu fais toi ? demandai-je à Connor alors qu'il nous regardait tour à tour Brady et moi.

— En dehors de secourir des omégas en détresse, je suis photographe et c'est moi qui prends les photos qui illustrent les articles de Mallo, fit-il avec un sourire malicieux.

— Attends une minute, tu m'as dit que j'étais une oméga ? Pourquoi ça ? exigeai-je de savoir même si mon ton était plus violent que je ne l'aurais voulu alors que je reposais l'assiette et que je me renfonçais dans les oreillers pour m'éloigner de Connor.

Je repensais aux explications de Pen sur les alphas et l'accouplement. Hors de question. Il grimaça, des petites rides se formant au coin du seul œil que je pouvais voir.

— Je suis désolé Carmen, j'ai juste l'habitude d'appeler les femmes des omégas parce qu'ici elles le sont toutes. Vraiment, je suis navré...

J'allais répondre lorsque Penelope revint dans la pièce accompagnée d'un alpha qui bien sûr était immense comme les autres, mais il émanait de lui quelque chose de distinctement apaisant. Il salua Connor et Brady avant de me regarder avec un grand sourire.

Pen fut la première à parler.

— Arlo, voici Carmen. Connor et Brady l'ont retrouvée blessée sur un sentier de randonnée. Elle souffre probablement d'une rupture des ligaments croisés antérieurs et des ligaments collatéraux tibiaux, mais je n'ai pas l'équipement nécessaire ici pour en être certaine et pour l'instant Orion s'occupe des prisonniers.

— Des prisonniers ? glapis-je.

Mais qu'est-ce qu'il y allait encore avoir après ça ? Pen fit la moue.

— Eh bien, je t'ai pas encore raconté la moitié de l'histoire, mais on peut discuter pendant qu'Arlo s'occupe de ta jambe, d'accord ?

Au même moment, la femme asiatique, Jude, revint avec une pile de vêtements qu'elle déposa à côté du lit.

— Ce ne sera peut-être pas tout à fait la bonne taille, mais ça devrait aller pour commencer, Carmen, me dit-elle.

J'acquiesçai à contrecœur. Parce qu'au bout du compte j'avais besoin d'aide.

— Merci Jude, répondis-je en souriant.

Elle me sourit en retour alors que le nouvel alpha s'enfonçait dans la chaise à côté de mon lit, son regard sombre croisa le mien alors qu'il souriait et qu'il tendait la main pour me serrer la sienne.

— Bonjour Carmen, moi, c'est Arlo et je crois bien que Pen t'a déjà expliqué que j'étais guérisseur, pas vrai ?

Je lui serrai la main et me trémoussai, mal à l'aise. Arlo sourit à nouveau.

— Je vais soulever tes draps et poser mes mains sur ton genou, tu risques de sentir un fourmillement, des picotements aussi, mais ça ne devrait pas être trop douloureux. Selon la gravité de ta blessure, il faudra peut-être plusieurs séances et comme je ne suis pas guérisseur depuis très longtemps, je ne suis pas aussi rapide que je le pourrais. Je suis désolé, s'excusa-t-il.

— Je te remercie d'avoir pris le temps de m'expliquer ça, répondis-je avec douceur en souriant.

Je lui en étais vraiment reconnaissante, mais j'avais horreur d'avoir besoin de quelqu'un. Cela ne fonctionnait jamais. Les gens me laissaient toujours tomber. D'abord mes parents, ensuite, les services sociaux et puis même mon amie, Jazz. Je ne voulais pas avoir besoin de qui que ce soit, mais malheureusement, c'était pourtant le cas.

Arlo se baissa et souleva les draps, expirant longuement lorsqu'il vit à quel point mon genou était enflé, la chair à vif.

— Eh bien, on dirait que ce sont de sacrées déchirures ! Il me faudra au moins deux ou trois sessions pour tout remettre d'aplomb, dit-il à l'intention de Pénélope qui acquiesça sans rien dire alors que j'essayais de me détendre lorsqu'il posa ses mains autour de mon genou.

Au moment où il resserra sa prise, je poussai un cri alors que la douleur envahissait tout mon organisme. Connor grogna en direction d'Arlo et Pen tendit la main pour se saisir de la mienne.

— Serre les dents, chérie, une fois qu'Arlo aura fini cette première session, il y aura de grosses améliorations, mais je sais que c'est difficile...

— Alors vous avez des prisonniers ici ? demandai-je à Pen en quête d'une distraction pour me changer les idées.

Connor se réinstalla dans sa chaise et Brady eut l'air mal à l'aise, mais Pénélope se contenta de soupirer et s'assit sur la chaise à côté de mon lit.

— D'ordinaire non, mais en ce moment oui. Les Forces opérationnelles ont envoyé une autre meute nous attaquer il y a cinq jours de ça, nous avons capturé certains de leurs alphas et nous essayons de savoir comment et pourquoi les Forces opérationnelles collaborent avec une meute d'alphas.

Je ne pouvais même pas dire que j'étais surprise, en particulier après tout ce que m'avait déjà raconté Pen. Les pièces du puzzle se mettaient en place dans ma tête et je comprenais mieux pourquoi les Forces opérationnelles kidnappaient des femmes sans-abri dans la rue parce que s'ils parvenaient aussi à capturer des alphas...

— Ça n'a pas l'air de t'étonner, Carmen. Pourquoi ? demanda Jude avec douceur.

Bordel, elle était sacrément intuitive. J'avais horreur que

tant de gens dans cette pièce se focalisent sur moi, mais ils avaient été bons avec moi et je pouvais leur dire ce que je savais. Si ça les aidait ? Je leur devais au moins ça.

Ma jambe fut parcourue de fourmillements et picotements douloureux alors qu'Arlo faisait... ce qu'il faisait, je ne pouvais pas faire comme si je comprenais de quoi il en retournait, mais il est vrai que la douleur parut diminuer légèrement alors que je fermais les yeux en me forçant à inspirer et expirer lentement.

— J'ai quitté la ville en partie parce que les Forces opérationnelles kidnappaient des femmes dans la rue et personne ne savait pourquoi, je ne me sentais plus en sécurité et que c'est pour cette raison que je suis partie, expliquai-je.

Du moins, c'était en partie à cause de ça, ils n'avaient pas besoin de savoir pour Billy Ocampo, cela n'avait pas d'importance.

— Bordel..., souffla Pen, il faut que j'en parle au conseil. Peut-être que c'est en partie grâce à ça qu'ils ont réussi à forcer la transformation des alphas...

Elle se leva immédiatement et sortit de la pièce sans rien dire de plus et Brady passa ses longs doigts élégants dans ses cheveux bruns.

— Je suis vraiment navré, Carmen, ça a dû être terriblement... éprouvant, murmura-t-il et je haussai les épaules en regardant ensuite Connor.

— On y peut rien, je pensais que je serais plus en sécurité ici, mais il semble que l'on ne l'est plus nulle part à présent.

— Nous te protégerons, grogna Connor lorsque je rivais mon regard au sien.

Je n'en dis rien, mais je ne voulais pas de sa protection. Je voulais être seule, je voulais prendre mes propres décisions, c'est tout. *Je suis forte, je suis indépendante et je n'ai pas peur*, me dis-je en répétant mon mantra, ce qui m'aida à me détendre.

Arlo agrippa une dernière fois ma jambe.

— OK, c'est tout le pouvoir que j'avais en stock pour aujourd'hui, mais je reviendrai demain si je peux prendre l'un des 4x4, mais autrement, je tâcherai de revenir dès que je peux. Tu iras bien, Carmen. Je te promets. Regarde...

Je clignais des yeux et baissais la tête : à ma plus grande stupéfaction, la peau de mon genou était toujours à vif, mais l'articulation n'était plus enflée quand bien même elle restait toujours douloureuse, mais je pouvais changer de position dans le lit sans hurler.

— C'est... c'est incroyable, je ne sais pas comment te remercier, dis-je dans un souffle alors que je me mettais à pleurer.

— Pas besoin de me remercier, guérir c'est en moi et je suis content de t'aider, m'assura-t-il.

À côté du lit, j'entendis une radio grésiller et Jude décrocha.

— J'écoute, fit-elle.

Une voix rauque et mécanique que je n'avais encore jamais entendue sortit du haut-parleur.

— Jude, est-ce que Brady est au Cabanon ? S'il est là, il faut qu'il passe me voir à mon bureau pour parler des alphas des Forces opérationnelles...

— Oui, il est là, je te l'envoie, dit-elle avant de reposer le talkie-walkie et de se tourner vers moi.

— Tu as eu une sacrée journée, Carmen. Ça te dirait de prendre un chocolat chaud et ensuite de te reposer ?

J'acquiesçai et elle eut l'air assez excitée à l'idée du chocolat. Connor me sourit puis se retourna et sortit. Lorsque le regard sombre de Brady se posa sur moi, je n'étais pas certaine de savoir ce que je pouvais y lire : de la perplexité, de la méfiance, de l'inquiétude aussi...

Argh. Ce jour-là n'était finalement pas une si bonne journée que ça après tout...

CHAPITRE QUATORZE

brady

CONNOR et moi retournâmes à la maison principale tous les deux perdus dans nos pensées. Il se dirigea vers la cuisine, mordillant mon épaule lorsque nos chemins se séparèrent et une fois que j'arrivais au bureau de Mitchell, je constatais que le conseil était déjà réuni au grand complet. J'avais redouté cette conversation dès l'instant où nous avions capturé les alphas dirigés par les Forces opérationnelles.

Le regard clair de Mitchell croisa le mien alors que j'entrais.

— Te voilà, Brady ! Comment va Carmen ?

Bien sûr, il savait déjà son nom. J'aurais juré que rien ne lui échappait.

— Arlo est sur place à présent et il semblerait bien qu'elle va avoir besoin de plusieurs sessions, mais comme il va neiger il y a de grandes chances qu'elle reste coincée ici quelques jours.

Il acquiesça.

— Margie, en ville, a appelé pour dire qu'une jeune femme était passée au magasin pour demander si elle pouvait lui donner du travail et elle l'a retrouvée endormie dans sa voiture en train de cuisiner sur une plaque chauffante sur le parking. Elle s'est dit qu'elle devait être sans-abri ou en cavale. Tu crois que cela peut être la même femme ?

— Oui, peut-être, elle nous a dit qu'elle est venue là parce qu'elle voulait quitter la ville, les Forces opérationnelles enlèvent des femmes dans la rue alors elle s'était dit qu'elle serait en sécurité par ici, admis-je en grimaçant alors que le chagrin déferlait sur moi.

Mon alpha de meute fit la moue.

— Pen est venue nous le dire immédiatement et il me semblerait que c'est une trop grosse coïncidence. S'ils enlèvent des femmes vulnérables dans les rues comme le faisait Arkan, ça veut dire qu'ils sont au courant du Lien entre les alphas et les omégas et que c'est peut-être comme ça qu'ils ont pu permettre à la meute d'Arkan de devenir des métamorphes. Il faut vraiment que l'on comprenne comment ils ont fait, murmura-t-il avant de se tourner vers Orion.

— Tu t'es occupé des alphas, mais à présent il faut qu'on essaie d'obtenir d'eux des informations, fit-il à son intention et Orion acquiesça.

— Ils n'ont rien dit pour l'instant, mais il est clair que les deux de la meute des souterrains n'agissaient pas de leur plein gré, c'est ce patch rouge qui les détraquent complètement, mais depuis qu'on leur a enlevé, ils font grise mine, ils ne veulent clairement pas être là. Cependant, la louve, c'est une tout autre affaire, elle est vraiment mauvaise et retorse.

La demi-heure qui suivit nous élaborâmes une tactique pour l'interrogatoire des hommes, car nous avions un besoin désespéré d'informations. Comment les Forces opérationnelles avaient-elles pu créer un sérum qui permettait aux hommes de se transformer ? Et qu'est-ce que la louve avait à avoir dans tout ça ? Pourquoi avoir attaqué à ce moment-là ? Tout ce que l'on savait dans l'immédiat c'était que l'on avait un peu de répit avant la nouvelle attaque, et ce seulement parce que Tiernan avait eu une vision. Notre sécurité ne tenait qu'à un fil.

Lorsque nous eûmes fini, j'étais émotionnellement épuisé et tirant sur notre Lien à Connor et moi, je sus qu'il était dans sa chambre et je pris immédiatement la direction de l'étage. Il était allongé sur son lit en train de lire un roman érotique que Mallo avait enfin accepté de lui passer à la condition qu'il lui rende exactement dans l'état où elle lui avait prêté.

— C'est quoi cette fois ? De l'intergalactique ? *Du sexe* intergalactique ? demandai-je, impassible, en regardant la couverture. *Capturée par le Roi de Voraxia : Passion Xiveri* d'Elizabeth Stephens.

— C'est chaud bouillant, ne me juge pas, répliqua Connor alors que je me glissais dans le lit, mordillant son cou.

— Je ne te jugerai jamais sur tes lectures, encore moins les érotiques, répondis-je en léchant son torse, ses abdos, adorant la façon qu'il avait de durcir immédiatement pour moi.

Sa queue ferme effleura mon torse. Immédiatement, j'avais envie de me relier à lui, j'avais besoin de son réconfort et de son tempérament décontracté. J'avais passé une sale journée.

— Je voudrais te parler de quelque chose, dis-je avec douceur alors que je lui enlevais son pantalon, sa queue libérée, son piercing à l'extrémité de son membre brillant dans la pièce à l'éclairage tamisé.

— Tu vas me cuisiner avant ou après m'avoir sucé ? siffla-t-il en oscillant des hanches, tout sourire.

— Pendant, plaisantai-je en me penchant en avant pour sucer l'extrémité de sa queue, faisant virevolter ma langue autour des piercings, le faisant glapir alors que sa main venait se poser sur ma nuque.

— C'est pas juste, j'arrive à peine à avoir une pensée cohérente quand tu fais ça, qui sait ce que je dirai..., gémit Connor.

— Tout ce dont j'ai besoin, c'est de la vérité. Parle-moi de ce qu'on a fait dans la salle de bain ? C'était quoi ça ? Pas que ça m'ait déplu, bien au contraire même, dis-je alors qu'il baissait la tête pour voir ma bouche se refermer à nouveau sur sa queue.

— Honnêtement, lorsque tu as dit à Carmen qu'elle était une bonne fille, ça m'a tellement excité que j'avais hâte de te prendre, je crois bien que je dois avoir un fétichisme des encouragements... parce que tout ce que je veux, c'est que tu me le dises dès que possible, soupira-t-il en se passant une main sur son visage.

— Je peux pas croire que j'ignorais ça de toi, dis-je en riant et caressant son torse large.

— Il faut que je te dise autre chose, dit-il en se redressant et s'appuyant contre la tête de lit puis se mettant à quatre pattes.

Il me regarda d'un œil bleu méfiant alors que je m'asseyais entre ses cuisses pour que l'on soit assez proches au point de se toucher.

— Crache le morceau, alpha, ordonnai-je et nos regards se croisèrent.

Connor détourna le regard avant de relever la tête.

— Quand tu lui as demandé d'être une bonne fille pour toi, ça m'a excité parce que moi aussi, je veux voir cette facette de toi et je ne le savais même pas. Je viens juste de me rendre compte que je fais une fixette là-dessus, mais...

Il ne finit pas sa phrase, détourna le regard pour de bon, la tête dodelinant. Je tendis la main et le fis se coller contre moi, lui relevant le menton.

— Dis-moi, Connor, tu sais que tu peux tout me dire.

Il acquiesça et releva la tête

— Mais ça m'a aussi excité que tu lui dises à elle... et dans la forêt, quand je t'ai vu la prendre dans tes bras, poser tes mains sur elle, là aussi, ça m'a excité.

Bordel de merde.

— Est-ce que tu essaies de me dire que de voir cette femme et moi ensemble, ça t'excite ?

Connor soupira, se rapprocha de moi assez près pour pouvoir mordiller ma lèvre.

— Oui, je suis très excité à l'idée que tu la touches plus, que tu l'encourages, que tu lui parles comme tu viens de le faire. Peut-être dans un grand lit tous ensemble. Et ça me déchire...

Je soupirais même si un petit doute commençait à s'immiscer en moi.

— Elle te plaît ?

— Oui, grogna-t-il en me regardant, du moins l'idée de toi et elle ensemble, me plaît.

Immédiatement, je passais en mode psy en dépit de l'inquiétude qui m'envahissait. Il ne m'était jamais venu à l'esprit que lorsque des omégas commenceraient à arriver au Complexe, il pourrait en vouloir une. Cela avait toujours été lui et moi, et ce depuis le jour de notre rencontre où nous nous étions instantanément liés. Mais je présumais que la femme blessée qui se reposait dans le Cabanon était plus qu'une belle gueule, elle devait être une oméga pour susciter une réaction de ce genre chez un alpha. Il avait dit, même si ce n'était pas intentionnel qu'elle était une oméga. Et ça me fichait la trouille. Qu'allait-il advenir de nous deux ?

— Parle-moi, Brady, implora Connor, tu sais que je ne te quitterai jamais, pas vrai ?

— Bien sûr, répondis-je rapidement, trop rapidement même.

— Je me... elle doit être une oméga pour que tu ressentes une chose pareille, pas vrai ? Qu'est-ce que ça veut dire pour nous ? Veux-tu tenter le coup avec elle ? Crois-tu qu'elle le voudra ?

Il fit la moue comme s'il venait de se rendre compte que je devais dire la vérité.

— Je ne sais pas ce qu'elle veut, mais cela ne changera *rien* pour nous, tu es *mien* et *personne* ne changera ça, fit Connor d'une voix claire et convaincue.

Puis, il se pencha en avant, plantant ses dents dans mon cou. Une morsure pour me marquer, le pouvoir de notre Lien m'envahit alors qu'il déversait ses inquiétudes, ses désirs et ses émotions.

— Est-ce que tu la trouves attirante ? demanda-t-il à mi-voix après avoir mis un terme à la morsure.

J'hésitais. Objectivement, elle était très belle et sentait délicieusement bon. Mais Connor avait été honnête avec moi et méritait que je le sois en retour.

— Oui, elle est attirante. Je... eh bien... quand tes dents étaient si près de son cou, j'ai pensé à toi... en train de la mordre, expliquai-je.

Je ne pouvais pas croire ce que je venais d'admettre, mais il m'en avait tant dit que je ne pouvais pas lui reprocher d'être aussi honnête. Tout mon corps vibrait et s'échauffait alors que nous révélions nos pensées les plus secrètes et c'était passablement déplaisant.

— Bordel, qu'est-ce qui ne va pas ? murmura Connor en se passant les mains dans les cheveux.

Je n'avais pas de réponse à cette question-là en revanche. Ce que je sentais à travers notre Lien me rassura : ce serait toujours lui et moi. Mais ça me terrifiait aussi parce qu'il me semblait qu'une partie de notre Lien venait de se rompre et de se rattacher à la femme blessée.

CHAPITRE QUINZE

connor

J'ÉTAIS un connard et dans un sacré pétrin en plus de ça parce que ce soir-là, j'avais admis beaucoup de choses à Brady et son angoisse était pratiquement palpable à travers notre Lien. Quand nous nous étions envoyés en l'air dans la salle de bain et que j'avais été si violent avec lui, ç'avait été incroyable, j'étais au bon endroit, c'était ce qu'il me fallait, mais j'aurais menti en disant que la façon qu'il avait eu d'encourager Carmen ne s'était pas immiscée dans mon esprit. Je pensais comme j'aurais aimé qu'il la baise alors qu'elle me sucerait ou qu'elle me chevaucherait alors qu'il la prendrait par-derrière ou que je le prenne pendant qu'il serait en train de lui faire un cunnilingus.

Oh, bon Dieu, je n'avais pensé qu'à ça pendant qu'il m'avait dominé, sa main sur ma queue et j'imaginais aussi la sienne sur le sexe tiède de Carmen, je m'étais imaginé ses jolies lèvres rouges, nous chuchotant des trucs obscènes nous exhortant tous les deux à continuer et j'avais joui plus fort que jamais, juste à l'idée qu'elle soit là avec nous. Si Brady ne lui avait pas dit ces mots, j'aurais pu très bien continuer de vivre sans vouloir qu'elle s'immisce entre nous.

Lorsqu'elle m'avait révélé même sans le vouloir son cou, cela avait déclenché quelque chose dans mon esprit et savoir que Brady l'avait vu et souhaité que je la morde, c'était plus aphrodisiaque que je l'aurais cru.

J'avais un compagnon qui me suffisait, et ce depuis le jour de notre rencontre ; j'avais su dès le moment où il était sorti de la forêt qu'il était irrévocablement mien. Mais alors que venait-il de se passer ? Carmen devait être une oméga, mais je n'en voulais pas. Ou du moins, j'avais cru ne pas en vouloir une.

Brady vint poser ses mains sur mes pectoraux et les laissa là. Je voulais désespérément me rassurer, le rassurer, nous étions faits l'un pour l'autre et personne ne se mettrait entre nous. Nous ne montrions pas notre affection en public parce qu'il n'était pas prêt, mais ces moments volés comptaient beaucoup pour moi. Et s'il n'était pas prêt parce qu'il nous manquait une pièce ? Si nous devions partager une oméga ensemble ?

J'aurais voulu me mettre une gifle parce que je n'étais pas certain de savoir comment justifier d'être attiré par une autre personne. Je n'avais toujours été que monogame alors toucher quelqu'un d'autre que Brady, ça ne me tentait pas du tout. Je n'avais jamais eu le moindre problème avec les autres omégas ici même si elles sentaient toutes délicieusement bon, cela avait toujours été un toucher amical et l'idée de m'envoyer en l'air avec l'une d'entre elles me paraissait particulièrement ridicule.

On frappa à la porte et Brady se redressa immédiatement, se rhabilla et se dépêcha d'aller s'asseoir sur le fauteuil devant la cheminée. Je soupirai, me levai et fis de même alors que je contournai le lit pour aller ouvrir la porte. C'était le voyant de notre meute, Samson, qui se tenait de l'autre côté, les mains dans les poches et la ligne dorée qui l'affichait comme notre voyant brillait intensément depuis qu'il avait marqué son oméga, Pen, après le raid. C'était vraiment étrange à voir même si je l'avais déjà vue plusieurs fois et qu'il m'avait expliqué comment ça fonctionnait.

Samson toussota jusqu'à ce que je relève la tête et il entra dans la pièce à grandes enjambées avec un sourire amical à l'intention de Brady.

— Il faut que je vous parle à tous les deux, commença-t-il en nous regardant tour à tour.

— Tu as l'air d'une luciole, lui dis-je alors que je refaisais mon chignon.

Notre voyant rit et croisa ses gros bras sur son torse.

— J'ai besoin de parler avec vous deux, en privé, précisa-t-il.

— On est punis ? demandai-je, pince-sans-rire.

— Pas vraiment, mais j'ai seulement eu une vision qui vous implique tous les deux et j'aimerais pouvoir vous en parler, fit Samson avec un sourire doux et compréhensif.

Oh, merde. Je regardai Brady du coin de l'œil, mais il n'avait pas l'air inquiet et il se contenta de hocher la tête en faisant signe à Samson de venir s'asseoir.

J e suivis Samson au coin du feu, mais tout ce que je pouvais ressentir à ce moment-là, c'était une étrange tension sous ma peau, comme si elle était trop tendue sur mes os et à travers mon Lien avec Brady je pouvais sentir qu'il était bouleversé alors qu'il assimilait tant bien que mal la conversation que nous venions d'avoir. Avais-je mal fait de lui dire ce que je lui avais dit ? Au bout du compte, je ne pense pas, car si j'avais quelque chose pour moi, c'était ma loyauté. J'étais un Lion, bordel de merde, et la loyauté, c'était la base de mon ADN.

— Ça ne te ressemble pas d'être aussi silencieux, Connor, remarqua Samson souriant alors qu'il s'installait dans un vaste fauteuil.

— C'est que ça a l'air d'être une conversation sérieuse et ma répartie me fait défaut.

— Alors c'est ça, rit Samson, je vais être franc : la femme est une oméga.

Mon cœur manqua un battement, s'arrêta avant de redémarrer en battant la chamade.

— Toutes les femmes ne sont-elles pas des omégas ? plaisantai-je sans en avoir le cœur

Je ne trouvais rien de mieux à dire. Bordel. À côté de moi, Brady était figé, mais je pouvais entendre son cœur s'emballer et j'eus un besoin dévorant de me rapprocher de lui, de le toucher, de le rassurer, mais je ne pouvais pas faire ça, pas devant Samson qui poursuivit.

— Nous n'avons pas parlé en détail de mes capacités en tant que voyant de la meute, mais je veux vous en parler aujourd'hui.

— Ça m'a l'air d'être un sacré changement de sujet si tu veux mon avis, mais fais comme tu le sens, dis-je alors que j'étais terrifié de ce qu'il allait dire et que je commençais à manquer de plaisanteries.

Samson rit.

— J'apprends toujours ce en quoi cela consiste d'être le voyant, mais depuis le raid, j'ai fait quelques découvertes : je vois les Liens entre les gens, j'ai toujours pu voir le Lien entre vous deux par exemple, fit-il avec douceur en nous regardant tour à tour.

Brady soupira, mais se rapprocha d'un pas de moi. Putain. J'espérais que Brady ne paniquait pas, mais comme j'avais déjà dû le dire, nous n'étions pas aussi doués pour cacher notre relation qu'il le croyait. Comme s'il pouvait sentir notre inquiétude, Samson leva la main pour nous apaiser.

— Il ne m'appartient pas de révéler votre relation, mais depuis que cette oméga est arrivée, votre Lien est en train de changer.

Oh bordel de merde. Voilà, on y arrivait. Cela n'allait plus être la même chose entre Brady et moi à présent que je désirais une oméga. Mon cœur s'emballait et je sentais mon estomac se retourner.

— Je crois que je vais vomir, grognai-je, me penchant en avant, la tête entre les jambes et me forçant à inspirer. J'aimais si fort Brady, je ne pouvais pas laisser faire ça.

— Calme-toi Connor, le Lien que je vois existe entre vous trois, je crois qu'elle est votre oméga. À vous deux.

— Non, absolument pas, siffla Brady.

Je relevai d'un coup sec la tête et me redressai.

— Qu'est-ce que tu veux dire par là, Samson ? demandai-je sur un ton trop incisif.

Samson sourit.

— Le Lien que je vois existe entre vous trois, il est ténu, mais résistant et Rolf m'a dit que cela implique qu'il y a de grandes chances que vous êtes les esprit et guérisseur de la meute, mais nous n'en sommes pas encore tout à fait certains.

— On a déjà rencontré un guérisseur, mais c'est quoi au juste un esprit ? demanda Brady.

— Content que tu me le demandes. L'esprit est capable d'identifier et se lier avec l'animal dans lequel un alpha se transforme, il peut communiquer avec et il aide à l'harmonie d'une meute à travers ce Lien et c'est un poste primordial.

— Bon sang, Samson, il y a encore d'autres choses que tu as nous dire parce que là, ça commence à faire beaucoup, fis-je.

— Je n'en ai pas encore fini, mon frère, rétorqua-t-il. Vous devrez bientôt décider d'aller de l'avant avec elle. Nous sommes en sécurité ici encore quelque temps, mais il faut que vous soyez liés tous les deux et capables de vous transformer, et ce le plus vite possible.

— Bordel, Samson, on peut pas faire un changement comme ça juste parce que tu as eu une vision. Est-ce qu'il est possible que tu puisses te tromper ? Et si elle est pas intéressée ? Elle a dit qu'elle était venue là pour échapper à ce genre de merde, aboyai-je.

Je commençais à me sentir mal.

— C'est vrai, Connor, pourtant ma vision me montre que vous êtes tous les trois ensemble et il faudra que vous lui en parliez. Pour moi, les Liens sont limpides comme entre moi et Pen ou Mallo et Orion, vous êtes déjà pas loin de vous accoupler avec elle. Et les guérisseurs et esprits canalisent mieux leurs pouvoirs quand ils sont trois. Rolf m'a dit que dans toute l'Histoire des alphas il n'a jamais vu un guérisseur ou un esprit monogame, soupira Samson.

Ce qui me fit grimacer et je me concentrais sur Brady qui ne disait pas grand-chose et je m'inquiétais de savoir comme il assimilait l'information.

— Réfléchissez-y, si vous voulez voir ce que j'ai vu, je peux vous la montrer, mais il faut que je vous dise... c'est très... sensuel, proposa Samson avec douceur.

Très sensuel... Oh mon Dieu.

— Il faut que je voie ça, il faut que je le sache avant qu'on lui parle parce que je ne saurais même pas comment lancer la conversation si je n'ai pas tous les éléments, dit Brady derrière moi, la voix brisée comme s'il pouvait à peine parler.

Samson nous fit un demi-sourire.

— Attends un moment, elle est blessée et elle souffre en ce moment et elle doit pas avoir la tête à ça.

Samson acquiesça de nouveau.

— C'est vrai, Connor, il faudra que vous lui parliez et vous lui expliquiez tout ça après que vous ayez toutes les informations parce que vous pourrez décider tous les trois si vous voulez essayer. Il va beaucoup neiger cette nuit, elle va devoir rester ici pendant quelques jours, vous aurez un peu de temps...

L'effroi et l'excitation luttaient pour prendre le dessus dans mon esprit et je regardais tour à tour mon compagnon et Samson. Bordel, j'espérais vraiment qu'il allait y avoir de la lumière au bout du tunnel.

CHAPITRE SEIZE

brady

LES ÉMOTIONS faisaient rage en moi en un maelstrom confus et je ne savais même pas comment nommer tout ce que je ressentais. J'étais en colère que la vision de mon voyant de meute vienne perturber ma relation avec mon compagnon, j'étais préoccupé par le fait que mon besoin de rassurer Carmen un peu plus tôt dans la journée trahisse qu'il y avait autre chose de plus profond entre nous. Et surtout, plus qu'autre chose, il me semblait que ce n'était pas moral de faire une chose pareille. J'avais grandi dans une famille très catholique et il était déjà compliqué pour moi d'accepter le fait que je sois lié à un autre homme, mais qu'en plus je sois aussi lié en même temps à une femme. Je n'étais pas certain de pouvoir y arriver parce que ça me semblait pratiquement... immoral. Le regard sombre de Samson se riva au mien : il comprenait ce que je ressentais, et se rapprocha de Connor et moi.

— Brady, pendant trois ans tu m'as guidé quand je croyais que je perdais la tête et tu étais l'une des rares personnes en qui j'ai pu avoir confiance dans ces temps obscurs, mais maintenant que j'ai trouvé ma voie, je serai heureux de pouvoir utiliser mon don pour te guider, dit-il.

Ma colère retomba quelque peu et j'étais ravi que mes sessions avec Samson l'aient aidé même si finir par marquer son oméga était ce qui lui avait permis de déployer toute l'étendue de ses pouvoirs.

— Tu me fais confiance ? demanda Samson, le regard intense, mais comme j'étais un alpha, j'eus du mal à détourner le regard.

— Bien entendu, Samson, acquiesçai-je.

Je sentais mon estomac se nouer, angoisse et horreur m'envahissant. Une oméga entre Connor et moi ? Une oméga monopolisant le temps et l'attention de Connor ? Je n'en voulais vraiment pas, mais il fallait que je voie par moi-même pour essayer de comprendre si ce qu'évoquait Samson pouvait être réel.

— Excellent, viens là, dit-il en retirant son tee-shirt, révélant au passage la ligne vive dorée qui passait entre ses pectoraux et qui disparaissait ensuite dans son pantalon.

Son ton était impérieux et d'ordinaire, je l'aurais repris verbalement pour utiliser un tel ton avec moi, mais j'étais aussi curieux et trop éprouvé moralement pour me battre.

— Donne-moi tes mains, fit Samson en tendant les siennes, paumes tournées vers le haut.

Je posais ma paume sur la sienne, mais Connor ne bougea pas ; à travers notre Lien je sentais une angoisse accablante l'envahir et mon cœur se brisa, ç'avait dû être horriblement dur pour lui de dire que Carmen l'attirait. Et puis ça ensuite...

Tendant l'autre main, je la plaçais au creux des reins de Connor et il bondit, nous regardant rapidement tour à tour Samson et moi.

— On jette juste un coup d'œil, d'accord ? Il faut qu'on sache. Il faut que *je le* sache, essayai-je de le rassurer.

Connor tendit une main à Samson. Ce dernier grogna affirmativement et nous prit les mains qu'il posa à plat sur la ligne qui barrait son torse.

— Vous savez que cette ligne m'identifie comme le voyant de notre meute, mais elle marque aussi le Lien qui canalise mon pouvoir. Tiernan m'apprend comment à travers cette ligne, je peux laisser voir des aperçus de mes visions à mes frères et j'aimerais vous montrer ce que j'ai vu concernant cette oméga.

— Comment ça marche ? s'enquit nerveusement Connor.

— Il suffit de se vider la tête, de fermer les yeux et de laisser la vision s'installer, fit Samson, impassible.

Je n'étais pas certain de vouloir voir quelque chose que je n'allais pas pouvoir oublier, mais j'étais aussi désespéré d'avoir toutes les informations à disposition avant de perdre la tête tant je m'inquiétais. C'était une occasion d'en apprendre davantage même si j'avais peur de ce qui m'attendait une fois qu'on aurait tiré au clair cette affaire. Connor et moi étions faits l'un pour l'autre et j'étais plus heureux avec lui que je ne l'avais été avec quiconque. Je ne voulais pas que cela change et je ne voulais pas être en compétition avec qui que ce soit pour avoir son attention.

Puis d'un coup, en un éclair, mon esprit se vida et tout disparut à part une sensation vaporeuse d'être ailleurs. Samson se tenait à côté de moi alors que Connor nous rejoignait, en compagnie d'un autre alpha. Ça devait être Rolf. Il était le double plus mat de Samson, les coins de sa bouche s'ourlèrent en un rictus et il me fit un clin d'œil.

Puis j'entendis un rire résonner dans l'espace vide, celui d'une oméga, celui de Carmen. Je plissais les yeux, tout était flou, mais alors que je me frottais les paupières et que j'essayais de comprendre, une image se forma devant moi et en quelques instants la scène se matérialisa alors que Samson et Rolf se fondaient dans l'obscurité pour nous donner à Connor et moi un peu d'intimité.

Dans cette vision, je me trouvais donc dans la chambre de Connor avec lui et Carmen et mon Dieu, je n'allais jamais être capable d'oublier ce que j'avais vu. Nous étions tous les trois nus et elle s'était empalée sur ma queue et faisait de lents va-et-vient, me titillant alors que je grognais, mes grandes mains agrippées à ses cuisses généreuses. Connor se tenait à côté du lit, nous observant, le regard voilé de désir alors qu'il caressait l'extrémité où brillait son piercing.

Carmen tourna la tête et je sentis jusque dans mon âme la façon qu'elle avait d'inviter Connor à nous rejoindre dans le lit. La façon dont elle se délectait des réactions qu'elle suscitait en nous. Dans cette vision, elle était plongée en nous jusqu'à la garde et Connor et moi étions plus que consentants. La vision accéléra et je fus plongé en elle, la prenant par-derrière tandis que Connor la prenait par devant et ma respiration devenait irrégulière alors que nous jouissions tous ensemble dans une explosion de plaisir, Carmen criant nos noms.

Je ne voulais pas de ça, bon Dieu, j'en voulais vraiment pas parce que ça nous hanterait pour toujours. Mais la vision se transforma encore et cette fois, c'était Connor qui se déchaînait sur moi alors que Carmen était assise, royale, entre les oreillers, enveloppée de douceur alors qu'elle nous regardait nous débattre : Connor me prit dans ses bras, collant mon dos contre son torse alors que ses griffes noires s'enfonçaient dans mon ventre, sa main agrippant ma queue dure alors qu'il me marquait à grands coups de dents sur mes épaules et mon cou, me faisant saigner. Il était vraiment déchaîné, beaucoup plus violent que d'ordinaire, c'était enivrant. Carmen gémissait, glissant ses longs doigts entre ses cuisses pour se toucher, tout excitée qu'elle était de voir Connor me dominer et m'anéantir.

Et là, la vision disparut et je fus de retour dans la chambre de Connor, ma main sur son torse et lui, à côté de moi tout tremblant, notre Lien vacillant sous l'effet de la confusion et quelque chose que j'ai peur de nommer et qui ressemble horriblement à de l'excitation.

— Bon Dieu, Samson, j'arrive pas à croire que tu puisses voir des trucs pareils, je suis désolé, je suis certain que tu ne voulais pas... voir ça. C'est pas un peu envahissant pour toi ? dis-je en tentant de détourner le sujet.

Samson sourit.

— Ce n'est pas moi qui devrais te poser la question, mon frère ? Ne t'inquiète pas et réfléchis à ce que je viens de vous montrer. Je suis certain que ça vous fait un choc tous les deux, mais j'ai reçu cette vision, il m'a semblé que c'était très pressant. Comme si votre Lien avec elle était particulièrement important et peut-être que si vous lui en parlez, vous vous trouverez plus... enclins que vous ne l'êtes actuellement, fit-il et sans attendre de réponse de ma part, il sortit de la pièce.

Enclins ? Est-ce que cette vision avait été alléchante ? Tous les trois enchevêtrés dans les draps sur le lit de Connor ? Je ne voulais pas y croire et pourtant mon membre butant contre mon pantalon disait une autre histoire.

— Bordel, protesta Connor, je sais pas quoi penser de ça, de tout ça...

Il me regarda, s'avança et passa ses bras autour de ma taille, enfouissant son visage dans mon cou, inspirant. J'étais figé sur place, tiraillé entre ce que je venais de voir et ce que mon cerveau essayait d'en comprendre en toute logique.

— Dis quelque chose Brady, dis-moi ce qui te passe par la tête, m'implora mon compagnon.

Je clignais des yeux à plusieurs reprises pour m'éclaircir les idées et m'éloignais de lui, me recroquevillant dans le fauteuil.

— Je me sens pris au piège, Connor, admis-je, comme si tout était conclu d'avance avec Carmen quand ni toi ni moi n'avons eu une véritable conversation avec elle. Je... on ne peut pas juste aller comme ça au Cabanon et tout lui déballer ça comme ça.

— Non, il faut que j'assimile l'information, acquiesça-t-il en fronçant ses sourcils clairs.

— Moi aussi. Elle a besoin de temps pour se remettre et comprendre là où elle a atterri. On va lui donner le temps et ensuite on lui dira tout. Elle risque dans tous les cas de partir en courant parce qu'elle a bien dit qu'elle voulait tout quitter, dis-je alors qu'il s'enfonçait en soupirant dans le fauteuil du mien.

Connor acquiesça.

— Bien, répondit-il, il faut juste qu'on voie ce qui va se passer, ça va bien se passer, souffla-t-il et je ne pouvais pas dire s'il essayait de me convaincre moi que tout allait bien se passer ou plutôt de se convaincre lui-même.

Nous restâmes assis en silence un long moment avant de nous sentir prêts à aller nous coucher et lorsque nous y allâmes enfin, nous nous blottîmes l'un contre l'autre, voulant désespérément nous rapprocher l'un de l'autre, trouver du réconfort.

Mais si je devais regarder dans le recoin le plus obscur de mon cœur, je devais admettre que j'avais été passablement excité parce que Samson nous avait donné à voir ce soir-là et j'étais absolument terrifié par la sublime oméga actuellement au Cabanon. Finalement, le sommeil m'envahit et dans ma tête passait en boucle ce moment où je la voyais, ses hanches pleines, chevauchant ma queue. Et ce toute la nuit. Encore et encore.

CHAPITRE DIX-SEPT

carmen

— L<small>E PETIT-DÉJEUNER EST SERVI</small>, fit une voix douce alors que je me réveillais le lendemain matin.

Il faisait chaud dans la pièce et il y avait longtemps que je n'avais pas eu aussi chaud. Jude se tenait à côté de mon lit, avec un large sourire, ses cheveux auburn relevés en un chignon flou.

— Je ne savais pas ce que tu aimais alors j'ai pris un peu de tout, dit-elle.

— Tu n'étais pas obligée de faire ça, je ne sais pas comment je pourrai te le revaloir, dis-je avec douceur.

— Tu n'as pas encore rencontré Mitchell et tu n'as pas encore vu la maison principale, mais quand tu la verras, tu ne t'inquiéteras plus de devoir quoi que ce soit à quiconque. C'était un homme d'affaires milliardaire avant le virus et il s'en sort bien !

— Alors, est-ce que l'endroit lui appartient ? Ou bien ? dis-je sans finir ma phrase parce que je n'étais pas certaine de savoir quoi demander.

J'avais déjà rencontré beaucoup de gens et tout ce que

m'avait raconté Pen m'avait rempli la tête de toutes sortes de choses.

— Oui, il a attrapé le virus au tout début et Griz et lui ont créé cet endroit pour en faire une sorte de foyer pour les alphas et ça fait plusieurs années que des camarades de meute se joignent à nous et là, on leur donne une vraie maison, c'est un saint, cet homme.

— Il faudra que je le remercie plus tard de t'avoir laissée m'aider, souris-je alors que j'essayais de bouger ma jambe.

À ma grande surprise, elle était beaucoup moins douloureuse que la veille et à dire vrai, lorsque je repoussais les couvertures, je vis qu'elle avait désenflé et que la peau n'était plus à vif. Plus du tout. J'essayais de plier le genou, mais ça, ça me fit un mal de chien.

— C'est vraiment quelque chose ce pouvoir de guérison, pas vrai. Parce que si tu étais allée chez un médecin ordinaire, tu aurais eu besoin d'une opération et d'une longue convalescence. Mon Dieu, ce dont je voudrais que l'on puisse parler en toute sécurité des pouvoirs des alphas en public, tu t'imagines les avancées que l'on ferait en médecine, fit remarquer Jude à mi-voix en pressant ses doigts fins sur mon genou avec douceur.

— Tu es chercheuse, c'est ça ? demandai-je en repensant à ce que Pen m'avait dit la veille lorsqu'elle m'avait présenté Jude.

— C'est ça, mon père est absent quelques jours, mais ils l'appellent le Chimiste, car d'habitude on cherche des façons de mettre un terme aux crises de Sauvagerie qu'endurent la majorité des alphas lors de leur première transformation et c'est le seul moment où ils sont vraiment dangereux, mais c'est malheureusement tout ce que l'on voit aux informations. Mallo et Connor travaillent dur pour changer l'image que l'on a d'eux, mais mettre un terme à ça serait une sacrée avancée !

— Je ne sais même pas comment te répondre, admis-je, cet endroit est incroyable et je... je perds pied.

Je ne savais même pas pourquoi je lui parlais, mais le tempérament calme et amical de Jude était un véritable baume pour mon âme brisée. Je quitterais les lieux dès que possible, mais elle... m'était sympathique.

— En fait, Pen et moi, on s'est dit que l'on te ramènerait peut-être à la maison principale aujourd'hui, tu peux prendre la chambre de Griz comme il loge ici en ce moment, fit Jude en rougissant légèrement et je me demandais pourquoi elle rosissait en disant son nom.

— Je ne l'ai pas encore rencontré, pas vrai ? demandai-je.

Elle confirma et sourit.

— C'est le meilleur, tu vas l'adorer ! Il nous aide beaucoup mon père et moi alors, il dort sur notre canapé ce qui veut dire que sa chambre est disponible et je me suis dit que ça te ferait plaisir d'être au milieu de l'activité dans la maison.

— Je serais aussi contente de rester ici et passer du temps avec toi, bougonnai-je alors qu'elle récupérait des béquilles près de la porte.

— Tu peux aussi si tu en as envie, dit-elle précipitamment, mais pour être franche, j'ai une tonne de choses à faire aujourd'hui et je ne suis pas certaine d'être de très bonne compagnie. Pen pourra te présenter à toutes les personnes que tu n'as pas encore rencontrées, ça sera amusant. Cette nuit, il y a presque deux mètres de neige qui sont tombés alors ça veut dire qu'ils vont bien s'amuser à la maison principale. J'ai l'impression que ça te ferait du bien de t'amuser un petit peu, dit-elle en me faisant un clin d'œil et je frémis, me demandant ce qu'elle insinuait.

Jude se décomposa.

— Je n'avais pas l'intention d'être méchante, Carmen, mais pour tout te dire, je reconnais beaucoup de toi en moi. Tu es sur la défensive, tu ne sais pas si on attend quelque chose en retour de toi, et j'ai éprouvé ça toute ma vie, mais la seule fois où ça n'est pas le cas, c'est quand je suis ici avec cette meute.

J'étais tellement choquée par son aveu brutal que je ne pouvais même pas trouver quoi répliquer.

— Va à la maison, rencontre tout le monde, les alphas et les omégas sont si sublimes ensemble et Mitchell a construit une incroyable famille ! Tu es coincée avec nous pendant au moins quatre ou cinq jours, alors autant en profiter pour t'amuser un petit peu, pas vrai...

Son bonheur vint se loger sous ma peau jusqu'à ce que je me sente sourire. J'aurais préféré prendre moi-même cette décision, mais il semblait qu'elle n'allait pas être très disponible ce jour-là et il fallait vraiment que je suive le mouvement et ces gens m'avaient aidé d'une façon dont je ne pourrais jamais leur revaloir.

— D'accord, bien, très bien, mais j'ai vraiment besoin d'une douche...

— Ça me paraît bien, essaie les béquilles pour voir si tu peux te déplacer à l'aise, fit-elle en me les passant.

J'essayais de me mouvoir et sans problème, je pus me déplacer facilement tant que je ne pliais pas trop ma jambe. Jude m'aida à remonter le couloir et atteindre la salle de bain, me montrant où se trouvaient tous les produits d'hygiène ainsi que des vêtements propres. À sa taille. J'y serais certainement à l'étroit dedans, mais c'était mieux que rien.

Après la meilleure et la plus chaude douche de mon existence, je m'habillais lentement et retournais à ma chambre et je fus surprise d'y trouver Connor et un alpha noir au labo. Je ne l'avais pas encore rencontré, mais lorsqu'il dit quelque chose à Jude, elle s'empourpra, ce qui me fit soupçonner que c'était Griz.

Lui et Connor se retournèrent lorsque j'arrivais dans la pièce et il se fendit d'un grand sourire amical.

— Enchanté de faire ta connaissance, Carmen, moi c'est Griz !

Je tentais de lui serrer la main, mais c'était difficile à faire tout en tenant mes béquilles, alors je finis par le saluer en agitant la main, le faisant rire.

— Tu as l'air de t'être bien reposée, fait Connor alors que Griz se concentrait à nouveau sur Jude et ce qu'elle faisait, penchée sur un bécher.

— Merci, je peux me déplacer avec des béquilles, mais je suis stupéfaite parce que je croyais que je ne pourrais pas le faire avant longtemps...

— As-tu hâte de partir d'ici ? demanda-t-il sur un ton neutre.

Vraiment ? Oui, j'avais eu hâte et j'avais toujours cette envie, mais que l'on prenne soin de moi comme on le faisait ici me procurait un soulagement que je n'avais pas ressenti depuis des années. J'en avais assez et j'en profitais tout à la fois.

Je n'avais même pas encore répondu, mais Connor poursuivit.

— Les omégas se sont dit que ça te plairait d'être à la maison principale et je suis venu t'y emmener et t'installer si tu as envie, fit-il en me faisant un large sourire amical.

Je regardai Jude, mais elle était très concentrée sur ce que Griz était en train de lui dire.

— Ça m'a l'air bien, laisse-moi seulement prendre mon sac à dos et on peut y aller, dis-je à mi-voix.

Connor me suivit dans ma chambre temporaire, insistant pour que je ne porte rien. Et d'une certaine façon, c'était agréable de savoir quelqu'un était là pour assurer mes arrières. Même si ça ne durerait pas. Tout ça n'était que temporaire.

CHAPITRE DIX-HUIT

DEUX JOURS PLUS TÔT, j'étais heureux avec mon âme sœur, mais à présent, j'étais au milieu d'un nouveau monde infernal où la vision de Samson nous exhortait Connor et moi à prendre une oméga... ensemble. J'aurais voulu pouvoir hurler au ciel parce que je ne voulais pas d'une autre compagne. J'étais heureux avec Connor, plus qu'heureux même, heureux jusqu'au plus profond de moi-même.

Je sentais irradier à travers notre Lien son malaise et son bonheur. Il était allé chercher Carmen au Cabanon pour la ramener à la maison principale et les omégas avaient l'air de croire qu'elle serait plus à l'aise ici et toutes mourraient d'envie de la rencontrer. J'aurais voulu m'arracher les yeux. Je n'avais jamais été quelqu'un de violent, mais je n'aurais jamais voulu davantage que jeter cette femme dans un gouffre obscur et ne jamais la regarder à nouveau. Juste l'effacer elle et cette foutue vision de mes souvenirs. Parce que chaque fois que je fermais les yeux une seconde, l'image de ma queue s'enfonçant en elle, envoyait une vague de chaleur à mon entrejambe.

J'avais deux problèmes à ce qu'elle soit là à quelques

chambres de celle de Connor : d'abord, j'allais devoir la voir et la revoir, ce qui impliquait des pensées déviantes, indésirables et des souvenirs de la vision de Samson. Et ensuite, la culpabilité catholique montrait sa tête et je pouvais pratiquement entendre ma mère marmonner des versets de la Bible en espagnol contre la bigamie. La monogamie avec une femme m'avait été inculquée depuis l'enfance.

Ce n'était pas comme si j'étais toujours en contact avec ma famille, pas depuis le virus, mais tout de même. Je... je ne savais pas comment rationaliser ce qui était en train de m'arriver. Je me tenais dans le couloir lorsque je croisais Samson, le regard sombre et compréhensif.

— Je suis désolé, Brady, je sens ton mal-être.

Je ne savais pas pourquoi, mais il avait toujours été facile de parler avec Samson, surtout à présent qu'il faisait partie du conseil de meute et qu'il n'était plus mon patient le plus fréquent.

— Je me sens trahi, comme si Connor et cette oméga, c'était inévitable et que je suis juste au milieu du passage, confiai-je en le regardant dans les yeux.

— Et tu ne te vois pas avec eux lorsqu'ils sont ensemble ? demanda-t-il.

— Je ne veux pas d'une oméga, Samson, je n'en ai jamais voulu, répliquai-je.

— Je ne crois pas que Connor en ait voulu une non plus, me rappela-t-il avec douceur.

— C'est vrai, mais à présent je suis juste tellement en colère et pourtant, il ne faudrait pas, mais j'ai l'impression qu'on me force la main pour cet arrangement.

Samson soupira.

— Tu as toujours le choix, Brady. Ce n'est pas parce que c'est le destin qui veut que vous soyez ensemble que ça veut dire que tu dois choisir ça. L'alpha de la meute canadienne a été rejeté par son oméga et ils vivent à distance, le Lien ne veut pas forcer les choses.

Perplexe, je haussais les sourcils.

— Oui, mais ensuite, ça veut dire que je prends une décision pour Connor qui va le blesser alors il n'y a pas de bonne façon de s'en sortir de cette situation.

Il réfléchit un moment.

— Peut-être que plutôt que de chercher une façon de s'en sortir, regarde pour voir ce que tu peux faire de l'intérieur. Parles-en encore avec Connor, dis-lui tout. Il faudra du temps à Carmen pour guérir, même avec l'intervention d'un guérisseur. Apprends à la connaître et si après ça tu es toujours du même avis, je suis certain que Connor respectera ta décision.

— Tu veux dire lui demander de la quitter pour que l'on reste ensemble lui et moi ?

— Si tu le souhaites, oui, répondit Samson avec aplomb.

J'acquiesçai et passai en revue les différents scénarios dans ma tête. J'étais furieux et abattu. Nous nous étions mis d'accord pour en parler avec Carmen dès qu'elle serait guérie parce que son avis comptait tout autant que le nôtre, mais je ne voulais pas avoir cette conversation.

Samson me mit une claque sur l'épaule avant de remonter le couloir au pas de charge et se glisser sans bruit dans sa chambre et j'entendis immédiatement la voix gutturale de Pen et je savais qu'ils allaient s'envoyer en l'air.

Et j'avais raison parce que quelques minutes plus tard, les bruits d'ébats sauvages m'arrivaient aux oreilles. Ce n'était pas si inhabituel depuis que plusieurs omégas vivaient de ce côté du couloir, je n'y avais guère prêté attention, mais les cris d'une femme dans les affres de l'orgasme, c'était autre chose... Cela faisait déjà longtemps que je n'avais pas couché avec une femme. Mais après avoir vu la vision de Samson la veille, entendre ces bruits me rappelait la voix délicieusement rauque de Carmen lorsque je l'avais pris.

Je bandais rien qu'à y penser, mais je laissai échapper un grognement en sortant de la pièce et en me dirigeant vers l'extérieur. Je n'avais pas envie de ça. J'avais des choses à faire et cette foutue femme n'était rien de plus qu'une distraction indésirable.

CHAPITRE DIX-NEUF

connor

JE POSAIS avec délicatesse Carmen sur le siège du quad avant d'enfourcher moi-même le véhicule, passant un bras autour de sa taille. Je m'étais assis sur ses béquilles de façon que nous ne les perdions pas dans la neige. Lorsque je démarrais, l'engin bondit en avant et Carmen siffla, s'agrippant à mon bras.

— Est-ce que ça va ? C'est ta jambe ? soufflai-je au creux de son oreille.

— C'est seulement que je ne suis jamais montée sur un quad et que j'ai eu l'impression qu'on allait vraiment très vite, admit-elle.

— Est-ce que tu en as envie ? C'est possible, au cas où tu voudrais avoir les cheveux au vent, dis-je.

La taquiner me venait naturellement, mais après tout, je taquinais toutes les omégas, seulement je n'en avais jamais taquiné une qui m'appartenait. Ce matin-là, je n'étais pas certain de ce que je ressentais à cette idée. Proche comme je l'étais d'elle à cet instant, je mourrais d'envie de poser mes lèvres sur chaque centimètre carré de son cou, mais j'étais tiraillé, car je sentais l'indécision de Brady et cela me dérangeait de la toucher sans qu'il soit là. Je ne ferais pas une chose pareille. Jamais.

Pourtant je désirais qu'il veuille que nous nous touchions elle et moi.

— Est-ce qu'on peut y aller tranquillement ? demanda-t-elle d'une toute petite voix, sa main toujours agrippée avec force à mon avant-bras.

— Oui, bien sûr, ronronnai-je, ma voix d'un coup beaucoup plus grave.

Je pouvais pratiquement sentir la chaleur de sa peau sous sa veste même si j'étais extrêmement respectueux avec ma main. Nous prîmes la direction de la maison, mais il nous fallut une éternité pour y parvenir tant la couche de neige était épaisse. Au virage dans les bois où nous aperçûmes le Complexe pour la première fois, Carmen s'exclama.

— Bordel de merde !

Ce qui ne manqua pas de me faire rire.

— Attends d'avoir vu l'intérieur, c'est très cossu.

Carmen ne dit rien, mais à présent que je savais qu'elle m'appartenait, je cherchais à me lier avec elle comme j'étais lié à Brady. Et le Lien était déjà là, à peine perceptible parce qu'elle ne savait pas encore ce qu'elle était pour moi, mais il était tangible et je sentis qu'elle était inquiète, curieuse, mais aussi choquée.

Je remontais lentement l'allée et Pen, Mallo et Alice nous attendaient à la porte en agitant la main. Je marquais une pause avant d'arriver, je tapotai l'épaule de Carmen délicatement.

— Écoute-moi, ces omégas sont très excitées de te rencontrer, mais si tu as besoin de calme, il y a une maisonnette derrière la maison principale où Brady reçoit ses patients, tu peux y venir quand tu veux si ça fait trop pour toi, j'ai dégagé le chemin avant de venir te chercher.

— D'accord, acquiesça-t-elle dans un souffle, mais je la sentais moins inquiète que quelques instants auparavant.

Pen fut la première en bas des escaliers du perron, arborant un large sourire alors que je descendais du quad et que je déposais Carmen sur la première marche.

— Déjà avec les béquilles ? Mazette, ma fille, tu seras remise en un rien de temps, c'est génial !

— Oh, ça oui, acquiesça Carmen avec un petit rire.

Lorsqu'elle riait, je pouvais voir des fossettes se former sur ses joues illuminées par son sourire radieux, c'était si beau que je dus mordre ma lèvre pour m'empêcher de me mettre à genoux pour la vénérer.

Mallo toussa poliment pour me sortir de mes pensées et haussa de manière suggestive les sourcils. Merde, j'imagine que l'ensemble du conseil de meute devait être au courant de la vision de Samson, ce qui voulait dire que leurs compagnes étaient aussi au courant. Écarquillant les yeux, je regardais Mallo furtivement, implorant silencieusement ma meilleure amie de ne rien dire.

Alice s'avança ensuite.

— Salut Carmen, moi, c'est Alice, je suis l'oméga de Mitchell et voici Mallo, c'est elle qui écrit les articles géniaux que tu as peut-être lus.

Après les présentations, je portai Carmen jusqu'à la porte d'entrée que je traversais, mon oméga toujours dans mes bras. Je la déposais et me retirais, parce que je voulais lui donner l'occasion de discuter avec les autres omégas. Carmen me suivit du regard alors que je repartais, je n'étais qu'à peine horrifié à l'idée que ça me plaisait et que j'avais envie de plus.

Mais il fallait que je voie Brady, je sentais son angoisse et son stress à travers notre Lien et j'avais horreur qu'il se sente ainsi. Je ne pouvais rien changer et je n'aimais pas ça du tout, mais nous allions trouver une façon de nous en sortir.

Lorsque j'arrivais à la maisonnette, j'entendis parler à l'intérieur et j'allais m'asseoir patiemment à l'arrière de la maison, me balançant lentement dans un rocking-chair en attendant la fin de la session. Tout du long, je lui envoyais mon amour à travers notre Lien, ma loyauté indéfectible, mon admiration aussi, toutes les choses dont je savais qu'il avait besoin à ce moment-là.

Toujours était-il que je sentais que nous souffrions tous les deux. Parce que dire que Carmen m'attirait ne rendait pas justice au sentiment que j'éprouvais. J'étais sauvagement attiré par elle et je ne pouvais pas m'empêcher de penser à ce que ce serait une fois qu'elle allait être sur pied. Cette foutue vision me montait vraiment à la tête.

Mais ça me semblait vraiment merdique d'avoir ce genre de pensées quand j'avais déjà un compagnon alors, je faisais de mon mieux pour repousser mes pensées impliquant Carmen nue, mais ce que Samson nous avait montré faisait couver entre mes cuisses un brasier qui n'avait de cesse de devenir de plus en plus dévorant.

Grognant, je rajustais mon érection dans mon jean et au même moment Brady sortit sur le perron avec deux bières à la main. Son regard sombre se posa sur ma main qui était toujours sur ma queue et il pinça les lèvres. Avant de s'asseoir en face de moi d'un air renfrogné, il me tendit une bière.

— Je suis désolé, murmurai-je.

Désolée d'avoir trouvé une oméga, de savoir que ça te tracasse, désolé pour tout.

— Ce n'est pas ta faute, Connor, fit Brady, mais je sentais à travers notre Lien qu'il pensait différemment.

— D'une certaine façon, c'est difficile parce que c'est moi qui l'aie trouvée, expliquai-je sans enthousiasme.

— Parce que tu étais allé courir pour essayer de dissiper la douleur que tu éprouves après que je t'ai blessé moi-même à l'œil, répondit-il sur un ton cassant. On pourrait se blâmer mutuellement toutes la journée, mais ça ne servirait pas à grand-chose. Il faut qu'on parle.

Oh mon dieu. Les quatre mots que personne dans une relation stable ne voulait entendre.

— J'espère que tu n'essaies pas de te débarrasser de moi, parce que ça n'arrivera jamais, Brady, grognai-je, les yeux rivés aux siens.

Il sourit et se trémoussa sur la chaise et parce qu'il m'appartenait, je laissais mon regard se promener sur les muscles qui se tendaient sous sa chemise lorsqu'il bougeait sa grande carcasse.

— Concentre-toi Connor, m'ordonna mon compagnon.

— Je *suis* concentré, lui rappelai-je alors que je me pourléchais les lèvres.

Les profondeurs du désir que j'éprouvais pour lui vingt-quatre heures par jour n'avaient de cesse de me surprendre. Et ce même encore quand une partie de mon cerveau se demandait comment aussi comment Carmen s'entendait avec les omégas.

— Je ne veux pas d'une oméga, assena Brady et je relevai la tête, mais il est difficile de nier la vision de Samson. Nous avons discuté ensemble ce matin et il m'a suggéré que l'on sorte tous les deux avec Carmen et que l'on voit ce qui se passe, et ce si elle veut, une fois qu'elle sera guérie.

Je fronçais les sourcils.

— Elle va bien mieux aujourd'hui, mais je ne sais pas si elle est prête à entendre ça pour être honnête.

— Je ne suis pas vraiment prêt pour cette conversation non plus et je prie pour qu'elle ne veuille pas s'impliquer dans une relation avec nous, mais j'imagine que dès qu'elle ne souffrira plus, ça changera les choses, répliqua Brady.

— Et au cas où elle accepterait de sortir avec nous, j'accepte trois rencards et si après les trois, je veux toujours n'avoir rien à faire avec elle, je te remercierai de ne plus insister.

— Tu veux que je la rejette, demandai-je.

— Non, si tu as envie d'elle, tu peux continuer, mais je ne m'impliquerai plus, fit Brady en faisant la moue.

— Je note, ça m'a l'air raisonnable, mais j'ai une condition moi aussi, dis-je.

— Évidemment, s'irrita-t-il, toujours grimaçant.

— Je ne la toucherai pas sans ton consentement, mais je veux que tu envisages l'idée d'accepter de le faire, ça pourrait t'exciter, expliquai-je.

— Tu veux avoir mon autorisation pour pouvoir la toucher ? demanda-t-il, incrédule.

— Je ne veux te forcer à rien, mais nous sommes dans une situation inhabituelle et j'essaie de trouver comment nous pouvons nous en sortir. Mais ce que je veux dire, c'est que tu viennes à nos rencards si elle accepte de tenter, et de jouer un rôle actif. Je veux qu'on apprenne à la connaître ensemble, parce que c'est comme ça que ça doit se faire. Je ne veux pas d'un rencard avec une oméga et toi qui tient la chandelle sans bruit. Tu acceptes ? Mais si tu es mal à l'aise ou que tu ne veux pas, on n'en fera rien.

Brady fit davantage la moue.

— Je n'aime pas ça, mais je crois que c'est la seule façon pour nous d'aller de l'avant, alors oui, j'accepte.

— Est-ce que tu te sens lié à elle ? demandai-je avec douceur. J'étais curieuse parce que pour moi, ç'avait été instantané, dès le moment où je l'avais vue. Mes mains me démangeaient, j'avais envie de les passer dans ses cheveux, de goûter ses lèvres douces, si différentes de celles de Brady.

Il fit la grimace.

— Non. Je veux pas dire, elle est très belle, mais je ne ressens rien, absolument rien du tout.

J'imagine qu'il devait mentir parce qu'à travers notre Lien à nous, je sentais qu'il était un peu intéressé, mais aussi qu'il était lourdement dans le déni.

— Je sais que cela t'inquiète de savoir si elle prend ses marques dans la maison, Connor. Tu veux aller aux nouvelles ? dit Brady en relevant la tête, sans entrain.

Il m'offrait un véritable cadeau, il tendait un rameau d'olivier, malgré ce que les deux derniers jours nous avaient fait endurer.

— Seulement si tu m'accompagnes, admis-je.

Brady leva les yeux au ciel, mais acquiesça puis retourna dans la maisonnette.

— Je vais amener une bouteille de tequila avec moi, marmonna-t-il.

CHAPITRE VINGT

carmen

Étonnamment, je trouvais les omégas très drôles. Alice était incroyable, me régalant d'anecdotes de l'époque où elle faisait partie d'un gang de motards, Pen charriait tout le monde, une véritable boute-en-train et Mallo était introvertie, d'ailleurs je sympathisais immédiatement avec elle. Mais lorsqu'elle parlait, c'était pour répliquer à Pen avec la répartie la plus incisive qu'il m'ait été donné d'entendre. Elle n'était pas New-Yorkaise, mais elle parlait comme une New-Yorkaise et ça, ça me plaisait bien.

— On va manger un bout, mais avant, on va te faire visiter la maison si tu es d'attaque, me suggéra Pen.

— Je vais bien, ça fait du bien de ne plus être alitée, franchement ! Je suis pas habituée à rester aussi longtemps couchée...

— Ah ça, oui, c'est affreux d'être la patiente en particulier quand tu as Pen qui passe en mode infirmière et qui te mène à la baguette, acquiesça Alice.

— Garce ! la tança Pen en riant, faisant une chiquenaude

sur le nez de son amie. Toutes étaient incroyablement proches, cela se voyait bien et cela me fit manquer Jazz.

— Pourquoi vous vous dîtes « omégas » ? demandai-je à Alice.

Ma curiosité prenait le dessus et Jude m'avait expliqué ça dans la théorie, mais à présent que je repensais à ma copine au foyer qui m'avait dit coucher avec un Éveillé. Je commençais à réunir toutes les pièces du puzzle.

Alice sourit.

— Les alphas et les omégas s'appartiennent mutuellement. On s'accouple pour la vie et on partage un Lien exceptionnel qui nous permet de communiquer et de sentir les émotions de l'autre et c'est un peu dingue, pratiquement mystique.

— N'oublie pas aussi la capacité à se métamorphoser, souffla Mallo.

— Tous les alphas liés ont des pouvoirs et capacités inhabituelles la majorité du temps, trouver ton oméga et la marquer suffit à déclencher ses pouvoirs. Par exemple, avant qu'il n'ait marqué Pen, Samson n'avait qu'un accès limité à ses pouvoirs de voyant, mais à présent... *pfiou*, c'est incroyable ce qu'il peut faire, fit Alice.

— Le marquage, ça a l'air rudement... intense, dis-je en regardant tour à tour les trois femmes.

Pen fut la première à rire.

— Ça l'est, mais c'est chaud bouillant et magnifique, et le sexe, mon Dieu, le sexe, c'est absolument incroyable. Tu ne pourras jamais revenir à un homme normal après ça, je te le dis Carmen. Le sexe avec ton alpha, c'est un autre niveau et quand tu es excitée, ce sont les grandes eaux, mais il faut bien tout ça pour pouvoir accommoder la queue d'un alpha, mais c'est vraiment foutrement bon, soupira-t-elle, rêveuse.

— Ça l'air bien, murmurai-je, sans trop savoir que répondre.

Je n'étais pas là depuis bien longtemps, mais je me sentais déjà un peu jalouse de ce que ces femmes avaient. Rien de ce que je découvrais avec les alphas ne coïncidait avec ce que l'on nous disait aux informations et je trouvais ça tout à fait fascinant. J'étais méfiante, oui, mais fascinée aussi.

— Oh, bon sang, dis-je alors que je suivais les omégas dans une immense bibliothèque, j'étais supposée retourner à Parrish pour parler avec la propriétaire du bazar pour travailler.

— Oh chérie, Margie sait déjà que tu es là, tu es en sécurité, elle nous a téléphoné le jour où les gars t'ont trouvée pour nous dire que tu pouvais être dans les parages, fit Alice.

Il y avait une partie de moi qui n'aimait guère que Margie ait pris l'initiative de faire ça, mais l'autre partie lui en était éternellement reconnaissante parce que j'avais eu de l'aide au moment où j'en avais eu vraiment besoin. Des gens se souciaient de moi et à l'exception de Lucy, ça n'avait jamais été le cas. Si je revoyais Margie, j'étais décidée à la remercier.

L a maison était immense et les omégas s'amusaient bien des goûts ostentatoires de Mitchell lorsque nous visitâmes la bibliothèque et son bureau élégant. Au bout d'un moment, Pen finit par décréter qu'il était temps de manger et j'aurais juré que je venais juste de prendre mon petit-déjeuner, mais elle avait sûrement raison. Dans tous les cas, j'étais prête à me passer de mes béquilles.

Nous remontâmes un long couloir et nous passâmes une double porte grande ouverte, entrant ainsi dans une immense cuisine. Un pan de mur était entièrement couvert de réfrigérateurs avec des portes vitrées et un gigantesque plan de travail courait le long du mur sur toute la longueur de la cuisine d'en face. Tout le mur extérieur était en fait une vaste baie vitrée.

— Je me rappelle la première fois que j'ai vu la pièce, j'ai voulu me cacher dans ma chambre et ne pas sortir pendant des semaines parce que ça me foutait la trouille, soupira Mallo qui avait croisé les bras sur sa poitrine généreuse.

Je souris, je comprenais ce qu'elle voulait dire par là parce qu'il fallait assimiler beaucoup de choses. Au même moment, je sentis un frisson parcourir ma nuque et lorsque je me retournai, il me sembla que le temps ralentissait. Connor et Brady venaient tous les deux rôder dans la cuisine, Connor se dirigeant vers une porte qui se trouvait être celle d'un cellier pendant que Brady s'asseyait sur un tabouret et tirait le tabouret à côté de lui, me faisant signe de m'y installer.

— Comment se passe ta journée avec les omégas ? demanda-t-il.

Je ne pouvais pas déchiffrer son expression, comme il était absolument impassible, mais je sentais bien qu'il ne voulait pas être là. Je m'assis à côté de lui et regardais son beau visage, souhaitant de tout cœur qu'il s'ouvre à moi et soit honnête. Rien qu'un instant.

CHAPITRE VINGT-ET-UN

Dans ma tête, une quantité de réserves s'affrontaient et je ne savais même pas pour où commencer pour y mettre de l'ordre. Cette oméga m'échauffait, aiguisait mon désir, son odeur m'attirait, mais j'étais tiraillé et je voulais qu'elle parte.

Derrière moi, mes frères venaient s'entasser dans la cuisine après avoir passé la matinée sur le terrain d'entraînement. Plus jeunes que Connor et moi, ils eurent l'air stupéfaits lorsqu'ils virent une nouvelle oméga dans la cuisine.

J'avais horreur de ce besoin instinctif au plus profond de moi que j'avais de m'interposer entre eux et Carmen, ce désir de les chasser, en enfouissant ce besoin, je la regardais du coin de l'œil observant tant d'hommes inconnus, cela la rendait méfiante et je le comprenais bien à la façon dont elle se mordait la lèvre inférieure, regardant à la dérobée chacun de mes camarades de meute.

En jouant des coudes, ils se frayaient un chemin dans la cuisine, piochant dans les réfrigérateurs, parlant bruyamment même s'ils ne pouvaient pas s'empêcher de la regarder. C'était l'heure du déjeuner alors à ce moment de la journée, tout le monde se retrouvait à la cuisine et d'ici peu, ç'allait être la cohue après que mes frères auraient terminé leurs tâches quotidiennes.

D'autres alphas vinrent donc s'entasser dans la cuisine, certains dévisageant ouvertement Carmen, parce que cela faisait quelques semaines que des omégas arrivaient comme ça. Et quand toutes les omégas avaient un compagnon, celle-ci n'en avait pas. Je montrai les crocs au moment où l'un des plus jeunes alphas se rapprocha du plan de travail qu'il contourna pour venir se poster devant Carmen et la contempler, le regard échauffé.

À côté de moi, elle tremblait sur son tabouret, essayant pratiquement de disparaître, et de l'avoir effrayée me laissait un goût amer dans la bouche. Me levant, je grognais sur mon camarade de meute et entrelaçai mes doigts avec ceux de Carmen et je la fis descendre du tabouret, la tirant à ma suite. Nous sortîmes de la pièce en passant devant plusieurs groupes d'alphas très intéressés.

Carmen serra ma main fermement, se rapprochant de mon dos alors que nous quittions la pièce, Connor nous suivant sans bruit. Lorsque nous arrivâmes à la bibliothèque la plus proche, je lâchais la main de Carmen et glissais mes mains dans mes poches, tournant la tête vers Connor.

— C'était beaucoup trop, bien trop tôt, aboyai-je, plus violemment que je ne l'aurais voulu.

— Je... ça va aller, répondit Carmen dans un souffle, rapidement, beaucoup trop rapidement.

Je sentais bien qu'elle n'allait pas bien. Voir une quinzaine d'alphas d'un coup, c'en était trop pour elle. Son instinct lui disait de fuir et je le ressentais de la même façon que je ressentais beaucoup de choses depuis ma transition. J'avais toujours été particulièrement perceptif de ce que ressentaient les gens et j'avais toujours su lire entre les lignes.

— Pourquoi n'irait-on pas à la maisonnette, juste pour être un peu tranquilles ? suggéra Connor alors que le regard sombre de Carmen se posait sur lui et que le soulagement irradiait d'elle alors qu'il souriait avec douceur.

Au fond de moi, je grinçais des dents, je ne voulais pas que tout mon chez-moi sente comme elle, ce qui n'allait pas manquer d'arriver si elle m'accompagnait là-bas. C'était là que je travaillais, après tout, mais ma nature protectrice d'alpha voulait aussi qu'elle se sente à l'aise alors je me mis une claque mentale et je détournais le regard de Connor et de l'oméga.

— Allons-y, fit Connor en la pressant gentiment alors qu'ils s'engageaient tous les deux à ma suite.

Nous sortîmes de la maison et derrière était garé le quad préféré de Connor où nous nous entassâmes tous les trois, Carmen écrasée entre Connor et moi. J'essayai et j'échouai d'ignorer la façon dont ses seins se pressaient contre mon dos, dont ses cuisses se contractaient autour de mes hanches. Elle n'aimait pas les quads, me rendis-je compte à la façon qu'elle avait de pousser des petits cris et de s'agripper à ma ceinture chaque fois que nous passions sur une bosse.

Malgré moi, je me mis à durcir lorsque nous passâmes sur une bosse assez conséquente qui propulsa Carmen en avant en la plaquant contre mon dos avec force. Je frémis tant elle était proche et je tentais de discipliner mon corps, ne succombant pas à la chaleur que me procurait l'oméga.

J'avais hâte de descendre du quad au moment où nous arrivâmes chez moi, mais au même instant, Connor blêmit.

— Merde, je voulais amener des trucs à grignoter, les femmes adorent avoir des trucs à grignoter, marmonna-t-il puis, il nous regarda tour à tour et remonta sur le quad en la gratifiant d'un clin d'œil.

— Je reviens vite, oméga !

Elle pâlit lorsqu'il s'éloigna et se tourna vers moi, l'air méfiant, alors qu'elle se recroquevillait sur elle-même.

— Viens, allons boire un coup, il va bientôt revenir, soupirai-je.

Carmen regarda dans la direction où Connor était parti et je sais qu'elle s'imaginait qu'il était comme un Lien vital pour elle. Ce n'était pas mon cas. Je ne voulais pas être ça. Mais je lui tins la porte ouverte parce qu'au moins, j'étais un foutu gentleman.

Elle entra et regarda la pièce attentivement avant de s'asseoir avec précaution sur la banquette sous la fenêtre, le soleil filtrant à travers la vitre derrière elle alors qu'elle se tournait pour pouvoir, je présumais, guetter le retour de Connor.

Je me saisis de l'occasion pour l'observer, pour vraiment l'observer. Elle était aussi belle qu'elle l'avait toujours été, sa peau mate parsemée de taches de rousseur sur son nez, ses boucles luxuriantes... Lorsqu'elle se retourna, son regard me jaugeant, je remarquais aussi que ses yeux avaient l'air pratiquement noirs, mais que de près, on y voyait quelques reflets d'or autour de sa pupille, s'étalant comme du miel depuis le centre de son œil.

Bon dieu, qu'étais-je en train de faire ? Mon cerveau était en roue libre et s'étendait sur combien il trouvait Carmen belle. *Arrête là Brady ! Éteins tout !*

— Je suis désolé que mes camarades de meute t'aient fait peur, certains d'entre eux sont jeunes et ils n'ont pas vu beaucoup de femmes sans compagnon, pour eux, tu as l'attrait de la nouveauté, mais je me doute bien que ce n'est pas très agréable, commençai-je avec douceur.

Elle acquiesça et regarda de plus belle par la fenêtre en direction de la maison principale.

— Je n'avais pas de problèmes avec les omégas, mais être

entourée d'autant d'hommes... ça me met mal à l'aise, admit-elle.

Je ne savais pas pourquoi, mais son aveu fut comme un coup de poignard dans le cœur. Avait-elle été blessée par un homme ? Lui avait-il fait peur ? Je voulais vraiment savoir.

— Est-ce que quelqu'un t'a... blessée ? demandai-je d'une voix étranglée alors que je m'installais sur une chaise non loin de la banquette où elle était assise.

Elle se retourna pour me faire face et le soleil coula à flots sur ses lèvres rouges, soulignant à quel point sa lèvre inférieure était pulpeuse. Je relevais d'un coup la tête, parce que la dernière chose dont elle avait besoin, c'était de voir que je contemplais avidement sa bouche alors que je lui demandais si un homme l'avait blessé.

Son regard sombre croisa le mien et sa détermination vacilla et elle commença à se tordre les mains ; elle avait des doigts fins et élégants, mais je voulais en savoir davantage si elle se sentait prête à me le dire. L'idée que quelqu'un la blesse ou lui fasse peur me rendait physiquement malade. Finale-ment, elle releva la tête, les sourcils froncés comme si elle revi-vait quelque chose qu'elle aurait préféré oublier.

— Tu n'es pas obligée de me répondre, je ne voulais pas être intrusif..., dis-je, mais j'espérais qu'elle me le dirait parce qu'il y avait quelque chose dans son mal-être qui me parlait.

Je voulais vraiment la réconforter, l'aider à se sentir mieux, peu importe ce qui la hantait. Le thérapeute en moi ne pouvait pas résister au besoin de servir et soigner même si l'alpha furieux voulait qu'elle parte. Elle prit une inspiration, croisant brièvement mon regard avant de détourner la tête.

— J'avais un ami avant, Billy Ocampo. On a grandi ensemble, ballottés de familles d'accueil en foyers et nous avons travaillés ensemble quelques fois..., commença-t-elle et je changeais de position sur ma chaise, appuyant mon coude sur le dossier du siège de façon à pouvoir me concentrer uniquement sur elle. Il était important pour être un bon psychologue d'écouter attentivement et activement et je voulais lui montrer que j'étais un bon thérapeute.

— Nous ne sommes jamais sortis ensemble ou quelque chose du genre, mais après le virus, il a commencé à devenir... étrange ? Possessif. Il se pointait sur mon lieu de travail et insistait pour me raccompagner chez moi parce que les Forces opérationnelles enlèvent des femmes. Ou alors, il venait et refusait de partir, se tenant à l'extérieur des endroits où je logeais et ce peu importe où. Il est même venu quelquefois au foyer en essayant de venir y dormir même si je m'installais dans des foyers pour femme uniquement la plupart du temps... Il est seulement..., éluda telle en grimaçant comme si c'était pénible de s'en souvenir. Au foyer, il se disait qu'une meute d'alphas kidnappaient des femmes dans la rue et au plus profond de moi je sentais que si Billy attrapait le virus, il viendrait me chercher...

Au moment où elle eut dit ça, je sentis une colère brûlante m'envahir. Venir la chercher ? Hors de question ! Je tentais de me calmer alors que je la regardais, mais ses yeux étaient rivés à ma bouche où elle avait remarqué que mes canines s'étaient allongées et je ne pouvais pas empêcher mon corps de réagir à la colère que j'éprouvais face à ce qu'elle avait vécu et à la façon dont son fluide oméga parfumait l'air lorsqu'elle voyait ma colère. Il semblait que ma réaction à son histoire, ma colère, l'excitait.

Ses yeux sombres se braquèrent sur les miens, sa pupille prenant le dessus sur le chocolat de son bel iris.

— Est-ce que ça va ? ronronna-t-elle comme si c'était moi qui avais besoin d'être réconforté.

J'étais un peu étourdi alors que mon désir de la réconforter et l'apaiser vibrait sur ma peau. J'étais horrifié de constater que je voulais l'embrasser. L'assaillir avec ma bouche et faire qu'elle ne pense plus à ce connard de Billy Ocampo.

Au même moment, Carmen sourit, un sourire sensuel et entendu qui me disait qu'elle était au courant du combat qui faisait rage en moi est avant que je ne puisse revenir en arrière, je me penchais en avant, restant juste au-dessus d'elle, mes lèvres à quelques centimètres des siennes.

— Je ne sais pas comment j'ai pu être assez à l'aise pour te dire ça, mais je te remercie, sourit-elle.

— Quand tu veux, Carmen, murmurai-je.

Même son nom était délicieux sur mes lèvres. Bordel, je ne voulais pas aimer cette femme, mais j'avais beau faire tout mon possible, il semblait que je ne pouvais pas m'en empêcher. Cette oméga avait une véritable emprise sur moi et je ne pouvais absolument rien y faire.

CHAPITRE VINGT-DEUX

connor

Lorsque je revins d'être allé chercher de la nourriture, je fus surpris de trouver Brady tout près de l'oméga, son visage dangereusement proche du sien. Je ne savais pas ce qui m'excitait le plus : sa bouche à quelques centimètres de celle de l'oméga ou l'expression qu'elle arborait, perplexe. Je comprenais très bien, vraiment. Parce que Brady avait un charme magnétique. Invraisemblablement beau, généreux, prévenant, intuitif. Toutes les raisons qui m'avaient fait le choisir pour être mon compagnon.

En souriant, je tendis à Carmen un paquet de *beef jerky*[1] et des chips alors que d'un coup, elle et Brady s'éloignaient brutalement l'un de l'autre.

— Il y en a un des deux qui te tente ? demandai-je.

Elle ouvrit grand les yeux et m'arracha pratiquement le paquet de viande séchée des mains et un petit cri de contentement lui échappa et à ma grande horreur, ce petit cri m'alla directement à l'entrejambe qui immédiatement se manifesta, parce que l'on voulait qu'elle pousse d'autres cris du même genre.

Carmen se mit à manger précipitamment le paquet de *beef jerky* comme si elle mourait de faim, ce qui pouvait très bien être le cas.

— Ralentis, Carmen, il y en a encore largement à la maison, ordonna Brady qui se trouvait à côté d'elle et qu'il utilise avec elle sa voix d'alpha me réchauffa le cœur.

Dans notre relation, nous dominions tour à tour : parfois, c'était lui, parfois c'était moi. Mais si je n'aimais pas qu'on me domine, je savais qu'il en avait besoin et entendre la façon dont il commandait l'oméga me fit me demander si à cet égard, elle allait être une bonne personne pour lui.

Hasardant un regard dans sa direction, je souris à ce que je vis : ses pupilles étaient dilatées à l'extrême alors qu'il regardait l'oméga manger, des petits soupirs ravis envahissaient la cuisine où il semblait faire d'un coup beaucoup trop chaud. Il ne me regarda même pas tant il était concentré, sa langue passant sur ses lèvres pour les humidifier. Il était difficile de ne pas reconnaître la bosse qui déformait son pantalon, mais je souris tout de même et me concentrais sur Carmen. Peut-être y avait-il une chance pour que tout cela fonctionne après tout... Si nous arrivions à la convaincre de nous donner une chance...

Carmen me regarda à nouveau alors que je plaquais sur mon visage un large sourire.

— Est-ce que la nourriture te convient ? Tu aimes ? Je peux amener d'autres choses si tu préfères...

Elle haussa les épaules.

— La nourriture, c'est de la nourriture, je prendrais tout ce que tu veux bien amener.

Ça ne me plaisait pas. À dire vrai, ça ne me plaisait pas du tout. J'avais horreur de ça. Je voulais lui amener quelque chose dont elle avait envie parce que je voulais entendre les petits cris de plaisir passer entre ses jolies lèvres rouges.

— Tu dois bien avoir quelque chose que tu préfères, insistai-je parce que je voulais savoir ce qu'elle aimait, ce pour quoi elle serait morte d'envie l'occasion se présentant.

Elle posa le sachet de viande séchée et soupira, soudainement très attentive.

— J'adore tout ce que tu as amené, mais si je pouvais choisir n'importe quoi au monde maintenant, je crois que je voudrais un bon pozole[2] !

Brady qui se trouvait toujours derrière elle laissa échapper un grognement. Il adorait le pozole.

— Le pozole, je note ! J'ai mangé un pozole à tout cassé en ville, mais est-ce qu'il y a un restaurant que tu préfères ? Parce qu'on peut essayer d'en refaire un ici, dis-je, pensif.

Carmen se décomposa alors qu'elle triturait le manteau qu'elle portait encore.

— Je n'en ai jamais mangé dans un restaurant, admit-elle doucement, et ses yeux noirs se rivèrent aux miens, seulement dans ma dernière famille d'accueil. La mère, Lucy, en préparait et c'était absolument délicieux, mais ça fait des années que je n'en ai pas mangé, pas depuis que je suis majeure.

Famille d'accueil. Brady m'avait bien dit qu'elle avait été une enfant placée et ballottée de foyers en familles d'accueil, mais ç'avait si diamétralement opposé à ma propre enfance que je ne savais même pas quoi dire. J'avais grandi au sein d'une communauté hippie new-age entouré d'amour, de lumière et de soutien et je ne pouvais pas imaginer ce qu'elle avait dû endurer et comment ça avait dû influencer sa vision du monde.

La première chose que je me dis, c'était que Brady allait savoir quoi lui dire parce qu'il comprenait ça sûrement mieux que je n'aurais jamais pu. Il ne dit rien, mais à travers le Lien, je sentais son inquiétude et le fait qu'il soit toujours un peu en colère.

— Oh merde, mon collier ! Quand vous m'avez retrouvée, est-ce que j'en portais un ? Est-ce qu'il est à l'hôpital ? s'exclama-t-elle alors qu'elle portait la main à son cou, cherchant quelque chose qui n'était clairement pas là.

Le collier était apparemment très important.

— Je ne m'en souviens pas, mais tes cheveux étaient pris dans les racines quand nous t'avons retrouvée alors il sera sûrement là-bas. On ne te l'aurait pas retiré, mais à présent, il doit être entièrement recouvert par la neige, expliqua Brady.

Elle se décomposa de plus belle avant de tenter de regagner contenance et de redonner à ses traits élégants une apparence de calme.

— Je t'aiderai à le chercher dès que la neige aura fondu, d'accord ? promis-je alors que ses grands yeux noirs croisaient les miens et elle haussa de nouveau les épaules.

— C'est pas grave. Je suis très reconnaissante de tout ce que tu as jusqu'à maintenant.

Mais il était évident que le collier comptait vraiment beaucoup alors j'étais décidé à remettre ça sur la table plus tard lorsque nous allions pouvoir l'aider à le récupérer. Nous restâmes assis, un silence confortable s'installant quelques minutes alors qu'elle mangeait, ni Brady ni moi venant y mettre un terme. Je lui rappelais mon amour à travers notre Lien, mais il était si concentré sur l'oméga qu'il ne m'en renvoya pas en retour.

Carmen s'apprêtait à manger un morceau de viande séchée avant de changer d'avis et de le remettre dans le sachet qu'elle déposa sur la banquette à côté d'elle.

— Qu'est-ce que tu fais ? grogna Brady.

Les yeux sombres de Carmen se rivèrent au sien avec un bref éclat qui ressemblait à du défi avant qu'elle baisse la tête, se soumettant. Merde, je venais de me rendre compte à quel point une oméga soumise m'excitait... Allait-elle être aussi soumise au lit ? Ou nous montrerait-elle un peu du feu qui avait couvé quelques instants plus tôt dans son regard ? Ou les deux à la fois.

Instinctivement, je savais ce qu'elle venait de faire : garder de la nourriture pour plus tard parce qu'il fallait se méfier si jamais il n'y en avait pas davantage. Malgré moi, je m'agenouillais devant elle, serrant les poings pour m'empêcher de toucher les boucles lâches qui s'étaient échappées de son chignon flou.

— Tu es affamée, Carmen, on entend ton estomac grogner et on ne laissera pas les choses se passer comme ça.

Elle me regarda avec méfiance avant de baisser la tête et détourner le regard.

— Je veux que tu me regardes dans les yeux, lui ordonnai-je sur un ton grave que je réservais de coutume pour Brady.

Ses lèvres rouges s'entrouvrirent comme un bouton de rose fleurissait alors qu'elle laissait échapper un petit souffle, ses pupilles largement dilatées au point que je vois à peine le chocolat de son iris qui les entouraient. Elle se pencha légèrement en avant, ses yeux se posant sur mes lèvres.

Mes canines sortirent, mes émotions s'emballaient et je bandais de plus belle. Elle était *mon* oméga, ça, je le savais. Son odeur unique m'enveloppait alors que le fluide oméga enduisait ses cuisses qui quand bien même elles étaient couvertes sous plusieurs couches de tissus, m'appelaient et je ne pus m'empêcher de ronronner.

À travers le Lien, je sentais une envie incandescente et du désir venant de Brady, il aimait ce qu'il voyait.

— Qu'est-ce que... qu'est-ce que tu fais ? demanda-t-elle, à bout de souffle, son visage retombant sur ses paumes, son visage dangereusement proche du mien, nos lèvres à quelques centimètres.

J'aurais pu me pencher immédiatement en avant et effleurer son cou avec mes lèvres, j'aurais pu sentir son pouls s'affoler et palpiter sous sa peau mate et je ne pouvais qu'imaginer ce que ce serait de plonger mes dents sur sa jugulaire, parce que je risquais de perdre le contrôle. Nous ne l'avions pas amenée là dans ce but-là et j'étais sur la corde raide, pas loin de pencher dans le comportement inapproprié, refusant de rompre la promesse que j'avais faite à Brady. Je ne la toucherais pas sexuellement tant qu'il ne m'en aurait pas donné la permission explicite.

— Je ne fais rien, mais la prochaine fois que je te demanderai ce que tu veux, j'ai besoin que tu me le dises. Tout ce que j'attends c'est une réponse honnête même si tu penses qu'elle ne me plaira pas, grognai-je, ce qui la fit frémir de tout son corps.

— Je... je... ne peux pas, fit-elle, se rapprochant encore de quelques centimètres de moi au point que nos nez s'effleurèrent pratiquement.

Mon regard retomba sur cette bouche comme un bouton de rose, la façon dont j'apercevais des dents de perles derrière des lèvres généreuses et douces. Comment des lèvres pouvaient-elles avoir l'air aussi douces, aussi accueillantes ?

— Tu le peux, répètes après moi « Oui, je le ferai, alpha ».

Bordel, mais qu'étais-je en train de faire ? Merde.

Derrière moi, Brady grogna, se rapprocha d'un pas et elle s'attarda un instant sur lui, un petit halètement lui échappant.

— Oui, je le ferai, alpha, fit-elle à bout de souffle, son regard toujours rivé sur Brady et d'un coup de langue elle s'humecta les lèvres.

Un bruit guttural d'envie m'échappa et nous surprit tous les deux. Carmen se redressa immédiatement sur la banquette, sifflant de douleur et je bondis en arrière au même moment, tombant sur les fesses avant de me redresser, passant une main sur mon visage.

À cause de cette oméga, mon corps ne savait plus où il en

était, échauffé, avide et ne pas la toucher allait être ma mort. Me tournant vers Brady, je le trouvais toujours rivé à l'oméga alors qu'il respirait péniblement. Il n'avait peut-être pas voulu de ça lorsque nous avions rencontré Carmen, mais cela ne le laissait pas de marbre. Son regard sombre se braqua d'un coup sur moi et il grimaça. À travers notre Lien, je sentais sa perplexité et sa colère. Il ne voulait pas avoir envie d'elle.

— J'ai du travail à faire. Les omégas vont passer l'après-midi dans la serre, ça pourrait plaire à Carmen de se joindre à elles, dit-il sans un regard pour l'oméga paniquée assise à côté de nous.

Une autre tentative de faire la paix, ce dont je lui étais reconnaissant. Il savait que je passais pas mal de temps avec les omégas dans la serre et puis à travers notre Lien, je lui fis sentir mon désir de le prendre avec force devant Carmen, de reproduire ce que nous avions vu dans la vision de Samson. Les sentiments que je reçus en retour étaient fulgurants, il était avide, il perdait la tête sous l'effet des émotions conflictuelles qu'il éprouvait à l'égard de Carmen. Il avait besoin de mettre de la distance entre elle et lui immédiatement et il passa sa main dans ses cheveux alors qu'il nous regardait tour à tour, Carmen et moi.

Je me rapprochai de Brady et le regard de l'oméga se posa sur moi comme une caresse physique. Puis je tirais brusquement mon compagnon à moi, lui faisant pencher la tête et j'enfonçais mes canines dans le muscle de son épaule, grognant : c'était une morsure de marquage.

Brady siffla, puis gémit, et je nous fis pivoter de façon qu'il puisse voir Carmen parce que je sentais qu'il en avait envie même s'il voulait aussi désespérément lui échapper. Je sentis à travers notre Lien qu'elle apparaissait, le désir et l'envie la prenant alors que Brady la dévorait du regard alors que j'avais les dents enfoncées dans sa gorge. Je ne sais pas combien de temps nous restâmes ainsi, mais l'odeur du fluide oméga emplissait la pièce. Brady fut le premier à y mettre un terme, s'écartant de moi en douceur alors qu'il respirait laborieusement.

— Je t'aime, lui rappelai-je alors qu'il nous regardait tour à tour Carmen et moi.

Iil avait consenti à lui faire la démonstration que nous venions de faire, mais à présent, il était tiraillé.

— Tu veux que je reste ici ? demandai-je, sentant son besoin.

Il fit signe que non.

— J'ai des rendez-vous toute la journée, prends Carmen avec toi, amusez-vous bien, on se verra plus tard, répondit-il avant d'aller au salon alors que me tournant vers l'oméga, je la gratifiais de mon plus beau sourire.

— J'imagine que tu as des questions, ronronnai-je alors qu'elle observait, ses grands yeux écarquillés, Brady qui venait de disparaître.

CHAPITRE VINGT-TROIS

carmen

Tant d'émotions tourbillonnaient dans ma tête en ce moment que j'aurais été bien incapable de les séparer les unes des autres : de la perplexité, de la culpabilité aussi parce que je flirtais inexplicablement avec deux alphas. Et l'un des deux avait mordu l'autre d'une façon si osée que la banquette était trempée.

La façon dont Brady avait rivé ses yeux aux miens alors que Connor le mordait me laissait sans voix. Ils étaient ensemble, c'était évident, mais je ne m'en étais pas rendu compte jusqu'à ce moment-là. Flirtaient-ils tous les deux avec moi ?

Alors lorsque Connor me demanda si j'avais des questions, j'en avais et je n'en avais pas tout à la fois, parce que j'avais l'impression qu'on venait juste de me jeter dans le grand bassin à la piscine sans se demander si j'avais pied et je ne savais pas dans quelle direction nager.

Je décidais donc de commencer par la question polie.

— Brady et toi, vous êtes..., commençai-je en éludant parce que je n'étais pas certaine de ce que je devais dire.

— Compagnons, oui ! Depuis le jour de notre rencontre, confirma-t-il avec un large sourire.

Pourquoi flirtez-vous tous les deux avec moi ? Était la question que j'aurais voulu leur poser ensuite ou peut-être que je croyais que les alphas prenaient des omégas, mais Connor se contenta de me faire un clin d'œil comme si ce n'était pas grand-chose et que tous les deux avaient l'habitude de flirter avec des femmes. J'allais éviter cette question même si une déception accablante me faisait suffoquer.

— C'est chouette, je suis contente pour vous, dis-je, perplexe et très excitée ; j'avais envie de les regarder, mais ils étaient ensemble alors il fallait que je fasse disparaître rapidement ce besoin.

— Comment va ta jambe ? me demanda gentiment Connor.

J'y jetai donc un œil, la bougeant et je sentis de la douleur irradier dans le membre, mais plus dans tout mon corps et ça, c'était une amélioration.

— C'est douloureux après avoir passé la matinée à se balader, mais bizarrement, ça va mieux. J'imagine que je le dois à Arlo.

Le sublime alpha à mes côtés sourit.

— Oui, c'est absolument incroyable et je peux pas faire comme si j'en comprenais tous les tenants et aboutissants, mais il se trouve que ça fonctionne... la plupart du temps, fit-il.

Son sourire retomba et je sentis qu'il parlait de son œil.

— Qu'est-il arrivé à ton œil ? demandai-je encore à Connor alors qu'il se trémoussait inconfortablement sur la banquette à côté de moi.

Il soupira de frustration.

— J'ai été blessé quand les Forces opérationnelles nous ont attaqués, malheureusement.

Changeant de sujet, Connor me fit un clin d'œil.

— Brady a eu une bonne idée, on devrait aller à la serre et traîner avec les omégas si tu veux ou je peux t'aider à remonter dans ta chambre. À toi de choisir.

À toi de choisir, ça me plaisait bien.

J'acquiesçai parce que c'était un flot d'informations qui déferlait dans ma tête sans que je sois assez en forme pour pouvoir partir d'ici alors je devais rester là jusqu'à pouvoir me déplacer sans encombre. Connor se leva de la banquette, partit vers la porte d'entrée et récupéra mes béquilles. Nous partîmes en quad jusqu'à la maison principale, mais j'avais la tête ailleurs. Je n'étais pas prête à rester seule dans la chambre d'un inconnu alors j'acceptais d'aller à la serre. Je ne pouvais cependant pas m'empêcher de rêver de Connor mordant Brady et de comment je m'étais sentie m'échauffer. Il fallait que j'arrête ; ils étaient ensemble. Alors il fallait vraiment que je refroidisse mes ardeurs, moi qui me sentais me réchauffer lorsque j'étais dans la même pièce qu'eux. Et ce de suite.

Une demi-heure plus tard, nous étions de retour au Complexe et Connor m'accompagnait dans la plus grande serre que je n'ai jamais vue, même en film. Les baies vitrées étaient immenses et la serre était emplie non seulement de plantes comestibles, mais aussi de sublimes fleurs exotiques et de lianes. C'était comme entrer dans un jardin secret et je pouvais comprendre pourquoi les gens y venaient. L'endroit était apaisant. Ou du moins l'était jusqu'au moment où Connor annonça bruyamment notre arrivée et que les autres femmes se réjouirent.

— Omégas, nous sommes là !

Pen arriva la première, semblant inquiète.

— Ça va aller ? Comment va ta jambe après avoir passé la matinée à marcher ?

Je soupirai.

— C'est un peu douloureux, mais je peux rester debout, c'est incroyable.

— C'est tout à fait incroyable ce pouvoir de guérison, oui, j'aimerais pouvoir faire ça, bougonna-t-elle.

— Alors les omégas ne gagnent pas de pouvoirs lorsqu'elles s'accouplent ? demandai-je, curieuse.

Pen fit signe que non.

— C'est vrai que c'est merdique ça, on se transforme pas, on n'a pas de pouvoir. Oui, le sexe est sacrément bon, vraiment très très bon, mais merde, l'égalité, on en fait quoi ?

Cela me fit rire, un vrai rire sincère. Je n'avais pas eu d'amie proche à l'exception de Jazz depuis des années et même elle préférait toujours son idiot de petit ami à moi. Cela me brisait le cœur de me dire que j'allais quitter ces filles aussi sympathiques. Je n'étais pas en sécurité ici et je m'en étais bien rendu compte de ce que Connor m'avait dit. Même en le sachant, je ne pouvais m'empêcher de m'imaginer pouvoir rester dans cette maison incroyable où les gens étaient très intéressants. Les autres femmes semblaient se sentir en sécurité et heureuses.

Toutefois, il était dangereux d'espérer et je ne pouvais pas me permettre de me laisser rêvasser, je ne pouvais compter que sur moi et j'étais déterminée à ne pas trop en dire. Parce que ces gens-là avaient l'air bons et généreux, mais les bonnes choses ne venaient pas sans un prix pour moi et quand c'était trop simple, ça tournait trop souvent au vinaigre. Alors je restais sur mes gardes.

* * *

Malheureusement, c'était plus facile à dire qu'à faire. Parce qu'il y avait quelque chose chez les omégas qui me fit m'ouvrir et parler avec elles. Ou était-ce parce que Connor était facile à vivre, plaisantant constamment et toutes les femmes l'appréciant. Mais lorsqu'elles me parlaient, je me sentais exister pour la première fois depuis longtemps. Elles étaient sincèrement curieuses et c'était... intéressant autant qu'inconfortable.

— Pourquoi as-tu quitté New York, Carmen ? me demanda Mallo à mi-voix.

— J'essayais de quitter la ville, commençai-je en me tournant pour faire face au groupe, je suis certaine que vous avez toutes vu aux informations que des femmes se faisaient enlever, mais ça arrive plus souvent aux femmes dans des foyers et je ne me sentais plus en sécurité et il y avait un ancien collègue qui me suivait un peu partout aussi...

Je regardai Connor, mais son expression était indéchiffrable, comme s'il était empli d'émotions qu'il ne voulait pas me laisser les voir.

— J'avais l'impression que s'il effectuait la transition et qu'il était comme les alphas qu'on voyait aux infos, il viendrait me chercher et à dire vrai, je le sentais au plus profond de moi, alors je suis partie.

Mallo et Alice firent la grimace et Pen se mit à jurer.

— Mais quel connard celui-là ! Je suis vraiment navrée qu'il t'ait fait passer par ça, Carmen, dit-elle.

Elle croisa les bras sur sa poitrine et Mallo se serra contre elle. Il y avait quelque chose entre elles, j'en étais certaine, mais je n'étais pas certaine d'entendre cette histoire ce jour-là.

— Comment êtes-vous toutes arrivées là ? demandai-je avec douceur parce que je voulais savoir comment tout avait commencé.

Alice me sourit et pointa Jude qui était élégamment assise à côté de Connor sur le banc.

— Au départ, pendant pratiquement trois ans, il n'y avait que Jude et moi puis un jour, Orion a dû aller récupérer Samson en ville et il a trouvé Mallo. On lui a demandé de venir ici pour faire un reportage sur qui nous sommes vraiment. Puis Pen a cru que Mallo avait été kidnappée alors elle est venue ici, tous pistolets hurlants.

Tout le monde rit et Connor pouffa. Ce fut sa voix de baryton qui me surprit ensuite.

— Oui, mais ensuite elle a vu Samson et elle s'est jetée dans ses bras...

Pen se saisit d'un pot de fleurs et lui jeta à la tête, mais il s'en saisit et le posa à côté de lui.

— Sois pas vénère, Penelope, j'étais aux premières loges, tança-t-il.

— C'est vrai, pouffa Pen, qu'est-ce que je peux dire pour ma défense ? Qu'il était impossible de résister à sa queue !

Tout le monde rit, moi inclus, parce qu'elle était si ouverte et exubérante que les murailles que j'édifiais d'ordinaire autour de moi commençaient à s'affaisser légèrement. Je pouvais m'habituer à passer du temps avec des gens comme eux. Si ce n'était pas dangereux. Et ce n'était pas le cas. Même si ces femmes-là n'avaient pas l'air de s'en inquiéter le moins du monde.

Je passais les deux heures qui suivirent à parler et rire avec les omégas et Connor. Au bout d'un moment, ma jambe commença à me faire de nouveau souffrir et je commençais à fatiguer, Pen me rappela qu'il était temps de prendre mes médicaments et me reposer. Elle était vraiment autoritaire, mais ça me plaisait.

Je remerciai tout le monde encore une fois avant que Connor m'aide à retourner jusqu'à la chambre de Griz, il me laissa devant la porte et me salua. Une partie de moi n'aimait pas trop ça, parce qu'ils prenaient tous tellement soin de moi, mais ça ne durerait pas. Rien ne durait jamais bien longtemps.

Le bonheur comme celui qu'ils avaient ne durait jamais bien longtemps avec moi et je ne voyais pas ça commencer de sitôt.

CHAPITRE VINGT-QUATRE

brady

J'AVAIS la tête ailleurs la journée durant, déjà parce que je savais que Connor était à la serre avec les omégas. Avec *notre* oméga même, j'imagine. Et puis aussi parce que je repensais à la façon qu'il avait eu de me mordre, exhibant notre relation devant elle et comment je l'avais encouragé à travers notre Lien parce que tout d'un coup l'idée qu'elle nous regarde ensemble m'avait fait bander plus fort que jamais et cela me frustrait parce que ce n'était pas ce que je pensais désirer. Je croyais que Connor et moi avions tout ce qu'il nous fallait et je ne voulais pas que quelqu'un vienne entre nous, peu importe à quel point elle était belle.

Alors je passai la journée à me fustiger et analyser tout et du temps qu'arrive le moment de dîner, je bandais fort et j'étais prêt à m'enfouir dans mon compagnon. Ou dans l'oméga. Ou les deux.

Mais elle savait que nous étions ensemble et cela me déchirait parce que je voulais vraiment savoir ce qu'elle pensait de ce que nous avions fait plus tôt dans la journée. Trouvait-elle ça aussi incendiaire que moi ?

Je ne savais pas, mais tout mon corps était avide et perplexe alors que je bouillonnais d'angoisse. Nous n'avions pas encore parlé à Carmen du projet de rendez-vous, mais il y avait de grandes chances que ça tourne court. *Tu as été blessée alors bienvenue chez nous où deux alphas voudraient sortir avec toi...*

Après mon dernier rendez-vous, je contactais Connor avec la radio pour savoir où il se trouvait : il était dans la cuisine et aidait à préparer le dîner alors je m'y rendis pour lui donner un coup de main. Et lorsque j'arrivais dans la pièce, il sourit largement.

— Carmen se repose dans sa chambre un petit moment, mais j'imagine qu'elle sera affamée. Tu veux venir avec moi pour l'inviter à descendre pour le dîner ? Si elle n'est pas d'attaque, on pourra lui monter une assiette.

— Tout ce qu'on aura fait aujourd'hui, c'est nourrir des omégas, geignis-je alors que je l'aidais à éplucher des pommes de terre.

Il me fit un clin d'œil et une fois le dîner préparé, il réitéra sa proposition de monter inviter Carmen et je le suivis parce que je ne savais pas comment me tirer d'affaire et à présent qu'elle était là dans cette foutue maison.

Je montais chaque marche de l'escalier du pas du condamné à mort, mes jambes lourdes comme du plomb parce que dès l'instant où j'allais voir Connor et Carmen dans la même pièce, mon esprit allait retourner à ce que Samson nous avait montré et ce qui s'était passé dans la maisonnette. Pour être honnête, j'en avais autant envie que pas envie.

Je pouvais sentir légèrement Carmen à travers le Lien que je partageais avec Connor, un Lien qui n'était plus exclusivement le mien parce qu'il était aussi lié à elle, évidemment elle ne le savait pas encore, mais une fois qu'elle le saurait, qui savait quelles émotions et quels sentiments elle ferait suivre.

Après que nous avons frappé, elle nous dit d'entrer, arborant un sourire neutre alors que nous traversions la pièce. Elle était installée sur la banquette sous la fenêtre, une couverture sur les jambes, ses boucles brunes cascadant sur ses épaules. Elle avait un livre à la main et je luttai contre l'envie de lui demander ce qu'elle lisait, ce qu'elle aimait lire.

À la fenêtre, elle avait l'air d'un ange, ses yeux sombres rivés aux miens et elle releva le menton : c'était un défi. Voir combien de temps je tiendrais son regard avant que l'un de nous deux se soumette et détourne le regard.

Au lit, Connor et moi dominions tour à tour, mais le côté sombre de ma nature d'alpha avait besoin de plus. Quand lui et moi essayions ça, cela n'allait jamais : il n'aimait pas et quand bien même c'était agréable pour moi, savoir que cela ne lui plaisait pas portait un coup à mon plaisir. Mais je pouvais dominer aisément cette oméga, me dis-je alors qu'elle respirait régulièrement.

Penchant la tête sur le côté, je fourrais mes mains dans les poches de mon jean, ma queue butant contre la fermeture éclair et je me demandais comment aurait réagi Carmen si je la sortais de suite.

— Nous sommes venus voir si tu voulais descendre dîner, commença Connor en se rapprochant de la banquette alors que Carmen tentait de remonter ses jambes sous sa poitrine, elle siffla de douleur et je sus qu'elle devait probablement être épuisée après tout ce qu'elle avait fait aujourd'hui.

— Mince, j'aurais pas dû en faire autant, je ne crois pas que je suis d'attaque pour descendre, mais je vous remercie, se reprit-elle avant de regarder Connor.

— Alors on te ramènera quelque chose, suggérai-je alors qu'elle me regardait à nouveau et elle acquiesça brièvement alors que je me tournais vers Connor.

— Peux-tu aller nous chercher quelques assiettes, je resterai avec Carmen jusqu'à ton retour.

L'expression de Connor était indéchiffrable, mais il m'interrogea à travers notre Lien.

Ça va aller ?

Je lui envoyai mon amour en retour et il ne dit rien, se retournant sans bruit. La pièce s'embrasa lorsque le regard de Carmen croisa de nouveau le mien sans le détourner ; c'était une lutte pour la domination et je trouvais ça très intrigant. Était-elle soumise ou dominante au lit ? Difficile à dire, elle pouvait très bien être les deux. Peut-être qu'il allait falloir se battre pour obtenir d'elle qu'elle se soumette ?

— Montre-moi ton genou, ordonnai-je sans détourner le regard.

Elle haussa ses sourcils foncés et eut un rictus.

— Pourquoi ça ? Tu n'es pas guérisseur...

Voilà qu'elle était narquoise. J'adore.

— Montre-le-moi, ordonnai-je de plus belle et elle sourit plus largement.

— Non.

Ce simple mot me fit durcir et me rapprocher d'elle de quelques pas, observant la façon dont son corps réagissait à ma proximité : ses lèvres s'entrouvrirent, sa langue dardant entre ses dents blanches, elle respirait doucement et je pouvais entendre les battements rapides de son cœur.

— Fais-le ! réitérai-je alors qu'elle fit signe qu'elle refusait une nouvelle fois, s'éloignant de moi et se collant contre la fenêtre, détendue et arborant un large sourire.

— Tu n'es pas mon patron, dit-elle avant de rire. Un vrai rire sincère alors que je la regardais, choqué. Parce que la cherchant à travers le Lien, je sentis de l'euphorie, de l'excitation aussi. Parce qu'elle avait pu dire non...

Je passais en mode thérapeute en essayant de comprendre

pourquoi elle était aussi ravie de refuser. J'imagine que c'était parce qu'elle *pouvait* refuser et qu'elle en avait besoin. Si elle avait passé son temps ballottée de famille d'accueil en famille d'accueil et qu'elle vivait dans des foyers, elle avait dû passer une grande partie de sa vie sans avoir beaucoup de choix.

Merde, je ne comprenais pas pourquoi et Dieu m'en préserve, mais je l'aimais bien. Je ne pouvais pas m'en empêcher en la voyant. Elle était une sublime énigme que je voulais résoudre et dominer même si j'entendais de nouveau dans un recoin de ma tête ma mère récitant des versets de la Bible en espagnol.

Me rapprochant, je ris.

— Tu as gagné, Carmen. Est-ce que je peux voir ta jambe s'il te plaît ?

— Non, répondit-elle alors que son rire joyeux emplissait la pièce et au même moment Connor arriva, tout sourire alors qu'il lui tendait une assiette de nourriture.

— Non à quoi ? demanda-t-il curieux alors qu'il me tendait à moi aussi une assiette et des couverts.

— Brady a demandé à voir ma jambe et j'ai refusé.

— Et ça te rend heureuse ? s'enquit-il perplexe.

— Oui ! Oui parce que je peux choisir pour une fois dans ma vie et on a respecté mon choix, aujourd'hui, c'est vraiment une bonne journée, soupira-t-elle tout en riant, se blottissant joyeusement contre la banquette de fenêtre avec son repas.

Était-elle en train de citer la chanson d'Ice Cube ?

— Montre-moi ! aboya Connor et le regard sombre de Carmen croisa le sien.

— Très bien, acquiesça-t-elle joyeusement, repoussant la couverture alors que je marmonnais mon mécontentement, les faisant rire tous les deux à mes dépens alors que Connor et moi observions son genou qui était légèrement enflé et la peau gonflée et rouge.

— Mince, je me suis trop amusée avec les omégas, protesta-t-elle en mangeant un morceau de steak, l'air abattu.

À travers le Lien, je sentais que Connor s'inquiétait pour elle, mais j'essayais sans succès de me retenir de toucher son genou. La chaleur et la douleur irradiaient de son articulation avec une telle force que je pouvais pratiquement sentir la blessure comme si elle était mienne. Me rapprochant d'elle, je tendis la main et caressai son genou du bout des doigts, retirant immédiatement ma main lorsqu'elle glapit, les yeux dilatés.

— Qu'est-ce que tu fais ? Bon Dieu, ça fait mal, fit-elle, cassante.

— Je suis désolé, je ne suis pas sûr que.... je, bégayai-je.

— Recommence, m'ordonna-t-elle, et d'un coup, je me mis à bander.

Un commandement ? Venant d'une oméga ? En voilà une fixette que je ne m'attendais pas à avoir. Repoussant cette pensée, je reposais ma main et caressais de nouveau son genou alors qu'elle paraissait perdue dans ses pensées.

— Est-ce que tu peux poser ta main sur mon genou et l'agripper ? demanda-t-elle.

Je m'exécutais et au même moment, je sentis la chaleur monter entre ma paume et sa peau et elle glapit.

— Oh, bordel, que ça fait mal, mais cela me fait la même sensation que lorsqu'Arlo m'a touché le genou. Et je crois bien que tu es peut-être capable de faire ce qu'il fait, Brady, dit-elle sans détourner le regard même si la douleur lui coupait le souffle.

Je savais qu'elle avait raison, parce que la façon dont j'étais attiré par sa douleur et le besoin que j'avais de l'apaiser et la réconforter. Et encore à présent, j'avais besoin de la toucher même si dès l'instant où je me rendis compte du pouvoir que j'avais, il s'estompa avant de disparaître et elle se renfonça dans les coussins, respirant fort : elle était épuisée.

Le Lien entre Connor et moi était secoué par la confusion que nous ressentions tous les deux.

— Est-ce que tu viens de... ? Est-ce que tu as fait une session de guérison ? demanda-t-il, incrédule et confus.

J'aurais voulu crier de frustration. Parce que si j'étais guérisseur et que je n'avais jamais eu ce pouvoir avant l'arrivée de Carmen, ça ne voulait dire qu'une chose. Elle m'appartenait.

Et je n'avais pas le choix dans cette affaire. Absolument aucun choix.

CHAPITRE VINGT-CINQ

carmen

Il s'était passé tant de choses que je n'étais même pas certaine de savoir quoi faire avec tout ce que je venais d'apprendre. Brady, qui n'avait pas de pouvoir, venait juste de guérir en partie ma jambe. Alors est-ce que ça voulait dire qu'il avait maintenant des pouvoirs ? Et parce que Connor et lui étaient ensemble, cela signifiait-il que Connor aussi en aurait ? Allaient-ils avoir besoin d'une compagne ?

Je n'étais pas là depuis bien longtemps, mais je pouvais voir comment ça allait se passer si je devais m'en tenir à tout ce que j'avais appris d'eux. Ça devait être moi. La manière dont tous les deux m'attiraient follement, mais comment était-ce possible ? Parce que même si Brady me regardait intensément, il n'avait rien de très amical ou très engageant. Pas ce que j'attendais d'un « compagnon »...

Alors je croisais les bras et m'éloignais d'eux deux parce que j'avais besoin de prendre mes distances. L'œil bleu visible de Connor se riva aux miens alors qu'il souriait doucement, il savait que je venais de me rendre compte de ce qui se passait.

— On va discuter Carmen, si ça te va ?

Brady était figé sur place, se tenant non loin de moi, la mâchoire crispée et il regarda Connor du coin de l'œil et quoi que Connor s'apprêtait à dire, Brady ne voulait pas s'impliquer et ça, je le sentais de façon tangible.

— Ne faisons pas ça, je ne sais pas de quoi tu crois que nous avons besoin de parler, mais ce n'est pas nécessaire, dis-je en les regardant tour à tour.

— Samson a eu une vision dans laquelle tu es notre compagne, fit Brady de but en blanc et Connor siffla, pivota sur lui-même et grogna.

— Un peu plus de tact, ç'aurait été sympa, grogna-t-il alors que Brady croisait les bras sur son torse.

En dépit de mon inquiétude quant à ce qui se passait, je ne pouvais pas m'empêcher de me sentir échauffée par la tension masculine qui envahissait la pièce. Les voir dans cet état... à cause de moi ? Ça m'excitait d'une façon inexplicable.

— Je ne suis même pas censée être là et je serai partie dès que je serai de nouveau sur pied et il semble que tu peux m'y aider, Brady. Pas vrai ? leur rappelai-je avec douceur.

Il se tourna vers moi en plissant les sourcils.

— Je ne connais rien de ce pouvoir, Carmen, mais je ferai tout mon possible pour t'aider. Ce n'est pas ainsi que je voulais avoir cette conversation, mais que j'ai ce pouvoir confirme seulement la vision de Samson. Tu nous appartiens, dit-il, sur un ton amer et furieux, pas la voix de quelqu'un ravi de découvrir une nouvelle compagne.

Je le regardai en ricanant.

— Difficile à croire que je suis ta compagne quand il n'y a qu'un seul d'entre vous qui a l'air d'attaque...

Ils m'avaient dit qu'ils étaient ensemble et ce n'était pas un problème, mais voilà qu'à présent il était question d'une vision mystique où ils me faisaient leur compagne... Je n'y croyais pas. Je n'allais pas laisser un autre choix m'être enlevé. Plus jamais.

Brady fit un pas en avant, décroisant les bras, et il était assez proche de moi pour que son odeur envahisse mon nez et bon Dieu, il sentait vraiment bon. J'étais si mouillée que je peinais à y croire, mon corps trahissant mon esprit rationnel. Se contentant de grogner, Brady regarda mes cuisses comme si j'avais pu faire quelque chose contre ce qui était en train de se produire.

— Nous aimerions sortir avec toi pour de vrai, Carmen. Apprendre à te connaître un peu mieux, voir s'il y a quelque chose entre nous, dit-il, mais son ton disait clairement le contraire.

— Tu sais, dis-je, impassible et fusillant pourtant Brady du regard, la plupart du temps, quand un homme veut sortir avec une femme, il essaie d'avoir l'air... je sais pas... intéressé ? Avoir l'air amical, c'est déjà un bon début. Alors non, je ne veux pas sortir avec vous et vous devriez partir tous les deux. J'ai besoin d'une minute... loin de tout ça..., dis-je en leur faisant signe de partir alors que je me recroquevillais de plus belle sur la banquette.

— Il me faut le temps d'assimiler, partez, c'est tout, chuchotai-je alors que je peinais à comprendre ce qui venait de se passer. Je savais bien que c'était trop beau pour être vrai et encore une fois, j'avais eu raison.

CHAPITRE VINGT-SIX

brady

ENTENDRE CARMEN RENIFLER SUSCITAIT en moi un flot d'émotions conflictuelles : j'étais furieux à cause de la situation dans laquelle nous nous trouvions, j'étais paniqué devant sa tristesse et j'étais confus face à mes propres sentiments.

À côté de la fenêtre, Connor serrait les poings et me fusillait du regard. *C'est ta faute*, me disait son expression et sans un mot il me passa devant et quitta la pièce. À travers notre Lien, je sentais sa colère intense ainsi que la tristesse de Carmen et je savais qu'elle pouvait déchiffrer nos émotions aussi lorsque je vis qu'elle me regardait comme si j'étais une énigme à résoudre. Et c'est là que je me rendis compte que j'étais allé trop loin. Ce n'était pas sa faute ni celle de Connor si nous l'avions trouvée et que j'avais développé des pouvoirs. Connor et moi nous étions mis d'accord pour lui laisser le temps de guérir et d'évoquer le sujet avec tact, mais j'avais fait tout le contraire alors que j'étais sous le coup de mes émotions.

— Carmen, je suis désolé, dis-je avec douceur et elle haussa les épaules.

Lorsqu'elle ne répondit pas, je fis mine de partir, paniqué

de pouvoir la sentir elle autant que je sentais Connor à travers notre Lien et personne semblait particulièrement ravi. Je me fustigeais, quittai la pièce et refermai silencieusement la porte. Pour tomber sur Jude qui se tenait devant, l'air inquiet.

— Ça va aller, Brady ? Je venais juste voir si Carmen allait bien, fit-elle en regardant la porte derrière moi. Je secouais la tête, passant ma main dans mes cheveux.

— Je suis guérisseur, Jude, avouai-je dans le couloir silencieux.

— Quoi ? Oh, mon Dieu, Brady, c'est génial ! dit-elle.

Mais elle se décomposa immédiatement lorsqu'elle me regarda.

— Cela n'a pas l'air de t'enchanter, pourquoi ça ?

Je me demandais quoi dire, mais j'imagine que comme Connor l'avait dit, tout le monde était au courant pour nous et ce que je devais dire me vint en un torrent de mots alors que je partageais à haute voix et totalement mon plus grand secret pour la première fois.

— Avant, ça n'a toujours été que Connor pour moi, Jude. J'ai grandi dans une famille très religieuse et j'ai beaucoup de mal avec ce Lien dont je ne veux pas et je n'arrive pas à le réconcilier avec mes croyances et je suis terrifié à l'idée de partager mon compagnon avec quelqu'un.

— Est-ce que je peux te dire comment je vois ça ? demanda-t-elle avec douceur en posant sa petite main sur mon bras.

— Bien sûr, Jude, toujours, la rassurai-je, parce que je n'avais pas ce besoin constant d'être un connard avec tout le monde.

— Si tu as une vraie chance d'être heureux et d'être avec des personnes qui t'aiment, tu dois sauter sur l'occasion, dit-elle d'une voix si limpide et si similaire à ce que Griz m'avait dit quelque temps plus tôt que je blêmis.

Je savais qu'elle pensait à quel point elle avait envie de lui, mais qu'elle ne se sentait pas le droit de l'avoir.

— Je ne sais même pas par où commencer, Jude. Je suis vraiment furieux, je n'ai jamais voulu ça même si je sais que tu as raison.

Jude soupira et releva la tête de façon que nos regards se croisent.

— Je sais que tu aimes Connor, mais l'amour ce n'est pas un seau qui ne peut plus être rempli une fois qu'il est plein, il y a de l'espace infini dans ton cœur pour aimer une ou plusieurs personnes, Brady. L'amour multiplie tout. Réfléchis un moment, parle avec eux et dis-leur ce que tu ressens et pourquoi, et au bout d'un moment, les choses se mettront en place d'elles-mêmes.

— Bon Dieu, j'espère que tu as raison. Je suis terrifié à l'idée de perdre Connor, dis-je.

Je la serrai contre moi pour une étreinte emplie de gratitude.

— Et si au lieu de perdre Connor, tu gagnais Carmen et que ça te rendait très heureux ? rétorqua-t-elle, blottie contre moi, bon Dieu, ce qu'il fait chaud ici, et elle s'éloigna un peu de moi en riant. Je n'ai passé que quelques heures en compagnie de Carmen, mais elle m'a plus tout de suite et elle m'a l'air d'avoir sa place ici.

J'étais déterminé à essayer à nouveau, et ce dès à présent. Regardant la porte, je débattais intérieurement : devais-je rentrer tout de suite pour parler à Carmen ? Mais je devais parler à elle et Connor ensemble et le besoin d'aller le retrouver prit le dessus. Il était furieux, blessé, frustré et ma priorité.

— Tu as raison, mon amie, je vais aller retrouver Connor et on va essayer de faire ce qu'il faut pour faire ça bien ou du moins essayer.

— Bonne décision ! approuva Jude avec un clin d'œil, ce qui

me fit rire alors que je repartais dans la direction opposée de la chambre temporaire de Carmen.

Il fallait que j'aille retrouver Connor et lui parler de ce qui s'était passé et il fallait que je m'organise pour faire aussi mes excuses à Carmen. Rien de tout ce qui venait de se passer n'était notre faute.

* * *

À travers le Lien, je cherchais Connor : il était à la salle de sport et s'acharnait sur un punching-ball. Il était si furieux qu'il canalisait sa colère en coups de poing rageurs, ses hanches pivotant à chaque coup et c'était fascinant de l'observer même si je me rendais bien compte que c'était à cause de moi qu'il était en colère.

Lorsque j'arrivai à sa hauteur, il ne se retourna pas et ne se retourna pas plus lorsque je l'interpellai, mais lorsque je tendis le bras et lui tapotai l'épaule, il se déchaîna et agrippa avec force ma gorge, pupilles dilatées à l'extrême, sa respiration laborieuse après l'effort.

— Parle-moi, j'ai été un connard et je suis déso..., commençai-je.

Connor resserra de plus belle sa prise sur ma gorge, assez fort pour m'empêcher de respirer et que je commence à me sentir étourdi, des étoiles me dansant devant les yeux. Il se rapprocha tout près et fit claquer ses dents, tout en me poussant de façon à m'empêcher d'être dans une position stable. Fermant les yeux, je rejetai la tête en arrière, découvrant mon épaule.

Mon compagnon se pencha en avant, faisant courir ses dents tranchantes le long de mon cou.

— Dans l'immédiat, tu ne mérites pas que je te morde, je veux que tu fasses ça bien, aboya-t-il contre ma peau.

— Je sais, je suis frustré et j'ai été submergé et je suis allé trop loin, soupirai-je en relevant la tête.

— Tu n'as même pas essayé de faire preuve de tact, Brady, ça ne te ressemble pas. Nous sommes tous les deux frustrés par la situation, mais je croyais que nous nous étions mis d'accord pour essayer de trouver une solution, d'abord de lui donner le temps de guérir. Je ne peux pas faire ça avec toi et Carmen si tu l'as traite aussi mal. Ce n'est pas sa faute.

Je sentis ses griffes se rétracter alors qu'il pressait son front contre le mien.

— Je ne t'aime pas moins parce que j'ai envie d'elle et je ne veux pas d'elle à ta place. Je veux que tu aies envie d'elle et qu'elle ait envie de toi. C'est de ça que j'ai envie, me rappela-t-il, ses lèvres effleurant pratiquement les miennes.

— J'essaierai, dis-je avec douceur.

— Essaie un peu plus, insista-t-il, passant un bras autour de ma taille alors qu'il prenait ma bouche de force, me faisant glapir.

— On ira la voir dans la matinée et je te promets que je vais essayer, vraiment ! Elle mérite des excuses sincères et je suis juste... submergé, admis-je alors que Connor me serrait contre lui.

— On trouvera une solution, ensemble, murmura-t-il.

— Je... j'ai dit à Jude... pour nous deux, dis-je.

Il eut l'air surpris et recula d'un pas.

— Alors, maintenant on en parle aux autres ? demanda-t-il d'un ton si empli d'espoir que ma confiance en moi s'en trouva ragaillardie et qu'une partie du fardeau de cette journée semblait se dissiper un petit peu.

— Je ne suis pas encore prêt à en parler à tout le monde au sens strict, mais peut-être que l'on n'aurait pas besoin de se cacher autant. S'ils savent, ils savent. Ça te va ?

— Bien entendu, sourit Connor, tout ce qu'il faut pour que tu sois à l'aise, quand tu seras prêt...

Sans bruit, nous quittâmes la salle de sport et remontâmes jusqu'à la chambre de Connor et lorsqu'il se blottit derrière moi au lit, m'enveloppant de son corps tiède, je fredonnais joyeusement, mais même comme ça le Lien entre nous me parut tendu et crispé. Et lorsque je finis par m'endormir, ce fut d'un sommeil agité.

CHAPITRE VINGT-SEPT

carmen

ARGH ! Je dormis affreusement mal. J'avais passé la nuit à rêver de deux alphas chauds bouillants et avides qui me prenaient dans tous les sens et ensuite, j'avais fait un cauchemar où Brady, au lieu de guérir ma jambe, la mettait dans un plus sale état parce qu'il me détestait tout autant qu'il avait envie de moi. Je ne sais pas si Brady avait reçu le mémo, mais j'essayais d'échapper aux hommes, pas me retrouver coincée entre deux mecs.

On frappa à la porte et Jude entra.

— Comment vas-tu ce matin ? me demanda-t-elle.

Je me redressai et changeai légèrement de position ma jambe, cela picotait, mais rien à voir avec la veille. Incrédule, clignant des yeux, je lui souris.

— Honnêtement ? Je me sens bien mieux que ce à quoi je me serais attendue.

Jude soupira.

— Le pouvoir des alphas est vraiment incroyable, tu seras en pleine forme en un rien de temps.

— J'espère bien, murmurai-je pour moi-même avant de

dire que Brady s'était découvert un don de guérisseur la veille au soir.

— Oui, j'en ai entendu parler et je suis arrivée au moment où il partait. Qu'est-ce que tu comptes faire une fois que tu seras sur pied ? demanda-t-elle pour réorienter la conversation sur un sujet moins dangereux et en me tendant une assiette remplie de saucisses et d'œufs.

Je m'étirai légèrement avant de hausser les épaules.

— Je ne sais pas, je suis venue là parce que je fuyais, mais il faut que je parte d'ici. Du moins dès que je pourrais marcher, j'imagine, dis-je en toute honnêteté.

— Est-ce que tu pourrais envisager de rester ?

— Je ne crois pas que ça soit une bonne idée, Jude. Je suis juste de passage ici, à cause de moi, cela tourne au vinaigre et ça ne me ressemble pas, je n'aime pas cette situation et je ne veux pas en être complice.

— Je te comprends, je suis souvent prise dans la tourmente parce que mon père est un vrai connard, mais je n'en ai pas envie moi non plus. Je voudrais juste qu'il me laisse effectuer mes recherches tranquillement et que je puisse aider les alphas, soupira-t-elle.

Cela eut pour effet de me faire rire.

— Je vois tout à fait, j'aimerais juste vivre dans un endroit calme et tranquille, mais j'imagine que je vais retourner à Parrish et essayer de trouver quoi faire, peut-être voir si Margie a toujours du travail pour moi.

Jude resta pensive un instant avant de sourire.

— Hey, tu as des trucs de prévus aujourd'hui ?

— Non ! Est-ce que je peux passer un moment avec toi ? Parce que je peux pas rester assise toute la journée ici sans rien faire.

Jude sourit de nouveau.

— Oh ça, oui, tu peux ! Une assistante de recherche pourrait m'être utile. Peut-être que je pourrais te parler de mes recherches et tu pourras me poser des questions ou quelque chose comme ça. Juste passer du temps ensemble. Parfois, expliquer quelque chose à quelqu'un qui n'y connaît rien, ça aide vraiment.

— Ça m'a l'air bien, dis-je en plaisantant.

Je descendis précautionneusement du lit pour m'habiller.

— On peut faire ça ici, c'est toujours très compliqué de retourner au Cabanon et j'ai apporté ici une grosse partie de mes notes pour qu'on puisse parler, fit-elle.

Alors, pendant des heures, Jude m'expliqua une quantité de choses sur la phase de sauvagerie chez les alphas et comment Samson avait eu beaucoup de mal avec ça avant de marquer Pen et de gagner ses pouvoirs. Mais si un certain nombre d'alphas enduraient ça au moment de leur « éveil » et c'était ce que nous avions vu aux infos, il y en avait aussi un certain nombre qui ne blessait personne durant leur phase de rage initiale. Jude et son père essayaient de trouver comment faire disparaître ça.

— Si nous parvenions à créer un vaccin qui supprime la phase de sauvagerie initiale, on permettrait aux alphas de s'intégrer plus facilement dans la société, c'est le but à terme, répondit-elle avec un sourire timide.

— Wahou ! Ça serait extraordinaire ? Vous vous en approchez ? Est-ce que c'est même possible.

Elle soupira.

— Il y a des jours où j'y crois, mais il me semble qu'il me manque une information primordiale et c'est comme si je n'arrivais pas à mettre exactement le doigt sur ce qui me permettrait de voir plus clair dans mes recherches.

— Peut-être qu'on est seulement des bêtes curieuses comme les autres, fit une voix tonitruante qui m'enveloppa immédiatement.

C'était Connor qui venait d'arriver et je ne me retournais pas pour le regarder parce que déjà je sentais mon bonheur s'évanouir. Je ne voulais pas avoir affaire au cinéma de Brady et Connor ce jour-là alors que j'étais en train de passer un bon moment avec mon amie.

La voix de Brady se fit entendre peu après.

— Carmen, est-ce qu'il serait possible que l'on parle avec toi ?

Soupirant, je me retournai et croisai les bras sur ma poitrine.

— De quoi ? fis-je, furieuse.

Il s'était vraiment comporté comme un connard la veille et je ne savais pas encore quoi penser de ce qu'il m'avait dit. Compagnons ? Pff ! Je n'y croyais pas. Ils étaient chauds, bouillants et je ne m'étais pas envoyée en l'air depuis longtemps, c'était seulement pour cette raison qu'ils m'attiraient.

— S'il te plaît, Carmen, poursuivit Brady.

Connor traversa la pièce et tomba à genoux devant ma chaise.

— Cette conversation n'est pas optionnelle, oméga, ronronna-t-il en me regardant de son œil valide, on a besoin de mettre les choses au point et on n'a pas été clairs avec toi hier et on aimerait une chance de pouvoir l'être aujourd'hui.

Je déglutis et j'acquiesçai, car si proche de moi, Connor me prenait de court. Son odeur, son corps ferme, son regard possessif alors qu'il se tournait vers Jude.

— Jude, peux-tu nous laisser quelques minutes pour parler avec Carmen ? Nous lui devons de sacrées excuses...

Jude écarquilla les yeux et me regarda avant de me gratifier d'un clin d'œil absolument pas subtil

— Pas de soucis, Connor, le champ est libre, dit-elle.

Je la suivis du regard alors qu'elle se dirigeait vers la porte avec un geste horriblement suggestif et un autre clin d'œil. Et au lieu de rire bruyamment comme j'en ressentais l'envie, je fis la grimace.

Après son départ, Connor vint s'asseoir par terre à mes pieds et Brady fit de même, ses grandes jambes contre son torse. Si proches de moi, leurs odeurs réunies me frappèrent avec force, j'avais même du mal à respirer tant ils sentaient bon. Pourtant, je plissais les lèvres et tentais de ne pas prendre de profonde inspiration parce que j'étais toujours furieuse de ce qu'ils avaient fait la veille. Brady fut le premier à parler, son regard croisant le mien et il sourit.

— Je me suis vraiment comporté comme un crétin hier, Carmen, je suis désolé.

Je ne savais pas quoi répondre alors, j'acquiesçais parce qu'il s'était effectivement comporté comme un crétin la veille.

— Est-ce que tu voudrais sortir avec nous ce soir ? poursuivit-il.

Lorsque je le regardais, je voyais qu'il n'arborait aucune expression même si je lisais un certain espoir dans son regard et même si je n'avais pas l'impression qu'il mentait, je restais sur mes gardes.

— Qu'est-ce qui a changé ? Et pourquoi le devrais-je ? Peut-être parce que je ne crois pas à tes histoires de visions mystiques d'accouplement parce que tout ce que je dois faire, c'est guérir et ficher le camp d'ici, dis-je sur un ton cassant.

Connor s'éclaircit la gorge et baissa la tête, attendant clairement que Brady réponde et Brady se pencha en avant, s'agenouillant alors qu'il se penchait légèrement sur moi, regardant mes lèvres.

— C'est tout nouveau pour nous aussi, Carmen, ça nous a fait un choc, mais nous voulons essayer. Je veux essayer. Explorer...

Explorer... comment un seul mot pouvait être aussi sensuel ? Mes pensées s'emballaient dans mon cerveau alors

que je peinais à comprendre l'étendue de tout ce qu'il suggé-
rait, mais de si près, leurs deux odeurs me titillaient, tout en
chaleur et en intensité et toute pensée rationnelle commençait
à me déserter.

— Pourquoi le devrais-je ? répétai-je de but en blanc,
fusillant Brady du regard.

Mais qu'est-ce que je faisais ? Mais pourquoi le défiai-je ?

Le regard de Brady passa de l'intense intérêt à bouillant en
un instant et il se pencha en avant, puis il se releva de toute sa
hauteur, faisant passer ma jambe sur sa taille mince.

— Donne-moi une chance de faire les choses bien, petite
oméga, me pressa-t-il, effleurant de son pouce la commissure
de mes lèvres.

Je ne savais pas ce qui était en train de se passer, mais
c'était si intense que je ne pouvais pas m'arrêter ni ne voulais
m'arrêter. J'essayais de me fâcher à nouveau, d'alimenter à
nouveau le brasier de ma fureur, mais le sourire de Brady était
si magnétique que je ne pouvais même plus penser de façon
cohérente.

— Peut-être que je ne suis pas comme les autres omégas,
peut-être même que je ne suis pas du tout une oméga, répondis-je avec insolence.

— C'est une certitude, Carmen ! Parce que tu es l'oméga
rare qui peut accommoder deux alphas à la fois, fredonna-t-il
sombrement.

Deux alphas à la fois, bordel ! Était-ce vraiment en train de
m'arriver ?

— Est-ce que ça te fait peur ? demanda Connor alors qu'il
se redressait. Brady, ça n'a pas l'air très confortable pour elle,
allons faire ça ailleurs.

Brady ne me quitta pas du regard alors qu'il finissait par se
redresser, mes jambes toujours autour de sa taille et il suivit

Connor au lit et lorsque celui-ci s'affala contre les oreillers, Brady me déposa tout contre son torse l'air heureux.

Avais-je peur ? En théorie, j'aurais dû, ils étaient colossaux. Mais blottie dans les bras de Brady et le torse chaud de Connor contre mon dos, plus rien ne pouvait me faire peur à cet instant-là.

— Sois une bonne fille et donne-moi ton cou, ordonna Brady alors qu'il agrippait avec force ma gorge. Tout mon être voulait se plier à sa volonté alors je rejetais la tête en arrière contre le torse de Connor, soupirant.

Brady grogna, possessif, et ce grognement titilla mon clitoris au point que tout mon corps ne soit plus qu'un amas de chaleur et de désir.

— Tu sens si foutrement bon, murmura-t-il alors qu'il se penchait en avant, posant l'extrémité de son nez contre la peau sensible de mon cou.

Je glapis à l'instant où il me toucha en ondulant des hanches et je sentis une douleur palpitante dans ma jambe, mais je n'en avais plus rien à faire alors que Brady mordait avec force ma peau nue. Lorsque je gémis, ils répondirent par des grognements rauques alors que tout mon corps semblait se déliter et se contracter en même temps. J'aurais pu jouir immédiatement, je m'en rendis compte. La tension, la façon qu'ils avaient de m'aguicher, j'aurais pu sombrer dans les affres du plaisir de suite.

J'allais jouir, coincée entre deux alphas possessifs, l'un d'eux voulait m'embrasser et l'autre voulait me tuer ou un truc du genre. Mais qu'allai-je bien pouvoir faire ?

CHAPITRE VINGT-HUIT

brady

DIRE que j'étais excité était l'euphémisme du siècle. Connor et moi avions eu un plan qui consistait à retrouver Carmen dans sa chambre et lui demander poliment si nous pouvions préparer à dîner ensemble du pozole, ce qu'elle n'avait pas mangé depuis des années. Pour faire simple, elle était notre oméga et nous ne pouvions plus le nier à présent que j'avais développé un pouvoir et je pouvais lire de façon atténuée ses émotions à travers notre Lien alors qu'elle perdait peu à peu la tête sous mon regard attentif.

Ce n'était pas parce que je ne voulais pas de cette relation qu'elle perdait en intensité et je m'étais réveillé le matin même déterminé à tout donner pour ce Lien et voir où ça nous emmènerait, un rencard à la fois, si elle acceptait.

Mais lorsque nous arrivâmes, elle était déjà sortie de son lit, tenant ses béquilles et je sentais de façon palpable le besoin de Connor de l'aider, de la protéger, de la soutenir et lorsque je la déposais dans ses bras, ça m'avait excité.

À présent, je ne suivais plus que mon instinct, découvrant

le cou de l'oméga, attendant d'y planter mes dents. Et je mordis avec force, assez pour qu'un glapissement franchisse ses lèvres rouges et pulpeuses parfaites. Un gémissement suivit et ma queue tressauta dans mon pantalon alors que je regardais Connor.

Son œil visible n'était plus qu'une pupille noire alors qu'il me regardait, sa respiration rapide alors qu'il se trouvait derrière Carmen dont la tête reposait sur son torse massif, ses boucles brunes étalées contre lui. Et c'était si chaud bouillant que j'aurais pratiquement pu jouir tout de suite.

Mais de si près, j'étais submergé par la présence de Connor et Carmen ensemble et si je sentais sa méfiance, je la sentais incroyablement excitée d'être aussi près de nous et de toucher Connor. Savoir que c'était à cause de nous qu'elle était dans cet état était un sacré aphrodisiaque qui me montait à la tête.

Le désir de Connor en réponse à celui de Carmen était évident pour moi et je le sentais : déchaîné et avide et par le même Lien, je sentais aussi, comme estompé, le désir et l'envie qu'éprouvaient Carmen ; frénétique et incendiaire. Et puis aussi l'odeur de son fluide, inondant son pantalon, gouttant sur le lit.

J'avais déjà senti l'odeur du fluide oméga comme la chambre de Connor n'était pas bien loin de celles de nos frères liés, mais là, c'était vraiment toute autre chose, car à présent que j'acquérais de nouveaux pouvoirs, je ne pouvais plus nier qu'elle était faite pour nous. Et cela voulait dire que ce fluide était fait pour m'en enduire le corps, pour lui permettre de m'accommoder au plus profond d'elle.

J'étais vraiment foutu. Je mordis son cou alors qu'elle écartait largement les cuisses, mordant sa lèvre pour s'empêcher de grogner trop bruyamment. Mais je voulais l'entendre, mieux, *je devais* l'entendre même si au fond de moi, il restait encore quelques réticences. Allait-elle briser ce qu'il y avait entre

Connor et moi ? Je ne savais plus, mais si je devais juger le brasier dévorant qui commençait à envahir, j'espérais et priais que non.

— Est-ce que tu acceptes de venir avec nous ce soir, petite oméga ? demandai-je contre sa bouche alors que ses yeux sombres se rouvrirent, rivés au mien, sa pupille ayant pris le dessus sur son iris et qu'elle respirait fort et que son regard finit par se poser sur ma bouche où mes canines pointaient.

Lorsqu'elle posa ses lèvres contre les miennes puis qu'elle mordit ma lèvre inférieure en faisant ensuite courir sa langue tout du long, je me sentis m'embraser de plus belle. Je glapis lorsqu'elle siffla de désir, cherchant à passer ses deux mains autour de mon cou alors que Connor passait ses grands doigts le long de son dos, posant sa main à la base de son cou.

Mais je n'allais pas prendre mon plaisir avec elle de suite, non, j'allais attendre que la tension ait atteint des sommets à cause de cette petite voix dans ma tête qui continuait de douter : elle s'immisçait entre Connor et moi parce qu'à ce moment-là, il ne se concentrait que sur elle et je ne savais pas quoi en penser.

Elle m'excitait beaucoup et de les voir heureux ensemble aurait dû me rendre heureux si nous étions compagnons, mais je restais jaloux et si ça se trouvait, c'était juste quelque chose sur lequel je devais travailler tandis que nous apprendrions à la connaître mieux.

— Alors un rendez-vous ce soir ? lui rappelai-je avec douceur alors qu'elle se tenait contre ma bouche, à bout de souffle.

— Bien, un rendez-vous ! acquiesça-t-elle avec un rictus.

Connor rit et fit courir ses mains jusque sur sa chute de reins avant de descendre du lit et je ne pouvais pas manquer la protubérance énorme qui déformait son jean, la façon dont sa chemise était trempée de fluide et c'était foutrement excitant.

Carmen se blottit dans les draps et à travers notre Lien atténué, je la sentais remonter, mais fatiguée alors je la laissais se reposer et la bordais, souriant lorsque nos regards se croisèrent et elle rougit.

— On se voit ce soir, petite oméga, confirmai-je.

CHAPITRE VINGT-NEUF

connor

CARMEN VIBRAIT PRATIQUEMENT de désir et l'odeur de son fluide m'envahissait, assaillait mes sens. Brady l'avait bordée pour qu'elle puisse se reposer alors que je luttais contre le besoin de lui faire plier l'échine et le baiser devant elle, mais il n'était pas prêt, je le savais. Toujours était-il que ce qui venait de se passer était une grande avancée pour lui. Nous nous étions mis d'accord pour essayer et c'était un gros effort.

Et son odeur ? Que Dieu me vienne en aide, j'aurais voulu m'agenouiller devant elle et la dévorer pour le restant de mes jours. J'avais toujours cru que je comprenais les autres alphas lorsqu'ils parlaient de leur oméga parce que je ressentais la même chose pour Brady, mais cette oméga, c'était tout simplement différent. Rien de plus, rien de moins, juste une chose différente du Lien que j'avais avec lui.

Carmen changeait toute notre dynamique. Au lit, c'était une lutte pour dominer entre lui et moi, c'était notre façon d'être ensemble, mais lorsqu'on l'ajoutait à l'équation, Brady s'occupait de Carmen et je le dominais lui. Parce qu'il avait besoin de dominer, désespérément et je n'avais jamais pu lui donner ça. Je ne voulais pas être dominé sexuellement, pas avec elle impliquée. Ça ne me ressemblait pas malgré mon tempérament facile à vivre. J'avais besoin d'être aux manettes quand on y allait sans douceur.

Nous étions des alphas et il avait besoin d'un exutoire pour cette agressivité en nous et il pouvait trouver ça dans la sexualité. Alors, le regarder y aller sauvagement avec elle, ça m'excitait passablement. Je ne dis rien du temps que l'on arrive à la porte d'entrée ; je sentais que mon compagnon avait besoin d'espace et d'un peu d'air frais alors que ses émotions tourbillonnaient dans sa tête jusqu'à ce que nous tombâmes sur notre alpha de meute, Mitchell, qui remontait le couloir dans notre direction.

— Ah, vous voilà tous les deux, fit-il avec un large sourire, ses yeux bleus de glace pétillant de joie alors qu'il les refermait et inspirait.

Un petit rire lui échappa et il nous fit un clin d'œil.

— Je crois comprendre que le rencard se passe bien, ricana-t-il en dévisageant Brady qui se crispa, mais qui se détendit dès que Mitchell eut levé les mains comme pour se défendre.

— Je n'ai jamais mis mon nez dans vos vies privées, mais j'aimerais en savoir plus sur vos pouvoirs et vous aider avec Carmen si je peux.

— Comment ça ? demanda Brady sur un ton cassant.

Mitchell rit à nouveau.

— Déjà possessif, Brady ? C'est bon signe, sourit-il alors que Brady grognait et Mitchell se rapprocha de nous deux.

— Plus sérieusement, j'ai entendu que vous aviez l'intention de sortir avec Carmen et de cuisiner ensemble pour commencer. La cabane où vous l'avez trouvée est vraiment atroce, mais il y a une cuisine dans notre chambre à Alice et moi et nous nous sommes dit qu'on allait vous la laisser ce soir.

Mais que la cuisine, hein ! Parce que si vous vous envoyez en l'air dans mon lit, je vous arrache la tête à tous les deux.

— Personne ne va baiser nulle part, bougonna Brady et Mitchell et moi échangeâmes un sourire complice.

— C'est toi qui le dis, mon frère, acquiesça Mitchell avec bonhomie, mais la cuisine est propre et vous attend, Alice a déjà mis des fleurs pour que ça fasse vraiment rendez-vous.

C'était vraiment étrange parce que nous n'avions jamais admis notre relation devant notre alpha de meute, mais il était évident qu'il était au courant, et ce sûrement depuis longtemps.

— Depuis combien tu le sais ? interrogea Brady, qui se posait visiblement la même question que moi.

— Oh, depuis le moment où tu es sorti des bois et que Connor a été le premier à t'aider, nous rappela mon alpha de meute, vous avez toujours été inséparables et c'est mon rôle de comprendre les dynamiques. Je suis navré que tu ne te sois pas senti assez à l'aise pour le dire à tout le monde, mais j'imagine que quand tu le seras, si tu l'es, tu le feras. En attendant, on n'en a jamais parlé en conseil et nous n'en parlerons jamais.

— De toute façon, c'est plus vraiment très important parce que maintenant, tu dois nous inviter aux réunions, lui rappelai-je alors que je me rapprochais de mon compagnon, lui faisant sentir tout mon amour pour lui à travers notre Lien.

— C'est vrai, parle-moi de ton pouvoir...

— En vrai, c'était incroyable, Mitchell, commença Connor, Brady a juste caressé son genou et ça lui faisait mal, mais ça a marché.

— Ça alors ! Est-ce qu'il a essayé de s'occuper de ton œil ? s'enquit-il avec douceur, regardant le bandage usé que j'aurais vraiment dû changer.

Je ne faisais pas assez attention à cette foutue blessure et

Pen m'avait déjà mis en garde de ce que je risquais si je ne protégeais pas comme il faut la plaie. Grimaçant, j'acquiesçai.

— Oui, on a essayé ce matin, mais ça n'a rien changé malheureusement, dis-je.

Mitchell soupira.

— Eh bien, vous n'avez pas marqué votre oméga et ton œil est dans un sale état et il y a des choses qui sont déjà allées trop loin pour pouvoir retourner en arrière, mon frère. Dans tous les cas, laisse Jude et Pen t'aider parce que j'ai entendu dire que tu étais loin d'être un patient modèle.

Il y avait dans sa voix un rien du ton de commandement d'alpha et je savais que je devais l'écouter. Je ne voulais pas perdre l'œil, mais tout le reste faisait que j'avais la tête ailleurs.

— Merci de nous laisser utiliser ta cuisine, Mitchell, on te promet de te la rendre plus ou moins dans le même état qu'on l'aura trouvée, répondis-je avec un sourire.

Mitchell rit.

— Ça vaudrait mieux parce que je te jure que si ça se transforme en une de tes blagues, je t'arrache ton chignon.

Nous rîmes tous et Mitchell se retourna et nous rentrâmes tous les trois à la maison. Ce qui devenait notre quotidien était absolument incroyable et c'était un chaos d'émotions auquel nous n'étions pas habitués, mais ma compagne et mon compagnon en valaient la peine et j'étais bien déterminé à leur prouver à tous les deux.

CHAPITRE TRENTE

carmen

JE ME RÉVEILLAI de ma sieste détendue et satisfaite avec l'impression que ma jambe allait encore mieux. Lorsque je me levais, je me rendis cependant compte que je ne pouvais toujours pas trop m'appuyer dessus, mais qu'au moins, je pouvais claudiquer seule jusqu'à la salle de bain.

Je fus surprise de voir Alice et Pen débarquer avec de quoi manger et qui comptaient m'aider à me préparer pour le rendez-vous du soir.

— Alors tout le monde est au courant ? Je suis la dernière à l'apprendre ? me plaignis-je alors que Pen se laissait tomber dans un fauteuil en engloutissant un sandwich.

— Les avantages d'être liée au voyant. Qu'est-ce que tu portes ce soir ? questionna-t-elle avec un clin d'œil.

Mallo me montra une pile de vêtements qu'elle venait d'amener au moment où Jude entrait dans la pièce avec un large sourire.

— Tu te prépares pour le rendez-vous ? C'est excitant ! fit-elle.

L'heure qui suivit, les omégas m'aidèrent à choisir parmi

les vêtements, mais il fallait bien admettre que tout était terriblement ajusté parce qu'à l'exception de Pen, toutes faisaient a minima douze centimètres de moins que moi et plutôt menues quand j'étais plus grande, bien plus plantureuse aussi.

Mais au bout du compte, nous choisîmes une jupe en stretch qui n'écraserait pas ma jambe et un tee-shirt au décolleté en V qui épousait mes seins. Jude me coiffa et il fallait dire qu'après qu'elle eut aussi ajouté un trait de mascara, l'effet général était assez réussi.

Je n'avais pas fait d'efforts vestimentaires depuis des années ; je n'avais eu ni le temps ni l'envie de le faire, mais c'était agréable, une nouvelle norme à laquelle je me demandais si je pouvais m'habituer. Mon projet de partir et retourner à Parrish ne me paraissait plus aussi urgent même si cela ne manquait pas de m'alarmer. Tout ce que je savais, c'était que lorsque Brady et Connor étaient à mes côtés, je ne pouvais pas envisager de partir. Je ne pouvais pas m'imaginer ne plus jamais les revoir.

Juste avant 17 heures, j'entendis les voix de Connor et Brady dans le couloir. Lorsque Brady entra le premier, il s'arrêta si brutalement lorsqu'il me vit que Connor lui rentra dedans et que tous les deux trébuchèrent presque dans la pièce. Jude qui était encore dans le couloir, pouffa et poussa Connor dans la pièce, taquine.

— Amusez-vous bien tous les trois, fit-elle en me saluant puis, elle remonta le couloir.

Brady traversa la pièce sans bruit, souriant avant de me balayer du regard avec un arrêt marqué sur ma poitrine. Des fossettes marquaient ses joues et nos yeux se croisèrent.

— Tu es superbe, Carmen, me complimenta-t-il.

— Bordel, oui, souffla Connor alors qu'il contournait Brady, se mettant à genoux et glissant ses mains sous ma jupe alors qu'il me serrait dans ses bras, il passa ensuite ses mains dans mes cheveux et tira ma tête en arrière alors qu'il mordait mon cou.

— Je n'ai pas pu faire ça tout à l'heure et j'en avais très envie.

Derrière nous, Brady grogna et se rapprocha, les yeux dans les yeux avec moi alors que Connor mordait la jonction entre mon épaule et mon cou. Je me rapprochais d'eux jusqu'à ce que Brady me fasse signe d'arrêter.

— Tu me regardes, oméga, sois une bonne fille !

Ces mots avaient suffi à me faire glapir alors que Connor ronronnait contre mon épaule et je me demandais un bref instant ce que j'aurais ressenti s'il avait fait la même chose entre mes jambes et j'étais déjà trempée rien qu'à l'idée.

— Connor, on ne va jamais réussir à arriver au dîner si tu continues comme ça, le mit en garde Brady. Je sentais le souffle chaud de Connor contre mon cou, mais il s'éloigna, souriant alors qu'il laissait courir ses doigts le long de ma tresse et sur mon cuir chevelu.

— Foutrement belle, murmura-t-il alors qu'il se penchait en avant, ses lèvres effleurant les miennes.

C'était notre premier baiser et je me dis que je devais m'en tenir là sinon nous n'arriverions jamais à notre rendez-vous, mais dès l'instant où il entrouvrit ses lèvres et que sa langue courut sur ma lèvre inférieure, je n'eus plus aucune pensée cohérente. Approfondissant le baiser, je mordis sa langue, ses lèvres et son menton alors qu'il empoignait fermement mes cheveux, grognant.

— Il faut que tu arrêtes, chérie ou on ne sortira pas d'ici, me nargua-t-il alors que j'agrippais à deux mains son cou pour essayer de le rapprocher de moi.

— S'il te plaît, murmurai-je dans l'espace entre lui et moi, espace beaucoup trop vaste à mon avis, car j'aurais voulu qu'il soit suffisamment proche de moi pour que je puisse me frotter contre son torse.

— Nous avons un plan, oméga, ça va être amusant, viens, fit Brady en me tendant la main, paume vers le haut avec un large sourire aux lèvres.

C'était si beau de le voir aussi séduisant et charismatique alors que j'échappais à l'étreinte de Connor pour aller chercher mes béquilles et je posais ma main dans celle de Brady. Il me prit dans ses bras, béquilles incluses, et nous sortîmes de la pièce. Derrière la maison, ils avaient garé un quad et il m'installa juste devant lui, Connor montant derrière, passant sa main autour de nous et maintenant délicatement ma jambe en place alors que nous nous dirigions vers la maisonnette de Brady.

Une fois garés et descendus, je souris, les regardant tous les deux.

— C'est ici que l'on va cuisiner ?

Brady sourit en retour.

— Nan, on est juste là pour l'apéritif parce que je n'ai pas de cuisine équipée ici, mais Mitchell nous a proposé d'utiliser la cuisine de sa suite et on va y aller après avoir pris un verre.

— Prendre un verre ? Mon Dieu, ça fait des années que je ne l'ai pas fait, confessai-je alors que Brady grimaçait, et se pencha pour remettre derrière mon oreille une mèche égarée.

— Alors, contente-toi de profiter de cette soirée, oméga et sache que nous sommes *tous les deux* très contents de faire ça avec toi, merci encore d'avoir accepté de venir, dit-il et je sentais bien qu'il insistait sur le fait que cela faisait autant plaisir à l'un qu'à l'autre.

* * *

Au moment où nous arrivâmes à la maisonnette, Connor m'aida à m'installer à la table de la cuisine pendant que Brady posait une bouteille devant nous. Oh mon Dieu, de la tequila. J'en mourrais d'envie, mais je me dis que je ne devais pas, mais zut après tout ! Avant que je ne puisse dire quoi que ce soit, Brady avait récupéré trois shooters et nous en servit chacun un avant de boire le sien en rejetant la tête en arrière, léchant le bord du verre, ses yeux rivés aux miens.

— Tu me mates, Carmen, qu'est-ce que tu veux ? Dis-moi tout, grogna-t-il.

Derrière moi, j'entendis Connor jurer dans sa barbe alors qu'il avalait cul sec le liquide transparent.

— Je veux des réponses, je veux comprendre comment nous sommes passés d'un mépris larvé à un premier rencard en moins de vingt-quatre heures. C'est un vrai tourbillon, dis-je sur un ton effronté.

Connor sourit largement et Brady eut l'air penaud.

— Nous te devons des explications même si je sais que les omégas t'ont déjà parlé du Lien alpha-oméga, pas vrai ?

— Dans les grands traits, oui, acquiesçai-je, mais j'aimerais comprendre comment ça se passe de *votre* perspective.

Brady s'assit, tritura son verre avant de pouvoir relever la tête et me regarder dans les yeux.

— J'ai toujours été attiré autant par les hommes que par les femmes, mais après le virus, quand j'ai rencontré Connor, il était fait pour moi et je n'ai plus voulu voir ailleurs, révéla-t-il, les joues empourprées.

Lorsque je regardai Connor, je vis qu'il regardait Brady avec adoration. C'était un peu attendrissant et je luttais contre l'envie de le chatouiller, coinçant mes mains sous mes aisselles. Brady poursuivit son récit.

— Quand nous t'avons trouvée et que Samson nous a parlé

de sa vision : une oméga avec *deux* alphas, j'ai commencé à avoir un pouvoir et honnêtement, ça m'a pris de court parce que ça a été un sacré choc.

— Pour nous tous, confirmai-je.

— Très certainement et je n'ai pas pris en compte comme cela pouvait être difficile pour toi et j'aurais dû m'en douter pourtant, je suis un foutu psy... mais j'essaie de corriger ça maintenant. Est-ce que ça marche ? demanda-t-il.

— Est-ce que... l'intensité de ce que nous éprouvons est normale ? C'est un truc d'alpha ? m'enquis-je.

— Ça l'est, confirma Connor qui se pencha pour embrasser mon épaule, ton odeur me rend dingue et écouter mon compagnon exposer ses sentiments et émotions avec toi, c'est très intense. Je peux vous sentir tous les deux à travers notre Lien. Peux-tu, Carmen ? as-tu déjà essayé ?

Je glapis et les regardai tour à tour.

— Je peux y arriver même si vous ne m'avez pas marquée ? m'étonnai-je.

— Oui, mais ça nécessitera peut-être que tu te concentres un peu si tu ne sais pas quoi chercher, expliqua-t-il en souriant. Laisse-moi essayer de t'envoyer une émotion et on verra bien si tu la reçois.

Il me regarda et le bleu de son œil disparut pratiquement complètement, le rendant pratiquement noir sous l'effet de la concentration.

— Essaie seulement de me sentir, sentir ce dont j'ai envie, ordonna-t-il sans détourner le regard.

Je me focalisais sur lui, sur la façon dont son regard était déterminé et très légèrement, je sentis du désir et un rien de ce qui semblait être de l'inquiétude ?

— Tu es inquiet ? lui demandai-je en haussant les sourcils.

Connor rit.

— Peut-être bien, un tout petit peu. La façon dont on t'a

rencontrée, notre comportement, tout ça... Ça n'a rien de très normal. Et de loin même...

— Je vais boire à ça, gloussa Brady alors qu'il nous tendait deux nouveaux shots.

— Je n'ai jamais rien fait avec deux hommes à la fois, je crois même que je n'ai pas couché avec un homme depuis au moins dix ans... peut-être même plus..., confessai-je.

Bon sang, la tequila devait déjà faire effet parce qu'en temps normal, je n'aurais jamais avoué cette triste vérité aussi clairement. Mais ces alphas me donnaient envie de partager des choses que d'ordinaire, je gardais pour moi.

Brady sourit, se rapprocha alors qu'il versait un autre shot sans jamais détacher son regard de moi. La tension dans la pièce était à couper au couteau, mais avant que je puisse faire quoi que ce soit pour y remédier, Connor me prit dans ses bras et se releva, se dirigeant vers Brady, me collant dans ses bras jusqu'à ce que nous butâmes tous les trois contre un mur. Ce qui fit grogner Brady, mais Connor n'en fit pas cas et poussa ma tête sur le côté, découvrant mon cou alors que je me trémoussais, inconfortablement. J'étais si très excitée par la chaleur qui irradiait de Brady derrière moi et de Connor devant que je ne pouvais pas m'en empêcher. À la place, un gémissement désespéré m'échappa alors que Connor se penchait en avant pour mordre mon épaule avec force.

— Est-ce que tu peux la sentir, Brady ? Tout ce fluide oméga, c'est juste pour nous. Laisse-toi aller, juste une minute, imagine-nous ensemble, je veux voir tes dents plantées dans sa gorge.

Je couinais à cette évocation, pourtant, je m'arc-boutais tout de même, le haut de ma tête cognant contre la mâchoire de Brady qui jura alors que tout son immense corps chaud se tendait, ses muscles frémirent légèrement alors que Connor grognait, allant et venant à la rencontre de mes hanches, mes fesses se frottant contre l'entrejambe de Brady. Et mon Dieu, qu'il bandait fort ! Et il était énorme.

Brady grogna au moment où Connor relâcha sa prise sur mes cheveux et écrasa sa bouche contre celle de son compagnon et c'est entre eux d'eux que je me retrouvais alors qu'il dévorait Brady, le mordant avec force alors que leurs dents s'entrechoquaient violemment. Je me trémoussais pour m'extirper de l'étreinte et en sautillant, je m'éloignais un peu, mais j'étais captivée de les voir ensemble, le fluide ruisselant entre mes cuisses.

L'œil bleu de Connor se posa brièvement sur moi, sournoisement alors qu'il glissait sa langue dans la bouche de Brady, mordant et suçotant, le faisant haleter.

— Je veux te montrer ce qu'il y a entre nous. Est-ce que tu veux me regarder le sucer, petite oméga ? suggéra Connor, me faisant glapir.

Est-ce que j'en avais envie ? Je ne savais pas, parce que je ne savais toujours pas quoi penser de cette histoire de vision mystique, mais s'il y avait bien une chose dont j'étais certaine, c'est que j'étais un peu triste de m'être extirpée de ce sandwich. Brady se concentra sur moi, son torse se soulevant péniblement et il bandait plus fort que jamais, son érection déformant son pantalon alors qu'il faisait un pas dans ma direction.

— Est-ce que tu veux en savoir plus sur ce que nous faisons ensemble Connor et moi, Carmen ? Ce que nous faisions avant que tu arrives ?

Lorsqu'il parlait ainsi, je sentais dans sa voix un grognement impérieux et je me décidais à accepter. Connor fit glisser sa grande main sur la taille de Brady, caressant avec détermination la bosse qui déformait son pantalon. Ce rencard s'était rapidement échauffé, mais cela ne me dérangeait plus à présent que la tequila déferlait dans mes veines. Contournant les alphas, je me servis un autre shot que je bus en rejetant la tête en arrière sans pouvoir détacher mes yeux de ceux de Brady.

— Amène-m'en un, oméga, exigea-t-il et son ton me fit frémir de partout.

Je lui versais donc un shot, contournant Connor, mais dès que j'arrivais à la hauteur de Brady, celui-ci se saisit de mon poignet, me rapprocha de lui et fit couler la tequila dans sa bouche ouverte alors que Connor ouvrait les boutons de sa chemise. Brady jeta son verre au sol et retourna mon poignet et se mit à me mordre de l'intérieur de mon bras jusqu'à mon coude, me faisant gémir.

— Est-ce que tu veux voir ce que c'est quand deux alphas baisent ?

— Oui, dis-je dans un souffle parce que j'en avais vraiment très envie.

Ma peau était brûlante, mes joues empourprées alors que je sentais un crépitement entre mes cuisses. Connor tomba à genoux devant Brady, baissant son jean avec force, ouvrit grand la bouche alors que Brady allait et venait, sa queue s'enfonçant dans la gorge de Connor et tout du long, Brady ne détourna jamais son regard, continuant de me contempler de façon possessive avec un air de défi propre aux alphas.

Brady grogna et passa ses deux mains dans la nuque de Connor, commençant à baiser sa bouche avec force et violence au point de m'inquiéter pour la sécurité de Connor. Mais j'étais excitée alors que Connor passait sa main entre les cuisses de Brady pour caresser ses bourses engorgées.

— C'est ce que nous faisons, oméga, ronronna Brady alors qu'il accélérait le rythme, il me fait ça et je lui fais ça et il y a d'autres choses encore.

Sa voix était un sifflement érotique, qui finissait par se rompre en un cri alors que ses mouvements devenaient plus saccadés. Mon clitoris palpitait en synchronisation avec les mouvements de Brady alors qu'il rejetait la tête en arrière dans un rugissement étouffé. Connor, sa main toujours entre les cuisses de Brady, le caressait, le touchait alors qu'il commençait à perdre complètement pied.

— Connor, implora Brady, mets-y les dents, bon Dieu, mets-y les dents, s'il te plaît.

Et après sa supplication, il rugit si fort que les vitres de la maison tremblèrent au moment où il se répandit dans la bouche de Connor, le rythme de ses hanches irrégulier et erratique alors qu'il jouissait avec force.

J'étais figée sur place, à peine consciente du liquide qui coulait à flots entre mes cuisses alors que je regardais Brady ralentir jusqu'à ce que sa queue encore mi-dure glisse hors de la bouche de Connor, une traînée de sperme gouttant sur le sol, Connor l'avalant et suçant l'extrémité. Brady siffla lorsque les lèvres de Connor le touchèrent à nouveau, reculant d'un pas alors que sa queue sortait de la bouche de Connor dans un « pop » sonore et son regard sombre se posa sur moi, si empli de désir que j'eus le souffle coupé.

— C'est ce que nous faisons, c'est comme ça qu'on baise, affirma-t-il alors que je me tenais à présent dans une flaque de fluide.

— Est-ce que ça serait pareil entre nous ? demandai-je doucement, résistant au besoin de passer ma main entre mes cuisses et de frotter frénétiquement mon clitoris.

Tout mon corps s'embrasait en voyant ce que je venais de voir et l'idée d'être au milieu de l'action était enivrante.

— Nous ne sommes pas des amants délicats, Carmen, confirma Brady alors que Connor se releva d'un bond, essuyant sa bouche d'un revers de main.

— Nous ne sommes pas faits pour être délicats, ronronna Connor alors qu'il me prenait dans ses bras, s'emparait de ma bouche avec une facilité impérieuse.

Je pouvais goûter Brady sur lui et de le savoir me fit gémir gutturalement, ce qui fit rire Brady qui avait l'air repus et baisé de frais, heureux comme un coq en pâte.

— Bordel, Connor, on devait en arriver là en fin de soirée, le tança Brady en servant d'autres shots de tequila.

— J'ai hâte de voir ce que le bouquet final nous réserve, murmurai-je alors que Connor mettait un terme au baiser et me reposa.

— Nous sommes pleins de surprises, chérie, plaisanta Brady alors qu'il se dirigeait vers le frigo et en sortit un plateau de fromages.

Nous passâmes l'heure qui suivit à manger du fromage, des fruits et des crackers tout en sirotant de la tequila au point que je ne sois plus qu'une chose titubante, aussi excitée qu'une chatte en chaleur, mais ils ne me touchèrent pas, concédant finalement qu'il était temps de dîner alors que mon estomac protestait bruyamment.

— Je crois bien n'avoir jamais autant mangé de ma vie, restons ici pour nous amuser, ne vous dérangez pas pour moi !

— Tu veux sauter le dîner ? demanda Brady avec un sourire.

— Ce ne serait pas la première fois, je devrais m'en sortir, pouffai-je.

Son sourire retomba aussitôt.

— Tu as sauté le dîner parce que tu ne pouvais pas te le permettre ? C'est ce que tu entends par là ?

Je ne savais pas si c'était la tequila ou à quel point c'était bon de s'amuser, de sortir avec quelqu'un avec qui je pouvais me lier, mais j'admis la vérité.

— J'ai pas mal bourlingué. Ma dernière famille d'accueil était incroyable, la mère était extraordinaire, mais elle est décédée à ma majorité et depuis, je ne suis jamais restée en place nulle part et le dîner n'a pas toujours été une priorité.

C'est un sujet délicat et je ne voulais pas assombrir notre rendez-vous, mais d'une façon ou d'une autre il me semblait normal de leur parler de certaines de mes difficultés. Connor fut le premier à se rapprocher de moi, collant ses lèvres sur les miennes puis il murmura.

— Plus jamais, oméga. Plus jamais tu n'auras à t'inquiéter pour ça.

CHAPITRE TRENTE-ET-UN

brady

D'UNE FAÇON ou d'une autre, nous avions fini par arriver à retourner à la maison principale et à la chambre de Mitchell qui ressemblait exactement à ce que je m'étais imaginé. Du bois sombre, une décoration minimaliste, un lit immense où j'aurais voulu pouvoir jeter Carmen si nous n'avions pas promis à Mitchell de bien nous comporter.

La cuisine était toute aussi sombre, bien achalandée et couverte de fleurs, pour cela il fallait sûrement remercier Alice. Carmen ronronna de contentement en balayant la pièce du regard et je la regardais tout en réfléchissant à ce qu'elle nous avait dit et tout était cohérent avec ce que j'avais entendu dire d'elle jusqu'à présent, mais qu'elle se sente assez à l'aise pour nous le dire à Connor et moi était signe qu'elle commençait à vraiment avoir confiance en nous. Elle savourait le baiser de Connor avec une telle douceur et une telle tendresse que je ne pouvais m'empêcher de les envier.

Ça n'était que notre premier rendez-vous ce soir-là, mais je nous sentais liés d'une façon que je n'aurais pas imaginée possible. Je ne voulais pas, je ne m'étais pas attendu à l'aimer.

Je ne m'étais pas non plus attendu à vouloir exhiber devant elle ce que Connor et moi avions, mais la façon dont son corps avait répondu avait fait naître quelque chose en moi qui me donnais envie de *tout* lui montrer.

Connor et elle rompirent le baiser et il me sourit avant d'embrasser le bout de son nez avec douceur.

— Prépare-toi à être impressionnée, oméga, Brady fait un pozole qui déchire, c'est la recette de sa mère ! fit-il à voix basse.

L'évocation de ma mère me ramena à mon éducation catholique et je me sentis un peu... mal à l'aise de voir Carmen et Connor, mais quand je voyais la façon qu'elle avait de le regarder et de me regarder moi, mes réserves se dissipaient... un petit peu.

Je n'avais pas fait de pozole depuis longtemps, mais ça me ramenait toujours aux moments où j'en préparais avec ma mère dans notre petit appartement du Bronx. Je n'avais pas les bons ingrédients pour faire un pozole traditionnel, mais il serait tout de même délicieux.

Carmen et Connor plaisantaient entre eux tandis qu'elle m'aidait en éminçant les oignons qui serviraient de base au plat. Comme nous n'avions pas de porc, je le remplaçais par du poulet que Carmen coupa soigneusement alors que Connor avait son nez dans le creux de son cou. Elle l'écarta doucement et me regarda, la tequila l'ayant enhardie. C'était beau de la voir ainsi. Mais il était facile d'aimer Connor, j'aurais dû m'en douter parce que j'étais tombé amoureux de lui dès notre rencontre trois ans plus tôt. Une fois que la soupe commença à mijoter, je me retournai et fis un petit sourire à Carmen.

— J'espère rendre justice au pozole de tes souvenirs, dis-je.

Elle sourit elle aussi.

— Je n'en ai pas mangé depuis longtemps, c'était Lucy, ma dernière assistante familiale qui en faisait.

Je remarquais que les murs furieux que j'avais tenté d'édifier continuaient de s'affaisser en apprenant ça, mais j'étais un psychologue, c'était mon job d'aider les gens.

— Je suis désolé, dis-je à voix basse, croisant son regard qui était d'un marron chaud avec des éclats d'or sur les bords de l'iris, je ne sais pas si mon pozole sera à la hauteur de tes meilleurs souvenirs, mais j'espère que tu l'aimeras.

Et j'étais sincère, j'espérais vraiment qu'elle l'aimerait, que ça lui donnerait un petit peu de bonheur. Je fus surpris quand Connor se plaça derrière elle, passant ses bras autour de sa taille alors qu'il lui embrassait délicatement le cou. Elle ferma les yeux, pencha la tête sur le côté pour lui laisser un libre accès alors que ses yeux papillonnaient, ses pommettes saillantes et son regard croisant de nouveau le mien. Les morsures de Connor devinrent plus possessives, plus envieuses, alors qu'elle refermait à nouveau les yeux, laissant les mains de Connor vagabonder.

Je ne pouvais plus bouger, les regarder ensemble me captivait. Je m'admonestai, me rappelant que je ne voulais pas l'aimer, pas du tout, pourtant elle m'attirait comme un aimant, un aimant absolument irrésistible. Mais à l'instant où ses lèvres s'entrouvrirent au même moment que Connor glissait sa main sous son tee-shirt, je me mis à bander. Elle gémit doucement alors qu'il titillait ses seins sous son haut si ajusté que je pouvais voir les contours de ses seins et de ses tétons et je luttais pour ne pas lui arracher pour voir ce que Connor était en train de faire.

Ma respiration s'accélérait alors que je tentais de réprimer mon envie tandis que mon compagnon posait ses mains partout sur l'oméga que je ne savais pas vouloir. Mon corps avait toujours su ce que mon esprit n'avait pas voulu accepter jusqu'à présent. Elle était nôtre.

Alors lorsque Connor tomba à genoux devant elle, lui arrachant sa jupe, enfouissant son visage entre ses cuisses en grognant avidement, je perdis complètement la tête. Je respirais bruyamment alors que ses yeux papillonnaient et qu'elle ouvrait une bouche béante, à bout de souffle, passant ses doigts dans les cheveux de Connor.

— Oui, mon Dieu, oui, Connor, implora-t-elle, l'air d'être torturée autant que perdue dans les affres du plaisir alors que Connor posait ses mains sur son dos pour la maintenir en place.

Je me figeais alors qu'il écartait ses cuisses, y plongeant ses doigts, suçant et grognant, perdant le contrôle. Il se déchaînait de plus en plus alors que le fluide gouttait le long de ses jambes et je pouvais le sentir d'ici, musqué et douceâtre. Le bruit des doigts de Connor dans ses plis humides était parfaitement obscène dans cette petite pièce par ailleurs silencieuse même si les cris de Carmen étaient en train de devenir désespérés.

Connor grogna contre ses cuisses alors qu'elle jouit en criant, rejetant la tête en arrière dans sa libération, haletant alors qu'il continuait de la lécher, plus lentement jusqu'à ce qu'elle finisse par retomber mollement en glapissant.

— C'est trop, mon Dieu, Connor, c'est trop, arrête, s'il te plaît...

Mon compagnon releva la tête pour regarder l'oméga, passant de plus belle sa main entre ses cuisses, l'enduisant de fluide puis, il se releva et se tourna vers moi, sur son visage se lisait un désir et une envie folles. Il fit deux pas dans ma direction, et m'arracha ma chemise du pantalon, ses mains se posant sur mon torse et je pris une inspiration sifflante alors qu'il m'enduisait de fluide oméga les pectoraux et les abdos jusqu'à se poser sur ma taille.

Lorsqu'il releva sa main, le fluide lui coulait des doigts, à la commissure de mes lèvres que j'ourlais pour révéler mes crocs.

— Tu vois ça Brady ? C'est pour nous, pour toi et moi, elle

existe pour nous appartenir, goûte-la, fit-il avec un rictus et en glissant délicatement deux doigts dans ma bouche si enduits de fluide que je sentais un picotement sur ma langue.

Je n'avais pas envie d'elle, je jure qu'au départ, c'était le cas, mais son goût dans ma bouche, c'était beaucoup trop, quand en même temps de son autre main, Connor essayait d'ouvrir la fermeture éclair de mon pantalon...

Cédant, je suçais ses doigts, repoussant d'un coup mon pantalon et empoignant à pleine main ma queue dès l'instant où elle fut libérée. Mais avant que je ne puisse réagir, Connor se glissa derrière moi, agrippa ma gorge et bloqua mes deux mains entre mon dos et son torse.

J'étais pris au piège, je me débattis un peu, comme d'habitude, mais Connor ne relâcha pas sa prise voir même il resserrait son étau. C'était... inattendu. Et absolument chaud bouillant. Je m'agitai, essayant de m'extirper, mais Connor planta ses dents dans mon épaule, déchirant la peau jusqu'à ce que le sang coule et qu'un frisson court tout le long de mes épaules alors qu'il agrippait de plus belle ma gorge. Agrippant si fort que je peinais à respirer.

Je n'avais jamais bandé aussi fort pour lui. Peut-être parce que j'étais censé la dominer elle plutôt que lui, peut-être parce qu'elle était la pièce manquante du puzzle de mes besoins, mais cette version de Connor qui ne se souciait absolument pas de mon confort, qui voulait dominer, griffer, forcer, j'en avais besoin aussi.

— À ton tour, oméga, dit-il, ne bouge pas, Brady.

Sa main était toujours en place et je pouvais à peine voir Carmen, mais ses pupilles étaient dilatées à l'extrême, sa bouche était béante alors qu'elle nous regardait, le tableau si similaire à celui que Samson m'avait montré dans sa vision. Elle en avait envie.

En avais-je envie moi aussi ? J'étais follement excité par

toute cette scène même s'il restait en moi un rien d'hésitation. Si Connor le remarqua, il n'en dit rien et au lieu de ça, me poussa en avant à coups de genou, me malmenant pour que je traverse la pièce et il s'enfonçât dans un grand fauteuil, me faisant grimper sur ses genoux, ma queue fendant l'air alors que Carmen nous suivait.

— Carmen, voulus-je la mettre en garde alors qu'elle s'agenouillait devant moi.

J'étais si excité de savoir qu'elle comptait poser ses lèvres grenat sur moi que je manquais de perdre complètement pied.

— Fais-le, oméga, ordonna Connor.

Je sentis que nous lisions tous les deux son commandement au plus profond de notre âme parce qu'elle se mit à fredonner et posa délicatement les mains sur mes genoux qu'elle écarta, me faisant ronronner et m'enfoncer de plus belle contre le torse de Connor.

— Ferme les yeux si tu as envie, ressens ce qu'elle ressent, comme elle aime ce qu'elle te fait, me dit-il au creux de l'oreille, mais au même moment, toute pensée cohérente me quitta lorsque la bouche chaude et humide de Carmen se referma sur l'extrémité de ma queue, suçotant doucement.

Je rugis, résistant contre l'envie de ruer des hanches, c'était une torture délicieuse alors qu'elle s'affairait à me prendre plus profondément dans sa bouche, sa langue chatouillant mon membre alors qu'elle continuait de fredonner, la bouche emplie. Mon monde ne tenait à présent plus qu'à cette oméga en train de me sucer tandis que mon compagnon susurrait à mon oreille des propos salaces entre deux morsures.

Tout mon être se contractait alors que Carmen m'achevait peu à peu, mes yeux s'ouvrant, sa langue, un véritable velours humide et doux qui me rendait dingue. Je me surpris à vouloir la regarder, la façon dont ses lèvres s'écartaient pour me prendre. Elle était empourprée, ses cheveux bouclés retombaient sur son visage alors qu'elle se concentrait, allant plus vite et plus fort.

— Les dents, mets-y les dents, Carmen, exigeai-je, à mon étonnement comme au sien.

Elle grogna et s'avança, me prenant jusqu'à la garde avant de racler toute la longueur de mon membre avec les dents, si fort que c'en était douloureux et elle m'amena au bord du gouffre en même temps, me faisant rugir alors que c'était comme un feu d'artifice le long de mon échine alors que je jouissais frénétiquement dans sa bouche. Elle resta là tout du long, ses dents raclant de haut en bas ma longueur jusqu'à ce que je laisse échapper un dernier cri qui ébranla la pièce alors que je retombais mollement contre le torse de Connor.

Je n'étais plus certain de qui j'étais présent. Je n'avais pas envie d'elle et puis à présent, j'en avais envie. Et lorsque j'étais avec elle, je ne pouvais plus résister. Elle était incroyable, c'était toujours incroyable de la sentir presser entre mes cuisses, ses yeux sombres rivés aux miens alors qu'elle déchiffrait les émotions sur mon visage : du désir, de l'envie, du besoin.

Derrière moi, Connor passa sa main pour caresser ma cuisse, la tapotant afin de m'écarter et lorsque je me fus redressé, il se colla derrière moi, passant son grand bras sur ma taille, embrassant mon cou, mordillant mon oreille.

— Imagine pouvoir faire ça avec elle tout le temps, regarde-la dans cette cuisine et dis-moi que tu n'as pas envie de la prendre sur le plan de travail...

Ma queue se mit à durcir immédiatement à ses propos salaces : qu'est-ce que cela pouvait donner si c'était lui qui faisait ça et moi qui les regardions ou qui me joignait à eux ? Souriant, je tendis ma main à Carmen, l'aidant à se relever. Son regard sombre croisa le mien, empli de désir et de joie puis, elle traversa la pièce pour aller jeter un œil sur la soupe, qui était pratiquement prête.

Connor et moi la rejoignîmes, nous parlâmes et rîmes des heures durant alors que l'on profitait d'un bon dîner ensemble dans une cuisine qui n'était pas la mienne, mon compagnon et une oméga riant ensemble et l'idée ne me parut plus aussi déplaisante qu'elle avait pu me sembler.

CHAPITRE TRENTE-DEUX

connor

CARMEN FAISAIT RESSORTIR mon côté dominant le plus sombre que je ne pouvais pas m'empêcher de déchaîner sur Brady, mais la voir profiter de lui, sentir son plaisir à travers notre Lien suffisait à me brûler de toutes parts. J'étais tendu à bloc en la regardant dans la cuisine. J'avais besoin de plus venant d'elle : tout. Et tout de lui.

Je ne pouvais pas résister et je voulais l'embrasser, la taquiner, et ce tout au long du dîner et après, mais elle était encore en train de se remettre de ce que nous avions fait, ce qui était très clair parce qu'elle commençait à somnoler dans mes bras devant la cheminée.

— Pourquoi ne la ramènerais-je pas à sa chambre ? Je m'occuperai de sa jambe pendant qu'elle dort et tu pourras faire le ménage ici ? suggéra Brady.

Jetant un œil à la pièce, je fus soulagée de constater que nous n'avions pas absolument détruit la suite de Mitchell, ce qui aurait pu être le cas si nous avions continué, mais telles que les choses s'étaient passées, nous nous en étions tenus à un minimum de fluides. J'étais déterminé à faire savoir à Brady que j'appréciais ses efforts et je me rapprochais, mordillant sa lèvre inférieure.

— Tu as passé un bon moment ? lui demandai-je en lui faisant relever la tête pour qu'il me regarde dans les yeux. Mon superbe compagnon sourit et grogna contre ma bouche.

— C'était pas mal, me dit-il et il en resta là, mais à travers notre Lien, je sentais sa satisfaction et son inquiétude semblait se dissiper.

— Je saurai m'en accommoder, bougonnai-je, le bécotant alors que je déposais Carmen dans ses bras, sa tête retombant contre son torse, sa main se glissant sous sa chemise pour se poser contre son cœur.

Et ce fut là que je me rendis compte que malgré nos débuts chaotiques et le fait que l'on se connaissait depuis vraiment peu de temps, elle s'était frayé un chemin dans la trame de mon âme. Comme ça avait été le cas pour Brady, une connexion folle, incroyable que je n'aurais pas accepté de perdre. Son expression à lui était un masque indéchiffrable, mais il repoussa les cheveux de Carmen derrière son oreille avant de sortir de la pièce.

Lui transmettant toutes mes émotions et mes sentiments, je souris lorsqu'il me les renvoya. Une fois qu'il fut parti, je fis le ménage, laissant en ordre la chambre de Mitchell puis je me dirigeais vers la cuisine. Il était tard, mais Jude était encore là, occupée à manger.

— Comment ça s'est passé ? me demanda-t-elle avec un sourire doux.

— Foutrement bien, bien mieux que je ne l'aurais cru, admis-je.

Jude sourit en fronçant le nez.

— Elle me plaît, vraiment beaucoup. Elle est cool.

— Un petit *crush*, Jude ? la taquinai-je avec un clin d'œil.

— Je peux comprendre par où elle est passée, fit-elle tristement, mon sourire retomba.

Jude était une chercheuse extraordinaire, mais son père était un vrai connard et après ce qui s'était passé la semaine précédente, il avait atteint des sommets dans les réflexions cinglantes qu'il faisait à sa fille. Je ne savais pas comment elle tenait encore le coup. Si cela n'avait tenu qu'à moi, on en aurait fini avec lui depuis longtemps. Je n'étais pas passé à l'acte seulement parce qu'elle m'avait demandé à de multiples reprises de ne pas le faire. Heureusement, il était absent pour quelques jours.

— Qu'est-ce que je peux faire, Jude ? lui demandai-je en la serrant dans mes bras.

Lorsque j'entendis renifler, mon cœur se serra dans ma poitrine, je l'écartais légèrement de moi, lui faisant relever la tête, voyant les larmes qui roulaient sur ses joues.

— Il s'est passé quelque chose ? m'enquis-je.

Elle fit signe que non, essuyant ses larmes.

— Je suis juste... je suis tellement heureuse pour vous tous, vous trouvez l'amour, vous êtes heureux et je veux vraiment pour pouvoir vous guérir de façon que vous puissiez vivre normalement. Il faut que j'y arrive.

La serrant plus fort dans mes bras, je l'écrasais contre mon torse et lui frottai maladroitement le dos.

— Ce n'est pas ta responsabilité de le faire Jude, lui rappelai-je, ce n'est pas ta faute, cette merde de virus, d'accord ? Tu fais tout ce que tu peux pour nous aider, plus que quiconque. Et nous t'adorons tous, tu le sais, ça ?

Je la sentis se tendre et elle recula, respirant péniblement et acquiesçant.

— Tu as raison, bien sûr, je ne sais pas pourquoi je me suis laissée emporter comme ça, gloussa-t-elle en reculant et je sentis qu'elle rebâtissait à la hâte des murailles pour se protéger alors que je me penchais pour pouvoir la regarder droit dans les yeux.

— Ce n'est pas une faiblesse de partager tes inquiétudes, Jude, nous avons toujours été là pour toi et nous le serons toujours. Nous, c'est à la vie, à la mort !

Ce qui la fit rire, mais je sentais qu'elle en avait fini avec cette conversation.

— Bonne soirée à toi, Connor, je suis contente que tu te sois bien amusé, conclut-elle.

Mais j'étais décidé à parler à Mitchell de ce qui venait de se passer parce que « guérir » le monde n'était définitivement pas une tâche qui devait incomber à Jude.

A u moment où je sortis de la cuisine, je tombais sur Griz et Brady, Griz souriant largement après avoir humé ma chemise.

— J'en déduis que le rencard s'est bien passé, tu sens l'oméga.

— Le rencard s'est très bien passé, je te remercie, bougonnai-je en me tournant vers Brady, mais à mon étonnement, il s'approcha de moi et fourra son nez dans mon cou, juste sous les yeux de Griz.

C'était incroyable et merveilleux et j'étais si choqué que je ne savais plus quoi dire. Mais Griz se contenta de sourire.

— Bordel, on peut enfin en parler au grand jour. Bon Dieu, je devais m'en empêcher chaque fois que je vous voyais ensemble au dîner.

Brady rit, mais enfouit son visage dans ma gorge. Il essayait autant qu'il pouvait, mais à travers le Lien, je sentais qu'il n'était pas tout à fait à l'aise. Griz fit retomber la tension avec un large sourire.

— Tiernan et son alpha de meute viennent d'arriver pour qu'on discute des alphas qu'on a faits prisonniers après le raid, Samson veut vous voir tous les deux.

Brady fronça les sourcils, mais j'acquiesçai et suivis le stratège dans les entrailles de la maison, remontant de longs couloirs jusqu'à ce que nous arrivions au bureau de Mitchell. Il était appuyé contre le meuble massif, Alice à ses côtés et il discutait avec Tiernan et un autre énorme alpha que je n'avais pas encore rencontré.

Mitchell sourit en nous voyant entrer et il fit les présentations.

— Merci d'être venus, mes frères. Vous connaissez déjà Tiernan, de la meute du père de Pen, c'est leur voyant et voici Tyler, leur alpha de meute.

— Enchanté, fit Brady en s'avançant et leur serrant la main à tous les deux.

Je ne pouvais pas m'empêcher de regarder l'alpha de meute qui après avoir serré la main de Brady me fusillait du regard. Il y avait chez lui quelque chose de... familier. La peau sombre, les cheveux foncés, les yeux verts, un rictus familier.

Putain de bordel de merde

— Tyler, est-ce que tu as une sœur jumelle ? demandai-je dans un souffle.

Tous les regards se braquèrent sur lui alors qu'il palissait à vue d'œil et manquait de tomber en arrière, respirant avec force, et en un instant, il fut de l'autre côté de la pièce, s'agrippant à ma chemise alors que son visage n'était plus qu'à quelques centimètres du mien.

— Qu'est-ce que tu sais ? Où est Mallo ?

Sa voix était pressante et j'entendis Brady glapir.

— Tu es le frère jumeau de Mallo ?

L'alpha me relâcha et commença à hurler le nom de Mallo,

faisant les cent pas devant moi. Mitchell prit un talkie-walkie et contacta Orion.

— Ri, viens vite ici et amène Mallo avec toi !

Mitchell sourit et ouvrit grand les bras.

— Oui, Mallo est là, elle est liée à notre exécuteur, Orion. Mon Dieu, elle va être folle de joie ! Tu n'as pas lu ses articles ?

— J'étais en mission spéciale le mois dernier et je viens tout juste d'arriver. Je suis venu ici de suite alors j'ai pas mal de choses à rattraper.

Mitchell ne put s'empêcher de sourire.

— Alors, attends-toi à être très surpris, mon frère, mais nous pourrons te briefer.

Tyler continuait de faire les cent pas, se rongeant les ongles fiévreusement. Lorsque la porte s'ouvrit et qu'Orion et Mallo entrèrent, il tomba à genoux, le souffle coupé.

— Mallo !

Mallo s'effondra sur place dès qu'elle vit Tyler, manquant de trébucher avant qu'Orion ne la rattrape, mais elle traversa la pièce rapidement, se jetant dans les bras de Tyler qui l'écrasa contre son torse, tous les deux sanglotant.

— Tyler, oh, mon dieu, Tyler, comment es-tu arrivé là ? Où étais-tu ? Dis-moi tout ! exigea-t-elle de son jumeau alors que le regard d'Orion s'illuminait alors qu'il comprenait ce qui venait de se passer.

— Bordel ! murmura-t-il en contemplant les retrouvailles de sa compagne avec son frère. Mitchell le rejoignit, lui mit une claque dans le dos.

— Il se trouve que l'alpha de la meute de Tiernan est le frère de Mallo, je suis certain que c'est une longue histoire, mais au moins ce qui s'est passé cette semaine aura eu au un effet positif.

À mes côtés, Brady était figé sur place, regardant Mallo et Tyler sangloter, parler, et sangloter de plus belle sans rompre leur étreinte. Me rapprochant de lui, je pris ma main dans la sienne même si la pièce était bien remplie. Tout le monde était concentré sur Tyler et Mallo et à ma grande surprise, Brady serra ma main avec force, se rapprochant encore de moi alors que nous regardions Mallo s'extirper de l'étreinte de son frère.

Orion traversa la pièce et alla retrouver sa compagne, se présentant, serrant Mallo contre son cœur alors qu'il rencontrait le frère jumeau de sa compagne pour la première fois. Les trois dernières années avaient été particulièrement éprouvantes, pleines de défi. Nous n'étions pas encore tirés d'affaire, mais ces dernières semaines, plus de familles avaient pu se reformer que depuis que le virus avait commencé à faire rage et ça, c'était foutrement beau.

CHAPITRE TRENTE-TROIS

JE REGARDAIS, figé sur place, Mallo et son frère. Son frère qui était l'alpha de meute de Tiernan. J'avais hâte de savoir comment il avait échappé aux Forces opérationnelles. Parce que de ce que nous avait dit Mallo, il avait été récupéré au début de la pandémie. Déjà, Mallo essayait de lui soutirer tous les détails alors qu'il riait et triturait ses cheveux.

— Détends-toi, frangine, la tança-t-il alors qu'il s'asseyait devant le bureau de Mitchell, je te promets que je te raconterai tout et je veux que tu rencontres ma compagne, mais nous sommes venus ce soir pour parler des autres alphas et c'est plutôt urgent.

Mallo fit la moue et Orion rit, haussant les épaules. Tyler sourit largement lorsque Orion fit grimper Mallo sur ses genoux, la blottissant contre son torse.

— Je suis tellement content de te voir, j'avais bien cru que jamais je ne te reverrais, mais j'aimerais bien savoir comment tu t'es retrouvée à te mettre à la colle avec un alpha !

— C'est une sacrée histoire, mais parlons d'abord des

autres alphas et ensuite, on prendra un verre et on se mettra au parfum, rit Orion.

Samson entra sans bruit, contemplant la scène avec un petit sourire.

— Le jumeau de Mallo, je présume ?

Tyler hocha la tête et Tiernan traversa la pièce pour serrer la main de Samson. Je sentis mon cœur se gonfler en voyant toutes les personnes qui se trouvaient là et je ne m'étais jamais senti plus assuré pour notre avenir en sachant que c'était ce groupe d'alphas qui nous ouvrait la route.

Samson alla se poster près de Mitchell avec un petit sourire en me regardant.

— Brady, Connor, merci d'être venu, il est temps pour nous de parler de vos postes dans la meute, fit-il.

Oh, mon dieu, il allait parler de nous. J'aurais dû m'y attendre. Se tournant vers Mitchell et Tyler, Samson commença.

— J'ai eu une vision ; Brady et Connor sont les guérisseur et esprit de notre meute et Brady commence déjà à avoir ses pouvoirs qui se manifestent.

Tous les regards se braquèrent sur moi alors que Samson me jetait en pâture devant le conseil de meute.

— Tu n'as pas encore marqué ton oméga, pas vrai ? Qu'est-ce que tu attends ? s'enquit Tiernan qui avait l'air sincèrement curieux.

Tout le monde nous regardait toujours avec insistance et Connor fit un pas en avant, légèrement devant moi comme s'il pouvait lire mon anxiété. Tout le monde était au courant. Bon Dieu. Ils savaient probablement même depuis toujours.

— Nous venons juste de trouver notre oméga, la situation est délicate et nous la marquerons lorsque nous serons prêts, cela ne regarde que nous.

Je lui étais si reconnaissant qu'à ce moment-là j'aurais pu

le prendre dans mes bras. Et en parcourant la pièce du regard, je ne vis rien de la colère, de l'inquiétude ou du dégoût auquel je m'étais imaginé devoir faire face.

— Dans l'idéal, mieux vaut la marquer rapidement pour que vous puissiez vous transformer et obtenir vos pouvoirs. On a besoin de renfort, le répit ne durera pas. Plus nombreux à pouvoir vous transformer vous serez, le mieux ça vaudra, grimaça Tiernan.

Oh, merde. D'un coup, tout me sembla très réel, qui nous étions pour la meute, ce que Carmen était pour nous ? C'était déjà acté que nous allions la marquer et tout le monde pensait que nous devions la marquer. J'étais toujours tiraillé à l'idée quand bien même je m'étais beaucoup amusé avec elle ce soir-là.

— On y travaille, nous venons juste de dîner avec elle, acquiesça Connor.

— Oh, je suis au courant, expliqua Tiernan, on peut la sentir sur vous deux. Les esprit et guérisseur de notre meute ont un Double Lien eux aussi et ils m'accompagneront pour qu'ils vous donnent un coup de main pour apprendre à gérer vos pouvoirs.

Là, Tyler s'interposa.

— Ils viendront de toute façon pour l'interrogatoire des alphas, surtout pour la femelle. Tiernan m'a dit que vous n'avez rien tiré d'eux pour l'instant...

Mitchell soupira et croisa les bras.

— Les deux alphas étaient complètement ailleurs jusqu'à ce que les effets du patch rouge se soient dissipés et même après ils n'ont pas dit grand-chose. La femelle n'a pas pipé mot. On a besoin d'aide.

Tyler soupira lui aussi et acquiesça.

— Je ne suis pas étonné, les alphas sont sacrément coriaces et durs à interroger même si on a découvert quelques failles ces trois dernières années, commença-t-il et il nous regarda ostensiblement Connor et moi. C'est pour ça qu'il faut que vous marquiez votre oméga. Les guérisseur et esprit travaillent en tandem dans les deux sens, vous pouvez soigner et détruire. Vous pouvez voir l'esprit de l'animal du métamorphe et interagir avec lui ou bien vous pouvez l'anéantir. Vous serez incroyablement puissants, mais je ne peux pas me permettre de vous laisser mes guérisseur et esprit en permanence, nous avons nos propres problèmes.

— Il n'y a que moi qui ai des pouvoirs pour l'instant, peut-être que tu te trompes, finis-je par dire.

Tiernan inspira fort.

— Samson et moi pouvons voir votre Lien, on est des voyants et c'est clair comme le jour que vous êtes inextricablement liés, mais que votre Lien s'estompe dans les escaliers, là où votre oméga est allongée, seule...

Que Tiernan insinuât que Carmen n'était pas là où elle devait être ne me plaisait pas du tout, mais nous étions en guerre avec les Forces opérationnelles et je présumais qu'il n'avait pas le temps d'essayer d'avoir du tact. Tyler se tourna vers Mitchell.

— Il faut qu'on fasse vite, je reviens demain avec mes esprit et guérisseur et on pourra voir à ce moment-là l'étendue des pouvoirs de Brady et Connor à présent qu'on a identifié l'oméga.

Je n'aimais pas beaucoup la façon qu'ils avaient de parler de nous comme s'il n'était qu'une question de temps avant que nous ayons marqué complètement Carmen. Cela me rappelait que je n'avais guère le choix dans cette affaire et ça m'embêtait de plus belle. Si quelqu'un sentit ma colère, personne n'en dit rien, sauf Samson qui traversa la pièce et me mit une claque sur l'épaule.

— Viens avec moi, Brady, ordonna-t-il.

Il se retourna et sortit de la pièce. Je me tournais brièvement vers Connor, mais suivis mon voyant alors qu'il sortait du bureau et du bâtiment, s'enfonçant dans la nuit noire.

Samson finit par s'arrêter et se retourna pour me regarder dans les yeux, mains dans les poches.

— Je sais que tu n'es pas tout fait sur la même longueur d'onde que cette oméga et je le comprends. Personne ne peut forcer un Lien dont tu ne veux pas. Il existe entre vous trois, mais tu peux choisir de le rejeter.

— Et les besoins de la meute ? bafouillai-je.

— Je n'ai aucun doute que vous serez très puissants tous les trois si tu en as envie, mais si tu ne veux pas, tu as toujours le choix, peu importe ce qu'ils ont pu te dire dans ce bureau...

Je haussai les épaules et regardai la lune.

— Je n'ai pas l'impression d'avoir le choix, Samson. Entre ça et mon éducation, j'ai vraiment du mal.

— C'est un choix, me rappela-t-il, pas un choix facile, mais ton choix tout de même. Mais je peux sentir l'oméga sur toi, tu l'as touchée, n'as-tu rien ressenti ? Aucun Lien ?

Qu'est-ce que me disaient mes émotions ? Après ce soir-là, ce n'était pas une réponse facile.

— Ce n'est pas vraiment elle le problème, admis-je finalement, c'est PLUS que tout le monde a des attentes et puis, elle aussi a son mot à dire dans cette histoire et je ne veux pas qu'elle s'effondre sous le poids des attentes de la meute. S'il y a quelque chose entre nous, je veux que ça vienne naturellement.

Samson acquiesça et eut un sourire doux.

— Nous avons assez de preuves pour savoir qu'un Lien à trois est habituel pour les alphas dans ta position, je comprends bien que les circonstances initiales sont loin d'être idéales, mais tu trouveras une façon de t'en sortir, mon frère.

— J'espère bien, voyant. Connor est différent depuis qu'il

l'a rencontrée. Et ça, c'est une autre chose qui me fait peur. Comment nous changera-t-elle ?

— En mieux, mon frère, mais vous avez tous les trois un choix à faire dans cette affaire, n'oublie pas ça. Si tu as du mal avec cet arrangement, elle certainement aussi.

Cette conversation sérieuse m'avait donné matière à réfléchir, mais j'avais besoin de mon compagnon. J'allais le retrouver et nous nous dirigeâmes vers le lit, tombant l'un dans les bras de l'autre avec violence et le besoin de se lier. Il me prenait avec les dents et les griffes, faisant couler le sang jusqu'à ce que je ne sois plus qu'une épave repue. Et une fois endormi, je rêvais à cette version de Connor qui s'était déchaînée quand nous avions rencontré Carmen. Ce qui n'était pas déplaisant. Mais je restais toujours tiraillé.

CHAPITRE TRENTE-QUATRE

carmen

Lorsque je me réveillais le lendemain matin, je me sentais plus souple et plus détendue et je me souvenais vaguement que Brady m'avait bordée avant que Connor et lui ne quittent la pièce. Mon cœur se serra lorsque je vis qu'ils n'étaient pas là, mais ce qui s'était passé la veille au soir avait été... agréable. Je n'avais pas fait confiance à quelqu'un depuis très longtemps, mais je m'étais abandonnée à Brady et Connor et ce Lien avait été plaisant. Toujours était-il que j'avais quelques réserves.

Quand j'étais en leur présence, il m'était impossible de garder mes mains pour moi, mais dès qu'ils n'étaient plus là, j'avais du mal à ce que mes vieilles habitudes et pensées ne reprennent pas le dessus.

Je suis forte, je suis indépendante et je n'ai pas peur.

Répéter mon mantra m'apaisa, mais ne me permit pas d'y voir plus clair. Et si je n'avais pas à être indépendante en permanence ? Et si je pouvais être intrépide et indépendante qu'à certains moments ? Qu'allait-il se passer si je laissais à Connor et Brady la voie libre jusqu'à mon cœur ? Je n'étais pas certaine...

Je fus sortie de mes pensées lorsqu'on frappa à la porte de ma chambre et boitillant pieds nus, j'allais l'entrebâiller. La première chose que je vis fut le visage souriant de Brady et je sentis des papillons danser dans mon ventre.

— Qu'est-ce que vous faites ici aussi tôt vous deux ? demandai-je.

Connor poussa Brady, ouvrit la porte à la volée, me prit dans ses bras et me déposa avec douceur sur le lit, couvrant mes jambes nues.

— Tu vas geler sur place si tu ne mets pas de chaussettes, petite oméga, me tança-t-il avant de me demander comment allait ma jambe.

— Mieux ! Maintenant, je peux me déplacer en boitant, dis-je en les regardant tour à tour avec un large sourire.

— Argh ! Je veux bien que ça soit un progrès, mais laisse-moi la regarder et on va voir pour une autre session, Brady en a fait une hier soir, mais es-tu d'attaque pour qu'il recommence ?

— Tu es un guérisseur à part entière à présent ? insistai-je alors que je m'extirpais des couvertures et que j'exposais ma jambe fraîchement épilée à Brady.

— Non, il faudrait que l'on te marque, expliqua-t-il, son regard s'assombrissant alors qu'il contemplait mes seins avant de me regarder à nouveau dans les yeux pour m'expliquer que c'était une morsure qui m'enchaînerait à eux pour le restant de nos vies et que ce ne serait qu'après ça que se développeraient complètement leurs pouvoirs.

La façon qu'il avait de le dire donnait l'impression que c'était répugnant et je me sentis d'un coup en alerte parce que je n'étais pas certaine d'être prête pour ça, prête à être liée pour la vie entière avec quelqu'un d'autre et le besoin de prendre du recul sur toute cette situation se fit sentir avec force.

Connor grogna et regarda par-dessus son épaule.

— Pourquoi semble-t-il que tu perds tout tact en présence

de cette oméga ? Ça ne te dirait pas de la mettre au courant de notre terrifiante réalité d'une façon, je ne sais pas, un peu plus douce ? fit-il sur un ton cassant, mais dépourvu de méchanceté alors qu'il décochait un coup de pied dans le tibia de Brady, le faisant grogner.

— Est-ce que ça te fait peur ? demanda curieusement Brady alors que je les regardais tour à tour, me demandant s'il pouvait sentir ma réticence ce matin-là.

— La morsure ? Ou le Lien ? demandai-je à éclaircir.

— Tout, fit Brady avec méfiance, posant ses mains tièdes sur ma jambe.

Je sentis immédiatement une décharge électrique parcourir mes muscles jusqu'à ce que cela secoue intensément ma jambe, c'était étrange, mais extraordinaire. Je me forçais à rester immobile.

— Je ne sais pas si je suis tout à fait d'attaque pour ça, admis-je en regardant surtout Brady, et je sais que toi aussi, sans parler des Forces opérationnelles qui viennent mettre leur nez partout. Je suis venue ici pour être en sécurité, tu t'en souviens ?

Brady fronça les sourcils et se mit à réfléchir, mais lorsqu'il sortit de sa réflexion, son regard rivé au mien était très intense.

— Ça ne te dirait pas qu'on y aille tranquillement et qu'on voit ce que chacun en pense ? Et si ça ne va pas, on arrête là, suggéra-t-il.

On arrête là. Il y avait dans ces mots quelque chose qui fut comme un coup de poignard dans mon cœur, mais j'acquiesçai, parce qu'au final, il fallait que je prenne soin de moi, que je fasse le nécessaire pour rester en sécurité et il était évident que personne n'allait le faire pour moi.

CHAPITRE TRENTE-CINQ

connor

J'avais hâte de dire à Carmen en quoi allait consister notre rendez-vous du jour. Je voulais désespérément qu'elle accepte et après la conversation de la veille au soir avec le conseil de meute, je sentais à travers le Lien que Brady était de nouveau méfiant et dubitatif. Il se battait toujours contre les conneries que ses parents lui avaient inculquées toute sa vie et avec cette impression de ne pas avoir de choix dans cette situation.

La seule chose que je pouvais faire, c'était passé du temps avec eux et espérer qu'ils finissent par se mettre sur la même longueur d'onde pour toujours parce que pour moi, c'était ça. Je n'allais rien laisser au hasard parce que j'étais un foutu alpha et j'avais quelques tours en réserve pour ce jour-là. Parce que ce jour-là, la seule préoccupation devait être de s'amuser.

Je regardais Brady guérir le genou de Carmen et laissais mon esprit vagabonder de ses yeux à ses mains, sa langue et sa bouche sur elle aussi, je voulais le voir partout sur elle et j'aurais bien voulu que ça arrive.

— Alors, commença-t-elle, comment ça se fait que vous soyez là si tôt ? Vous n'avez rien à faire ?

— Pas de rendez-vous aujourd'hui et les articles de Mallo sont en pause pour l'instant alors Connor ne prend pas de photos. Nous sommes tout à toi, fit-il sur un ton bougon qui me fit frémir.

— Tout le monde est sur la brèche depuis le raid et comme on doit aussi s'occuper des alphas, on a besoin aussi de s'amuser un peu, je crois. J'ai prévu un petit quelque chose pour que l'on puisse tous passer un bon moment et j'aimerais bien te montrer comment les alphas prennent du bon temps, dis-je avec un rictus, en repoussant derrière l'oreille de Carmen une mèche brune vagabonde.

— Tant que tu ne remets pas un serpent dans la chaussure de Griz, tout devrait bien se passer, me taquina Brady.

Lorsque je ne répondis pas, mais me contentais de faire un clin d'œil à Carmen, Brady vint me confronter.

— Tu n'as pas fait ça... ?

— Non, pas de serpent, cette fois, dis-je en haussant les épaules, ce qui fit glousser Carmen.

— Il faut me raconter cette histoire de serpent dans la chaussure...

— Et tu l'entendras, *milady*, plaisantai-je en balayant la pièce du regard, je te la raconterai en descendant, mais il faut d'abord aller chercher des couvertures supplémentaires et de quoi te garder au chaud. Parce qu'à moins que tu ne te sentes vraiment d'attaque, tu n'es pas obligée de participer. Générale-ment, les omégas sont surtout spectatrices de ce genre de trucs de toute façon.

— Est-ce que c'est un vrai sport qu'on va regarder ? Parce qu'il y a toujours pas mal de neige..., fit remarquer Carmen alors qu'elle me chatouillait le ventre du bout des doigts.

Ce qui fut si inattendu et intime que je déviais de mes pensées pour prendre une inspiration et je baissais la tête, elle me gratifiait d'un large sourire, ses joues parées de belles fossettes. Elle retira sa main timidement, regardant Brady, mais je sentais qu'il s'intéressait à ce qu'elle venait de faire. Il était tiraillé, car il en voulait plus, mais ce matin-là, il avait quelques réticences. Il avait besoin de temps. Et de s'amuser.

— Allez, on y va ! J'ai hâte de m'en payer une avec Griz, je vous préviens, il va être furax ! dis-je avec un large sourire.

— Tu cherches les ennuis, mon pote et cette fois-ci, je n'assure pas tes arrières, m'avertit Brady en riant.

— Alors Griz va sûrement me botter le cul, allons-y ! m'écriai-je joyeusement en passant ma main dans celle de Carmen.

CHAPITRE TRENTE-SIX

carmen

DIRE que j'étais curieuse était un euphémisme. Je n'avais pour l'instant rencontré Griz qu'une seule fois et il m'avait fait l'effet d'être quelqu'un de très gentil et généreux. À ma suite et celle de Connor, Brady quitta ma chambre temporaire. Parce que je savais que je devais pouvoir le lire à travers un Lien, je les cherchais tous les deux. Il était facile d'identifier Connor, même si les émotions étaient comme estompées, je sentais son excitation, sa joie et sa détermination. Lire Brady s'avéra un peu plus compliqué, il semblait... tiraillé, acculé et je devais dire que j'éprouvais un peu la même chose.

J'aimais passer du temps avec les alphas, mais j'étais assez perplexe quant au concept d'être lié par le Destin. Toutes les fibres de mon être voulaient que cela m'arrive, mais en règle générale, ce n'est pas à moi qu'arrivaient les bonnes choses.

Nous étions silencieux, mais la joie pétillante de Connor me sortit de mes idées sombres alors que nous traversâmes la cuisine, le mess et que nous franchîmes la porte pour arriver sur le terrain d'entraînement tout recouvert de neige. Il y avait déjà là des dizaines d'alphas.

Connor me prit dans ses bras et se fraya un chemin à travers la neige épaisse qui craquait sous ses pas jusqu'à un long banc où étaient déjà alignées Alice, Mallo, Pen et Jude qui partageaient des couvertures.

— Carmen ! Viens là, ma belle ! rugit bruyamment Pen.

Lorsque Connor me déposa entre Mallo et Jude, Mallo se pencha en face de Jude et me fit un clin d'œil.

— Pen tape dans le Goldschläger[1] depuis une heure, ça va devenir dingue dans peu de temps, expliqua-t-elle.

Connor s'agenouilla et m'enveloppa dans une myriade de couvertures avant de demander à Mallo s'il restait du chocolat chaud pour moi, ce qui lui fit lever les yeux au ciel. Elle sortit une tasse de sous les couvertures.

— Je n'oublierais pas une chose pareille. En revanche, tu es sûr de vouloir faire ça aujourd'hui ? Parce que si tu fais ce que tu as l'intention de faire, Griz va t'achever...

— Oh, non, glapit Jude qui éclata de rire, j'ai bien cru qu'il allait te tuer après le coup du serpent. Dis-moi que ça sera moins douloureux cette fois. Ton œil est pas en état pour qu'on te botte le cul aujourd'hui.

Elle riait tant que je commençais à rire moi aussi alors que je regardais Connor et les autres omégas.

— Co', fais gaffe, Jude a raison, ton œil n'est pas encore guéri, tança Brady.

— Meh, ça ira bien, plaisanta Connor qui se releva d'un bon et qui récupéra un petit sac sous le banc qu'il agita devant nous.

— Mesdames, ouvrez grand les yeux et préparez-vous à une sacrée surprise pour Griz !

— Oh non, quoique tu mijotes, ça vaudrait mieux que ça ne soit pas pour moi, Connor Hale et c'est un commandement d'alpha, tonna Mitchell qui venait de sortir du mess et qui se dirigeait vers nous en me gratifiant d'un large sourire.

Il était... intimidant, mais après l'avoir enfin rencontré la veille où il avait été si amical que j'avais éprouvé le besoin de lui retourner cette amitié sans trop y penser. Mitchell s'agenouilla à côté de Jude.

— Mesdames, profitez du spectacle ! Connor a raison, on a besoin de se défouler un peu. Pen, passe-moi le Goldschläger.

— Oh ! On en a plus..., geignit-elle.

— Tu as volé ça dans mon bureau, sorcière ! File-moi la bouteille, plaisanta-t-il en soufflant, incrédule.

— Oui, alpha, fit-elle sur un ton narquois avec un clin d'œil.

— Très bien, ronronna-t-il et il prit une lampée du Goldschläger avant de rendre à Pen la bouteille pratiquement vide. Il passa la main sous son pull et en extirpa une bouteille pleine qu'il lui tendit alors qu'elle se mettait à protester.

— Il fallait bien que je m'amuse un peu avec toi. Profitez bien, les filles !

Une fois qu'il se fut redressé, Connor le suivit et fit signe à Brady de le rejoindre. Je me tournais vers les omégas.

— Alors qu'est-ce qu'il va se passer au juste aujourd'hui ? En dehors de boire copieusement et geler sur place, j'entends...

— Les alphas n'auront pas froid, commença Jude, leur température corporelle est plus élevée que la nôtre, surtout en hiver.

— Je crois bien qu'elle parlait de nous, quand il s'agit de geler sur place, fit Pen, impassible alors que nous éclatâmes toutes de rire alors que Jude s'empourprait.

Elle se retourna et je remarquai un changement immédiat dans son comportement. Je savais que si je me retournais, j'aurais vu Griz parce que sur le visage de Jude se peignait un désir manifeste et je me demandais si elle s'en rendait compte de comment elle le regardait. Griz s'assit sur le banc à côté de Jude.

— Tu ne participes pas aujourd'hui ? demanda prudemment Jude alors qu'il la regardait, en adoration.

Il était incroyablement beau et la façon qu'il avait de l'observer donnait l'impression qu'il allait pratiquement se pencher en avant et l'embrasser même s'il n'en fit rien.

— Oh si, mais, pour l'instant je reste là un moment pour observer la configuration du terrain. C'est Connor qui a organisé ça, alors cela veut dire qu'il magouille quelque chose, comme d'habitude. J'ai déjà été visé et je ne veux pas particulièrement recommencer.

Pen s'étouffa sur sa boisson, riant, et nous dissimulions toutes un rictus.

— Attendez, qu'est-ce que vous savez ? Carmen, tu m'aiderais pas ? demanda-t-il en nous regardant tour à tour, Pen, Jude et moi.

Je souris et levais les mains pour protester mon ignorance.

— Parole de scout, je ne sais rien d'une plaisanterie incluant un serpent dans des chaussures...

Griz grimaça avant de faire un petit sourire à Jude.

— J'imagine que je te reverrai au Cabanon tout à l'heure quand il m'aura lancé une hache au visage ou que j'aurai mis les pieds sur un porc-épic ou une connerie du genre... Bordel, comment peut-il faire ça à quelqu'un d'autre ? protesta-t-il, mais ça semblait être une question qui n'attendait pas de réponse alors, je ne dis rien tandis que Pen et Mallo pouffaient bruyamment.

Griz se releva et je mis un coup de coude à Jude alors qu'il s'éloignait.

— Il va venir au Cabanon pour se faire soigner tout à l'heure, pas vrai ? dis-je en haussant les sourcils et buvant une gorgée du chocolat chaud que m'avait passé Mallo. Jude rougit, mais sourit, effleurant mon épaule avec la sienne.

— J'imagine que ça dépendra de ce que Connor a en réserve pour nous aujourd'hui.

Nous rîmes de plus belle, blotties les unes contre les autres alors que les alphas s'assemblaient. Connor se posta au milieu du terrain, après avoir regardé les alentours, expliqua les règles : tout le monde disposait de cinq minutes pour choisir un camp et faire autant de boules de neige que possible.

— Oh, mon Dieu, on va avoir droit à une bataille de boules de neige ? s'étrangla Pénélope.

Jude rit de plus belle.

— Ça va être épique !

Lorsque je regardais Connor et Brady et que Connor se fendit d'un clin d'œil, j'eus tendance à vouloir donner raison à Jude.

* * *

Cinq minutes plus tard, toutes les cinq, nous hurlions nos encouragements aux alphas qui se tenaient aux deux extrémités du terrain. Ils avaient réussi à accumuler une quantité impressionnante de boules de neige en quelque temps, mais je me fis la réflexion que vingt alphas par équipe pouvaient faire beaucoup de choses.

Du néant, Connor sortit un sifflet et ce fut le début du jeu. C'était un tel tapage, un déchaînement sauvage si rapide que je ne savais même plus où regarder. Les boules de neige volaient dans tous les sens si vite que je ne pouvais pas tout voir à l'œil nu et plusieurs combats éclatèrent sous nos encouragements et nos cris. Il y eut même un moment où deux alphas atterrirent à nos pieds, se débattant, le sang coulant sur la neige, et je regardais Jude, stupéfaite.

— C'est normal, fit-elle, d'habitude ils jouent au football

américain, mais ils n'ont pas eu l'occasion depuis le raid. Ils aiment quand c'est physique. Après les matchs on guérit quelques coupures Pen et moi, mais rien de bien grave.

Riant, je constatais que tout le monde était sur le terrain et se déchaînait toujours, sauf Connor et Griz.

— Oh, mon Dieu, c'est le moment de vérité, cria Pen alors que Connor façonnait une boule de neige, souriant largement à Griz.

Quand je cherchais Brady à travers le Lien, je le sentis résigné, mais je sentais aussi que les endorphines faisaient leur effet et qu'il était prêt à seconder Connor. Celui-ci semblait fait ravi et je me fis la réflexion que j'étais vraiment excitée de voir ce qui allait venir et comme un seul homme, tous les deux se tournèrent dans ma direction.

Je sentais le fluide suinter entre mes cuisses sur le banc en les voyant ainsi concentrés sur moi. Mais au même moment, une boule de neige arriva en plein dans le bon œil de Connor et Griz poussa un rugissement triomphal. Oh, merde, je l'avais distrait et Connor n'avait pas pu finir ce qu'il avait commencé. Je mis une main sur ma bouche, stupéfaite alors que Griz entamait sur le terrain une danse de la joie pendant que Connor secouait la tête et traversait le terrain en courant pour en mettre cinq à Griz et au dernier moment, je sentis une joie machiavélique émaner de Connor. Sa main manqua complètement celle de Griz : il écrasa une boule de neige sur le visage de Griz dans un éclat de couleurs qui lui couvrit la tête et les épaules.

— Oh non, ce sont des paillettes ? piailla Pen en rugissant de rire.

Griz leva les mains, s'essuya les yeux et regarda ses deux mains, incrédule.

— Des paillettes ? grogna-t-il en regardant Connor qui reculait dans notre direction.

Nous allions toutes mourir sur le banc alors que Griz se lançait à sa suite après que Connor s'était mis à courir.

— De foutues paillettes, Connor ? Tu es vraiment un connard, tu sais qu'après il y en a partout de cette merde ! Je n'arriverai jamais à tout enlever, rugit Griz en glissant sur la neige dans sa tentative de poursuivre Connor, mais à ma surprise, tous les alphas présents éclatèrent de rire et c'était si joyeux et enthousiaste que je me trouvais à rire moi aussi.

Mais dès l'instant où Griz rattrapa Connor et l'assaillit d'une pile de boules de neige, nous reprîmes notre sérieux. L'empoignade dura une seconde où Connor rugit de rire, implorant qu'on l'aide alors que Griz essuyait des poignées de paillettes et les fourrait dans les cheveux et la bouche de Connor. Les omégas étaient toutes hilares alors que Griz poussait Connor de plus belle dans la pile de neige en secouant la tête, désapprobateur.

— Chaque fois, marmonna-t-il à notre intention.

— Jude, tu peux m'aider ? Dis-moi qu'il y a sûrement une façon plus simple pour me débarrasser de toute cette merde que de les enlever une par une, grommela-t-il.

Jude me regarda puis lui, essayant de reprendre contenance, sans succès parce qu'elle rit si fort qu'elle dût s'essuyer les yeux.

— Je suis désolée, Griz, je pense que le mieux, ça reste encore que tu prennes une douche...

Le regard de Griz se fit plus intense et il haussa les sourcils.

— J'imagine que c'est ce que je vais faire, merci de la suggestion, dit-il.

Sans un mot, il partit.

— Mince, il fait sacrément chaud dans le coin, pas vrai ? me demanda Jude.

— Il fera peut-être un peu plus chaud si tu lui donnais un

coup de main pour sa douche, suggéra Pen, ce qui nous fit toutes rire de plus belle.

Aujourd'hui, c'est une bonne journée, me dis-je en gloussant.

CHAPITRE TRENTE-SEPT

En soupirant, j'extirpai Connor de la pile de neige. Il grognait de douleur, grattant son bandage alors que des paillettes tombaient de ses cheveux et de son menton sur son large torse.

— Griz ne te laissera pas t'en sortir comme ça, le tançai-je alors qu'il souriait et je passai avec douceur la main sur son bandage.

— Oh, mais j'y compte bien, rit-il, mais admets en revanche que tout le monde avait besoin de s'amuser un petit peu. On peut pas rester assis là à attendre que les Forces opérationnelles débarquent.

J'acquiesçai. Il avait raison. Ç'avait été une bonne distraction en dépit des choses sérieuses qui nous attendaient.

— Il faut que je passe au Cabanon, mon œil me faisait déjà un mal de chien, mais là c'est encore pire, je dois le montrer à Pen.

— Pen est complètement ivre, mais peut-être que Jude... Mais après ce que tu as fait à Griz, je suis pas si sûr, dis-je en gratifiant mon compagnon d'un clin d'œil.

— Est-ce que je peux t'embrasser ? me demanda-t-il sur un ton empli d'espoir.

Nous étions en public, mais nous nous étions mis d'accord pour ne plus dissimuler notre relation et étrangement, l'idée ne me faisait plus aussi peur.

Je me rapprochai de lui, passai un bras autour de sa taille et collai ma bouche contre la sienne, approfondissant le baiser jusqu'à ce que nous entendions Pen et Mallo nous siffler depuis l'autre côté du terrain. Et lorsque je cherchais mon oméga, je sentis son intérêt, mais elle était sur la défensive, nous jaugeant comme je la jaugeais.

Je rompis le baiser le premier, m'éloignai de Connor qui était radieux.

— Bien joué, je te récompenserai plus tard, je suis d'humeur à y aller fort, ronronna-t-il.

Je me sentis frissonner à sa promesse.

— Oh ça, oui ! Va te faire soigner, j'ai hâte que tu reviennes, dis-je dans un souffle.

Je regardais Connor s'éloigner et circonspect, j'observais Carmen qui le suivait elle aussi du regard. Une fois qu'il eut franchi les portes du mess et que la foule eut commencé à se dissiper, c'est sur moi qu'elle reporta son attention. Je n'étais pas certain quoi en penser parce qu'à présent, elle était au courant pour le Lien et elle s'en servait pour me jauger.

Soupirant, je rejoignis le banc, souriant aux autres omégas alors qu'elles se retiraient jusqu'à ce qu'il ne reste plus que Carmen toujours enveloppée dans les couvertures. Je m'assis sur le banc de profil de façon à lui faire face.

— Comment va ta jambe aujourd'hui ?

— Assez douloureuse, pour être honnête, dit-elle en grimaçant, seulement j'ai tellement eu à faire ces derniers jours que je ne me suis sûrement pas autant reposée que j'aurais dû.

— Laisse-moi voir, dis-je en tapotant le banc entre nous.

Au plus profond de moi, je sentais le pouvoir monter même si je n'avais accès qu'à une once de son étendue. Je ne manquais pas de remarquer l'ironie de la situation : si je marquais Carmen, j'aurais eu toute l'étendue de mon pouvoir qui m'aurait permis de la faire guérir plus rapidement. Encore une autre chose qui me poussait dans la direction de cette femme même si elle ne m'avait pas demandé son aide.

— Est-ce que tu en es certain ? demanda-t-elle avec douceur, je... sens que tu es tiraillé. Par beaucoup de choses, Brady. Est-ce que tu veux en parler ?

Voulais-je en parler ? Je ne pense pas, mais quand j'étais si près de Carmen, mes pensées rationnelles de thérapeute disparaissaient de mon esprit parce qu'elle sentait si bon et que lorsque je relevais la tête, je la vis mordre sa lèvre inférieure je résistais à l'envie de ronronner contre elle. Mon cœur et mon cerveau étaient en guerre ouverte et mon corps était carrément d'avis qu'il fallait la marquer de suite et passer la nuit à s'envoyer en l'air avec elle.

— À quoi tu penses ? lui demandai-je en levant délicatement sa jambe.

Elle portait un legging et j'avais besoin d'un contact peau à peau, alors je relevais le tissu doux, mais je ne pouvais pas le remonter assez pour avoir un bon accès à son genou. Je relevais la tête en grimaçant.

— Il faut que tu enlèves ton pantalon, ou alors que tu en mettes un plus ample, je suis désolé, m'excusai-je, empourpré.

Cela devait donner l'impression que je suggérais toute autre chose que ce que j'avais en tête. Carmen hocha imperceptiblement la tête et se releva, tenant sa jambe alors qu'elle prenait ses béquilles et me regarda.

— Je vais me changer. Tu veux m'accompagner ? s'enquit-elle.

J'avais l'impression d'être un connard au moment où je la

vis grimacer lorsqu'elle commença à se déplacer avec ses béquilles. Merde, ça devait lui faire sacrément mal de passer son temps à se déplacer ainsi. Avant de changer d'avis, je me précipitais et la pris délicatement dans mes bras. Elle fit mine de protester, mais je me mis à ronronner sans le vouloir.

Carmen ne dit rien, mais à présent qu'elle était liée à moi, je sentais sa gratitude et j'essayais de ne pas remarquer comme mon corps appréciait d'être collé au sien, mais je ne pouvais pas m'empêcher de repenser à quel point nous nous étions amusés la veille au soir jusqu'au moment où je m'étais souvenu de toutes mes réserves, où je m'étais senti piégé, acculé.

Mon esprit s'échauffait alors que je portais Carmen à travers la maison et nous remontâmes les escaliers jusqu'à la chambre de Griz. Lorsque je la posai sur un fauteuil devant la cheminée, elle se mit à rire, le son cristallin emplissant la pièce.

— Tous mes vêtements sont là, Brady, me dit-elle alors que nos regards se croisaient, m'aiguillonnant.

Oh bordel ! Elle était douloureusement belle et je sentis mes crocs s'allonger dans ma bouche alors que je débattais intérieurement si je devais faire glisser son legging le long de ses hanches et de ses cuisses pour me donner accès à son genou. Je ne m'en rendis même pas compte que je m'étais mis à trembler jusqu'à ce qu'elle fasse un pas en avant et pose sa paume contre mon avant-bras.

— Est-ce que ça va ? Je n'avais pas l'intention d'être intrusive, mais en lisant tes émotions, j'ai eu l'impression que tu étais... dispersé...

Clignant des yeux rapidement, j'acquiesçai et me retournais et allais récupérer son pantalon de pyjama, sur son lit. Je m'en saisis et allais la retrouver, lui tendant sans un mot le vêtement. Et comme je ne bougeais pas, elle haussa les sourcils, des fossettes se creusant des deux côtés de son sourire.

J'aurais voulu les embrasser tour à tour, laisser mes lèvres courir sur son cou et ses clavicules...

— Tu comptes rester là pendant que je me change ? demanda-t-elle, joyeuse.

Et c'est au même moment que la vision de Samson me revint en tête et je l'imaginais me chevaucher, s'empaler sur ma queue ferme et faisant signe à Connor de nous rejoindre. Le désir et l'envie m'envahissaient avec force alors que cette oméga me regardait avec un rictus et des yeux dissimulés derrière des cils sombres et épais. Merde, elle se moquait de moi.

Et ce fut à ce moment-là que toute pensée rationnelle me déserta, car tout ce sur quoi je parvenais à me concentrer, c'était sur l'odeur de son fluide qui à présent trempait son legging. C'était pour moi, tout pour moi, conçu pour me rendre absolument dingue et ça faisait le job à la perfection, parce que je m'assis sur le fauteuil en face du sien, j'écartais les cuisses largement et je la fis s'asseoir là.

Un intérêt teinté de méfiance et un besoin impérieux s'affrontaient en moi alors que je la regardais. Et que Dieu me vienne en aide et que ma mère aille au diable, je m'avançais et j'enfouis mon visage entre les cuisses de Carmen, prenant une grande inspiration désespérée. Elle glapit, ce qui envoya une vague de chaleur le long de mon échine. Je passais mes mains sous l'élastique de son legging, le repoussant sur ses fesses douces et rondes. Elle se figea et je sentis son hésitation à se joindre à moi. Carmen pouvait sentir ma réticence, car à présent qu'elle savait pour le Lien, il gagnait en intensité et mon corps prenait le dessus dans la guerre qui faisait rage en moi et je n'en fus même pas fâché.

Carmen était une véritable tempête électrique d'envie et de désir et en pensant à ce que ce serait si nous nous déchaînions tous les deux, cela me terrifiait. Alors je la regardais droit dans les yeux en continuant de descendre son legging, mais je ne voyais dans son regard que de la défiance. Elle sentait mon besoin de contrôle et elle le remettait en question. Qu'allait-elle faire si je la jetais dans le lit de suite et que je tentais de la dominer entièrement ?

Je l'ignorais, mais je bandais avec force rien qu'en y pensant. Une fois que je lui eus retiré complètement son legging, je ne détachais pas pour autant mon regard du sien et je lui tendis son pantalon de pyjama. Avec un sourire fourbe et taquin, elle passa sur le fauteuil en face de moi et s'y blottit confortablement et elle me prit de court en étendant sa longue jambe sur le rebord de mon fauteuil et l'autre qu'elle écarta sur le côté, la redressant légèrement.

Mais à présent, tout entre ses cuisses était offert à mon regard, ses boucles brunes trempées de fluide oméga, je pouvais le voir et le sentir couler, enduisant ses cuisses copieusement.

— Tu joues avec le feu, ma petite, l'avertis-je alors que je posais ma main sur ma queue.

— Je n'ai pas peur du feu, répliqua-t-elle avec un autre rictus et en relevant le menton d'un air de défi.

En un éclair, je réduisis la distance entre nous et j'agrippai sa gorge avec ma main griffue, passant l'autre sur sa poitrine, descendant entre ses cuisses, la caressant doucement. Elle était si trempée que lorsque je passais mes doigts entre ses boucles, un bruit humide vint à mes oreilles.

Carmen ondulait du bassin à la rencontre de mes doigts, essayant désespérément que je la touche là où elle en avait envie. Mais j'avais le contrôle de la situation, je resserrais ma prise sur sa gorge alors que je promenais mes doigts sur sa cuisse et prenais place sur son genou.

— Bordel ! siffla-t-elle alors que je concentrai mon pouvoir limité sur sa blessure.

Sa tête dodelina et je sentis sous mes griffes que l'émotion dominante dans notre Lien changeait, on passait d'un désir délirant à du désir mêlé de douleur.

— Reste avec moi, oméga, lui ordonnai-je alors que son regard sombre croisait le mien.

J'y vis des larmes qui menaçaient de se répandre, mais je m'avançais et les embrassais avant qu'elles ne coulent alors qu'elle reprenait son souffle péniblement. En moins d'une minute, j'étais à bout de mon pouvoir et relâchais ma prise sur sa jambe alors qu'elle s'avachissait dans le fauteuil, poussant un grognement de douleur. Je relâchais aussi la prise de ma main sur sa gorge et ses jolis yeux sombres se rivèrent une nouvelle fois aux miens.

— Merci, alpha, fit-elle d'une voix rauque qui alla droit à ma queue comme s'il s'était agi d'une main réelle.

J'avais désespérément besoin de plus. Lorsque je me penchais en avant pour l'embrasser, Carmen posa une main contre mon torse pour m'en empêcher.

— Brady, il faut qu'on parle, dit-elle.

CHAPITRE TRENTE-HUIT

carmen

En dépit de la tournure sexy qu'avait prise cette session de guérison, je voulais parler à Brady, et ce sans Connor dans les parages. Nous avions été liés la veille au soir et le lendemain, il était à nouveau sur la défensive et évasif et ce jusqu'à quelques minutes auparavant. Je luttais pour ne pas arracher mes vêtements et me jeter dans ses bras, mais je me mis une claque mentale. Nous devions avoir une conversation sérieuse.

Brady édifia en hâte des murailles autour de ses émotions, se redressa et s'assit dans le fauteuil en face de moi et croisa une jambe par-dessus l'autre. Il ressemblait tellement à un psy à ce moment-là que je ne pus m'empêcher de sourire.

— D'abord, je mets un pantalon, dis-je en haussant les sourcils suggestivement et enfilant mon vêtement, ensuite merci pour la guérison, tu n'étais pas obligé, mais je te remercie d'avoir fait le choix de le faire.

J'étais curieuse de savoir comment les mots que j'avais choisis allaient l'affecter et comme je l'imaginais, il fronça les sourcils et je sentais son angoisse à travers notre Lien.

— Il y a quelque chose que j'aimerais partager avec toi,

Brady, parce que je veux que tu me comprennes vraiment et que j'aimerais vraiment te comprendre aussi.

— D'accord..., je suis tout ouïe, fit-il sur un ton égal.

Soupirant, je baissais la tête et contemplais mes genoux un instant avant de river mes yeux aux siens.

— Tu sais que j'ai grandi en famille d'accueil, mais tu n'en sais pas beaucoup plus sur les détails, j'aimerais pouvoir te raconter ça....

Lorsque Brady se trémoussa sur son fauteuil, clairement mal à l'aise en contemplant ses genoux, je ne lus rien d'autre que du soulagement. Toute cette situation avait été si incroyable, excitante, étrange et artificielle. Mais j'allais mettre un terme à tout ça de suite parce que j'allais lui dire un peu qui j'étais.

— Mes parents m'ont fait placer quand j'avais dix ans, dis-je, croisant le regard de Brady qui avait l'air horrifié.

Ses yeux étaient grand ouverts d'incrédulité alors que moi je levais les miens au ciel.

— Je sais, qui fait ce genre de choses ? Mais c'est ce qu'ils ont fait, ils n'étaient pas très doués pour faire des choix et avaient du mal à s'occuper de moi alors ils m'ont abandonnée à l'état. Mais comme tu peux te l'imaginer, la transition a été très difficile pour une gamine de dix ans. J'ai été ballottée de famille d'accueil en famille d'accueil jusqu'à mes dix-sept ans et ma dernière famille, celle qui faisait du pozole, était absolument incroyable. J'y suis restée là jusqu'à ma majorité et Lucy m'aurait laissée rester, dis-je alors que je sentais mes yeux s'embuer de larmes, mais elle est décédée d'un cancer du sein juste avant mon anniversaire. C'est elle qui m'a laissé le collier que je veux retrouver, c'est pour ça qu'il compte tant pour moi...

— Carmen, je..., commença-t-il.

— Il y a encore autre chose, Brady, je veux juste pouvoir

tout te dire, d'accord ? Je veux que tu me comprennes complètement et ça n'a pas l'air d'être encore tout à fait le cas.

Il fronça les sourcils, yeux rivés aux miens. Je pris une inspiration et poursuivis.

— Toute ma vie, j'ai eu l'impression que c'était les autres qui prenaient pour moi les grandes décisions qui influençaient mon existence. Mes parents, les services sociaux, l'état. Même Billy Ocampo qui me suivait partout et me mettait mal à l'aise. Je suis venue ici pour essayer de repartir à zéro et pouvoir faire mes propres choix pour une fois, mais ensuite je vous ai rencontré Connor et toi...

— Et on ne t'a pas laissé le choix non plus, poursuivit-il avec amertume.

— Au début, c'est l'impression que ça m'a fait, admis-je, parce que cette idée d'une instance supérieure qui nous lie tous les trois, cela m'avait l'air d'être un ramassis de bêtises.

Brady souffla et rit.

— Je comprends tout à fait, ça fait beaucoup à assimiler dès le début.

Avec un sourire doux, je poursuivis.

— C'est vrai que c'est le cas, mais je ne peux pas nier que je suis très attirée par vous deux, je ne peux pas m'empêcher de vouloir te titiller et je résiste difficilement à l'envie de te toucher quand tu es si près de moi et je suis assez certaine que tu le sens bien, pas vrai ?

Lorsque je le regardais, je lus dans le regard de Brady une avidité et une envie qui me faisaient clairement comprendre que ce que je venais de dire résonnait en lui.

— Mais... avoir la possibilité de choisir et que l'on respecte mes choix est ce qui compte le plus au monde. Tes choix comptent, Brady. Ils comptent pour moi. Ce soir, je vais dîner avec les omégas parce qu'elles m'ont invitée et je vais vous laisser passer du temps ensemble Connor et toi, rien que vous deux. Parce que mes choix sont importants aussi et j'ai besoin de temps et d'espace pour réfléchir. Si tu veux, nous pourrons en reparler demain et j'espère que d'ici là, ma jambe ira encore mieux.

En face de moi, je vis Brady respirer péniblement alors qu'il assimilait ce que je venais de dire, comme s'il peinait à croire que je pourrais comprendre ou même que j'avais dit ce que je voulais exprimer. Je ne regardais pas de trop près ce qu'il éprouvait à travers le Lien pour lui laisser son intimité. Lorsqu'il se releva, je me rendis compte qu'il n'avait pas idée quoi me dire dans l'immédiat.

— Je... euh... merci, Carmen, bégaya-t-il maladroitement en se frottant l'arrière de la nuque alors qu'il me regardait ainsi que la porte de ma chambre tour à tour.

— Amuse-toi bien avec Connor, ce soir, répondis-je avec douceur, on se retrouve plus tard, d'accord ?

Il cligna deux fois des yeux et acquiesça, quittant la pièce sans bruit. Une fois qu'il fut parti, je souris de satisfaction et regardais le feu brûler dans la cheminée. J'avais fait le choix de partager certains de mes secrets ce soir-là et j'avais rappelé à Brady que rien dans cette existence n'était figé dans le marbre. Il pouvait décider qu'être en trouple, ce n'était pas fait pour lui, ou peut-être que j'allais le décider. Dans quelques jours, ma jambe irait tout à fait bien et je pouvais encore choisir de partir. Mais quoi qu'il en soit, ce serait un choix conscient et ce peu importe le destin. *Aujourd'hui, c'est une bonne journée, boum !* Ice Cube tenait vraiment quelque chose...

CHAPITRE TRENTE-NEUF

connor

GRIZ PASSA une bonne demi-heure à me crier dessus tandis que Jude désinfectait mon œil au Cabanon. J'avais eu droit à tout un laïus concernant le fait que je n'avais pas fait le nécessaire et que c'était pour cette raison que mon œil était dans un sale état. Et entre Jude qui me réprimandait et Griz qui me rappelait comment les paillettes s'immisçaient de partout, je passais vraiment un sale quart d'heure.

Je cherchai Carmen et Brady à travers le Lien, mais à ma surprise, ils étaient étrangement silencieux. Je ne savais pas ce que cela impliquait, mais ça m'inquiétait et je sentis mon estomac se nouer. Une fois que Jude m'eut enfin libéré, je retournais en quad à la maison principale, je fus stupéfait de trouver Brady qui remontait péniblement l'allée dans ma direction, perdu dans ses pensées.

— Tout va bien ? demandai-je avec précaution lorsqu'il me regarda, l'air soucieux.

— Je viens juste... Carmen dîne avec les omégas ce soir, elle m'a dit qu'elle nous verrait demain.

— Merde, qu'est-ce qui s'est passé ? Elle a besoin de temps

loin de nous ? m'enquis-je même si rien que d'en parler, cela me rendait malade parce que j'avais espéré qu'elle s'était bien amusée aujourd'hui.

Il grimaça.

— Non, pas vraiment... Seulement... elle m'a parlé de choix, Connor. Pourquoi et comment c'est aussi important pour elle de pouvoir faire ses choix. Et combien les miens comptaient pour elle. Qu'elle voulait que l'on passe la soirée ensemble toi et moi, une soirée pour nous deux sans elle.

Brady me mit ensuite au courant de toute la conversation alors qu'il restait appuyé contre ma jambe alors que j'étais toujours sur le quad. Et je l'écoutais, stupéfait en apprenant à quel point courageuse, forte et incroyable était notre oméga. Parce que ce qu'elle avait donné à Brady, c'était de la compréhension et de l'espace nécessaire pour réfléchir, deux choses dont il avait cruellement besoin.

— Qu'est-ce que tu en penses ? demandai-je prudemment lorsqu'il me regarda dans les yeux, passant son pouce sur les bords du nouveau bandage avec un air désapprobateur.

Je me blottis contre sa paume alors qu'il caressait ma joue, pensif.

— Je... je ne sais pas, admit-il, mais je crois que j'aimerais bien m'enfermer dans ta chambre et ne rien faire pour le reste de la soirée. Tu ferais ça avec moi ?

— Oh ça, oui ! Je suis de corvée de cuisine cette semaine, mais on pourra rapporter notre dîner dans ma chambre et passer un moment tranquille, dis-je.

— Parfait, me rassura mon compagnon tout sourire, mais je sentais son tiraillement à travers notre Lien, car s'il me regardait d'un air adorateur, il était perdu dans des rêveries où apparaissait l'oméga.

Brady m'aida à préparer le dîner et une fois que les préparatifs furent terminés, il prit deux assiettes et nous nous dirigeâmes vers ma chambre. Des heures durant nous nous nourrîmes mutuellement, nous touchant, nous titillant et lorsque l'un et l'autre furent à bout de résistance, je le repoussais et le dominait violemment sur chaque surface disponible de ma chambre. Carmen avait déchaîné ça en moi, ce besoin d'annihiler Brady au lit.

Il adorait ça, ce côté plus sombre et possessif de moi et lorsqu'il jouit pour la troisième fois en grognant son nom à elle, je souris. Il pensait à notre oméga. Rien n'aurait pu me rendre plus heureux. À l'exception de sa présence à nos côtés à ce moment-là.

CHAPITRE QUARANTE

carmen

Après le départ de Brady, je m'endormis et à mon réveil je me sentais vraiment bien. Je reprenais le contrôle de mon existence, pas à pas, et je faisais mes propres choix. Me glissant hors du lit, je me rendis compte que je pouvais rester debout confortablement même si je boitais. Mais c'était un progrès. Et ça voulait dire qu'une fois que la neige aurait complètement fondu, j'allais pouvoir prendre ma décision quant à rester ici ou partir à l'aventure.

J'y réfléchis tout en prenant ma douche et m'habillant puis je me rendis à la cuisine au rez-de-chaussée où je retrouvais les omégas. Alice m'avait invitée à dîner et qu'elles aient pensé à m'inclure me terrifiait, mais me réchauffait le cœur aussi parce que personne n'avait été aussi généreux et attentif envers moi ma vie durant à l'exception de Lucy.

Elle me manquait terriblement et j'avais hâte que la neige fonde pour pouvoir aller retrouver mon collier. En entrant dans le mess, je balayais la pièce du regard. Il était toujours étrange d'être dans une maison en compagnie de tant d'alphas que pour la plupart, je n'avais pas encore rencontrés, mais ils furent

nombreux à me saluer amicalement de la main ou d'un hochement de tête alors que je cherchais les femmes.

J'entendis Pen m'interpeller à l'autre bout de la pièce, son
visage couvert de taches de rousseur se fendant d'un large
sourire à l'instant où elle me vit. Je la saluai en retour et
traversai en boitillant la pièce immense le long de rangées de
tables et de bancs puis je m'assis à côté d'elle en soupirant.

— Comment vas-tu, ma belle ? demanda-t-elle en jetant
un œil à ma jambe.

— Je peux rester debout, ce qui est génial, mais j'aurais
sûrement dû amener les béquilles au cas où, admis-je.

— Je vais aller te les chercher Carmen, ça te dérange si
j'entre dans ta chambre ? proposa Griz qui se trouvait en face
de nous.

— Tu veux dire *ta* chambre, dis-je, pince-sans-rire et en lui
faisant un clin d'œil.

— Il vaudrait mieux que j'y renonce et déménage au Cabanon, bougonna-t-il, il semble que ma chambre est devenue un
hôtel pour omégas.

Il se leva et en même temps quelques paillettes tombèrent
sur la table. Il fronça furieusement les sourcils et jura dans sa
barbe, traversant le mess à grandes enjambées déterminées.

— Mon Dieu, tout son visage scintille, pouffa hystériquement Alice alors qu'elle se blottissait dans les bras de Mitchell.

Mitchell me regarda d'un air entendu.

— Carmen, est-ce qu'on t'a déjà raconté l'histoire du
serpent dans la chaussure ?

Je ris.

— Connor y a fait allusion, mais je ne connais pas toute
l'histoire.

Les quinze minutes qui suivirent, Mitchell me régala en me
racontant l'histoire de la farce la plus épique de Connor. C'était
hilarant et franchement ridicule, tout à fait son genre. Il était

évident que tous l'adoraient et l'encourageaient. Je mourrais d'envie de consulter notre Lien pour voir si Brady et lui passaient une bonne soirée, mais je savais qu'ils sentaient quand on sollicitait le Lien et je voulais laisser de l'intimité. Samson nous rejoignit au bout d'un moment, amenant à Pen une tasse de café noir et l'embrassa sur la tête avant de me regarder avec un sourire.

— Nous n'avons pas encore fait connaissance, Carmen. Moi c'est Samson, le compagnon de Pen, le voyant, ajouta-t-il sur un ton évocateur.

Griz revint avec mes béquilles qu'il posa contre le banc avec un sourire doux. Alice, Pen et moi étions les dernières personnes qui restaient de ce côté-ci du mess et Alice bailla en me regardant.

— Mince, Carmen, je t'aurais bien demandé si tu voulais regarder un film avec moi, mais je risque de m'endormir sur place. Je vais aller me coucher, mais on se dit à demain ?

— Oui, bien sûr, lui souris-je, il commence à se faire tard alors je vais probablement faire pareil.

Lorsqu'elle se leva pour partir, Samson la regarda avec une certaine inquiétude. Il y avait quelque chose qui le perturbait. J'aurais voulu demander, mais ça avait l'air personnel alors que dans l'immédiat j'étais déterminée à garder un œil sur Alice au cas où elle aurait eu besoin d'une oreille amicale. Samson se tourna vers moi, son regard sombre était doux, mais intense.

— Carmen, je sais que tu es au courant de la vision que j'ai eue de toi, Connor et Brady et je ne peux pas imaginer à quel point de savoir ça a dû être accablant, surtout en considérant qu'il y a encore beaucoup de choses nouvelles pour toi, dit-il d'un geste qui englobait le mess.

— Oui, au départ, j'ai vraiment eu du mal avec ça parce que j'avais l'impression de ne pas avoir le choix, mais j'y travaille.

— Est-ce que tu voudrais voir cette vision ? demanda-t-il.

— Attends ? Je peux... ? m'enquis-je auprès de Pen.

— Oh ça, oui, ma fille, il peut te la montrer, mais ce uniquement si tu le veux.

— Est-ce que... c'est comment ? demandai-je à mi-voix alors que Pen regardait son superbe compagnon.

Samson se rassit et réfléchit.

— Ça devrait te permettre d'y voir plus clair. Quand tu sais certaines choses au plus profond de ton âme parce que la vision est limpide, ça pourrait t'être utile. Mais comme tu l'as déjà dit, avoir le choix est vraiment primordial.

Voulais-je la voir ? Voulais-je voir la vision qui m'avait fait me montrer évasive et me faire sentir acculée ? Au bout du compte, j'acceptais parce que c'était une autre pièce du puzzle dont j'avais besoin pour prendre la meilleure décision possible.

— Brady et Connor l'ont vue, j'imagine ?

Samson me regarda avec un sourire en coin et le confirma.

— OK, alors j'aimerais la voir moi aussi, mais seulement si cela ne te dérange pas.

— Pas du tout, oméga, m'assura-t-il, viens t'asseoir là, dit-il en tapotant le banc à côté de lui et se tournant de façon à l'enfourcher, dos à Penelope.

Je m'installais donc en face de lui et lorsqu'il retira son tee-shirt, je détournai le regard. Pen passa la tête de l'autre côté de sa carcasse massive et me fit un clin d'œil.

— Foutrement sexy, pas vrai ?

Samson souriait largement, mais tout ce que je voyais c'était une ligne dorée qui brillait entre ses clavicules, ses pectoraux et ses abdos et qui disparaissait dans son pantalon.

— C'est quoi ce truc ? murmurai-je, abasourdie.

— Cette ligne me marque comme le voyant de notre meute et elle n'est apparue qu'après que j'ai marqué Penelope ; à présent, je reçois des visions de notre meute. Je ne demande pas d'informations spécifiques, ça me vient naturellement. Et j'ai une seconde conscience, qui s'appelle Rolf et qui vit dans l'espace où je reçois les visions. Il est lié à l'histoire des alphas alors il m'aide à interpréter ce qu'il voit.

Samson venait de me noyer sous un tel déluge d'informations que je ne sus même plus quoi dire alors je me contentais d'acquiescer en couinant et de hausser les épaules alors que Pen secouait la tête.

— Ça va peut-être te paraître... étrange, psalmodia Samson avec un sourire apaisant, mais je vais prendre ta main et la poser sur cette ligne, ça risque de te secouer un petit peu, mais cela va te permettre d'entrer dans mon esprit et là, tu vas rencontrer Rolf et pouvoir observer la vision. Est-ce que j'ai ta permission pour le faire ?

De voir à quel point il était prévenant me faisait vraiment chaud au cœur. Il m'avait demandé si je voulais voir, s'il pouvait me toucher la main... Mordillant ma lèvre inférieure, je tendis ma main, paume vers le dessus et Samson s'en saisit délicatement par le poignet, la retournant et collant ma paume contre son torse et du moment où ma peau toucha la sienne, je sentis un fourmillement envahir tout mon corps comme la décharge électrique que l'on ressent avec un stylo électrique, mais sur toute ma peau. Samson grogna, fronça les sourcils et à ce moment-là, ma conscience se vida et tout ce que je pus apercevoir fut une pièce plongée dans l'obscurité.

Je peinais à voir à travers la brume jusqu'à ce qu'au bout d'un moment une silhouette finisse par apparaître à mes côtés : c'était Samson.

— On y est ? demandai-je en regardant les alentours sans même savoir ce que je cherchais.

— Tu es dans ma conscience Carmen, et Rolf arrive pour nous aider, expliqua Samson.

En plissant les yeux dans l'obscurité, je vis arriver une colossale silhouette masculine qui s'approchait avec une démarche de fauve en chasse, mais il me sourit. C'était vraiment étrange parce qu'il était la copie conforme de Samson, excepté qu'il était plus mat, comme moi, et ses cheveux bruns ondulés lui arrivaient aux épaules. Je regardais Samson, puis Rolf, puis de nouveau Samson.

— Je sais, c'est moi le plus beau, ronronna Rolf qui me fit un clin d'œil et Samson eut un rictus.

— Tiens-toi à carreaux, Rolf, elle est là pour voir l'esprit et le guérisseur.

— OK, j'adore cette vision, fit Rolf avec un autre clin d'œil. Tu es prête, Carmen ? Je te préviens, c'est un peu... obscène... Bon, c'est vraiment très obscène...

Mes joues s'échauffèrent et mes yeux semblèrent sortir de leurs orbites.

— Mon Dieu, je n'y avais pas pensé...

Rolf sourit.

— Pour faire simple, tout est osé, mais je vais me retirer avec Samson pour que tu n'aies pas l'impression de regarder un porno en compagnie de deux hommes que tu ne connais pas.

— D'accord, murmurai-je, horrifiée alors qu'il s'éloignait, mais dès l'instant où il se fut volatilisé, les ténèbres devant moi s'éclaircirent et je vis très clairement la scène et je fus reconnaissante que Samson et Rolf ne soient plus là.

Parce que la vision devant moi était absolument pornographique. Je chevauchais Brady qui était tout à fait sublime dans les affres de la passion et je titillais Connor qui se caressait et Bon Dieu de bordel, il avait un piercing. Comment avais-je pu ignorer cela jusqu'à présent ? Deux barres croisées à l'extrémité de son membre. Ça devait être horriblement inconfortable.

Je pris une inspiration et la vision se transforma : ils me prenaient tous les deux jusqu'à ce que l'on finisse par jouir dans une explosion de plaisir. Puis la vision changea encore une fois : Connor malmenait Brady comme une poupée de chiffon, le possédant violemment pour m'aiguillonner et j'étais adossée contre la tête de lit, regardant Connor arracher son plaisir à Brady tandis que je me caressais. Je mordis ma lèvre pour retenir le grognement qui montait en moi alors que l'on repassait au blanc et Rolf rit.

— Content d'avoir fait ta connaissance, Carmen, j'espère que ça t'aidera pour faire ton choix.

Il me fit un dernier clin d'œil et tout se volatilisa. L'instant d'après, j'étais assise sur le banc, tremblante, ma main sur le torse de Samson qui sourit à nouveau lorsque j'arrachais ma main et que je passais mes deux bras autour de mes épaules. Je peinais à trouver quoi dire, mais Pen réapparut, posa sa joue contre l'énorme biceps de son compagnon.

— Tu n'as pas besoin de dire quoi que ce soit, ma belle, mais nous voulions que tu disposes des mêmes informations que les garçons.

Clignant rapidement des yeux, je les regardais tous les deux et me forçais à sourire. J'étais si excitée qu'il me semblait que tout mon corps s'embrasait après ce que j'avais vu. Et j'étais un peu confuse parce que je voulais aussi désespérément courir vers cette vision et m'y jeter en tête la première.

— Je... je vais monter dans ma chambre, admis-je finalement, j'ai besoin de réfléchir à tout ça, mais merci beaucoup. Ça m'aide pour savoir où j'en suis.

— La double pénétration, c'est tellement bien ! pouffa Pen de plus belle en enfouissant sa tête dans le bras de Samson et il la regarda avec un rictus satisfait.

Il semblait que c'était une blague d'initiés, mais je ne pouvais pas comprendre dans l'immédiat alors que je me levais.

— Merci, Samson, je te suis reconnaissante, dis-je et il hocha la tête.

— Tout pour t'aider à faire ton choix, oméga, fit-il avec sagesse.

Je quittai le mess en hâte et boitai le plus vite possible jusqu'à ma chambre. Dès l'instant où je franchis la porte, je me précipitais jusqu'au lit et m'y jetai, baissant rapidement mon pantalon que je laissais tomber au sol et m'enfonçai dans les draps, je passais immédiatement ma main entre mes cuisses. Mon esprit revenait à ce que Samson venait de me montrer alors que je sentais ma peau s'échauffer et la pression monter entre mes jambes. Je me caressai doucement, gémissant le nom de Connor, fantasmant sur son corps massif derrière moi tandis que je chevauchais Brady. Bon sang, j'en avais envie, m'en rendis-je compte et lorsque mes pensées dérivèrent vers Brady me dévorant du regard alors que Connor le pilonnait, je ne pus m'empêcher de le chercher à travers notre Lien et je lus le plaisir qu'il éprouvait au même moment avec Connor, je me retirais tout de suite.

Parce que cette soirée-là était pour eux, juste eux deux sans moi. Mais même après que je m'étais retirée, je sentais le désir et l'envie de Brady rugir à travers le Lien, envahissant ma conscience alors que je me caressais frénétiquement le clitoris. En quelques secondes à peine, je jouis, criant son nom d'une voix étranglée dans la pièce silencieuse alors qu'un plaisir incandescent explosait entre mes cuisses, remontant le Lien. À l'autre extrémité de celui-ci, je sentais son extase alors qu'il jouissait en même temps que Connor, peinant à respirer tant ce que nous venions de partager était intense. Tout ce que je savais, c'était que j'étais fichue. Parce que ce que lui et moi venions de faire à travers le Lien n'avait été qu'un avant-goût et que je voulais désespérément pouvoir le faire en personne.

CHAPITRE QUARANTE-ET-UN

connor

APRÈS UN GRAND nombre d'orgasmes ravageurs, Brady finit par s'endormir dans mes bras, mais mon cerveau ne voulait pas se taire. J'avais senti Carmen et lui se connecter à travers notre Lien pendant nos ébats et j'avais plus d'espoir que jamais. Mon œil me faisait un mal de chien, mais au fond de moi, j'étais en paix.

Brady et moi n'avions pas parlé d'elle une seule fois ce soir-là, mais je sentais bien que quelque chose l'attirait. Même durant son sommeil, elle était liée à nous alors que je la cherchais. Elle aussi était réveillée et cherchait à m'entendre à travers notre Lien. Je luttais contre l'envie de me faufiler et remonter le couloir pour lui donner du plaisir, mais ce soir, il n'était pas de question. Si j'avais cru Brady prêt, j'aurais demandé à Carmen de venir et m'aider à le réveiller avec ses lèvres, ses dents et sa langue.

Je lui envoyais à travers le Lien du réconfort et de l'apaisement, une étreinte chaleureuse que je ne pouvais pas lui donner en personne dans l'immédiat et je souris. J'avais un projet pour le lendemain qui j'espère, nous mettrait tous à la même page. Une page très très osée. Il était temps.

* * *

L e lendemain matin, lorsque je mis Brady au courant de mon projet, il acquiesça tout de suite. Nous nous habillâmes et il monta à l'étage chercher une surprise et nous nous rendîmes tous les deux à la chambre de Carmen. Lorsqu'elle ouvrit avant que je n'aie même eu le temps de frapper, je me fendis d'un sourire. Elle nous avait sentis venir.

— Bon matin, murmura Brady alors qu'il entrait dans la chambre.

— Oh ça, oui, acquiesça-t-elle en souriant, son regard sombre suivant son corps massif alors qu'il se retournait pour lui faire face, les mains bourrées dans ses poches.

— Est-ce que tu te joindrais à nous pour un rencard aujourd'hui ? demanda-t-il, son regard intense rivé au sien.

— Encore des boules de neige ? questionna-t-elle.

— En fait, coupai-je, on se demandait si tu voulais aller nager ?

Son regard chocolat plongea dans le mien et je dus lutter pour ne pas repousser ses mèches brunes derrière ses oreilles.

— Tu plaisantes, les lacs doivent être gelés... tout doit être vergla..., commença-t-elle.

— Pas à la cabane, il y a des sources chaudes pas loin et il y en a une bien cachée pas très loin d'ici. Et on aimerait partager ce moment avec toi.

Carmen pouffa et croisa les bras.

— Laisse-moi deviner, tu veux aller nager à poil dans ta source chaude magique.

Je ris. Elle n'avait pas tort, mais je ne la ferais pas se mettre nue si elle ne le voulait pas. En revanche, si elle acceptait de venir, Brady et moi serions nus. Les alphas allaient toujours nus aux sources chaudes, il n'y avait rien d'inhabituel à ça même si je veillais à me couvrir si Alice, Mallo ou Pen étaient présentes. Elles n'avaient pas besoin de voir à quel point j'étais mieux monté que leurs compagnons.

— Alors on y va, dis-je en la prenant dans mes bras, on va y aller en quad et passer un bon moment. Prends des vêtements de rechange, mais on a préparé le nécessaire et puis nous avons une petite surprise pour toi.

— Oh vraiment ? s'étonna-t-elle en haussant ses sourcils sombres alors qu'elle regardait Brady avec un rien de méfiance que je sentis à travers notre Lien.

Elle n'était pas certaine que ce serait une bonne surprise à en juger par ce qui s'était passé les jours précédents. Brady s'approcha d'elle, caressant ses pommettes saillantes du revers de sa main alors qu'elle entrouvrait les lèvres.

— J'ai hâte de partager ça avec toi, Carmen. Vraiment.

Elle acquiesça brièvement, incapable de ne pas se blottir contre sa main avant de me regarder, et je ne résistais pas à l'envie de m'avancer et passer mes mains sur ses courbes généreuses et la serrer contre moi. Ses longues jambes enveloppèrent ma taille et elle posa ses lèvres non loin des miennes, l'extrémité de nos nez se touchant. Brady se pencha en avant et embrassa son cou et elle fut prise en sandwich entre nous. Un frisson l'envahit partout lorsque Brady lécha délicatement la peau derrière son oreille, repoussant ses cheveux sur le côté pour gagner un meilleur accès à sa peau dorée.

— Filons d'ici, Connor, je ne peux pas me concentrer sur autre chose, aboya-t-il.

Dans mes bras, Carmen rit et enfouit son visage sur mon torse, sa respiration irrégulière. Derrière nous, Brady traversa la pièce au pas de charge et ouvrit la porte. Elle ronronnait pratiquement jusqu'à ce que l'on arrive dehors et qu'elle voit le panier de pique-nique sur le siège du quad. La joie illumina tout notre Lien et on ressentait aussi sa satisfaction ainsi que son excitation.

J'absorbais ses émotions, me délectant de son bonheur. Ce jour-là, nous allions la titiller, la nourrir et déployer tout notre talent d'alpha et nous l'espérions bien, passer un très bon moment. Précautionneusement, je déposais Carmen à l'avant du quad, Brady s'installa derrière moi et nous enveloppa Carmen et moi dans une même étreinte. La main possessive qu'il posa sur sa cuisse, l'agrippant avec force avant de remonter un peu plus haut, la faisant se trémousser contre mon torse, ne m'échappa pas.

Il fallait environ un quart d'heure pour se frayer un chemin dans la forêt dense enneigée jusqu'à la source chaude et Brady se frotta contre moi tout du long, frôlant constamment Carmen du bout des doigts comme s'il ne pouvait pas s'en empêcher. Ça m'excitait parce que malgré ses réserves initiales il semblait être incapable d'arrêter de la toucher après ce que nous avions fait la veille au soir.

Nous nous garâmes et Brady descendit le premier, prenant délicatement Carmen dans ses bras.

— Connor et moi avons trouvé cette source chaude un jour où nous cherchions un endroit où être tranquilles, c'est un endroit parfait et d'ordinaire nos frères ne s'aventurent pas aussi loin, ils n'en ont pas besoin. Nous sommes impatients de pouvoir partager ça avec toi, dit-il.

— Nous sommes plutôt impatients de te jeter à l'eau, voilà ce qu'il veut dire, plaisantai-je en lui tapotant le nez et me préparant à la taquiner à fond.

CHAPITRE QUARANTE-DEUX

carmen

Devant moi, Connor souriait machiavéliquement et fit un clin d'œil à Brady. Il retira son tee-shirt toujours tout sourire. Ses pectoraux se contractèrent alors qu'il laissait retomber le vêtement par terre et je réprimais un grognement. C'était absolument indécent pour un homme d'avoir un torse comme celui-ci et des abdos si bien dessinés que je pouvais les compter.

Je me laissais sourire. C'est agréable. Je n'avais pas autant souri depuis ces cinq dernières années, mais ces alphas me faisaient sourire même quand il m'arrivait d'être un peu d'humeur morose.

— Tu n'es pas obligée de te déshabiller, fit Connor sur un ton traînant alors qu'il ouvrait sa braguette, mais je ne suis pas particulièrement fan des vêtements humides en hiver. Si tu veux te déshabiller, je te promets d'être un gentleman et je détournerai le regard.

Pff !

— Mais combien de temps ? grommelai-je, parce que dès que je serai dans l'eau tu verras tout.

Ce n'est que pour plaisanter que je protestais parce que

Dieu seul savait combien j'avais envie d'eux et ils avaient envie de moi, nous en étions tous les trois très conscients.

— Je ne vais pas te mentir, Carmen, nuança-t-il ses propos, j'ai envie de tout voir, désespérément, parce que jusqu'à présent, on s'est beaucoup titillés, on s'est bien amusés, mais je ne t'ai jamais vue entièrement nue. Mais je ne suis pas un connard alors quand tu me dévoileras ton corps sublime pour la première fois, je veux que cela soit ton choix. Je veux te voir te délecter de l'effet que tu me fais.

Je sentis mes tétons pointer à son ton assuré et chargé de promesses. J'avais toujours du mal à croire que ce colosse sublime, généreux avait envie de moi, et ce même si nous étions liés et que je pouvais le sentir à travers notre Lien.

Il n'attendit pas que je réponde et d'un mouvement souple des hanches, il fit glisser son jean le long de ses cuisses et ses mollets musclés et le vêtement tomba sur le rocher. Il ne portait rien sous son pantalon et il était ainsi tout à fait nu devant moi.

À côté de moi, Brady poussa un grognement appréciateur alors qu'il contemplait Connor dans toute sa nudité. Je tendis la main et fis courir le bout de mes doigts sur la lèvre inférieure de Brady, glapissant lorsqu'il me mordit avec force. Je me perdis un instant dans ma rêverie en pensant à combien ils étaient différents l'un de l'autre : quand Connor était attentif et délicat avec moi, Brady était un déchaînement de chaleur incontrôlé et sauvage.

Me tournant à nouveau vers Connor, je laissais mon regard vagabonder sur son torse large incroyable, son ventre plat et ses abdos parfaitement dessinés puis je descendis encore... plus bas... Je n'avais jamais vu un membre aussi gros, mais je n'en avais pas vu beaucoup non plus. Épais et long et... avec un piercing à l'extrémité. *Juste comme dans la vision.*

Oh bordel ! Je ne savais même pas quoi en faire.

Lorsque mes yeux s'y posèrent, je vis son membre devenir visiblement plus dur, s'allongeant jusqu'à pointer directement vers moi, énorme et alléchant. Je me sentis saliver et je peinais à respirer correctement.

Connor rit lorsque j'ouvris grand les yeux.

— Je ne peux pas empêcher mon corps de réagir en ta présence, je vais aller immédiatement dans l'eau pour ne pas t'obliger à regarder *ça*, fit-il en désignant le monstre logé entre ses cuisses.

Se retournant, Connor se baissa et se glissa dans l'eau, m'offrant une vue incroyable sur son dos musclé et son cul parfaitement rond, tout droit sorti d'un rêve. Les vrais hommes ne ressemblaient pas à ça, ne se comportaient pas ainsi, du moins pas dans mon expérience. Mais lui, oui, et pas à pas, mes dernières réserves s'envolèrent. Il y avait des limites à ce que l'on pouvait accepter et j'avais atteint les miennes.

Si je regardais au plus profond de mon âme, j'étais consciente que tout ce que je voulais était de la quiétude, du confort et de la sécurité auprès de quelqu'un qui aimerait tout de moi, mais je n'avais jamais vécu ça en vrai, je n'avais jamais connu quelqu'un qui l'ait vécu. Cela semblait tellement irréel de croire que l'amour tel que je l'avais vu uniquement dans des films puisse m'arriver.

En soupirant, je me glissais hors des bras de Brady et retirai mon tee-shirt, derrière moi, il siffla et recula pour enlever le sien également avant de se coller de nouveau contre moi, sa peau était en feu, me réchauffant par derrière.

— Oméga, fit-il, et ce d'un ton si impérieux que chaque fois j'aurais juré sentir sa bouche contre mon clitoris, tirant, mordillant, titillant.

C'était étrange, mais c'était le premier plaisir que j'éprouvais depuis des années et égoïstement, je ne voulais pas que ça s'arrête. Brady excité était absolument irrésistible. Mon esprit dévia vers l'envie explosive qu'il m'avait envoyée la veille à travers notre Lien et mes joues s'embrasèrent.

Je laissais glisser le reste de mes vêtements, les repliaient et les déposaient sur un rocher puis, je me glissai rapidement dans l'eau derrière Connor. La source était profonde, mes orteils touchant à peine le fond sableux, mais Connor me dominait toujours de toute sa hauteur.

— Rejoins-nous ! ordonna Connor avec une certaine douceur, me regardant puis regardant Brady.

Mon cœur fit un salto et s'affola lorsque Brady bondit depuis un rocher et se glissa dans l'eau brûlante en poussant un sifflement ravi. Il se mouvait gracieusement comme une panthère. Il était presque aisé de croire que ces hommes pouvaient se transformer en animaux lorsque l'on voyait la grâce avec laquelle il se déplaçait.

Connor admira Brady dans l'eau un instant avant de reculer d'un pas et de s'adosser contre les pierres en s'enfonçant légèrement dans l'eau, fermant les yeux, ses cils pâles caressant ses joues. De beaux cils longs et s'il me sentit peut-être l'observer, il n'en dit rien, assis sans un mot en face de moi.

Je me forçais à me détendre, membre à membre. Nous n'avions jamais été totalement nus ensemble auparavant, mais c'était un jeu dangereux, parce que pour moi la nudité impliquait... autre chose. Pour moi, c'était une invitation à faire quelque chose de sexuel et après la nuit passée, il était évident à mes yeux que nous en avions tous les trois désespérément envie. J'étais aussi excitée que craintive.

Ce bain dans une source chaude aurait dû nous détendre, mais au lieu de ça, la tension était à couper au couteau. Les deux alphas étaient prêts à bondir à tout moment et je l'étais absolument à participer. Les regardant tour à tour, je souris. L'eau était incroyable, Connor restant en face de moi immobile et silencieux. Prudemment, je m'enfonçais dans l'eau jusqu'aux épaules que je massais en petits mouvements circulaires et la chaleur faisait un bien fou à mes muscles douloureux en particulier mon genou. Je laissais échapper un soupir de plaisir alors que Brady traversait le bassin à ma rencontre, me prenant dans ses bras et nous ramenant vers Connor.

Je couinai lorsqu'il me poussa contre le torse de Connor, passant mes jambes autour de sa taille, il passa sa main dans mes cheveux et retira l'élastique qui les retenaient, mes boucles brunes cascadèrent sur mes épaules jusqu'au milieu de mon dos et il passa sa main dedans pour défaire le plus gros des nœuds, me faisant gémir de plaisir.

— Tes cheveux sont tellement beaux, murmura-t-il, ses hanches butant contre les miennes.

— Mes cheveux sont vraiment casse-pieds, peut-être que je les couperai, plaisantai-je parce ce que j'avais besoin de briser la tension dans son regard, un regard qui avait fait durcir mes tétons et contracter tout mon bas-ventre.

— Jamais, fit Brady en riant, ne fais jamais une chose pareille, laisse ces beaux cheveux être libre, ils sont vraiment incroyables, j'ai vraiment envie de tirer dessus, les empoigner pendant que je te baise.

Oh, mon Dieu, il avait dit *à haute et intelligible voix* qu'il voulait me baiser. C'était... nouveau. Que devais-je répondre à ça ? C'était ce qu'il ressentait après notre connexion de la veille au soir ? Était-il prêt pour ça ? Le regardant à la dérobée, je souris.

— Si belle, murmura Connor derrière moi, passant mes cheveux dans mon dos et les ramenant sur mon épaule.

J'étais mise à nue, mon cou et mon épaule dénudés devant eux. Sans réfléchir, j'appuyais ma tête contre le torse de Connor, dévoilant mon cou à Brady, laissant mes cheveux entre nous et à travers notre Lien, je sentais le besoin pour Brady que je me soumette, la façon dont cela l'excitait et qu'il commençait à s'échauffer au point de pratiquement bouillir.

Un frisson ébranla sa carcasse musclée, faisant courir un frisson jumeau le long de mes bras et de mes jambes. C'était si... bon, très doux, massif et rassurant, mais plus encore, j'étais liée à des hommes pour la première fois depuis des années et l'étincelle chaude du désir commençait à ranimer les braises de mon cœur. Depuis des années, c'était la première fois que je me retrouve à proximité d'un homme par choix. Je n'étais sortie avec personne, je n'avais rien fait d'autre que d'essayer de faire mon possible pour rester en vie.

Connor derrière moi était complètement figé, son torse se soulevant régulièrement alors que je me collais plus près de lui. Les désirs de mon corps semblaient avoir pris le dessus sur mon cerveau dans le petit monde où nous étions entrés, mes pensées déviant vers la vision de Samson et la session de masturbation furieuse qui avait immédiatement suivi.

Le grand alpha derrière moi grogna, un grognement si avide qu'il m'alla directement au plus intime, m'illuminant alors que je grognais à mon tour, un grognement plus doux. Douloureusement lentement, Brady s'avança jusqu'à ce que le bout de son nez effleure mon cou, me faisant frissonner. Mes réactions étaient si fortes avec ces deux-là, je voulais tout ressentir avec chaque centimètre carré de mon être. Je risquais sérieusement de perdre la tête et mon cœur d'un seul coup, mais j'étais trop excitée pour m'en inquiéter. Mon besoin ordinaire de rester méfiante et sur mes gardes disparaissait.

Mais ensuite, je sentis des lèvres âpres et chaudes se poser sur mon cou juste sous mon oreille et je glapis de plaisir tout en m'arc-boutant contre le torse de Connor alors qu'un bras énorme m'enserrait, des doigts étalés sur mon ventre. J'étais prise en sandwich entre deux alphas et à ce moment-là, à cet exact moment, je ne pouvais pas m'imaginer à un autre endroit que celui-ci.

— Plus, murmurai-je entre nous alors que la bouche de Brady restait en suspens au-dessus de ma peau, m'aguichant. Un ronronnement grave montant de sa poitrine vibrait à travers mon dos alors que ses doigts effleuraient le dessous de mes seins. Je poussais un petit cri, le son faisant écho sur les rochers alors que Connor sifflait. Mon cœur s'emballa follement à la façon dont je venais juste de donner un ordre à un alpha et la manière qu'avaient eue ses yeux sombres de se poser de manière si possessive sur ma bouche.

— Tu veux être aux commandes, petite oméga ? me demanda Brady en mordillant mon menton.

Le voulais-je ? Je ne savais pas, mais l'idée que Brady prenne le contrôle et fasse tout ce qu'il voulait, c'était sacrément chaud bouillant.

— Mais *toi*, que veux-tu, Brady, rétorquai-je en grognant à mon tour, le faisant sourire, ce qui fit apparaître ses fossettes.

— Je veux te sentir, je veux te sentir te rompre contre ma queue. Pour être honnête, j'aimerais te malmener. J'ai besoin de toi, Carmen. Sans gentillesse, sans délicatesse. J'ai besoin de toi comme on a besoin d'air. Je veux te consumer, petite oméga.

Mes tétons durcirent de plus belle et Brady grogna, sifflant au moment où ils glissèrent contre sa peau tiède, les poils de son torse me chatouillant jusqu'à ce que mes bras et mes jambes se couvrent de frissons. Brady leva sa main, fit courir le bout de ses doigts sur ma lèvre inférieure qu'il contempla.

— Tes lèvres sont si belles, si pleines, ce serait mentir si je n'avouais pas avoir rêvé à tes lèvres sur ma queue l'autre nuit...

Je glapis alors que ses doigts descendaient sur mon menton puis le long de mon cou avant de passer autour de ma gorge. La chaleur m'envahit au plus intime, embrasant ma peau alors qu'il penchait la tête sur le côté pour ajuster ses lèvres contre les miennes. Il glissa délicatement sa langue dans ma bouche et j'en suçotai l'extrémité, voulant désespérément plus de lui alors qu'il resserrait la prise de sa main sur ma gorge et le sifflement qu'il émit en retour rompit quelque chose en moi et je répondis à son baiser avec plus de force, l'implorant d'en faire plus. Son regard chocolat croisa le mien tandis qu'il mordillait ma lèvre inférieure.

— J'ai envie de toi, Carmen, je te veux.

Bordel, c'était un sacré aveu de sa part. Derrière moi, Connor était toujours immobile, mais je sentis la tension de son corps massif alors qu'il inspirait et expirait, complètement absorbé par ce que venait de dire Brady et cela me donnait envie de me donner en spectacle pour lui.

— J'en veux plus, oméga, grogna Brady, ses lèvres juste au-dessus des miennes alors que je tentais désespérément de reprendre mon souffle.

Tout mon corps s'embrasait sous l'intensité de son regard.

— Je t'ai choisi, Carmen, murmura-t-il contre mes lèvres, saisissant entre ses dents ma lèvre inférieure, ce qui me procura un mélange intense de plaisir et de douleur.

Je voulais hurler tant les sensations que me procurait Brady étaient délicieuses, mais de sentir le torse de Connor se soulever derrière moi me rendait folle de désir.

— Me choisiras-tu toi aussi ? m'aiguillonna Brady en continuant de titiller mon menton et ma mâchoire.

— Plutôt difficile de s'en empêcher quand tu fais ça, répondis-je.

— Alors, choisis-moi plus tard, mais laisse-moi vénérer ton corps dans l'immédiat, rétorqua-t-il, ses dents sur mes lèvres.

— Marché conclu, acquiesçai-je alors que Brady ronronnait de plaisir et un instant durant, sa bouche resta en suspend au-dessus des miennes puis mon alpha se déchaîna sur moi, ses lèvres dévorantes, vite, fort, me marquant tant il était intense.

Nous n'étions plus qu'une tempête de lèvres et de dents, ses mains parcourant mon dos, m'écrasant si fort contre son torse que je crus que j'allais me rompre. Mais rien en moi ne s'en souciait alors qu'il regardait Connor par-dessus mon épaule.

— Je veux vous regarder baiser, fit Connor, sa voix tranchant l'air, mes tétons se contractant à son ton d'alpha impérieux.

Devant moi, Brady agrippa une pleine poignée de mes cheveux et me tira à lui dans ses bras. Il était tout sauf tendre, tirant ma tête en arrière avec force, mordant mon cou, le sang perlant à la surface de ma peau, lui léchant en grognant. Tout mon être s'enflammait, je haletai, incapable de bouger d'un centimètre lorsque des lèvres douces se posèrent sur mes seins, embrassant et mordant et lorsque que Brady passa sa main sur ma poitrine, ses griffes labourant ma poitrine, je criais sous l'effet des sensations conflictuelles. Ses griffes et sa langue étaient partout, me blessant et m'apaisant tout à la fois. À travers notre Lien, je lisais la stupéfaction de Connor et son intérêt à se mêler jusqu'à ce qu'il soit sur le point d'exploser.

— Appuis-toi sur le bord, Connor, pressa Brady et celui-ci monta sur le rebord en pierre du bassin.

— Occupe-toi de lui, exigea-t-il me jetant sans ménagement dans les bras de son compagnon.

Dès l'instant où Connor m'attrapa, Brady s'assit sur le bord du bassin à côté de moi, me mordant avec force tout le long du dos, j'ondulais des hanches, et en dessous, Connor récupéra son tee-shirt qu'il avait jeté au loin et le roula pour en faire un bandeau qu'il me passa sur les yeux de façon que je ne voie plus rien.

— Je veux te voir te perdre dans les sensations, ronronna-t-il alors que Brady continuait de mordre mon dos et tout ce que je pouvais faire, c'était de m'agripper à Connor comme si ma vie en dépendait lorsque j'entendis le bruit d'une claque résonner dans le bassin.

La grande main de Brady s'était abattue avec tant de force sur mes fesses que les larmes me montèrent aux yeux, mais l'instant d'après, il frottait et caressait ma peau avec douceur, glissant ses doigts entre mes cuisses. De l'autre main, il faisait courir ses griffes sur mon dos, grognant alors que je sifflais et ruais, incapable de faire autre chose que de me laisser envahir par la variété incroyable des sensations qui prenaient mon corps d'assaut. Une douleur incisive et mordante, un plaisir tranchant alors que l'orgasme montait, montait et que la chaleur se répandait en moi depuis mon entrejambe.

Brady me mit une nouvelle fessée, me faisant glapir à nouveau dans les bras de Connor jusqu'au moment où il fut tellement remonté et moi si avide que nous étions tous les deux sur le point d'exploser.

— Je veux qu'elle te chevauche pendant que je la prends par-derrière, ordonna Connor à Brady.

— Est-ce que ça te plairait, petite oméga ? me demanda-t-il, sa voix rauque au creux de mon oreille alors qu'il retirait le tee-shirt qui couvrait mes yeux et que je croisais son regard bleu, plein de défi.

— Je n'ai jamais fait ça, couinai-je alors que Brady m'éloignait de Connor en douceur.

Connor glissa du rocher et s'enfonça dans l'eau, ne me quittant jamais du regard alors que Brady s'installait à sa place, me faisant grimper sur son corps massif qui était si chaud et si dur que j'étais toujours excitée, mon fluide enduisant son ventre, le faisant sourire diaboliquement.

— On est là, Carmen, dit-il avec confiance, me tirant en avant jusqu'à ce que nos nez se touchent.

Penchant la tête sur le côté, il mordit ma lèvre inférieure alors que ma poitrine se soulevait péniblement contre sa peau tiède. J'étais toujours partiellement immergée, exposée aux regards de Connor alors que Brady se redressait, en appui sur ses coudes, me titillant alors que nous attendions que Connor commence. Toutes mes terminaisons nerveuses criaient d'anticipation alors que je l'entendais se mouvoir dans l'eau chaude derrière moi.

Il se posta entre mes jambes, embrassant délicatement ma chute de reins alors qu'il passait ses grandes mains sur l'arrière de mes cuisses.

— Dis-nous si ta jambe te fait mal, chérie, d'accord, insista-t-il avant de m'ordonner de l'embrasser à nouveau.

Mon grand alpha grogna avant d'enfouir sa tête entre mes cuisses, sa langue glissant sur moi, me faisant glapir. Ce fut sans douceur et avec une grande maîtrise qu'il utilisa sa langue, alternant des lentes caresses, encerclant mon clitoris puis suçotant ma peau tandis que je perdais peu à peu la tête.

Brady sourit contre ma bouche alors qu'il continuait de mordiller et m'embrasser, me prenant complètement de court. Je n'avais jamais reçu autant... d'attentions, et j'étais incapable de me concentrer. Le fluide coulait à flots alors que Connor me léchait et me titillait jusqu'au moment où sa langue se volatilisa et que je sentis Brady tressauter sous l'effet de la surprise. Je n'eus pas besoin de regarder pour savoir que la bouche de Connor s'était posée sur la queue de Brady, le prenant jusqu'à la garde et en basculant en arrière, je sentis Connor presser l'extrémité du membre de Brady contre moi alors qu'il le léchait sur toute sa longueur avant de revenir à mon clitoris. Je parvenais à peine à me rendre compte du plaisir que j'éprouvais alors que je voyais sortir les griffes de Brady et labourer les rochers devant moi.

— Tu es prête, Carmen, ordonna Connor alors qu'il relevait mes hanches, alignant la queue de Brady avec mon entrée.

Ses grandes mains m'empalèrent centimètre par centimètre, mon sexe se contractant tant il était gros. La façon dont Brady haleta en me pénétrant fit crépiter des étincelles le long de mon échine. Je hurlais tant j'étais emplie, mais j'étais si trempée qu'il glissait en moi sans problème. Il était si incroyablement épais que je peinais à respirer sous la pression jusqu'à ce que Brady se mette à grogner, son regard intense alors qu'il posait ses deux mains sur mes hanches et se mettait à bouger vite et fort. Cet alpha-là n'était pas délicat et je ne voulais pas qu'il le soit, fus-je surprise de m'en rendre compte. Je voulais ses griffes, ses dents, ses morsures...

— Bouge, oméga ! ordonna-t-il alors que j'ondulais du bassin à la rencontre du sien, me délectant de la façon dont il frottait contre tout en moi.

Je n'avais jamais su que le sexe pouvait être ainsi, il pouvait provoquer un plaisir tellement insoutenable que je ne voulais pas arrêter en ayant en même temps hâte de jouir. Ce que j'avais vécu la veille au soir n'avait été qu'un tout petit avant-goût de la chose en comparaison avec cette version de Brady, cette version qui ne se concentrait que sur le fait de me baiser jusqu'à ce que je perde complètement la tête.

Ses hanches se mouvaient en rythme, ses yeux ne quittant jamais les miens.

— Foutrement parfaite, oméga, sois une gentille fille et jouis fort et vite pour moi !

Ses obscénités se frayèrent un chemin jusqu'à mon bas-ventre alors qu'il me pilonnait par en dessous et tout ce que je pouvais faire c'était m'accrocher alors qu'il me procurait un plaisir incroyable, Connor haletant doucement derrière nous.

Notre alpha récupéra du fluide qui se déversait toujours hors de moi et s'en servit sur Brady. Je ne pouvais pas voir qui, mais chaque fois que le bras de Connor se mouvait derrière moi, je voyais Brady refermer les yeux et gémir, ce qui m'enflammait de plus belle en le voyant perdre pied, ses abdos se contractant sous mes cuisses. Les mains toujours enduites de fluide de Connor remontèrent le long de mon dos et il me poussa en avant contre le torse de Brady.

— Appuis-toi sur lui, oméga, et arrête de bouger juste un instant, fit-il d'une voix impérieuse et à la dureté de l'acier.

Ses grands doigts firent des petits cercles sur mon intimité avant de rentrer doucement, me laissant me détendre jusqu'à ce qu'il puisse glisser sans problème deux doigts en moi qu'il faisait entrer et sortir et je me contractais sur lui encore et encore alors qu'il laissait échapper une bordée de jurons colorés.

— Elle est tout près, Connor et je suis pas loin, fais ce que tu as à faire, mais bordel, dépêche-toi ! implora Brady, la voix déchirée par l'envie alors que Connor s'installait derrière moi, l'extrémité de sa queue pressant contre mes fesses.

Il s'avança et commença à se glisser en moi, caressant mon dos pour m'apaiser alors que je me démenais, mon corps protestant contre l'intrusion brusque alors que Brady criait et s'échinait lui aussi.

— Oh, bon Dieu, Connor, je peux te sentir, oh bordel, plus, j'en veux plus, implora-t-il de plus belle alors que Connor se glissait de plus en plus profondément en moi jusqu'à entrer jusqu'à la garde. Brady me regarda droit dans les yeux.

— Parle-moi, oméga, est-ce que ça va ?

J'étais prise en étau entre les deux alphas, incapable de me mouvoir alors que je suppliais mon corps de s'ajuster, mon sexe se contractant désespérément alors que Connor grognait.

— Bouge, alpha, bordel, bouge s'il te plaît, le suppliai-je alors que je croisais le regard de Brady et ses lèvres s'ourlèrent en un rictus, mais il ne détourna pas le regard alors qu'ils se retiraient tous les deux en douceur.

— Plus ! m'échappa avant que je ne me rende compte de ce que j'avais dit.

Brady rugit et Connor rentra à nouveau d'un coup, secouant ma poitrine contre le visage de Brady et j'étais si perdue dans toute cette expérience que tout ce que je pouvais faire, c'était m'accrocher alors qu'ils trouvaient un rythme pour se retrouver tous les deux en moi, un coup de reins après l'autre jusqu'au moment où tout mon corps se contracta et s'ébranla et je tombais dans l'abîme du plaisir en poussant un cri étouffé qui ne semblait jamais vouloir finir. Peu après, Brady me suivit en rugissant mon nom et Connor hurla derrière moi, continuant ses va-et-vient avec une intensité si féroce que j'étais persuadée que j'allais avoir des bleus le lendemain. Et après que nous étions tous revenus de ce plaisir aussi intense, je ne savais pas ce qui allait me rester en dehors d'un cœur empli d'amour pour deux alphas.

brady

Nous nous envoyâmes en l'air avec Carmen des heures durant, jusqu'à ce qu'elle soit courbaturée, satisfaite et affamée. Et ensuite, nous l'aguichâmes avec la nourriture, la regardant lécher sur nos doigts le jus des fruits que nous avions amenés.

Je n'avais jamais expérimenté quelque chose de comparable à ce que nous avions fait ce matin, c'était vraiment un autre monde. Parce que cela faisait appel à une partie de moi que je ne laissais jamais totalement apparaître devant Connor. J'avais sacrément malmené Carmen et elle avait rendu coup pour coup. C'était parce qu'elle m'appartenait, mais je m'en étais complètement rendu compte la veille au soir lorsqu'elle m'avait donné de l'espace. Je m'étais réveillé ce matin-là prêt à la choisir et lui demander de me choisir. Je m'étais réveillé en ayant l'esprit tout à fait clair et j'étais certain de mon choix.

C'était un soulagement quelque part parce que ça voulait dire qu'elle m'excitait au lieu de m'inquiéter de ce que cela allait dire pour notre relation à Connor et moi. Parce que lui et moi, c'était parfait. Notre Lien était plus fort que jamais, brillant, scintillant, empli de désir et d'amour. La veille au soir, notre oméga nous avait offert du temps et de l'espace pour nous retrouver et à présent, mes émotions étaient stables et j'étais apaisé.

Après avoir passé plusieurs heures à la vénérer, nous finîmes par ranger et nous rentrâmes au Complexe. Carmen était fatiguée et complètement détendue après de nombreux orgasmes. Je n'avais jamais été aussi heureux ou fier de toute mon existence. Lorsque Connor l'avait prise tandis qu'elle me chevauchait, quelque chose s'était déchaîné dans mon esprit. Quelque chose de sombre qui exigeait de moi que je prenne davantage d'elle. Elle me défiait, repoussait les limites de ma domination et se délectait quand cela me faisait perdre la tête.

Ce que j'avais envie de lui faire m'effrayait. J'avais à peine commencé, mais le côté violent de mes pulsions sexuelles se faisait voir plus souvent depuis que je passais plus de temps à ses côtés. C'était un besoin profondément enraciné de la dominer sexuellement. En l'étranglant, la fessant, la malmenant, en prenant mon dû. Je voulais faire ça avec elle, ce qui m'avait initialement beaucoup étonné, mais qui à présent m'enchantait tout à fait.

La veille, elle et moi avions parlé du concept de choix, et j'avais fait le mien. J'étais prêt pour elle alors qu'il me fallait à présent faire de mon mieux pour lui prouver que j'étais l'homme dont elle avait besoin pour qu'elle me choisisse aussi. Et pas juste pour la partie de jambes en l'air sympathique aux sources chaudes même si ça m'avait beaucoup plu. Mais choisir de rester avec Connor et moi, d'être irrévocablement nôtre.

Je bordai Carmen dans son lit, elle somnolait déjà après notre matinée bien occupée, et ensuite Connor et moi descendîmes à la cuisine, Griz nous accostant alors que l'on arrivait au mess.

— Tyler est là avec le guérisseur et l'esprit de sa meute, vous êtes prêts tous les deux ?

Connor et moi échangeâmes un regard, mais je ne parvenais pas à trouver les mots. Étais-je prêt à regarder notre meute torturer un autre alpha pour essayer d'obtenir de lui des informations ? Pas vraiment. Mais la nature protectrice présente dans tous les alphas me poussait aussi à faire le nécessaire pour garder ma famille en sécurité. Je me souvins à quel point j'avais été terrifié à l'idée de perdre Connor durant le raid et à présent, mes pensées se portaient aussi vers Carmen qui dormait profondément à l'étage.

Un besoin féroce de protéger et défendre mon compagnon et ma compagne m'ébranla de toutes parts. Je ne laisserais personne faire de mal à Carmen.

Mitchell contourna son bureau et nous présenta à l'alpha que nous n'avions pas encore rencontré.

— Vous connaissez déjà Arlo, mais voici Zeke, l'esprit de leur meute. Messieurs, voici Connor et Brady.

Les alphas nous saluèrent d'un hochement de tête et l'un d'eux la pencha sur le côté.

— Vous n'êtes pas complètement connectés à vos pouvoirs ? s'enquit-il avec douceur, sans jugement, alors qu'il nous regardait tour à tour, Connor et moi.

— Brady parvient à guérir un petit peu, mais je n'ai rien développé pour l'instant, fit Connor, me sauvant la mise.

Arlo s'avança, posa sa paume sur le front de Connor et ferma les yeux. Durant une longue minute, il resta silencieux et Connor ne bougea pas tant qu'Arlo ne se fut pas reculé et il secoua la tête.

— Ta blessure est grave, je sens que je ne peux pas la guérir davantage, mais je ne suis pas certain qu'un guérisseur plus expérimenté y arrive mieux. Je suis désolé, mon frère.

Perplexe, Zeke s'avança et haussa les sourcils.

— Tu ne vois pas encore les âmes-animales ?

Connor fit signe que non, soutenant son regard.

— On a déjà eu la surprise de trouver notre oméga et il nous faut du temps pour s'habituer au concept, j'espère que le pouvoir viendra...

— Il pourrait très bien ne pas venir tant que vous n'aurez pas marqué votre oméga, gloussa Arlo.

— On y travaille, on peut pas se précipiter pour ces choses-là, fit Connor sur un ton cassant.

Arlo rit de plus belle et se tourna Zeke.

— Je ne sais pas pourquoi vous ne vous précipiteriez pas tête la première parce que c'est sacrément chaud bouillant d'être doublement-lié, du sexe toute la journée, les bras, les jambes, les membres enchevêtrés. Les omégas canalisent les pouvoirs des alphas jusqu'à ce qu'elles finissent par développer les leurs, alors vous serez plus forts grâce à elle !

— Attends, fit Mitchell, l'air perplexe, est-ce que tu viens de dire que les omégas peuvent développer des pouvoirs ?

— Oui, on l'a appris grâce à d'autres meutes : leurs omégas développent des pouvoirs, mais il semble qu'il faut atteindre une masse critique avant qu'elles arrivent à pouvoir les utiliser. Il ne suffit pas d'être liés. Nous avons six omégas à présent et elles commencent tout juste à développer des pouvoirs inté-ressants.

— Bordel, grogna Mitchell en levant les yeux au ciel comme s'il se demandait ce qui allait encore nous tomber dessus.

Tyler traversa lentement le bureau et claqua Mitchell dans le dos, son regard sincère alors qu'il cherchait a croisé celui de mon alpha.

— Je ne suis pas au courant de tout, Mitchell, mais je t'apprendrai tout ce que je sais pour que tu puisses garder ta famille en sécurité.

Mitchell acquiesça, mais je ne fus pas surpris de voir à quel point il paraissait sous le choc. Nous avions appris tant de choses sur les alphas, les omégas et les pouvoirs ces dernières semaines après avoir passé des années à voler à l'aveugle. Cela devait l'ulcérer de voir qu'un autre alpha semblait en savoir beaucoup plus et j'étais décidé à évoquer le sujet avec lui plus tard, en particulier après ses aveux concernant les difficultés d'Alice.

Griz ouvrit la porte du bureau.

— Finissons-en avec ça, d'accord ?

Je grimaçai, nous sortîmes du bureau puis de la maison, nous enfonçant dans les bois. Mitchell ouvrait la voie jusqu'à ce que nous arrivions devant un petit bunker que j'avais déjà remarqué auparavant, mais je ne m'étais jamais demandé ce que c'était. Dans tous les cas, la porte était équipée d'un digicode alors je m'étais toujours dit que ça devait être un espace privé pour Mitchell, ou peut-être Ansel, notre frère versé dans la technologie.

— Pourquoi as-tu un bunker ? demandai-je sur un ton cassant parce que ça me faisait horreur.

Mon alpha de meute grimaça et se tourna vers moi.

— Au début, quand il n'y avait que Griz et moi, on se faisait souvent attaquer par d'autres alphas alors on l'a construit pour avoir un abri à plus ou moins long terme, mais dès qu'on en a eu plus besoin, on l'a transformé. On espérait n'avoir jamais besoin d'une prison, mais on voulait être prêts si cela s'avérait nécessaire.

Je frémis en l'entendant expliquer. Je ne pouvais pas imaginer mon alpha et mon stratège avoir à se cacher de qui que ce soit, mais les alphas solitaires étaient plus en danger que ceux en meute comme nous l'étions. Mitchell tapota un code et nous plongeâmes dans l'obscurité qui se dissipa après qu'il eut appuyé sur un interrupteur, la pièce éclairée par des néons qui clignotèrent avant de s'allumer pour de bon. Devant nous, une baie vitrée et derrière des cellules individuelles où se trouvaient les alphas de la meute qui nous avait attaquées quelque temps auparavant.

Les deux alphas de l'ancienne meute d'Arkan étaient avachis lamentablement dans leurs cellules, mais la femelle qui venait des Forces opérationnelles faisait les cent pas furieusement en secouant la tête. Elle avait l'air... déchaînée. Je ne l'avais pas vue la nuit du raid, mais j'avais aidé à capturer les deux autres.

Connor se rapprocha de moi et Mitchell s'installa au centre de la pièce. Ce devait être du verre sans teint parce qu'aucun alpha ne releva la tête.

— Comment on va procéder ? demanda Mitchell à Tyler qui se tourna vers Zeke et Arlo et nous nous installâmes tous autour d'une table.

— Les alphas ne cèdent pas à la pression ordinaire et c'est pour cette raison que les Forces opérationnelles ont tant de mal à nous récupérer. On ne peut pas torturer le corps d'un alpha pour lui tirer des informations, ils préfèrent mourir plutôt que de se soumettre. Mais si un esprit et un guérisseur travaillent ensemble, ils peuvent lui torturer l'esprit, l'âme-animale... c'est la seule façon de faire parler un alpha.

— Cela aurait été vraiment cool de le savoir il y a quelques jours, marmonna Mitchell.

— Si tu avais essayé de me tirer des chaleurs de mon oméga pour torturer ces connards, je t'aurais tué, fit Arlo d'un ton léger. Comme les voyants, les pouvoirs de l'esprit et guérisseur sont liés à la lune et canalisés à travers le sexe avec ton oméga. C'est elle qui nous donne l'énergie, comme une pile et sans rapports réguliers, nos pouvoirs finiraient par se dissiper.

Mitchell plissa les lèvres, mais fit signe à Arlo de poursuivre.

— On va commencer par les alphas de la meute souterraine, ce sera plus simple parce que les Forces opérationnelles
leur avaient collé le patch qui les contrôlait. Ils n'ont pas choisi
de nous attaquer de leur plein gré. Avant ça, la meute tenait
déjà à peine le coup, mais la femelle... la femelle, c'est... différent. Je n'ai jamais entendu parler d'une autre alpha femelle,
mais elle est clairement liée parce qu'elle peut se transformer
sans patch. Il faut qu'on apprenne tout ce que l'on peut sur elle.

Zeke se tourna vers moi à ce moment-là.

— Guérisseur, tu peux me regarder faire avec le premier
alpha, mais on aura besoin que tu te concentres sur tes
pouvoirs pour le second, pour voir si tu peux les faire venir.

Je soupirai et haussai les épaules. J'avais horreur de ça.
J'étais psy, c'était ma vie d'aider les gens et torturer quelqu'un
allait à l'encontre de tous mes principes, mais comme je
voulais aussi que mes compagnons soient en sécurité, s'il
fallait en passer par là, j'allais le faire.

Zeke se tourna ensuite vers Connor.

— Connor, toi et ton compagnon, Arlo et moi devrons être
les seuls à toucher l'alpha. Je veux que tu regardes comment on
le travaille, ce que nous lui faisons et ainsi tu pourras essayer
avec l'autre.

Les yeux bleus de Connor se rivèrent aux miens et je voyais
bien qu'il était secoué, mais déterminé.

— Ouvre la voie, Zeke, confirma-t-il.

Mitchell traversa la pièce, se dirigea vers un tableau de
commande qui était monté dans le mur et composa un code.
La première cellule s'ébranla et commença à reculer hors de
notre vue jusqu'à ce qu'il n'y ait plus qu'un trou béant là où elle
s'était trouvée. Mitchell nous fit signe de le suivre alors qu'il
ouvrait une porte qui donnait sur un couloir qui contournait
les cellules et qui donnait dans une pièce qui était clairement
une salle de torture ; des chaînes étaient suspendues au

plafond et la cellule de l'alpha se trouvait à présent à l'une des extrémités de la pièce et il pouvait nous voir. Je frissonnai de toutes parts parce qu'à présent, il me regardait, moi en particulier parce que c'était l'un des connards avec lesquels je m'étais battu au moment où j'avais manqué d'arracher la tête de Connor. La colère m'envahit, incandescente et irradiante. J'aurais voulu tuer ce salaud à présent qu'il était devant moi.

Au lieu de ça, il regarda furtivement Connor.

— On dirait bien que tu vas perdre cet œil, mon frère. Ton compagnon ne t'a pas loupé !

Griz tourna la tête vers moi, lentement, implorant. Je ne me retournai pas, mais à présent, le secret était au grand jour. C'était moi qui avais fait ça à Connor. Mais mon compagnon fourra ses mains dans ses poches et se rapprocha des barreaux, regardant l'autre alpha.

— Je pourrais bien perdre l'œil, mais ce n'est pas un problème. Pourquoi es-tu venu chez nous ?

L'alpha recula jusqu'à ce qu'il bute contre la cloison de sa cellule et s'avachisse. À côté de moi, Zeke soupira et se tourna vers Griz.

— Allez chercher une corde et faites ce qu'il faut pour le sortir d'ici. Après ça, Arlo et moi, on pourra commencer.

Griz et Samson acquiescèrent et saisirent ensemble une pile de cordes, ouvrirent la cellule et malmenèrent l'alpha qu'ils amenèrent au centre de la pièce, le poussant à genoux et l'attachant étroitement.

La colère et la détermination enveloppaient mon cœur comme un linceul. Cet alpha représentait tout ce qui n'allait pas dans nos vies à ce moment-là. Nous étions exposés et en danger. Carmen et Connor étaient en danger et je ne pouvais pas laisser les choses se passer ainsi.

Arlo et Zeke s'avancèrent, Arlo passant derrière l'alpha

pour poser une main sur son dos. L'alpha se débattit, mais eut un rictus.

— Si tu crois que c'est en me tabassant que tu vas tirer des informations de moi, tu te trompes.

Zeke sourit, un beau sourire sublime, létal, furieux.

— Je n'aurai pas besoin de te tabasser pour ça, mon frère, je vais me contenter d'interroger ton loup.

Le sourire de l'alpha retomba alors qu'il se débattait, mais il était pris entre Griz et Samson, nos deux camarades de meute les plus massifs. Zeke posa sa main sur la tête de l'alpha et ferma les yeux.

— Connor, viens là et pose ta main sur la mienne, ferme tes yeux et laisse-toi ressentir. On va chercher son loup et lui parler.

Connor traversa la pièce glaciale et posa sa main sur celle de Zeke. Il semblait que c'était le moment de vérité.

CHAPITRE QUARANTE-QUATRE

connor

Je sentis un crépitement sous ma paume, comme un courant électrique qui passait de nous à l'alpha et ce dernier rit lorsque Zeke se tourna pour me regarder.

— Dans ta tête, imagine que tu es dans une forêt, et que dans celle-ci, tu peux voir cet alpha et son âme-animale. Nous allons blesser son loup, l'acculer jusqu'à ce qu'il nous dise ce que nous avons besoin de savoir, d'accord ? me demanda Zeke qui regarda l'alpha, attaché et agenouillé.

— Quand tu en auras assez, tu nous diras pourquoi les Forces opérationnelles t'ont envoyé.

L'alpha grogna, ses canines s'allongèrent et Griz et Samson resserrèrent leur prise.

— Allez-vous faire foutre vous deux ! aboya-t-il.

Zeke soupira, se tourna de nouveau vers moi avant de fermer les yeux. Je fermais les miens également et je sentis le courant entre Zeke, l'alpha et moi puis d'un coup, je voyais dans mon esprit une forêt et un immense loup gris qui gémissait, anxieux, dardant un regard vers Zeke et moi. Instinctivement, je sus que la connexion entre le loup et son alpha ne tenait qu'à un fil. D'une façon ou d'une autre, les Forces opérationnelles avaient forcé la transformation sans qu'il marque une oméga et le loup était pratiquement fou à cause de ça. Je me dis que le patch rouge devait avoir un lien avec tout ça, mais Jude et Robert continuaient leurs recherches.

Mon cœur s'affola et j'eus la chair de poule. C'était contre nature, une aberration même.

Zeke se tourna vers moi.

— Calme-toi, Connor, on va le prendre et on va le blesser jusqu'à ce que l'alpha nous donne les informations dont on a besoin.

Avant que je ne puisse dire quoi que ce soit, la forme humaine de Zeke bondit d'un rocher et atterrit sur le loup et lutta avec lui jusqu'à ce qu'il fut à terre. J'étais figé sur place durant son combat avec l'animal massif qui ne rivalisait en rien avec sa force et sa vitesse et il le cloua immédiatement au sol, ouvrant largement ses mâchoires colossales jusqu'à ce que j'entende un bruit suivi d'un hurlement de douleur qui me fit comprendre qu'il lui avait disloqué la mâchoire.

J'entendis un cri angoissé dans le lointain et ça devait être l'alpha dans la salle de torture.

— Parle ! ordonna Zeke au loup qui geignit.

Ses griffes tentant de reprendre prise sur la terre. Je sentis mes poils se dresser alors que le loup peinait et que Zeke lui ouvrait plus largement la gueule jusqu'à ce qu'il s'affaisse sur place et que sa tête retombe sur le torse de Zeke.

Zeke qui riva son regard au mien.

— L'âme-animale se soumet alors l'alpha va parler, file d'ici et dis à Griz qu'il peut commencer l'interrogatoire, je le garde en position aussi longtemps que je peux, il ne lui faudra pas longtemps avant qu'il ne se débatte à nouveau. Dis aussi à Arlo qu'il peut commencer.

Je ne compris pas un mot de tout ça, mais je clignais des

yeux une, puis deux fois : j'étais de retour dans la salle de torture et je me tournais vers Arlo en fronçant les sourcils.

— Zeke a dit que...

— J'y suis, acquiesça Arlo, fermant les yeux et faisant signe à Brady de poser sa main sur la sienne qui était posée sur le dos de l'alpha.

— Guérisseur, il faut que l'on envoie assez d'ondes de guérison au loup pour le ramener de la soumission, pour lui donner de quoi se battre pour qu'on le brise à nouveau. On va faire ça plusieurs fois, il va finir par parler.

J'étais horrifié de voir Zeke et Arlo travailler le loup encore et encore jusqu'à ce que l'alpha présent dans la pièce ne soit plus qu'un tas sanglotant et bavant. Ce fut le moment où Griz s'agenouilla devant lui, le visage sombre et crispé.

— Pourquoi es-tu venu ici ? Pourquoi nous avoir attaqués ?

L'alpha grogna comme si on lui avait mis un coup de poing. Peut-être que c'était Zeke qui lui en avait décoché un, dans sa tête.

— Les omégas. Les Forces opérationnelles veulent des omégas avérées et c'est trop difficile de kidnapper des femmes dans la rue. Pas assez se trouve être des omégas qui peuvent initier la métamorphose. C'est plus simple de trouver une oméga liée et remplacer son alpha. C'est ce qu'Arkan essayait de faire en vain. Quand vous l'avez tué, les Forces opérationnelles nous ont raflé parce que tout le monde veut la même chose : une armée d'alphas.

Mitchell laissa échapper une bordée de jurons inventifs alors que l'alpha se débattait à nouveau.

— Pourquoi ? Pourquoi en ont-ils besoin ? s'enquit Mitchell.

— Parce que les alphas avec des patchs ne sont pas aussi contrôlables qu'ils le voudraient. Quand l'effet se dissipe, on redevient nous-mêmes. Ils ont besoin d'alphas vraiment liés et loyaux, comme elle, même si c'est forcé. Ils ont besoin d'alphas liés.

Ses yeux se révulsèrent et je savais qu'il parlait de l'alpha femelle dans l'autre cellule. Tyler se tourna vers Mitchell qui se trouvait dans le coin de la pièce et ils échangèrent sans se dire un mot. Mitchell s'installa à côté de Griz, s'accroupissant devant l'alpha haletant.

— C'est moi l'alpha *ici*, tu comprends ça ?

L'alpha au sol acquiesça et ouvrit grand les yeux même si tout son corps convulsa d'un coup. Zeke devait rouer de coups son loup intérieur en même temps qu'Arlo envoyait son pouvoir de guérison. Tout ça me donnait la nausée, mais nous avions besoin d'informations pour nous garder en sécurité. J'aurais voulu qu'il y ait une autre façon de faire.

— Les Forces opérationnelles n'arrêteront jamais, dit-il, pas tant qu'ils n'auront pas une meute liée qu'ils peuvent contrôler. Ils n'arrêteront pas d'essayer de prendre vos omégas. Ils n'arrêteront jamais..., fit-il sans finir tout à fait sa phrase puis, il s'évanouit, s'avachissant par terre.

Mitchell se releva et jura alors que nous nous regardions tous, tour à tour. Lorsque mon regard croisa celui de Brady, je sus ce que je voyais là. Il avait le cœur brisé. Il désespérait. C'était exactement pour ces raisons que Carmen avait fui New York. Quand nous allions lui dire ce que nous avions appris, parce qu'elle méritait absolument de le savoir, allait-elle toujours vouloir de nous ?

CHAPITRE QUARANTE-CINQ

carmen

JE VENAIS juste de me réveiller d'une sieste lorsque je sentis une présence chaude à mes côtés. Lentement, je clignais des yeux et regardais les alentours : Connor était là, dans l'encadrement de la porte, me regardant alors que Brady franchissait le seuil à sa suite.

— Il faut qu'on te parle, Carmen, me dirent-ils

Oh mon dieu. Immédiatement, je sentis que quelque chose n'allait pas, comme si on venait de décocher une flèche venue se loger dans mes entrailles alors que Brady se dandinait, tête basse.

— Qu'est-ce qui ne va pas ? demandai-je d'une voix encore plus fluette que de coutume alors que Connor me regardait en soupirant

— On a appris pourquoi les Forces opérationnelles ont envoyé des alphas nous attaquer la semaine passée. Seulement... et on veut que tu sois au courant de tout pour que tu puisses prendre tes décisions toi-même en toute connaissance de cause.

— D'accord, acquiesçai-je, ma voix à peine plus qu'un murmure.

Ils étaient là pour m'annoncer une mauvaise nouvelle, c'était évident. Connor se rapprocha, me prit dans ses bras et s'assit sur le lit, ses lèvres cherchant les miennes dès que nous touchâmes les draps. J'ouvrais la bouche malgré ses mots, nous nous étions liés ce matin-là d'une façon telle que toute mon âme en avait été enveloppée. J'étais attachée à l'un et l'autre et j'en avais envie, mais il me semblait qu'ils étaient sur le point de m'annoncer quelque chose qui allait venir faire obstacle à cela. La panique commençait à m'envahir, son baiser était furieux et désespéré, mais lorsque nous nous séparâmes, je sentais son inquiétude à l'idée que cela puisse être le dernier baiser que nous partagions.

— Que s'est-il passé ? Qu'avez-vous appris ? les pressai-je alors que Brady nous rejoignait sur le lit. Il soupira et son regard sombre croisa le mien.

— L'un des alphas que nous avons capturés pendant le raid a admis que les Forces opérationnelles en avaient après nos omégas. Le gouvernement veut forcer tous les alphas qu'ils trouvent à devenir des métamorphes de façon à se créer une armée. Mais on ignore dans quel but.

Bordel de merde. Stupéfaite, je ne parvenais pas à trouver quoi dire tant je peinais à assimiler ce que venait de dire Brady.

— Alors c'est pour ça qu'ils kidnappaient des femmes dans les foyers... C'est ça, pas vrai ? Pour voir si elles sont des omégas, glapis-je.

— Je suis certain que tu as raison, acquiesça Brady, épuisé, qui passait tendrement ses mains sur mon corps, seulement, nous savons que tu étais venue là pour échapper à tout ça. Nous protégeons notre famille, Carmen et nous sommes prêts à mourir pour te protéger, mais il nous semblait juste de te

mettre au courant. Nous, les alphas, sommes des cibles perma-
nentes, mais tu le serais aussi, si tu nous choisissais et ce
d'avantage que nous l'avions cru jusqu'à présent.

Les larmes se mirent à rouler sur mes joues, mon cœur se
serra et je regardais Brady se décomposer. Sa peine et son
inquiétude à l'idée que je parte étaient palpables et un besoin
désespéré de le réconforter m'envahit comme une brume
glaciale. Dans le même temps, je voulais vraiment avoir l'espace nécessaire pour réfléchir à tout ça. Parce que je vivais dans
ce monde de rêve avec ces deux alphas chauds bouillants
depuis plusieurs jours à présent, mais le vrai monde, au-delà
du portail du Complexe, existait toujours. Brady et Connor
n'étaient pas en sécurité ici et si je restais, je ne serais pas en
sécurité non plus.

— J'ai… J'ai besoin de temps pour y réfléchir, finis-je par
dire, les regardant tous les deux.

À travers notre Lien vacillant, je pouvais lire l'anéantisse-
ment de Connor et le besoin dévorant de Brady de me toucher,
de me réconforter, mais il hocha la tête et donna un coup de
coude à Connor. Il partit sans bruit, mais Connor se rapprocha,
se penchant au-dessus de moi toujours sur le lit, ses lèvres
effleurant délicatement les miennes, remontant le long de ma
mâchoire.

— Tu es un don, murmura-t-il contre ma peau, ce Lien est
un don et je ferai tout mon possible pour le préserver. Nous
protégeons les autres omégas, nous te protégerons aussi.

Lorsqu'il s'éloigna, je ressentis physiquement son absence,
mes mains voulant à tout prix se tendre pour le toucher, mais
je m'en abstins parce que j'avais besoin de distance et d'espace
pour réfléchir. Connor se retourna et sortit en refermant la
porte derrière lui et je restais longtemps assise sur le lit,
songeant à tout ce que je venais d'apprendre.

Une fois que je ne pus plus restée assise plus longtemps, je boitai jusqu'au rez-de-chaussée et m'enveloppait dans l'un des pulls de Pen et marchai, marchai, marchai, jusqu'aux bibliothèques où je souris à Samson qui releva la tête d'un épais volume pour me sourire chaleureusement en retour. S'il pouvait sentir mon tourment intérieur, il n'en dit rien.

Alors je continuai de marcher, passant devant le bureau de Mitchell et arrivant à la cuisine. Je m'assis un long moment avec Alice et Mallo, les écoutant se chamailler gentiment puis je partis vagabonder pendant une heure voire plus. Partout, aux quatre coins de la maison, je vis des scènes d'amour et de fraternité, d'amitié, de camaraderie. Et après avoir vu tout ça, je sus ce que je voulais. Souriant, je retournais sur mes pas et frappai deux fois à la porte de la chambre de Connor. Avant que je ne puisse frapper une troisième fois, Connor ouvrit la porte à la volée, son expression impassible alors que je sentais la tension qui l'habitait.

— Est-ce que je peux entrer ? demandai-je doucement en le regardant puis Brady qui était assis dans un fauteuil devant la cheminée et à la main un verre d'un liquide sombre, lorsque j'entrais, il en but une gorgée sans détacher son regard de moi.

Connor me suivit comme une ombre surprotectrice jusqu'à ce que je me rapproche de la cheminée, réchauffant mes doigts à la chaleur de l'âtre. Il contourna le fauteuil de Brady et s'adossa contre le manteau de la cheminée alors qu'il me dévisageait de son regard bleu.

— Je suis venue là parce que je voulais tout fuir, avouai-je alors que je le regardais, puis regardais Brady, je ne me suis jamais sentie en sécurité à New York, je n'ai jamais pu faire mes choix. Pour autant que j'ai pu essayer, je ne pouvais jamais prendre les devants.

Connor perdit la guerre intérieure qu'il menait pour ne pas

me toucher et tendit la main, ses doigts massifs caressant mes hanches, me faisant sourire.

— Lorsque vous m'avez sauvée et que j'ai appris pour la vision, j'étais perplexe, mais aussi très frustrée parce que j'avais l'impression qu'encore une fois, mes choix ne comptaient pas, dis-je et travers le Lien, je sentis que Brady m'encourageait et m'envoyait un peu de sa paix, il savait ce que j'éprouvais alors que je me tournais vers lui.

— Brady, je savais que tu n'étais pas enchanté à l'idée et ça faisait tellement écho avec ce que je ressentais... Alors c'est pour ça que je vous ai donné du temps l'autre soir. Tu m'as demandé tout à l'heure de te choisir... Qu'est-ce qui a changé pour toi ?

Si je savais pourquoi, mes dernières réserves allaient disparaître.

Brady sourit, regarda son verre puis me regarda à nouveau avec un superbe sourire qui faisait ressortir ses fossettes.

— Quand tu m'as raconté ton histoire hier et que tu m'as encouragé à passer du temps seul avec Connor, c'était un très beau cadeau. Le fait que tu me dises que tu n'avais pas pris de décision et que tu respectais mes choix, j'avais besoin d'entendre ça.

— Tu doutes encore ? demandai-je, parce qu'il fallait que je sache avant de mettre mon âme à nue.

— Aucun doute, Carmen, me rassura-t-il.

Il posa son verre et se releva, franchit rapidement les quelques pas qui nous séparaient et se pencha, il passa ses grandes mains autour de ma taille et se retourna pour me presser contre le torse de Connor qui se soulevait et retombait rapidement.

— Maintenant que j'ai réussi à voir les choses, tout ce sur quoi je peux me concentrer, c'est vénérer chaque centimètre carré de toi, de rendre réelle chaque scène de la vision de

Samson. Je veux que tu nous choisisses, Carmen, si c'est ce que tu veux.

— Je le veux, dis-je en le regardant, mais en laissant ma tête reposer sur le torse de Connor, découvrant ma gorge, me soumettant, à Brady, je vous choisis.

CHAPITRE QUARANTE-SIX

carmen

— REDIS-LE, grogna Brady alors qu'il se collait contre mes lèvres, mordant ma lèvre inférieure, tout mon corps synchronisé avec le sien, prêt pour sa morsure.

— Je te choisis, alpha, dis-je alors que des petites fossettes marquaient mes joues tandis que Connor tremblait derrière moi tant il peinait à se contenir et qu'il attendait de voir ce qui allait se passer.

— Pourquoi nous avoir choisis, Carmen ? demanda Connor d'une voix rauque.

Ce fut à mon tour de sourire alors que je frottais ma joue contre son torse.

— Parce que je ne peux pas envisager d'arrêter de m'envoyer en l'air avec vous, où que j'aille, parce que je ne peux pas m'empêcher de penser à vous, peu importe la merde qui peut nous arriver. Parce que quand j'ai pris le temps de me plonger dans les recoins les plus obscurs de mon cœur, vous étiez tous les deux à mes côtés.

Un tourbillon d'émotions m'envahit à travers le Lien et je me sentis me contracter au plus intime alors que centimètre par centimètre je me rapprochais, l'extrémité du nez de Brady touchant ma gorge et je sentis ses dents tranchantes suivre ses lèvres insistantes. Il grogna et glissa une main possessive le long de ma poitrine tandis qu'une autre main griffue agrippait ma gorge.

— Je veux me déchaîner, Carmen, fit-il en mordant ma lèvre inférieure alors que le goût métallique du sang venait sur ma langue.

Il prit une inspiration, me regardant avant de regarder Connor derrière moi. On y revenait : il avait peur de me blesser. Même après nous être mutuellement choisis, il avait toujours peur d'en faire trop. Eh bien, j'étais prête à lui faire perdre la tête. J'avais besoin qu'il se déchaîne, parce que la paix que j'éprouvais grâce au Lien avec Connor était contrebalancée par la force intense de l'agressivité amenée par Brady. Je voulais avoir les deux, j'avais besoin de ces deux versions de mes compagnons et j'en avais besoin immédiatement.

— Je n'ai pas peur, ronronnai-je alors qu'il secouait la tête en s'éloignant de moi.

— Tu le devrais, Carmen. Je pourrais te blesser, Dieu sait combien j'en ai envie.

Je me tournais vers Connor, un sourire machiavélique aux lèvres et j'échangeais avec mon superbe compagnon.

— Prêt à m'aider à le rendre complètement dingue ? Parce que j'ai besoin de toi, mon compagnon, dis-je.

Connor me prit dans ses bras avec un sourire ravi.

— J'aime ta vision des choses, oméga, dit-il.

Et juste après, sa bouche fut sur la mienne, me dévorant méticuleusement alors qu'il rejoignait le lit à grandes enjambées, et m'y jeta. Il grimpa au-dessus de moi et prit ma bouche d'assaut alors qu'il glissait une main entre mes cuisses, caressant méthodiquement, une vague de chaleur irradiant de mon intimité jusqu'à ce que j'aie l'impression de m'embraser de tout mon corps.

— Connor, mon Dieu, je pourrais jouir comme ça, soupirai-je alors qu'il rit sans avoir pour autant cessé de m'embrasser.

— Je ne fais que commencer, plaisanta-t-il.

Quand je regardais Brady qui se trouvait de l'autre côté de la pièce, il était figé sur place alors que notre compagnon restait au-dessus de moi. Connor se pencha en avant et se mit à suçoter mon téton tendu alors que je sifflai et m'arc-boutais à la rencontre de ses lèvres. Je ne détachais pas mon regard de celui de Brady, l'implorant d'un regard sulfureux de nous rejoindre.

— Fais-moi mal, le pressai-je, prends tout de moi. J'en ai envie. J'ai besoin de toi.

Brady prit une inspiration, les pupilles dilatées à l'extrême, ses muscles massifs tremblant légèrement puis il traversa la pièce, écarta Connor et passa sa main autour de ma gorge, me collant à lui.

— Tu l'auras voulu, ronronna-t-il avant de me jeter sur le lit sans ménagement où je heurtais la tête de lit dans un bruit sourd, retombant sur les oreillers.

À travers notre Lien, je sentis que Connor était choqué par ce que Brady venait de faire ainsi qu'un besoin incandescent de me posséder et je m'en délectais. Brady ne me faisait pas peur, j'étais faite pour endurer ça et je rejetais donc la tête en arrière, riant.

— Il faudra essayer d'y aller un peu plus fort pour me dominer, alpha, lui dis-je.

Il arriva immédiatement, me plaqua contre la tête de lit haute, mes mains coincées au-dessus de ma tête. Et au même instant, je taquinais Connor avec un sourire. *Viens m'aider,* le pressai-je, celui-ci sourit avant de s'installer derrière Brady et enfonça ses dents dans le muscle de son épaule. Brady rugit et se débattit, coudoyant Connor, mais il se concentra de nouveau sur moi.

— Prends-moi, alpha, ordonnai-je alors que je sentais une main se glisser dans mes cheveux me tirer la tête en arrière.

Mon cuir chevelu irradiait douloureusement alors que ses longs doigts se refermaient de nouveau sur ma gorge, serrant avec force puis il mordit ma lèvre inférieure assez fort pour me faire saigner. Un gémissement avide m'échappa alors que Brady dardait sa langue pour lécher le sang qui perlait de la minuscule plaie. Son grognement rauque alla directement à mon clitoris qui palpitait en synchronisation avec sa langue sur ma bouche.

Avant qu'il ne puisse m'arrêter, je m'extirpai de ses mains et tombai à genoux pour sucer son membre épais, les muscles de son ventre se contractant. Dans un coup de hanches, il retomba contre la tête de lit. Sa longueur s'enfonçait dans ma gorge et j'eus du mal à respirer tant il était massif, mais il y avait quelque chose dans son traitement sans ménagement qui étonnamment m'excitait terriblement.

Peut-être parce que je savais au plus profond de mon âme que cet alpha ne me blesserait pas et qu'il me donnait et n'acceptait de recevoir que la douleur nécessaire pour éprouver un plaisir extrême et dans l'immédiat, c'est ce que je voulais lui faire éprouver. Brady empoigna de nouveau mes cheveux alors que je m'ouvrais à lui, le laissant pilonner ma bouche alors qu'il feulait dans la pièce par ailleurs silencieuse.

Connor me fit changer de place de façon à ce que je puisse continuer de satisfaire notre compagnon, il caressait mon dos, fourrait sa main entre mes cuisses en faisant des petits cercles doux sur mon clitoris où j'étais trempée, alors lorsqu'il glissa l'extrémité de sa queue ferme en moi, il n'y eut aucune résistance, mais lorsque ses hanches tressaillirent et qu'il s'enfonça jusqu'à la garde, ses piercings déclenchèrent une avalanche et je mis à crier et crier, la bouche emplie par le membre de Brady alors que Connor me pénétrait lentement et méthodiquement.

Je fis courir mes mains sur les cuisses de Brady, prenant ses bourses lourdes dans ma paume et les caressais en douceur puis les empoignais avant de les laisser remonter. Je luttais pour me concentrer sur Brady alors que Connor me faisait perdre la tête, mais je ne pouvais plus m'arrêter.

Il pilonnait mon visage avec tant d'ardeur que je redoutais que mes lèvres finissent par se dérober jusqu'à ce qu'il finisse par tomber dans le gouffre du plaisir dans un rugissement qui secoua toute la pièce. Les tableaux au mur tombèrent alors qu'il jouissait longuement dans ma bouche, son sperme gouttant de mon menton, ruisselant sur mon cou.

Je ne pouvais clairement pas tout avaler, mais je tentais, jusqu'au moment où son membre cessa de convulser et qu'il retombe contre la tête de lit, son corps entier ébranlé par les répliques de son orgasme. Derrière moi, Connor continuait sa lente torture, attendant patiemment le moment de se déchaîner. Mais dans l'immédiat, je planais toujours parce que je venais de voir Brady perdre complètement pied. Victorieusement, je m'appuyais sur ses cuisses d'une main et de l'autre je reprenais sa queue où je récupérais le sperme qui y perlait et m'en enduisit le cou et la poitrine.

— Je sais que ce n'est pas à moi d'initier ce genre de chose, mais considère que c'est ma façon de te marquer, Brady, de marquer tout de toi, tu m'appartiens, dis-je avec un sourire sombre.

À travers le Lien, je sentais son désir et son envie rugir sous sa peau, il n'en avait pas encore fini avec moi.

— Regarde-nous, ordonnai-je alors qu'il se redressait, en appui sur ses coudes, l'air pensif.

Il avait besoin de me dominer au lit, mais avant tout, il

fallait toujours que je me batte d'abord et que je me soumette ensuite, c'était ce que je voulais et ce que lui aussi voulait.

Derrière moi, Connor accéléra, passant une main sur mes seins, me tenant contre lui alors qu'il continuait ses mouvements, m'étalant sur le ventre de Brady. Je laissais échapper un cri alors que le piercing frottait contre mes parois internes jusqu'à ce que tout mon corps tremble sous l'effet du désir.

— Bordel, Connor, criai-je alors qu'il feulait et qu'il finissait par perdre sa maîtrise de lui-même impeccable.

Un instant, lui et moi fûmes synchrones et nous fûmes au sommet des montagnes russes avant de redescendre avec fracas, Connor hurlant mon nom en même temps que je criais le sien, incapable de détacher mes yeux de Brady. De longues minutes plus tard, Connor retomba sur les oreillers, me tirant à lui alors qu'il repoussait mes cheveux derrière mon épaule.

— J'ai besoin de te marquer, oméga, de te mordre, de te lier. Maintenant.

Je sentis le moment où il regarda Brady et que ce dernier rampa de l'autre côté du lit, à quatre pattes, plongeant son visage entre mes cuisses pour lécher doucement mon clitoris, me faisant siffler sous l'assaut soudain du plaisir, faisant ruer mes hanches. Il m'en fallait davantage. Brady lécha de plus belle jusqu'à ce que Connor tonnât.

— Assez, il est temps, alpha !

C'était un commandement à l'état pur et Brady croisa mon regard puis celui de Connor derrière moi. Se redressant, il fit passer mes jambes autour de sa taille, se glissant en moi en même temps.

— Si je dois te marquer, je veux être en toi, dit-il en regardant intensément Connor.

— Prends-la par-derrière, fit-il à Connor.

Ses grandes mains se baissèrent et me firent écarter les cuisses, me pressant contre la queue massive de Connor qui était à nouveau incroyablement dure. Et l'instant d'après j'étais encore une fois perdue dans le plaisir alors qu'ils se mouvaient méthodiquement, mordillant et titillant, je mourrais sous l'intensité des sensations.

— S'il vous plaît, Bon Dieu, s'il vous plaît, les implorai-je tous les deux.

Connor fut le premier à plonger ses dents dans mon épaule alors qu'une douleur incisive et un plaisir aveuglant se télescopaient dans ma poitrine. L'orgasme me frappa alors que sa morsure m'ébranlait comme un ouragan. Mais au moment où les dents de Brady s'enfonçaient dans ma gorge, j'étais complètement perdue. Toute pensée cohérente me déserta alors que je criais et jouissais à nouveau. Mes compagnons jouirent avec moi et entre nous, le Lien brillait plus fort, plus chaudement, plus clairement. Leurs émotions étaient aussi fortes et tangibles que les miennes, plus fortes qu'elles ne l'avaient été les derniers jours.

Alors que nous étions encore sous le coup de l'orgasme, la pression en moi s'étira et tira. C'était le nœud. Brady et Connor grognèrent et à travers notre Lien, je lisais un plaisir désarmant alors que le nœud se resserrait. J'étais emplie par-devant et par-derrière, leurs nœuds nous unissant tous les trois. Je ne pouvais pas bouger du tout, perdue dans le maelstrom de plaisir provoqué par la connexion entre nous.

Ils étaient un véritable cadeau.

CHAPITRE QUARANTE-SEPT

DÉVERSER toutes mes émotions dans ma première morsure de marquage avec Carmen, c'était indescriptible. Notre Lien rugissait sous mon pouvoir et ma domination et parce que cette oméga était la mienne, elle m'envoyait en retour son acceptation et un besoin fulgurant. Lorsque l'orgasme qui avait ébranlé notre âme commença à s'estomper, je la sentais elle, Connor et moi, plus fortement et plus clairement que jamais.

— J'imagine que si tu avais su dès le début que ça serait comme ça, tu aurais été d'attaque plus tôt, fit Connor en riant.

Carmen pouffa et lui mit une petite claque sur la hanche, sifflant lorsqu'il la fit changer de position sur sa queue épaisse et s'installer dans les draps à côté de nous. Je pris le temps de balayer Connor du regard. Il semblait parfaitement repu, son torse se soulevant alors qu'il souriait à notre oméga, dans son œil visible se lisait un amour absolu. Je m'allongeais à côté d'elle, faisant passer ma main gauche sur son corps, caressant, titillant, embrassant, la vénérant alors qu'elle fredonnait joyeusement.

— Tu es parfaite, tu m'appartiens, murmurai-je contre ses lèvres.

Connor glissa hors du lit, la tête tremblante. Carmen fut la première à se relever, posant sa main contre son torse.

— Parle-moi, Connor, qu'est-ce qui ne va pas ? demanda-t-elle.

Mon regard se braqua sur mon compagnon, mais il ne me regarda pas et je sentis l'angoisse monter alors que je me rendais compte que je ne pouvais pas bouger. Tout mon corps était figé, chacune de mes terminaisons nerveuses irradiait de douleur à l'état pur alors que je sentais ma bouche et mon nez se remplir de sang. J'essayais sans succès d'aller trouver Carmen alors que Connor rivait son regard au mien puis il vacilla et s'effondra sur le sol dans un grand bruit sourd. Carmen se précipita et s'agenouilla à côté de lui.

— Oh mon Dieu, Brady, c'est normal après un marquage ? demanda-t-elle, les yeux débordant de larmes, mais lorsqu'elle me vit, elle poussa un cri horrifié et marqua un temps d'arrêt avant de me chercher à travers notre Lien, mais je ne pouvais pas me concentrer sur une seule émotion alors que la douleur me prenait d'assaut de toutes parts.

Ma belle oméga bondit par-dessus Connor et se précipita vers la porte, criant pour appeler Samson qui arriva si rapidement qu'il devait nous avoir entendus. J'essayais de grogner sur l'alpha qui se trouvait dans l'encadrement de la porte, si près de mon oméga nue, mais tout à son honneur, il hocha délicatement la tête sans contempler son corps incroyable. Pen le suivit de près.

— Ah le marquage ! On y est ma fille !

— Non, Pen, quelque chose ne va pas, je *sens* que quelque chose ne va pas, coupa Carmen.

Pen fronça les sourcils alors que je peinais à respirer tant le sang coulait à flots hors de moi puis d'un coup, je fus aspiré dans ma tête et j'entendis un bruit de pas assourdis et des visions de loups envahirent ma conscience. Je ne pouvais ni voir ni entendre Carmen. Je n'étais... plus là.

CHAPITRE QUARANTE-HUIT

carmen

SAMSON S'ACCROUPIT à côté de Connor et Pen m'ordonna de m'habiller puis Samson appela Orion qui apparut dans l'encadrement de la porte quelques minutes plus tard, traversant la pièce au pas de charge pour jeter un œil à Brady dont les yeux venaient de se révulser dans leurs orbites.

Toutes mes terminaisons nerveuses étaient en feu, une énergie nerveuse agitant mes mains et le bout de mes doigts. Je ne savais pas qui aller trouver, lequel de mes compagnons aller aider. Je me dis que ce devait être la transition qui les rendait capables de se transformer et j'avais entendu dire que lorsque Orion et Samson étaient devenus métamorphes, ça n'avait pas été de tout repos, mais je sentais là qu'il y avait quelque chose de... différent. Quelque chose n'allait pas, n'allait vraiment pas du tout.

Tout le corps de Connor semblait mou comme une poupée de chiffon jusqu'à ce qu'un frisson massif le fasse convulser, grognant de douleur.

Griz se précipita et m'interrogea.

— Qu'est-ce qui s'est passé ?

Orion m'empêcha de répondre.

— Il faut qu'on fasse vite, Brady fait sa transition, mais pas Connor, quelque chose ne va pas dans son aura. Griz, prends Brady et vous allez en quad au Cabanon. Il a juste besoin d'espace et de son oméga. Samson, tu t'occupes de Connor, je vais prévenir Jude. Pen, tu viens avec moi, si c'est son œil, il aura besoin d'être opéré, fit-il rapidement et efficacement, Pen sortant à toute allure, laissant de son sillage une tempête de cheveux roux.

— Viens avec moi, Carmen, ça va bien se passer, d'accord ?

Je rejoignis Orion en trottinant alors qu'il sortait et que Samson et Griz nous suivaient de près, mes alphas dans leur bras, mais lorsque je les cherchais à travers le Lien, ils me semblaient lointains, distants, et c'était absolument terrifiant.

Dieu merci, il y avait déjà des quads garés devant la maison alors que Samson et Griz furent en route en un rien de temps et s'engagèrent dans l'allée. Orion, Pen et moi nous entassâmes sur un troisième à leur suite. Tout devant j'entendais Griz interpeller Jude en criant. Il se gara en hâte, ouvrit la porte du Cabanon et disparut dans les entrailles du bâtiment.

Dès qu'Orion s'arrêta, je bondis du quad et m'élançais à la suite d'Orion et Samson : ils avaient installé Connor et Brady dans l'une des salles d'examen. Brady restait catatonique, figé sur place, les yeux fermés alors que le sang coulait à flots de sa bouche et de ses yeux. Je réprimais un sanglot, mais Orion vint me rejoindre.

— C'est normal, chérie, s'il fait comme moi, il va faire sa transition d'ici dix minutes, un quart d'heure et il est en train de se connecter à son loup dans sa tête à présent. Je ne sais pas à quel point tu peux lire à travers votre Lien, mais il est là. C'est Connor qui a besoin d'aide, en revanche. Est-ce que tu peux garder un œil sur Brady pour moi ?

Je lui fis un petit sourire de remerciement et je tendis la main que je posais sur le torse de Brady. Sur le lit juste à côté, tout le corps de Connor fut saisi par une convulsion violente qui le fit s'arc-bouter et ses bras s'agitèrent. Orion s'allongea pratiquement sur Connor pour essayer de le maintenir allongé et cria à Jude de rapporter des sangles. Une demi-seconde plus tard, elle apparut et regarda attentivement la scène avant de passer à l'action, récupérant des sangles sous le lit et les passant sur le torse de Connor. Griz se précipita de l'autre côté du lit et glissa les sangles dans des boucles métalliques et resserra le tout, mon compagnon ne se débattait plus. Jude le jaugea rapidement, prit ses constantes et essaya de voir s'il avait d'autres blessures.

— Son œil, Jude, c'est ça, pas vrai, dis-je en sanglotant.

Connor donna un nouveau coup de reins, son torse et son ventre tendant à l'extrême les sangles qui le retenaient. Samson vint me rejoindre sans bruit.

— Tout va bien se passer, Carmen, je te le promets.

Sa voix grave me rassura légèrement. Parce que j'étais bien entourée ici, je sentais qu'il savait que tout allait bien se passer pour mes compagnons. Il était le voyant alors si sûrement quelque chose allait mal se finir, il l'aurait su. Il tendit une grande main qu'il posa entre mes clavicules et tapota en douceur pour me réconforter. Je cherchais désespérément mes compagnons à travers notre Lien, mais Brady était lointain et du côté de Connor, c'était le néant.

En face de nous, Pen s'approcha de Connor dont tout le corps semblait crispé et enleva en douceur le bandage qui recouvrait son œil. Sa respiration sifflante nous apporta la confirmation que nous attendions tous. Son orbite était légèrement gonflée et la peau sombre et meurtrie l'entourait. L'ensemble n'avait pas l'air sain. Orion se tourna vers Pen.

— Il est probablement en train de faire une septicémie, on

va le mettre sous antibiotiques et fluides tout de suite et il faudra faire sortir l'œil.

Pen hocha rapidement la tête, se tournant immédiatement vers un grand placard derrière Jude où elle fouilla quelques instants avant de sortir du matériel sur la table à côté du lit. Orion se tourna vers moi alors que la pièce commençait à être envahie par un brouhaha indistinct.

— Aide-moi à déplacer le lit dans l'autre chambre, on ne l'a pas utilisée depuis un moment, ça sera notre bloc opératoire improvisé. Parce que Brady aura besoin d'espace quand il va se transformer alors, dégageons vite Connor d'ici.

Je voulais désespérément que l'on ne sépare pas mes compagnons, mais la sécurité de Connor était une priorité. La pièce se vida sans que je puisse dire un mot et Griz aida Orion à sortir le lit dans le couloir et dans la chambre voisine.

Au même moment, Brady commença à gémir sur le lit alors que Samson prenait mon bras pour me tirer en arrière.

— Le moment est venu, oméga, laissons-lui de la place, me rassura-t-il.

Orion revint, nous souriant à tous les deux.

— On prépare Connor pour l'opération et il faut que tout le monde sorte. Vous deux ici, ça va ? Si vous voulez voir l'opération, vous pouvez aller dans le labo avec Griz, d'accord ?

J'acquiesçai et regardais Brady qui à présent convulsait terriblement et j'entendis des bruits d'os qui craquaient dans la petite pièce. Mon cœur se serra, j'aurais voulu l'aider, mais à travers notre Lien, je le sentais réapparaître, très légèrement, mais régulièrement.

Dans mon âme, je sentais une présence aux côtés de Brady et je pouvais lire son amour pour moi, aussi fort que le sien. J'étais choquée, incrédule, à cran même et c'était un drôle de mélange d'émotions qui me rendait un peu nauséeuse alors que Brady glissait hors du lit, des poils gris commençant à recouvrir tout son corps.

Je ne pouvais détacher mon regard de la scène alors que ses membres massifs se transformaient en craquant pour qu'une minute plus tard apparaisse devant moi allongée sur le sol un énorme loup gris et blanc qui respirait péniblement. Comme s'il sentait ma curiosité, le loup releva la tête, peinant à se redresser alors que Samson m'encourageait.

— Il a besoin de toi, oméga, n'aie pas peur !

Mais étonnamment, aussi choquant que cela puisse être, je n'avais pas peur. Brady arriva à se redresser sur ses quatre pattes et fit deux grands pas en avant, repoussant Samson loin de moi avec sa tête massive et grogna possessivement. Samson rit encore avant de reculer dans l'embrasure dans la porte, les mains dans les poches.

J'avais le cœur au bord des lèvres lorsque le loup de Brady braqua son regard sombre sur moi, les mêmes yeux que Brady humain alors qu'il se rapprochait de moi de si près que nos nez se touchaient pratiquement. Le loup referma les yeux alors que Brady nichait sa tête contre moi, passant sa joue sur mon flanc avec un gémissement doux. Hésitante, je tendis la main et passais mes doigts dans sa fourrure, sur son cou et sa poitrine alors qu'il s'asseyait comme un chien géant. Mon compagnon sublime et fort était un foutu loup ! Les omégas m'avaient déjà expliqué ça, mais je devais admettre que j'avais trouvé ça difficile à croire. Jusqu'à ce moment-là.

À travers notre Lien, l'épuisement de Brady me frappa, alors je me blottis contre lui et je pressais ma tête contre son torse poilu, le prenant dans mes bras autant que je le pouvais alors il passa sa tête sur mon dos alors que nous nous relions. Il était terriblement inquiet pour Connor et stressé après ce qui s'était passé. Un moment plus tard, j'entendis de nouveau le terrible craquement et mon compagnon reprit sa forme humaine, son torse massif se soulevant péniblement.

— Carmen, grogna-t-il en m'enveloppant dans ses grands bras, son front collé contre le mien, je t'aime oméga.

Une joie lumineuse m'envahit à ce qu'il venait de dire et nous éprouvâmes tous les deux un besoin douloureux que Connor soit là à nos côtés.

— Allons-y, le pressai-je en prenant sa main alors qu'il me suivait, moi aussi, je t'aime.

Brady me prit dans ses bras et me souleva avant de me plaquer contre le mur le plus proche. Ses sublimes lèvres charnues s'ajustèrent sur les miennes, goûtant et vénérant. C'était le baiser le plus doux qu'il m'ait donné, empli d'amour et de Lien. L'extrémité de sa langue glissa sur la mienne alors que le baiser gagnait en intensité. Lorsqu'il le rompit et que nous franchîmes blottis l'un contre l'autre la porte de la pièce d'à-côté, je souris.

— Je pourrais vraiment m'habituer à ce genre de baisers, Brady, fis-je, on en aura d'autres quand Connor sera de retour parmi nous.

— Tu peux m'avoir d'autant de façon que tu veux, oméga, allons retrouver notre compagnon, acquiesça-t-il en ronronnant.

CHAPITRE QUARANTE-NEUF

brady

MES JAMBES PEINAIENT À BOUGER, épuisé que j'étais par ma première transformation, mais je n'avais jamais eu les idées plus claires. Je comprenais à présent Orion quand il m'avait décrit la connexion avec son loup comme la clarté d'esprit absolue. Je sentais une paix profonde telle que je n'en avais jamais expérimenté auparavant en ayant Carmen dans mes bras. Comme si toutes mes décisions et les défis que j'avais relevés dans ma vie m'avaient amené à ce moment avec ma compagne et mon compagnon. La justesse absolue de ce moment-là fut comme un baume sur mon cœur meurtri.

De longs bras fins m'enveloppèrent alors que je posais Carmen devant la fenêtre du labo. J'étais toujours nu, mais Griz me tendit des vêtements avec un sourire doux. Nous restâmes là en silence durant une bonne heure, regardant Orion, Pen et Jude opérer Connor. Je manquais de régurgiter mon petit-déjeuner lorsque je vis Orion retirer l'œil de son orbite et le déposer sur une table à côté du lit. La culpabilité me dévorait parce que je savais que c'était à cause de moi que Connor était dans cette situation. Mais mon oméga lut à travers notre Lien, m'envoyant de sa lumière et de son amour alors que j'enfouissais mon visage dans son cou, cherchant désespérément du réconfort.

Les alphas faisaient des allées et venues dans la pièce, venant aux nouvelles au fil des heures, mais je ne prêtais attention à personne, restant scotchée aux côtés de Carmen jusqu'au moment où Orion se retourna et nous regarda en levant les pouces.

Durant une longue et terrible demi-heure, nous les regardâmes rebander la tête de Connor jusqu'à ce que l'on voit à peine sa crinière somptueuse et que son beau visage soit complètement dissimulé. Je posais une main sur le cœur de Carmen lorsque je sentis son Lien en nous, profondément enfoui, épuisé, souffrant.

Lorsque Orion ouvrit la porte et nous fit signe que nous pouvions entrer, Carmen se précipita dans la pièce, contourna le lit et posa en douceur ses mains sur le torse de Connor. Je la suivis de près, m'effondrant sur le siège le plus près de Connor, passant une main sur son ventre. J'avais seulement besoin de le toucher, de me connecter à lui, de lui rappeler que nous étions là. Derrière moi, Pen et Jude rangeaient la pièce, mais Orion s'avança et posa une main tiède sur celle de Carmen.

— Tous les deux, regardez-moi un moment...

Je regardais donc mon exécuteur de meute et je fus terriblement reconnaissant que dans sa vie d'avant, il ait été chirurgien. Je savais à peine quoi lui dire et son regard gris pétillait de joie.

— Connor va bien s'en sortir, mais il va falloir y aller tout doux avec lui pendant quelques jours. Il va vous réclamer dès son réveil, mais essayez d'éviter de toucher son visage autant que possible, d'accord ?

— Merci, murmura Carmen en souriant et Orion hocha la tête.

— Connor est sacrément coriace, mais il n'a pas pris soin de sa plaie. Les alphas guérissent vite, ça ne veut pas dire que nous sommes invincibles. Mitchell est toujours en train de se remettre de ses blessures et ça fait pratiquement une semaine. Je ne sais pas comment la blessure de Connor aura affecté votre marquage, mais s'il suit le processus habituel, il arrivera bientôt à faire la transition. Il va falloir que l'on soit très attentifs dans les jours à venir. Je reste dans le coin un moment au cas où il se réveillera. Dans ce cas-là, vous criez, d'accord ?

Au fond de moi, mon loup geignit parce qu'il attendait notre compagnon.

— *Reviens-nous vite, Connor*, le pressai-je à travers notre Lien.

Des heures durant, Carmen et moi restâmes au chevet de Connor, sans un mot, mais le touchant constamment, nous contentant de l'apaiser et le réconforter. À travers le Lien, nous envoyâmes à Connor notre amour et le besoin pour nous de l'avoir à nos côtés. Il était là, mais silencieux, jusqu'à ce qu'un grognement dans ma poitrine me fasse sentir qu'il revenait.

— Il se réveille, dis-je doucement en relevant la tête vers mon incroyable oméga.

— Car... Carmen, sanglota Connor, sa voix caverneuse et rauque sous l'effet des médicaments.

Le nouveau Lien entre nous était plus fort que jamais et d'un coup nous ramena tous les uns contre les autres alors que Connor reprenait peu à peu connaissance et passait lentement sa main sur son torse.

— Je vous sens tous les deux, enfouis en moi, dit-il lentement tant il peinait à parler.

— Shut, alpha, tu as besoin de repos, fit Carmen.

Connor acquiesça, mais se tendit. À travers le Lien, je sentais son inquiétude monter, sa transformation était imminente. J'appelais Orion qui entra au même moment en riant, les mains dans les poches.

— Ah oui, il fait la transition pour la première fois, on dirait bien que vous allez avoir un métamorphe sur les bras.

Quand j'entendis le craquement des os qui se brisaient, je reculais d'un pas, fit signe à Carmen de me rejoindre de l'autre côté du lit et de se mettre hors du chemin. Nous reculâmes jusqu'à la porte et je barrai sa poitrine de mon avant-bras. Me penchant en avant, j'enfouis mon visage dans son cou, l'embrassant et la mordillant, ronronnant doucement. Je voulais nous apaiser tous les deux même lorsque ma mâchoire se contracta avec force lorsque je vis le corps de Connor se débattre et se trémousser sur le lit. Un moment horriblement long plus tard, un loup au pelage clair descendit précautionneusement du lit, se posant au sol l'air de se soumettre.

— Incroyable ! Sous cette forme, il a une orbite vide, mais guérie, je me demande s'il ne devrait pas rester comme ça pour faciliter la guérison, fit Orion qui se tenait toujours dans l'encadrement de la porte.

Personne n'ajouta rien, mais Connor s'assit, nous observant, la tête basse et notre Lien était parfaitement clair à nouveau et je sentis qu'il craignait d'effrayer Carmen sous cette forme. Elle et moi, nous lui envoyâmes tout notre amour et ses oreilles se redressèrent en frémissant.

Carmen fut la première à le rejoindre, se jetant sur son torse et enfouissant son visage dans sa fourrure, de gros sanglots la secouant de toutes parts. Elle était soulagée qu'il aille bien et je souris alors qu'il geignait, donnant des coups de museau sur ses flancs pour la réconforter. Notre oméga recula, caressa son oreille pâle. Et lorsque je me rapprochai et fis mine de passer mes doigts sur sa joue, il se blottit contre ma main, mordillant gentiment mon bras. Son regard croisa le mien et tout ce que je pouvais y lire était de l'intérêt, mais aussi de la joie. Il était si complètement et honteusement Connor que je ne pus m'empêcher de rejeter la tête en arrière et d'éclater de rire. Connor se rapprocha et à grands coups de museau, nous écarta Carmen et moi pour que nous l'entourions. Le soulagement de Carmen était palpable alors que nous nous blottissions contre lui, le couvrant d'attention.

Puis d'un coup, il se mit à gratter son œil avec sa patte, se rassit et je sus qu'il souffrait toujours de la perte de son œil.

— Tout doux, maintenant, l'encouragea Carmen alors qu'il s'allongeait sur le sol, haletant légèrement, on va rester avec toi le temps que tu guérisses, d'accord ? Est-ce que tu peux faire ça pour moi ?

Le loup de Connor laissa sa tête reposer sur le sol alors qu'elle et moi nous nous installions dans le creux de ses pattes immenses. Tendant les mains, je caressais son museau, ses moustaches et les côtés de ses oreilles jusqu'au moment où il se rendormit, ronronnant doucement sous nos caresses.

CHAPITRE CINQUANTE

connor

BRADY et moi avions finalement marqué notre oméga et ç'avait été foutrement chaud bouillant. Jusqu'au moment où mon œil m'avait mis au tapis. Je n'avais pas pu m'en servir depuis le raid alors le perdre à ce moment-là n'était pas aussi horrible que je l'aurais pensé. Mais j'imagine que Brady allait me parler plus tard des conséquences à long terme. C'était douloureux même lorsque j'étais sous ma forme de loup, mais il reste que c'était incroyable de parvenir à me transformer.

Je me reposai longuement avec ma compagne et mon compagnon, j'étais tellement épuisé par tout ce qui venait de se passer ces derniers jours, mais j'eus le sentiment que j'allais guérir plus rapidement à présent qu'ils m'avaient retiré mon œil.

Un grognement rauque ébranla mon torse où était blotti Brady et il me caressa la joue, pensivement. Carmen dormait dans ses bras, sa tête blottie dans son cou, ses bras enveloppant son large torse. J'aurais pu pleurer tant ils étaient beaux ensemble.

— Tu m'as foutu une trouille bleue, Connor, bougonna-t-il,

tu aurais bien besoin qu'on te fasse la leçon, mais je suis tellement soulagé que tu ailles bien que je te laisse passer ça cette fois.

Je soufflais comme je ne pouvais pas répondre, blottissant ma joue contre sa paume et il sourit, regardant Carmen qui commençait à bouger, ses yeux pratiquement noirs s'ouvrant lentement et elle les braqua sur moi. J'aimais ce que je lisais dans son regard : de la chaleur, du désir et de l'amour.

Je voulais désespérément les toucher tous les deux alors, je me concentrais fort et je repris forme humaine malgré leurs exhortations à ne pas le faire. Mais du moment où je fus de nouveau complètement humain, je pris Carmen dans mes bras et nous fis tomber sur le lit, faisant signe à Brady de nous rejoindre. Lorsqu'il rejoignit la mêlée où nous n'étions plus qu'un enchevêtrement de bras et de jambes dans un minuscule espace, je ronronnai joyeusement. Au même moment, Jude passa la tête dans l'encadrement de la porte après avoir frappé.

— Vous allez bien tous les trois ?

— Mon œil me fait mal, mais je suis vivant. J'ai ma compagne ainsi que mon compagnon à mes côtés, merci Jude, souris-je en enfouissant mon nez dans le cou de Carmen.

Bon Dieu, qu'elle sentait bon. J'étais toujours nu alors tout le monde pouvait voir mon énorme queue durcir pour elle. Jude allait nous demander quelque chose, mais au même moment, Mitchell et Griz apparaissaient derrière elle. Orion lui mit un coup de coude dans les hanches et lui fit un clin d'œil. Ils avaient toujours été proches et j'étais heureux de voir que malgré le fait qu'il soit à présent lié à Mallo, cela n'avait rien changé à cette amitié. Mon alpha de meute sourit en nous regardant tous les trois, avachi en pile dans le lit malheureusement trop petit.

— Je venais aux nouvelles, mais on dirait que tu t'en sors tout à fait bien. Comment te sens-tu, Connor ?

Je souris, jetant un œil à Brady avant de regarder de nouveau Mitchell.

— L'œil est un peu douloureux, mais à part ça, je vais foutrement bien, répondis-je.

Mitchell sourit de plus belle.

— Nous sommes vraiment soulagés que tu ailles bien, mon frère.

D'un coup, les lignes bien définies du visage de Mitchell semblèrent s'estomper. Bon dieu, allai-je m'évanouir ? Mais à la place, les lignes s'étirèrent puis se reformèrent et je vis la silhouette d'un loup se superposer sur les traits de Mitchell. Pareil pour Griz. La vision disparut, mais je pouvais sentir leur âme-animale dissimulée dans leurs esprits. Je me redressai et Mitchell eut l'air inquiet.

---- — Je peux… je peux voir vos loups, je peux les entendre, bafouillai-je en clignant des yeux en me concentrant d'abord sur Mitchell puis sur Griz. Notre alpha de meute prit une grande inspiration alors qu'il semblait haletant.

— Vraiment ? Pour nous deux ?

Je sentis le parfum de la consternation s'infiltrer dans l'air. Mitchell. Que je vois son loup voulait dire qu'il aurait dû pouvoir se transformer, mais ce n'était pas le cas. Je n'étais pas un génie, mais cela ne voulait sûrement rien dire de bon pour lui et Alice.

— Bordel de merde, siffla-t-il en grimaçant à l'intention de Griz et ils échangèrent tacitement avant que Mitchell ne serre les dents et se retourne vers moi.

— Laisse-moi le dire à Alice, d'accord ? Parce qu'elle ne va pas le prendre bien.

— Ne pas prendre bien quoi ? fit la voix d'Alice alors qu'elle entrait à son tour avec un panier rempli de nourriture si mon nez ne me trompait pas.

D'un coup, tout le monde se tendit et je fus surpris que

Mitchell ne l'ait pas senti venir, mais peut-être qu'il était trop distrait par ce que l'on venait de dire.

— Qu'est-ce que je ne vais pas prendre bien, Mitchell ? exigea-t-elle de savoir alors qu'elle nous regardait tour à tour Brady, Carmen et moi. Mitchell s'éclaircit la gorge, mais sourit tendrement à sa compagne.

— Connor a maintenant le don de l'esprit, comme Samson l'a vu dans sa vision et il peut voir le loup de Griz et le mien.

Pour sa défense, il ne cligna pas des yeux ni ne détourna le regard après lui avoir annoncé la nouvelle, mais nous ressentions tous le désarroi d'Alice alors qu'elle souriait à son compagnon et à Griz.

— Oh c'est... génial, fit-elle, mais au moment où elle tourna la tête vers moi, ses yeux débordaient de larmes, je suis vraiment ravie pour vous trois. Là, je vous ai amené de quoi manger ; je suis certaine que vous devez tous être affamés.

Avant que je ne puisse la remercier, elle posa le panier sur une chaise, se retourna et quitta la pièce rapidement. Mitchell la suivit immédiatement alors que mon compagnon, ma compagne et moi regardions tous Griz, sans trop savoir que dire.

— Comment peut-on être utiles, Griz ? demanda Carmen à mi-voix.

Notre exécuteur de meute grimaça.

— Je ne pense pas qu'on puisse changer quelque chose pour eux, pour être honnête, Carmen. À moins que Samson ait une vision qui nous éclaire, on fonctionne à tâtons, mais j'espère qu'ils trouveront rapidement une solution parce que les voir se débattre pour en trouver une, ça me brise le cœur.

Il n'avait pas tort et cela me donnait envie de m'enfouir dans mes compagnons et remercier Dieu pour ce que nous avions tous les trois.

Griz nous demanda si nous avions besoin de quoi que ce

soit avant de partir pour nous laisser un peu d'espace. Après son départ, il ne restait plus que nous trois. Le Cabanon était silencieux, presque plongé dans l'obscurité, mais je voulais retrouver mon lit, mon vrai lit à moi. Je voulais être dans une pile confuse de membres avec ma compagne et mon compagnon.

Cette chambre était... inconfortable, mais je savais que si je demandais à Jude si je pouvais revenir à la maison principale, elle allait faire la grimace et me faire la leçon. Je m'accommoderais de la situation une journée tout au plus et ensuite, je voulais retrouver ma chambre.

Je mis un petit coup de pied à Brady et haussais les sourcils alors que Carmen était endormie entre nous.

— Tu pourras travailler sur mon œil demain matin ? Il faut que je sorte de ce lit merdique dès que possible.

Brady sourit, se redressa et changea légèrement Carmen de position pour qu'elle m'enveloppe complètement.

— À la première heure, promit-il en se penchant par-dessus notre oméga pour m'embrasser et je vis ainsi les contours de son loup sombre apparaître brièvement devant son visage, le bruit de pattes assourdies me procurant du réconfort au plus profond de mon âme.

CHAPITRE CINQUANTE-ET-UN

connor

LE LENDEMAIN MATIN, Brady me réveilla tôt, sa paume contre mon œil, son pouvoir de guérison comme un coup de poignard dans le crâne. Contrairement à auparavant, je sentais à présent qu'il disposait de ressources bien plus grandes et quand bien même mon œil n'était pas complètement guéri, après une session, il allait déjà bien mieux.

Jude était venue aux nouvelles assez tôt, contente du progrès et lorsque je lui dis que l'on comptait rentrer de suite à la maison principale, elle se contenta de me faire un petit clin d'œil. Au moment où elle sortit de la pièce, Carmen venait de se réveiller et un parfum délicieux emplissait l'air. Celui du fluide oméga.

— Tu étais en train de faire un rêve cochon ? la taquinai-je alors qu'elle frottait ses hanches contre mon ventre.

— Oh bon Dieu oui, chuchota-t-elle en ramenant la main de Brady sur ses seins, sifflant lorsqu'il pinça doucement ses tétons. J'ai besoin de vous deux, tout de suite.

— Oh ça, oui, grogna Brady qui se pencha sur elle pour

mordre son épaule, enfonçant ses longues dents dans le muscle.

Carmen poussa un cri et le fluide inondait à présent le lit, enduisant mon ventre et ma queue déjà dure, j'avais douloureusement besoin d'elle. Il fallait qu'on file d'ici. Brady se leva du lit, enfila un jean et m'en passa un. Carmen se rhabilla rapidement tandis que j'enfilai mon pantalon et que je la plaquai contre mon torse alors que nous quittions le Cabanon. Une fois sortis, je l'installais sur le quad devant moi et Brady derrière. Nous rejoignîmes la maison en un temps record, courant presque dans les escaliers, pressés de s'envoyer en l'air. Du temps que j'arrive dans le couloir qui menait à ma chambre, Carmen n'était plus qu'une petite chose ivre de désir, le fluide coulant à flots d'elle, couvrant mes bras et mon ventre, trempant mon pantalon.

Brady arracha pratiquement son jean qu'il fit descendre le long de ses cuisses musclées alors que je déposais en douceur notre oméga sur le lit. Elle se redressa, enleva son tee-shirt pendant que je tirais sur son pantalon, révélant son corps nu à mon regard avide. Allongée sur le lit, complètement nue, trempant les draps avec son désir. Son miel ruisselait depuis la tête du lit et sur le sol, Brady grognant à côté de moi. Quand j'avais l'intention d'y aller très lentement pour la mettre à la torture, lui était tout à son envie sauvage. Mon compagnon se traîna jusqu'au lit, s'allongea et enfouit son visage entre les cuisses de Carmen.

Un grognement guttural m'échappa alors que Carmen s'arc-boutait, un cri désespéré filant entre ses belles lèvres rouges. Brady la dévorait avidement, ses grandes mains faisant des va-et-vient sur ses cuisses. Il était insatiable et de le savoir me faisait bander plus fort encore. Mais je sentais qu'ils avaient besoin d'un moment, ensemble, tous les deux, avant que je ne les rejoigne.

— Jouis pour moi, oméga, maintenant, ordonna Brady, envoyant Carmen dans les affres du plaisir alors qu'elle se débattait dans ses bras, le fluide suintant et enduisant la bouche, la gorge et le cou de Brady.

Il ronronna et fit se retourner Carmen, lui claquant assez fort les fesses pour que le son de l'impact me fasse grimacer. Mais elle se contenta de siffler, se mit à genoux et plongea en avant pour aller le retrouver alors que lui aussi s'avançait, agrippant avec force sa gorge et l'aplatissant presque contre son torse.

J'étais stupéfait de voir à quel point il était violent avec elle alors qu'il plongeait ses dents à plusieurs reprises dans son cou avant de lui faire violemment écarter les cuisses et s'enfiler en elle d'un coup. Il rejeta la tête en arrière en poussant un cri désespéré alors qu'il resserrait sa poigne sur sa gorge, assez fort pour que je l'entende haleter alors qu'elle tentait de reprendre son souffle.

Leur violence aurait dû me terrifier, mais le besoin et le désir qui crépitait entre eux me figeait. Au lieu de ça, je me déshabillais complètement et m'appuyais contre le pied du lit, me caressant alors que ma compagne et mon compagnon s'envoyaient en l'air sous mes yeux.

Brady pilonnait frénétiquement Carmen, des coups de boutoir furieux alors qu'elle s'agrippait à ses épaules en criant son nom, sa voix rauque. L'orgasme montait, montait et une demi-seconde avant que je ne sente qu'ils jouissent, ils se retournèrent pour me regarder, leurs yeux incandescents de désir. Carmen fut la première à jouir, hurlant à en perdre la voix puis Brady suivit alors qu'elle continuait de se répandre sur sa queue. Je peinais à me concentrer, ma vision rendue floue par le désir alors que je les regardais s'abandonner lentement, respirer au même rythme, leur Lien clair dans mon esprit.

— Rejoins-nous, ordonna Brady en tournant la tête dans ma direction.

Rampant sur le lit, je pris Carmen dans mes bras et fis glisser mes lèvres sur les siennes, la goûtant, me liant à elle. Elle était toute molle de plaisir, fredonnant contre mes lèvres tandis que je la taquinais alors elle passa ses longues jambes mates autour de mon torse pendant que je faisais passer ses cheveux bouclés tout fous par-dessus son épaule.

— Tu es prête pour plus ? grognai-je contre son cou, faisant attention à mon œil en guérison.

— Toujours, alpha, gronda-t-elle doucement, sa tête retombant dans ma paume.

Brady remonta derrière nous, chevauchant nos jambes alors qu'il prenait mon membre dans sa paume, titillant mon piercing jusqu'à ce que je m'enfonce, essoufflé, dans l'épaule de Carmen. Carmen s'enfonça mollement entre nous et mon regard croisa celui de mon compagnon : son iris sombre avait à présent pratiquement disparu. Il venait juste de s'y mettre, mais elle avait besoin d'un moment de répit, la veille ayant été particulièrement stressante. Nous la blottîmes dans les oreillers et je souris alors que Brady et moi nous redressions.

— Regarde-nous, oméga, regarde ce que tu nous inspires, ordonnai-je et au même moment, je poussais Brady contre le pied du lit, agrippant sa gorge avec force alors qu'il se débattait, peinant à rompre la prise que j'avais sur lui.

Cette violence et cette domination absolue, jusqu'à Carmen, je ne m'étais jamais rendu compte qu'il en avait besoin jusqu'au moment où elle était entrée dans nos vies qu'elle avait ébranlé. Avant, nous alternions, mais il avait besoin de plus venant de moi et il avait besoin de pouvoir la dominer. Elle était la clef de notre harmonie sexuelle, nous avions de la chance.

Encore à présent, je sentais qu'il en voulait plus alors je me précipitais et le repoussais à l'autre bout de la pièce comme je l'aurais fait d'une poupée de chiffon. Il atterrit devant le fauteuil en grognant avant de se mettre à genoux, les lèvres tordues en un rictus. Avant même qu'il ne puisse se relever, je bondis à l'autre bout de la pièce, retombant sur son dos et le tirant contre moi par la gorge.

J'enfonçais mes dents avec force dans son cou, j'y déversais toute mon envie et mon désir, chargeant encore davantage le brasier de notre Lien. De l'autre côté de la pièce, Carmen nous observait, absolument incrédule bien que ses mains se soient de nouveau glissées entre ses cuisses. Elle était une reine qui nous dirigeait depuis son trône qu'était le lit et je fis passer mes doigts sur les fesses de Brady avant d'en glisser deux dans sa fente. Il était trempé après l'avoir baisée, couvert de fluide oméga et alors que je le préparais, je le sentais trembler.

Il était prêt à exploser, excité comme il était par ma façon de le malmener.

— Tss, tss, pas si vite, le tançai-je.

Je sortis mes doigts et je nous redressai puis je m'assis dans le fauteuil, lui faisant écarter les cuisses et s'empaler sur mon érection. Il siffla et s'arc-bouta lorsque j'entrais. J'aurais pu jouir immédiatement tant c'était chaud-bouillant, mais je voulais le titiller jusqu'à ce qu'il explose tout à fait, jusqu'à ce que Carmen et moi réduisions en poussière ses murailles pour pouvoir rebâtir à neuf quelque chose tous les trois.

Je fis changer de place régulièrement Brady plusieurs fois sur ma queue et j'établissais un rythme lent, régulier et dévastateur, les yeux dans les yeux avec Carmen.

— Que vois-tu en face de nous ? grognai-je dans l'épaule de Brady alors que je le pénétrais en rythme.

— Plus, j'en veux plus, vas-y plus fort ! S'il te plaît, Connor, exigea-t-il.

— C'est moi qui déciderai quand tu en auras plus, feulai-je en mordant son cou, qu'est-ce que tu vois en face de nous.

— Oméga, notre foutrement belle oméga, qui se touche et qui nous regarde.

— C'est ça, et qu'est-ce que tu peux entendre ? demandai-je, glissant en rythme alors que je le sentais se tendre et palpiter sur mon membre.

— À quel point elle est mouillée, combien elle est haletante ! Elle est tellement excitée, Connor, s'il te plaît, fit Brady, la voix éraillée, alors qu'il rejetait la tête en arrière contre moi, dévoilant son cou pour une morsure de marquage.

— Pas encore, alpha. Viens là, Carmen, ordonnai-je.

Mon oméga se leva du lit, traversa la pièce, pupilles noires de désir.

— Qu'est-ce que tu sens, alpha ? dis-je en enfonçant mes dents dans le muscle de l'épaule de Brady, le faisant rugir de douleur alors que Carmen se glissait entre ses cuisses, faisant courir ses doigts sur ses épaules-là où je venais de le mordre.

— Du fluide, des quantités de fluide, juste pour nous, gémit-il.

— C'est ça, lui dis-je et passant la main sur sa cuisse, je caressais avec force sa queue, le faisant glapir avant de prendre sa main et la poser sur le ventre doux de Carmen.

— Et qu'est-ce que tu sens sous tes doigts ?

— De la peau douce, des tremblements, de l'envie, murmura-t-il.

— Et qu'est-ce que tu lis à travers notre Lien ? l'aiguillonnai-je.

— La perfection, que ce Lien est un cadeau, soupira-t-il !

— C'est tout à fait ça, ronronnai-je alors que je plantais mes dents dans son autre épaule.

Carmen se rapprocha davantage et je la fis s'installer plus près encore de Brady, portant son sein contre sa bouche, souriant quand il se mit à le téter avidement, aplatissant sa langue sur son téton avant de le sucer avec force. Je ris tandis que Carmen haletait, je continuais de caresser la queue de Brady alors que j'entrais et sortais de son cul.

— Qu'est-ce que tu goûtes, alpha ? lui demandai-je finalement alors qu'il mordillait et léchait les seins de Carmen tour à tour puis il la prit dans ses bras avant de la marquer une nouvelle fois.

Me glissant entre eux, je fis s'empaler Carmen sur la queue ferme de Brady et ils sifflèrent tous les deux, brisant leur baiser juste assez longtemps pour glapir.

— À moi, ce goût n'appartient qu'à moi, fit Brady avant de planter ses dents dans notre oméga, la marquant encore une fois devant moi et la lune.

J'accélérai le rythme, le pilonnant alors qu'il restait lié à elle jusqu'au moment où nous ne fûmes plus qu'un amas confus qui se confondait dans l'orgasme qui nous ébranla tous les trois, les cris résonnant dans les murs de notre chambre alors que nous jouissions tous ensemble, les dents de Brady plantées dans Carmen tandis que je le prenais toujours par derrière.

Des heures ou peut-être des jours plus tard, j'avais le regard baigné dans un brouillard luxurieux, je fis délicatement descendre Carmen de la queue de Brady qui se retira et qui la prit dans ses bras, traçant un chemin de baisers jusqu'à sa gorge.

— Plus, oméga, j'ai besoin de plus, fit-il.

Carmen sourit et le prit par la main, l'entraînant vers le lit et sur la pointe des pieds, elle était radieuse alors qu'il la contemplait, le visage irradiant la joie et la perplexité.

— Apprends-moi ce que tu aimes, alpha, dit-elle sur un ton innocent en battant de ses longs cils.

Brady prit Carmen dans ses bras et dévora ses lèvres de

baisers violents et ravageurs et elle passa ses longs bras autour de son cou. J'aurais cru être repu après ce que nous venions de faire, après avoir joui si fort, mais j'étais d'attaque pour un nouveau round et je me demandais si c'était lié à notre pouvoir nouvellement acquis maintenant que nous étions tous connectés. Je ne pouvais pas détacher mon regard d'eux et je sentais au plus profond de moi que le Lien que nous avions forgé était aussi résistant qu'une chaîne d'acier.

CHAPITRE CINQUANTE-DEUX

brady

JE NE POUVAIS PAS me rappeler pourquoi je n'avais pas voulu de ça. Ce Lien que nous avions, cette capacité à se transformer, c'était un véritable cadeau que j'aurais dû ouvrir longtemps avant Noël. Carmen m'offrit plusieurs rounds de ce qui était la meilleure partie de jambes en l'air de mon existence avant qu'elle ne commence à fatiguer.

Une fois qu'elle fut repue, je la nichai dans mes bras et nous nous endormîmes tous les trois, Connor ronronna joyeusement entre nous deux. Des heures plus tard, je me réveillais en sursaut, et tournant la tête à ma gauche, je souris en voyant Connor me regarder, son œil bleu rivé sur le visage de Carmen enfoui dans mon cou. Sa jambe était passée entre les autres alors qu'elle respirait doucement.

D'un coup, le regard de Connor s'assombrit.

— Il faut que l'on aille interroger la femme, je ne sais pas pourquoi ou comment je sais ça, mais je sens que quelque chose m'attire. Peut-être que c'est le pouvoir.

Grimaçant, je regardais Carmen qui avait l'air si paisible.

— Tu n'as même pas rencontré les prisonniers, pourquoi tu te sens forcé à ça ?

Mon compagnon grimaça lui aussi et regarda notre oméga.

— Je ne sais pas, Brady. Je me sens juste puissant en ce moment et quelque chose me dit que c'est le bon moment pour pouvoir obtenir des informations. Le conseil de meute n'a pas beaucoup avancé jusqu'à présent, mais je sens que je peux y arriver. Appelle ça une intuition d'alpha, si tu veux...

Hochant la tête, j'extirpai délicatement Carmen de mes bras et je la recouvris, repoussant les boucles brunes qui retombaient sur son visage. Si j'avais bien appris quelque chose ces trois dernières années, c'est que les intuitions des alphas étaient remarquables. Si Connor disait qu'il fallait que l'on fasse ça à ce moment-là, c'était que c'était le bon moment.

Je récupérai un talkie-walkie, m'habillai et nous quittâmes notre chambre après nous être assuré que Carmen était profondément endormie. Une fois que nous arrivâmes aux escaliers principaux, je prévenais Mitchell qui répondit tout de suite.

— Qu'est-ce qui ne va pas ? Vous allez bien ? s'enquit-il.

— Il faut qu'on te parle, Connor et moi arrivons, dis-je à mi-voix.

Mitchell ouvrit la porte à l'instant où nous arrivâmes dans son couloir.

— Tu as l'air d'être réveillé depuis un moment, gronda Connor, pensif, en jetant un œil à la pièce derrière Mitchell.

— J'arrivais pas à dormir, fit Mitchell d'une voix tendue, peiné. Derrière lui, le lit était fait et je ne sentais Alice nulle part.

— Elle dort à la serre, admit-il, cette histoire de loup lui a porté un coup et elle veut voir si ça fait une différence qu'on ne soit pas tout le temps ensemble, mais tout ce que ça fait, c'est que je n'arrive pas à dormir et que je suis malheureux sans elle.

— Elle va revenir, dis-je avec confiance, elle est tienne et tu es sien, c'est tout ce qui compte, j'en ai jamais douté un instant.

— Moi non plus, soupira-t-il, mais toute cette histoire de métamorphe et que Connor puisse voir mon âme-animale, ça la tracasse vraiment. Bordel, peut-être que c'est juste que je suis seulement trop vieux pour me transformer. Qui sait ? Dans tous les cas, j'en ai rien à faire. Je ne voudrai jamais qu'elle.

J'eus un sourire réconfortant pour mon alpha de meute. Je ne doutais pas que les choses allaient revenir à la normale pour eux, mais à l'heure actuelle ils étaient en difficulté et je ne pouvais pas faire grand-chose pour les aider même si j'étais décidé à parler à Alice le lendemain.

— De quoi aviez-vous besoin ? Comment je peux vous aider ? me demanda Mitchell en croisant les bras sur son torse large.

— Il faut qu'on interroge la femme, fit Connor, je ne sais pas pourquoi maintenant, mais je me suis réveillé et j'ai senti qu'on le devait.

Mitchell ne discuta pas ce qu'avançait Connor, mais referma la porte de sa chambre et nous suivit à l'extérieur. Nous pressâmes le pas jusqu'au bunker, là il tapa le code d'accès et nous entrâmes, attendant un instant dans le sas d'entrée. Mon compagnon prit une inspiration sifflante et furieuse lorsqu'il vit les alphas dans leur cellule.

— Ils sont dans un triste état, d'avoir fait leur transition sans oméga, fit-il à mi-voix, je peux lire leurs loups et ils sont agités. Ils ne savent pas quoi faire sans compagne. Le déséquilibre des pouvoirs va les tuer s'ils ne trouvent pas rapidement une oméga et à présent, ils sont déjà pratiquement morts.

— Comment le sais-tu ? L'interrogea Mitchell et Connor haussa les épaules.

— Je ne sais pas, répondit-il, pensif, maintenant que j'ai

accès à mon pouvoir, tout est intuitif, je n'ai pas d'autre façon d'expliquer ça, mais quand Zeke reviendra, je lui demanderai à quoi m'en tenir.

Connor braqua ensuite son regard sur la femelle et il grimaça.

— En revanche, elle, c'est une tout autre histoire, rien ne va.

Devant nous, l'alpha femelle faisait les cent pas et regardait à travers la vitre sans tain comme si elle pouvait dire que nous étions là. Lorsqu'elle se jeta sur la paroi vitrée, Mitchell activa le verre de façon qu'elle puisse nous voir. Il tapa une série de chiffres sur une console et la cellule disparut dans la salle d'interrogatoire à l'étage en dessous et nous suivîmes Mitchell jusque-là.

— Je vais tous vous tuer ! Je ne dirais rien ! cria-t-elle à travers les barreaux.

— Tu n'as rien besoin de me dire, ronronna doucement Connor, je vais aller directement à la source.

Je savais qu'il était à présent prêt à ce que nous cherchions pourquoi cette femelle avait attaqué notre maison. Me rapprochant d'elle, je me postais juste hors de portée de ses griffes. Elle était étonnamment musclée. Nous l'avions délestée de tout son équipement militaire lorsque nous l'avions capturée alors elle ne portait plus qu'un débardeur et un legging sombre. Elle était aussi musclée qu'un culturiste. Lorsqu'elle s'aperçut que je l'observais, elle grogna.

— La vue te plaît, connard ? Même quand tu serais en grande forme, tu ne tiendrais pas le coup.

Je souris, elle allait rompre. Elle était forte, mais j'allais faire tout mon possible pour tirer d'elle les informations nécessaires pour protéger ma compagne et mon compagnon. Je tendis le bras, l'attrapai par le sien et la tirai contre les barreaux en prenant son autre bras en même temps. Me tournant vers Mitchell, je lui fis signe de s'en saisir et de la plaquer contre l'avant de la cage.

— Si tu veux bien, alpha, dis-je en baissant poliment la tête.

La femelle tenta de reculer, mais elle ne tenait pas le coup face à lui. Connor passa la main entre les barreaux et la posa entre ses clavicules. Je posais ma main sur la sienne et me trouvais ainsi en mesure de le rejoindre et de voir moi aussi les âme-animales. Nous nous tenions dans la forêt qu'était l'esprit de l'alpha et sa louve grogna lorsque nous nous approchâmes. Elle souffrait et faisait les cent pas en boitant, une patte en suspens.

La puissance grimpait à travers mon Lien avec Connor et je fus soudainement conscient de ce qu'il pouvait lui faire. Il s'agenouilla devant la louve tendue et furieuse et à travers le Lien, j'entendis ce qu'il lui disait, comme il serait simple pour elle de la tuer si elle ne nous renseignait pas. Comment il allait tirer jusqu'à ce qu'il ne reste plus rien d'elle ? Ça me rendait malade, mais le besoin de protéger Carmen était bien plus fort encore.

Un courant sombre circula entre la louve et mon compagnon et elle lui sauta dessus. Mais l'esprit était un endroit puissant et après qu'il l'eut maîtrisée avec une prise en cravate, elle se retrouva impuissante. Encore et encore, je regardais Connor injecter son pouvoir dans l'animal jusqu'à ce qu'elle finisse par s'évanouir dans sa tête. Je m'avançais et posais mes mains sur le flanc de la louve, soignant la douleur et la souffrance jusqu'au moment où elle allait être prête à riposter.

Nous dûmes soumettre la louve pratiquement une dizaine de fois avant que Connor me fasse signe que nous devions partir. Elle était prête à parler. Ce que l'on faisait me dégoûtait et me donnait la nausée, mais elle et sa meute avaient tué sept de mes frères. Là, nous nous battions pour nos vies.

Nous sortîmes rapidement de son esprit et Mitchell claqua des doigts devant son visage. Elle bavait, ses yeux étaient révulsés dans leurs orbites et sa tête butait contre les barreaux.

— Pourquoi nous avoir attaqués ? demanda-t-il, la même question que nous avions posée aux autres, pourquoi es-tu venue ici ?

La femelle ricana, un rire dément qui me fit frissonner et je sentis mes poils se dresser.

— On va prendre vos omégas, on va vous tuer et les faire marquer par d'autres mâles pour construire une armée, fit-elle d'une voix sifflante.

— Il faudra nous passer sur le corps avant, aboyai-je, pourquoi les Forces opérationnelles veulent-elles une armée ?

— Les Forces opérationnelles veulent vous mettre en pièces détachées pour vous comprendre, pour vous contrôler, mais mon compagnon et moi... on a d'autres projets, des projets que même les Forces opérationnelles ignorent, dit-elle, évasive.

— Qu'est-ce que toi, tu veux ? Qu'est-ce que veut ton compagnon ? insistai-je.

La salive perlait au coin de ses lèvres desséchées.

— Mon compagnon la cherche et quand il l'aura retrouvée, il vous tuera tous. Et on commencera avec *ta* jolie compagne, fit-elle en ronronnant.

Sa louve était puissante et je sentais que je ne tirerais plus beaucoup de choses d'elle ce soir-là.

— Qui cherche ton compagnon ? demanda Mitchell avec insistance alors que la femelle donnait des coups de dents entre les barreaux de la cellule.

Lorsqu'elle ne répondit pas, Mitchell lui rugit au visage, mais tout à son honneur, elle ne recula pas et même au contraire, se déchaîna complètement. Mitchell ne laissa pas passer, il lui fit une clef de bras et la tira plus fort contre les barreaux.

— Tu ne partiras jamais d'ici, assena-t-il sur un ton vicieux, je ne le permettrai pas, car tu es une menace pour ma famille. Qu'est-ce que tu cherches ?

— Le frère de ma compagne est ici. Quand il viendra me chercher, nous la prendrons avec nous et nous vous tuerons tous pour ce que vous m'avez fait subir. Prépare-toi, alpha, murmura-t-elle avec un sourire triomphant et crachant à moitié.

Elle était complètement dingue, mais tout sourire, elle commença à aiguillonner Mitchell :

— Qui ce sera ? Qui ce sera ? J'espère que ça va te tuer de te demander quelle oméga dans cette maison ne t'appartient pas...

La femelle rit hystériquement puis Mitchell la tira à nouveau contre les barreaux assez fort pour que sa tête parte en arrière et que du sang coule à la commissure de ses lèvres.

— Laisse-la, Mitchell, le pressai-je.

Il était déchaîné, horrifié parce qu'elle venait de nous dire. Elle me fusilla du regard.

— Je trouverai d'abord ta compagne et je te la prendrai, comme tu m'as pris le mien. Et je la ferai souffrir, parce que je peux le faire.

— Tu ne t'approcheras pas d'elle, feulai-je.

— Oh, on verra bien. *Quand* je sortirai d'ici, je la tuerai la première et j'irai lentement que tu puisses regarder et voir toute ma vengeance et comment je veux faire les choses bien pour mon compagnon.

Je fis signe à Mitchell de sortir de la pièce alors qu'il hurlait de rage, se jetant sur la paroi de la cellule alors que la femelle s'avachissait contre la cloison du fond, hurlant joyeusement. Nous n'allions rien obtenir d'autre d'elle ce soir-là. Connor m'aida à sortir Mitchell de la salle et écrasa sa main sur le panneau de contrôle pour remettre la femelle à son endroit initial. Mon alpha de meute rugit dans la pièce silencieuse.

— Mais c'est quoi ce bordel ? Une des omégas est la sœur de son compagnon ? Il faut que je parle immédiatement à Griz. Bordel de merde !

— Je ne sais pas alpha, mais il vaudrait mieux qu'on en parle au conseil de meute parce qu'on ne peut pas continuer comme ça. Samson nous a déjà dit qu'on ne serait plus tranquille très longtemps. La menace est plus grande que l'on aurait cru, dis-je.

Mitchell ne dit rien, bouillonnant de rage alors que l'on retournait au Complexe au pas de charge où nous réveillâmes le reste du conseil de meute et nous nous retrouvâmes dans son bureau. Je relatais tout ce que nous avions appris ce soir-là. L'humeur était sombre, mais nous nous mîmes d'accord pour nous retrouver le lendemain matin, à tête reposée pour essayer de trouver comment aller de l'avant. Une chose était claire pour moi après ce qui venait de se passer ce soir-là : le Complexe n'était plus un endroit sûr pour nous et nous allions devoir le quitter. Très bientôt.

CHAPITRE CINQUANTE-TROIS

carmen

LORSQUE JE ME réveillai le lendemain matin, je m'étirai en grognant. J'étais tout endolorie après ce que nous avions fait la veille.

— Bonjour chérie, chantonna Connor qui se trouvait de l'autre côté de la pièce, Mallo est venue me dire tout à l'heure que toutes les omégas seraient à la serre ce matin pendant un moment si tu veux te joindre à elles.

Je souris et acquiesçai, sortant du lit et me dirigeant vers la salle de bain. Ça avait l'air sympa, mais j'avais désespérément besoin de prendre une douche alors je retournais à Connor un sourire narquois et lui fit signe de me suivre.

— Tu veux me savonner et qu'on fasse des trucs salaces avant que j'y aille ?

— Oh oui, dit-il en se levant de suite, Brady nous attend déjà à la salle de bain.

Lorsque nous entrâmes dans la pièce, Brady était effectivement là, l'eau ruisselant sur sa carcasse énorme. La demi-heure qui suivit, je passais à l'action avec mes deux compagnons jusqu'au moment où nous fûmes tous ramollis de plaisir, repus et absolument ravis.

Après nous être habillé, Connor m'accompagna à la cuisine et je fus heureuse de voir que Griz, Jude et Mallo étaient déjà là. Griz s'affairait à préparer quelque chose qui sentait délicieusement bon et les femmes me saluèrent joyeusement en agitant la main.

— Je suis vraiment désolée pour l'autre so..., commençai-je, mais Mallo me fit signe de m'arrêter.

— Carmen, nous comprenons très bien, nous sommes contentes que tu sois là et de vous voir tous les trois ensemble, c'est charmant, sourit-elle.

— Comment va ton œil, mon ami ? demanda-t-elle à Connor. Connor lui fit un clin d'œil avec son œil restant et montra son bandage.

— Je serai un pirate par défaut pour Halloween chaque année, mais tout va bien, fit-il.

Mallo leva les yeux au ciel et me fit un clin d'œil. Derrière elle, Jude souriait alors qu'elle mangeait de bon cœur une assiette de légumes sautés et je la regardais regarder tour à tour Griz et son assiette. Griz qui agita une spatule dans ma direction.

— Carmen, est-ce que tu en veux ? J'en ai préparé un peu trop et après ces derniers jours, tu dois être affamée, on m'a dit que le marquage était épuisant, me suggéra-t-il en faisant un clin d'œil et Jude s'étouffa sur ce qu'elle était en train de manger.

Mallo réprima un sourire en se mordant la lèvre, mais elle ouvrit grand les yeux et se tourna prudemment vers Jude, lui mettant quelques tapes dans le dos, cette dernière se mettant à tousser dans une serviette.

— Je me suis fait un claquage de la queue, Griz, tu veux lui faire un petit massage, qu'elle aille mieux, plaisanta Connor.

— Oh, non, siffla furieusement Griz qui lui jeta la spatule à la tête.

— Hé ! Attention à son œil ! protestai-je.

Griz leva les yeux au ciel, mais me gratifia d'un clin d'œil alors que Connor éclatait bruyamment de rire derrière nous tandis que Griz me tendait une superbe assiette de légumes et saucisses sautés accompagnés d'un petit bol de fromage râpé.

— Voilà pour toi, Carmen. Et, il en reste encore alors, mange bien, d'accord ?

— Merci Griz. Oh, mon Dieu, je n'ai jamais mangé quelque chose d'aussi bon, dis-je et après une copieuse bouchée, je ne pus m'empêcher de gémir de plaisir tant c'était délicieux.

— Retire ça, oméga. Admets que ma queue a meilleur goût, me reprit Connor qui se saisit de ma fourchette et qui prit une grosse bouchée de mon petit-déjeuner.

Riant, je récupérai ma fourchette.

— Si ta queue avait meilleur goût que ça, je n'aurais pas besoin de déjeuner...

Tout le monde rit et Mallo se tourna vers moi.

— Tu veux toujours venir à la serre aujourd'hui, Carmen ?

Je levai affirmativement un pouce alors que je continuais d'engloutir le repas délicieux. À travers le Lien, je sentis Brady s'éloigner, probablement pour aller retrouver Mitchell. Il allait être occupé ce jour-là alors, il semblait que la journée allait être entre Connor, moi et les omégas. Une radio attachée à la ceinture de Griz bipa d'un coup et lorsqu'il décrocha, j'entendis la voix retentissante d'Orion.

— Griz, tu peux trouver Connor et l'accompagner au bureau de Mitchell ? Ce matin, on est tous sur le pont...

— Beurk, je ne veux pas y aller, geignit Connor alors que Mallo lui mettait une claque sur l'épaule. Aïe ! Mallo fait gaffe, je suis tout endolori après le marquage intense de ces dernières vingt-quatre heures.

Griz rit et traversant la pièce, il fit descendre Connor de sa chaise en le tirant par son chignon.

— Ramène ton cul au bureau, je te suis.

Se retournant, il nous fit un large sourire et nous salua.

— Désolée de te le piquer, Carmen, mais on a besoin de lui aujourd'hui. Amusez-vous bien, les filles.

Une fois qu'il fut parti, Jude glissa pratiquement sous la table et posa son front sur le plan de travail froid. Mallo se tourna vers elle et posa une main sur son dos.

— Oh, ma chérie, les choses se mettront en place d'elles-mêmes, tu verras.

Jude se redressa et se mit une claque sur le front.

— Il va bien falloir que ça marche tôt ou tard, parce que je commence à brûler sur place. C'était beaucoup plus simple quand on allait voir d'autres meutes et que je gardais mes distances, mais maintenant qu'on est là à temps plein, ça sera ma mort...

D'autres meutes ? Voilà qui me rendait curieuse. Mais ce n'était pas le moment pour demander à Jude ce qu'elle savait des autres meutes. Elle se tourna vers moi.

— Hey, Carmen, maintenant que tu es marquée, ça ne te dirait pas de contribuer à mon compendium oméga ?

Je fronçais les sourcils sans comprendre.

— Contribuer à quoi ? Quand ?

Mallo rit.

— Jude compile un « compendium oméga », pour faire simple, c'est tout un tas d'informations sur notre expérience oméga pour essayer d'identifier des structures et mieux comprendre ce que ça implique d'être une oméga.

— Et puis..., fit Jude, le frère de Mallo nous a dit que les omégas d'autres meutes peuvent développer des pouvoirs. Nous avons quatre omégas pour l'instant alors je suis curieuse de voir si ce sera le cas pour nous aussi.

Je pris un instant pour réfléchir.

— Merde, je n'ai rien remarqué de particulier, pour honnête, je n'y ai pas vraiment fait attention. Peut-être que le frère de Mallo pourra nous en dire plus sur les pouvoirs qu'ont les omégas ?

— Oui, fit Mallo, il est bien occupé aujourd'hui avec le conseil de meute, mais c'est vrai que ça fait partie de mes priorités d'en apprendre davantage. Je m'assurerai qu'il revienne avec quelques-unes de leurs omégas pour qu'on puisse être au courant.

CHAPITRE CINQUANTE-QUATRE

connor

GRIZ ME SUIVIT dans le dédale des couloirs jusqu'au bureau de Mitchell, l'air tendu tout du long. Cela lui ressemblait si peu que j'aurais voulu pouvoir m'en moquer, mais il semblait que chaque jour qui passait il s'inquiétait davantage pour Jude. Le rire des omégas nous venait encore aux oreilles et cela eut le mérite de me faire sourire.

Mon oméga était là-bas et s'intégrait à la meute. Elle était une véritable force de la nature et je restais abasourdi par sa force. Le premier jour, elle avait eu une peur bleue en me voyant, mais à présent, il émanait d'elle une confiance en elle silencieuse et gracieuse et j'avais hâte au moment où elle me raconterait sa journée.

Me reconcentrant sur le bureau de Mitchell, je sentis que Brady était déstabilisé, furieux et... inquiet. Nous avions discuté un bref instant avant qu'il ne descende ce matin-là, mais à ce moment-là tout le conseil de meute était réuni pour décider quoi faire. Une fois que l'on allait être au courant, j'informerai mon oméga pour m'assurer qu'elle n'ignore rien de la situation.

Lorsque nous entrâmes, la pièce était en effervescence. Brady releva la tête et me fit un sourire radieux alors que je m'avançais sans bruit sur le tapis et passais un bras dans son dos pour le rapprocher de moi pour embrasser son épaule et il ne m'empêcha pas de le faire. Quand bien même tout le monde nous verrait, il me laissait le toucher et l'embrasser en public.

— Bien joué, alpha, lui dis-je au creux de l'oreille et je vis un frisson couvrir ses bras puis les miens.

Alors comme ça on était trois à faire une fixette sur les encouragements... Il fallait que je creuse ça une fois que nous serions de nouveau sous les draps.

Tyler et Tiernan étaient revenus ainsi que le père de Pen qui fut le suivant à prendre la parole.

— Les Forces opérationnelles gagnent en puissance, ils ont encore quelques alphas de la meute des souterrains, mais il y a des renforts humains qui arrivent en ville tous les jours. Ce n'est qu'une question de temps avant qu'ils arrivent ici et détruisent tout.

— Et la législation et les articles de Mallo ? s'enquit Brady en regardant notre alpha de meute.

Mitchell soupira.

— À dire vrai, c'est sûrement grâce à ça que nous ne sommes pas encore tous morts, mais cela ne suffit pas. Parce que s'ils nous capturent tous, ils pourraient toujours réécrire les articles de Mallo de leur point de vue pour servir leurs idées et réduire à néant tout ce que nous avons construit. Il faut que nous quittions le Complexe. Rapidement.

Tout le monde se mit à protester à l'idée. Quitter le Complexe ? Je savais que l'on pensait tous à ça depuis le raid, mais à présent que ça avait été dit à haute voix, cela rendait ça beaucoup plus réel. Brady resserra la prise de mon bras sur sa taille avant de prendre la parole.

— J'imagine que tu as vu ça venir depuis longtemps Mitchell, que fait-on ?

Griz se posta au côté de Mitchell et fit la grimace.

— Malheureusement, on a toujours envisagé ça comme une possibilité. On va faire une assemblée générale durant le dîner et préparer la meute. Mais essentiellement, on va proposer plusieurs choix à nos frères : nous suivre, partir de leur côté ou intégrer la meute de Tyler.

— Bordel, murmura Brady en secouant la tête, j'ai horreur d'imaginer qu'on doive se séparer.

— Oui, ce n'est pas l'idéal, mais ce sera difficile d'être cinquante à se déplacer, acquiesça Griz, on s'attend à ce qu'un tiers voire deux tiers de la meute choisisse de se dissiper au cas où les Forces opérationnelles nous suivraient...

— Mais où ira-t-on ? demandai-je en regardant tour à tour Griz et Mitchell.

Mitchell soupira.

— Dans le nord, l'une des meutes canadiennes. Leur alpha, Stone, a accepté de nous accueillir. Le gouvernement canadien travaille déjà à une législation pour l'établissement de territoires alpha au nord-ouest du pays et Stone a accepté qu'on s'installe un moment avec eux. Griz et moi versons des pots-de-vin aux gardes-frontières depuis des années, au cas où nous aurions eu besoin de partir.

— Et qu'est-ce qu'on sait sur lui ou sa meute ? m'enquis-je parce que j'étais curieux. J'avais déjà entendu parler une ou deux fois d'une meute canadienne, mais l'idée de devoir aller aussi loin pour trouver un autre foyer était... intimidante. Sans parler du fait que nous allions avoir les Forces opérationnelles à nos trousses tout du long.

Griz poursuivit.

— Il y a deux meutes canadiennes, une assez proche de nous et celle de Stone dans le nord-ouest du pays. La meute la plus proche a refusé de nous aider, mais nous sommes en contact avec Stone depuis le début.

— C'est un connard sacrément têtu, acquiesça Tiernan, mais c'est un bon alpha et leur meute est plus avancée que la nôtre. J'ai eu des liens avec son voyant au début et il m'a beaucoup appris même s'il est très jeune. Stone a beau protester, je sais qu'il s'assurera que vous serez bien installés.

Le père de Pen s'avança.

— Il ne reste plus beaucoup de temps, peut-être trois ou quatre jours avant que vous ne deviez partir d'ici.

Tiernan hocha la tête.

— Je n'ai pas eu de nouvelles visions, mais je le sens, je sens que votre temps est compté et qu'il vous faut immédiatement vous organiser pour partir.

À mon tour, je pris la parole parce que cela ne me semblait pas vraiment être un plan.

— Et comment va-t-on au Canada et comment est-on certains qu'on va arriver à passer la frontière ? Et plus encore, comment peut-on être certains que les Forces opérationnelles ne nous suivront pas au Canada ?

Mitchell grimaça.

— On a un avantage, Connor : les visions de Samson et Tiernan. On sait de combien de temps on dispose alors on se prépare sans délai. Le poste-frontière le plus proche n'est pas si loin que ça alors nous partirons au milieu de la nuit avec tous ceux qui veulent partir, on va se séparer et se donner rendez-vous de l'autre côté. Si on voyage léger, on peut arriver à la frontière en quelques heures. Une fois de l'autre côté, on file au nord aussi vite que possible. Ansel travaille déjà à un système pour mettre en déroute les Forces opérationnelles.

— À savoir ? insistai-je.

D'ordinaire, je n'aurais pas autant insisté auprès de mon alpha de meute et j'avais toujours fait confiance à notre conseil de meute pour prendre la meilleure décision, mais à présent que la vie de mon oméga était en danger, je n'arrivais pas à me dire que j'en demandais trop.

Griz eut un sourire doux.

— Ansel a mis au point des balises GPS que Tiernan va nous aider à fixer sur les véhicules des Forces opérationnelles et comme ça, on pourra savoir quand ils se mettent en route s'ils partent de la base d'ici.

— Mince, c'est sacrément malin, murmura quelqu'un qui se trouvait du côté de la pièce où se trouvait Tyler.

— Qu'est-ce que vous attendez de nous ? Comment on peut vous aider ? demanda Brady.

Mitchell soupira et balaya la pièce du regard.

— Soyez à mes côtés ce soir, mes frères. Nous allons dire toute la vérité à notre meute et nous saurons qui viendra avec nous et qui restera derrière. Aidez-moi à être honnête et franc avec nos camarades pour qu'ils puissent prendre la meilleure décision pour leur avenir. Et dans tous les cas, notre priorité, ce sont les omégas. Nous ne pouvons pas laisser les Forces opérationnelles les enlever.

Je pris une profonde inspiration alors que mes pensées déviaient vers Carmen, redoutant qu'un connard des Forces opérationnelles l'utilise comme rat de laboratoire. Il allait falloir me passer sur le corps parce que je ne la laisserais jamais partir. *Jamais.*

CHAPITRE CINQUANTE-CINQ

carmen

J'AIMAIS l'ambiance de la serre et je comprenais pourquoi les omégas se retrouvaient ici. C'était comme avoir notre jardin secret rien qu'à nous, un endroit tranquille où nous pouvions passer du temps ensemble. Je suivis Mallo et Jude et nous nous enfonçâmes dans les entrailles de la serre jusqu'à ce que nous tombions sur Pen et Alice qui discutaient. Elles relevèrent toutes les deux la tête et nous saluèrent alors que l'on s'installait autour d'une table qui faisait un petit espace confortable où s'asseoir. Plusieurs bancs et chaises étaient installés en demi-cercle et les filles en occupaient déjà un.

À l'expression tirée d'Alice et l'absence de sourire de Pen, j'avais fini par comprendre que ce n'était pas normal pour elle, il semblait que la conversation était très sérieuse.

— Est-ce que ça va vous deux ? demanda Mallo en triturant du bout des doigts la tresse rousse de Pen.

Alice soupira et me regarda.

— Carmen, tu peux m'ignorer parce que tu viens juste d'être marquée et que tout est beau, tout est merveilleux, mais moi, c'est tout le contraire, c'est un sacré cinéma...

— Ne te dérange pas pour moi, la rassurai-je, jusqu'à il y a quelques jours, c'était pareil pour moi.

— Amen ! S'exclama Pen et je réprimai un éclat de rire.

— Beurk, j'ai horreur que tout le monde soit au courant de mes affaires, soufflai-je.

— Eh bien, gloussa Pen, c'est un peu plus que seulement être lié au voyant de la meute, je vois aussi ses visions et il gardait un œil sur Brady et Connor depuis le début et essayer de faire... avancer la situation.

— Rappelle-moi de le remercier plus tard, dis-je.

Pen sourit et posa une main sur le genou d'Alice.

— Tu veux nous en dire plus et qu'on puisse avoir d'autres perspectives ?

Alice fit la moue, révélant des dents de perles.

— Connor a vu le loup de Mitchell, alors ça veut dire qu'il existe, mais que je ne lui ai pas donné la capacité de se transformer lorsqu'il m'a marquée.

Je me trouvais accablée de chagrin pour elle parce que j'étais là quand elle avait appris la nouvelle et aucune des autres omégas ne semblait avoir les mots. Alice soupira et s'appuya sur son avant-bras.

— Tous les mâles liés de notre meute font la transition sauf Mitchell. Ça doit vouloir dire quelque chose, pas vrai ?

Lorsque personne ne répondit, elle poursuivit.

— J'ai dormi dans la serre cette nuit pour essayer de penser plus clairement et d'avoir un peu d'espace. Quand je suis près de lui, je ne peux que penser à combien je l'aime et c'est tout. Je ne peux pas imaginer qu'on ne soit pas fait l'un pour l'autre. Mais je n'en suis plus aussi certaine à présent.

— Chérie, tu dis des conneries, fit Pénélope sur un ton sec, je n'ai jamais vu deux personnes mieux assorties que Mitchell et toi.

— Oui, acquiesça Alice, du moins c'est ce que je croyais.
Mais autrement comment peut-on expliquer ça ?

— Est-ce que c'est nécessaire ? s'enquit Mallo avec
douceur. Est-ce que ça ne te suffit pas que vous soyez si
heureux ensemble ?

— Avant je croyais que ça suffisait, mais à présent, je suis
terrifiée à l'idée que ça signifie que je ne suis pas vraiment
sienne et que c'est peut-être une autre personne qui est la
bonne. Ça me tuerait.

Je sentis qu'Alice avait besoin d'être rassurée.

— J'espère que mon conseil ne te paraîtra pas trop déplacé,
mais tu ne sais jamais ce qui va t'arriver dans cette vie. Pourquoi s'inquiéter de quelque chose qui ne s'est pas produit et
qui peut-être n'arrivera jamais ? Ne peux-tu pas mettre ça de
côté et passer de bons moments avec ton compagnon ?

C'était difficile à croire que c'était moi qui donnais ce genre
de conseil quand ma vie durant, j'avais été une personne scep-
tique. Mais s'il y avait bien une chose que j'avais apprise,
c'était que trouver l'amour et l'entretenir était un choix important à faire.

— Peut-être, marmonna Alice, je suis sûrement bête, mais
je ne peux pas m'empêcher de penser et c'est horrible que
quelque chose n'aille pas et ça empoisonne le Lien que nous
partageons depuis des années.

— Omégas ! Réjouissez-vous, mesdames, Connor est dans
la place ! tonna la voix joyeuse de Connor depuis l'entrée de la
serre.

Lorsque mon sublime compagnon apparut avec un appa-
reil photo autour du cou, je me mordis la lèvre. Il était si grand,
si viril, pétillant, et ce même avec un seul œil. Il me rejoignit
rapidement et me prit dans ses bras, faisant passer mes jambes
autour de sa taille et m'embrassa bruyamment. Mais comme je

m'inquiétais pour Alice, je répondis brièvement au baiser et m'extirpais de son étreinte.

— C'était sacrément terne, comme baiser, oméga ! grogna-t-il alors qu'il tentait de me reprendre dans ses bras alors que d'une pirouette je m'éloignais de lui et d'un mouvement de la tête, je lui désignais Alice.

— Alice, reprends-toi et arrête de t'inquiéter pour quelque chose qui ne s'est pas passé ! Toi et Mitchell, vous êtes parfaits et si vous vous séparez, ça me tuerait, alors vous n'avez pas le droit ! fit Connor.

Ce qui finit par faire pouffer Alice et il la tira à lui, la serrant dans ses bras. Il était facile de voir pourquoi toutes les omégas adoraient Connor, il était facile à vivre et généreux. Il était intuitif, comme tous les autres alphas, mais lui *comprenait* les femmes. Et j'étais si très heureuse qu'il n'appartienne qu'à moi. Oh ça, oui...

* * *

L es deux heures qui suivirent, Connor nous régala en nous racontant ses aventures en Amazonie pour photographier des tribus autochtones et ensuite nous parlâmes des prochains articles de Mallo même s'il allait falloir sûrement attendre un moment avant qu'il en sorte d'autres. Il parla d'un peu tout et n'importe quoi, prenant des photos de nous toutes ensemble dans notre élément et au moment de l'heure du déjeuner, il me fit sentir à travers notre Lien, son envie et son besoin. Les omégas rirent lorsqu'il me prit par la main.

— Je reviens plus tard, mesdames, je suis prêt pour passer à la casserole, fit-il à la cantonade.

— Fais gaffe, Carmen ! Il parle sûrement littéralement, tes chips ne sont pas en sécurité, pouffa Pen derrière moi alors que les autres omégas continuaient elles aussi de nous chahuter.

Dès que la porte fut refermée derrière nous, Connor me prit dans ses grands bras et prit agressivement possession de ma bouche.

— Je ne voulais pas insister trop là-dessus alors qu'Alice est à cran, mais j'ai besoin de toi, oméga, dit-il d'un ton inquiet et ses sourcils blond clair étaient froncés.

Passant ma main entre ses yeux et le long de l'arrêté de son nez, je me penchais doucement pour embrasser délicatement ses lèvres, triturant sa lèvre inférieure alors qu'il me plaquait contre le mur.

— Moi aussi, j'ai besoin de toi, allons retrouver Brady et remontons dans notre chambre.

— Oh, bien sûr qu'on va faire ça, rit Connor, mais j'étais tout à fait sérieux, je suis mort de faim et il faut sauver les apparences. Et puis qui sait combien de calories je brûle quand on s'envoie en l'air ? J'ai besoin de refaire le plein.

Je rejetais la tête en arrière alors que la joie pétillait dans ma poitrine, remontant le long des bras. Connor se blottit contre moi et souffla dans mon cou, y collant son nez, me chatouillant et me faisant sourire. Nous nous écartâmes du mur, arpentâmes les couloirs et nous arrivâmes à la cuisine.

— J'aurais juré qu'on venait juste de prendre notre petit-déjeuner, bougonnai-je alors qu'il me reposait par terre et commençait à prendre de quoi faire un sandwich.

Je n'avais pas vu autant de nourriture depuis des années et je luttais pour ne pas aller essayer de trouver un sac et commencer à faire des réserves. Mais je n'avais pas à faire ça, parce que cet endroit était à présent la maison. Connor assembla un énorme sandwich, versa trois paquets différents de chips sur une assiette et fit glisser le tout sur le plan de travail.

— Mange bien, tu en auras besoin, dit-il avec un clin d'œil et il regarda par-dessus mon épaule et de taquin, il passa à désirant à plein régime et je sus immédiatement que Brady devait se trouver derrière moi. Penchant la tête sur le côté, je fis passer mes cheveux sur mon épaule et j'exposais mon cou pour le taquiner. Immédiatement, je sentis le picotement des dents tranchantes sur ma peau alors que Brady mordait mon épaule et s'y enfonçait, gémissant doucement derrière moi. À travers notre Lien, je lisais le poids de ce qu'il portait, de tout ce qui était en train de se passer dans la meute en ce moment. Il fallait que l'on parle de ça, je le savais, mais dans l'immédiat, j'avais besoin de me lier à lui. Et de finir mon sandwich. Brady rit en sentant ma détermination et mon changement d'objectif et il s'installa élégamment dans le siège à côté du mien.

— Tu ne peux pas me tenir à distance longtemps, oméga, je suis habitué à Connor et sa manie de toujours manger des chips, mais j'ai des limites.

— Laisse-moi au moins manger... je ne sais pas... la moitié de mon sandwich ? dis-je avec un sourire alors qu'il repoussait une mèche éparse derrière mon oreille.

— Mange-le entièrement, je veux que tu sois en forme et je ne veux plus jamais qu'il te manque quelque chose parce que maintenant, nous sommes là et Connor et moi, on sera toujours là pour toi jusqu'à ce que l'on soit plus de ce monde, dit-il.

— Ne dis pas ça, ordonnai-je, parce que je n'aimais vraiment pas ce « plus de ce monde ». N'envisage même pas d'être le premier à partir...

L'expression de Brady s'adoucit alors qu'il regardait ma bouche et se lécha les lèvres.

— On ne te donnera jamais de raison de douter de nous, oméga, jamais plus, éclaircit-il lorsque je haussais un sourcil sans comprendre ce qu'il venait de dire.

* * *

L e déjeuner se passa dans le calme à l'exception de Connor qui mangea bruyamment non pas trois, mais quatre paquets entiers de chips avant de se déclarer repu. Brady me regarda manger la dernière bouchée de mon sandwich puis me fit passer sur son épaule, montant dare-dare les escaliers.

— Il faut qu'on parle de ce qui va se passer ensuite, mais avant ça, j'ai besoin d'être en toi.

Connor nous talonnait et me fit un clin d'œil une fois dans l'escalier, nous suivant dans le couloir couvert d'un tapis et nous entrâmes dans notre chambre. Nous passâmes des heures à nous couvrir d'amour avant d'être assez repus pour pouvoir avoir une conversation sérieuse. Parce qu'il le fallait : la tempête grondait et menaçait de s'abattre sur notre maison.

CHAPITRE CINQUANTE-SIX

— Viens t'asseoir avec moi, encourageai-je Carmen à me rejoindre alors qu'elle roulait paresseusement sur le lit en baillant.

— Il le faut vraiment ? Parce que j'adore être dans le déni allongée entre mes deux compagnons, fit-elle en promenant ses doigts le long de ma clavicule.

— Je sais, oméga, j'aimerais que l'on puisse rester toujours comme ça. Mais nous devons te parler. On a beaucoup appris sur le raid de la semaine passée et sur nos prisonniers.

— OK, fit-elle doucement, son sourire retomba, ses fossettes disparurent.

Elle était si belle que je pouvais à peine le supporter alors, je la pris dans mes bras, la faisant passer entre mes jambes et je pris avec force sa bouche. Elle répondit à mon baiser de la même façon, se délectant de ma domination sur elle alors que Connor, derrière nous, grognait.

— Je jurerai que chaque fois que j'ai le dos tourné, vous vous envoyez en l'air, fit-il d'un grognement rauque à peine audible, mais les émotions que je lisais à travers notre Lien me confirmer à quel point il aimait nous regarder ensemble.

Carmen me permit de la posséder quelques minutes avant de me repousser, à bout de souffle.

— Si tu continues comme ça, on ne va jamais discuter de ce que tu viens de parler et même si j'aimerais pouvoir retarder ce moment, ça m'a l'air urgent.

— Ça l'est, acquiesçai-je alors que je descendais du lit et que je la prenais dans mes bras.

Nous traversâmes la pièce et nous nous assîmes dans un fauteuil devant la cheminée, Connor nous suivant et il s'installa assez près de façon qu'il puisse poser ses deux pieds de part et d'autre de mes cuisses. Carmen tendit la main pour lui caresser la cheville et il se mit à ronronner.

— Carmen, bébé, les choses vont devenir très sérieuses dans le coin.

— Je le sens bien, admit-elle.

— On ne veut rien te cacher. Tu es au courant que Samson a des visions et qu'il a vu qu'il nous restait que très peu de temps avant une nouvelle attaque. On est en train de s'organiser pour quitter le Complexe et partir au Canada où une autre meute va nous accueillir, la rassurai-je, passant mes doigts à travers ses beaux cheveux bruns.

— Oh, mon Dieu, ça m'a l'air... dangereux. Qu'est-ce qui s'est passé ? Qu'est-ce qu'ont dit les prisonniers ? demanda-t-elle en se retournant pour me faire face.

— Les mâles ne sont pas vraiment une menace pour nous, pas vraiment. Ils se transforment sans avoir pris d'omégas et on imagine que c'est grâce aux patchs des Forces opérationnelles. À terme, ça va les tuer, mais ils n'ont pas choisi d'être là. Ils sont sous l'influence du patch. Mais la femelle, c'est autre chose... Elle travaille avec les Forces opérationnelles, mais elle a aussi des projets de son côté. Selon elle, la sœur de son compagnon vit ici, au Complexe. Elle nous a tous menacés, toi y compris.

— Bordel de merde ! Est-ce qu'on sait qui c'est ? Est-ce qu'elle l'a dit ? siffla-t-elle.

— On l'ignore, mais il n'y a pas beaucoup de femmes ici : toi, Mallo, Alice, Pen, Jude. Mais on vous connaît toutes bien ici et je ne vois pas comment il pourrait s'agir d'une oméga du groupe. On est en train de s'organiser pour quitter le Complexe et rejoindre une autre meute au Canada. Il nous faut prendre le large, immédiatement. Parce que Connor et moi, on laisserait jamais quelque chose t'arriver, la rassurai-je.

— On sera avec toi à chaque étape et nous essaierons de prendre les devants sur les Forces opérationnelles. Nous allons devoir partir dans quelques jours. Dans l'immédiat, l'oméga de Tyler va venir vous apprendre à utiliser vos pouvoirs au cas où on ait assez d'omégas pour commencer à en développer. Ensuite, on va prendre tout ce qu'il nous faut et on partira la nuit tombée avant que les Forces opérationnelles puissent arriver là.

— J'ai besoin de mon collier... comme la neige commence à fondre..., fit immédiatement Carmen qui porta la main à son cou.

— Je te promets qu'on ira le chercher demain. Est-ce qu'il y a autre chose que tu souhaites emporter, lui demandai-je en souriant tandis que j'embrassais son épaule.

Elle prit un moment pour réfléchir.

— Honnêtement ? Mon collier, c'est la seule chose au monde qui compte pour moi en dehors de vous deux, alors non, c'est tout.

Mon cœur se gonfla d'amour et Connor et moi nous nous sourîmes par-dessus l'épaule de Carmen.

— Mitchell va organiser une assemblée durant le dîner et il va expliquer à nos camarades de meute ce qu'il se passe et leur donner le choix de nous suivre, de se séparer et se retrouver au Canada ou bien de rester avec la meute de Tiernan, expliqua Connor.

Carmen ouvrit grand les yeux.

— Est-ce que l'un d'entre vous préférerait rester ici plutôt que de faire le grand voyage ?

Je n'avais pas vraiment réfléchi à ça, pas vraiment. Là où allait mon conseil de meute, je suivrais. Et puis, comme je faisais à présent partie du conseil...

— À en croire Tyler, il est important que le conseil de meute reste ensemble pour la cohésion interne du groupe... mais si tu veux rester ici, c'est ce que nous ferons, dis-je.

— Je ne sais pas, concéda-t-elle, c'est... une grosse décision. Est-ce qu'on peut en reparler demain matin ?

— Oui, bien sûr, la rassurai-je, il n'y a pas besoin de prendre ta décision aujourd'hui. Samson et Tiernan nous ont dit qu'on avait encore quelques jours avant de devoir partir, dis-je.

Quelques jours encore pour apprécier la paix toute relative que nous avions avant de fuir pour sauver nos peaux. J'avais horreur de ça.

CHAPITRE CINQUANTE-SEPT

connor

LE DÎNER ÉTAIT PLUS silencieux que d'ordinaire. Brady et moi avions aidé à faire passer le mot qu'une assemblée aurait lieu ce soir-là alors tous nos frères étaient présents. Les omégas également et le mess était bondée, mais nous étions étonnamment silencieux. Entre le raid de la semaine précédente et le fait que les Forces opérationnelles sachent où nous trouver, tout le monde était sur la défensive. Même avec tout ce qui s'était passé depuis que j'avais trouvé mon oméga et à quel point cela avait été accaparant, de savoir que nous n'étions plus en sécurité me trottait toujours dans la tête et me tordait le ventre.

Dès que l'on eut commencé à finir de dîner, Mitchell qui se tenait en bout de table se leva. Brady, Griz, Orion et Samson allèrent le rejoindre pour faire front avec lui. J'étais tiraillé et j'hésitais entre les rejoindre et rester avec mon oméga, mais elle me poussa gentiment à travers notre Lien.

— *Je vais bien, vas-y ! C'est important !*

— *Je sais, je ne veux pas te laisser...*, soufflai-je.

— *Tu ne me laisseras jamais,* me rassura-t-elle en me caressant la cuisse.

Me levant, j'allais rejoindre Brady et à ma surprise, il se rapprocha davantage de façon à me toucher. Devant tous nos frères assemblés. Ce ne devait plus être une surprise pour eux après Carmen et toutes les rumeurs qu'ils avaient dû entendre sur lui, elle et moi, mais cela me faisait toujours chaud au cœur qu'il choisissait de montrer activement son affection. C'était un pas énorme pour lui. Mais je résistais à l'envie de passer mon bras sur ses épaules. À travers le Lien, je sentais le désir de Carmen se réveiller et frémir.

— *Arrêtez ça, vous deux* commanda-t-elle.

— Mes frères, tonna la voix rauque de Mitchell dans la pièce, merci d'être venus à l'assemblée de ce soir.

Nous entendîmes des éclats de voix en provenance de la cuisine et un groupe d'alphas passa les portes du mess, s'immobilisant lorsqu'ils virent la pièce absolument silencieuse. C'était Tyler, Tiernan et leur conseil de meute qui arrivaient en retard pour bien faire remarquer leur présence. Le père de Pen menait le groupe.

— Mes excuses, Mitchell, les Irlandais ne sont pas connus pour leur ponctualité, dit-il avec un rictus narquois qui faisait bien comprendre qu'il n'était pas du tout désolé et j'eus très envie de lui mettre une claque.

Je savais qu'il était là pour soutenir Mitchell, mais j'étais certain qu'il s'était pointé en retard pour pouvoir assener qu'il était l'alpha de cette meute et qu'il ne s'inclinait pas devant Mitchell.

— Bienvenue, mon ami, ronronna Mitchell qui ne se soucia pas de faire sentir s'il était agacé par le retard, le raid de la semaine passée m'a fait très clairement comprendre que nous ne sommes plus en sécurité ici au Complexe. Grâce aux visions de Tiernan et Samson, nous avons pu prévoir que l'on aurait une période de répit avant que les Forces opérationnelles ne reviennent à la charge, mais nous manquons de temps.

Le brouhaha envahit soudainement la pièce alors que mes frères se mettaient à discuter entre eux.

— Nous avons toujours prévu un plan de secours s'il fallait quitter en hâte le Complexe et ce moment est arrivé. Je suis conscient que vous ne voudrez pas tous le suivre alors que nous souhaitons vous proposer des alternatives. Je vous laisserai chacun choisir ce qui vous semble être pour vous la meilleure option. Quoi que vous décidiez, vous avez le soutien total du conseil de meute, expliqua Mitchell, tous les regards braqués sur lui et comme personne ne souffla mot, il poursuivit.

— Dans deux nuits, nous allons quitter le Complexe et nous nous rassemblerons pour partir en direction de la frontière canadienne, il y a une meute à quelques jours de marche qui est prête à nous accueillir jusqu'à ce que l'on retombe sur nos pattes. Tyler, si tu veux bien expliquer la deuxième option.

— Comment peut-on être certains que les Forces opérationnelles ne nous suivront pas au Canada ? fit une voix dans la foule.

— Gardons les questions pour la fin, mais je vais répondre à celle-ci rapidement. Nous ne sommes pas certains, mais la meute de Stone ne rencontre pas les mêmes problèmes que nous. Il y a bien une législation anti-alpha comme chez nous, mais le gouvernement ne les traque pas à moins qu'ils aient blessé quelqu'un. À dire vrai, ils sont déjà en pourparlers pour établir des zones protégées dans les provinces du Nord-ouest. J'espère qu'on pourra reprendre ce que nous avions commencé ici avec les articles de Mallo et les propositions de loi de Leivan. Mais pour être honnêtes, nous n'avons jamais été vraiment hors de danger ici et nous pourrions très bien ne jamais l'être en restant ici. C'est notre meilleure chance.

Alors que tout le monde se mettait à discuter, Tiernan demanda le silence et une fois que ce fut le cas, son alpha s'avança et grimpa sur la table à côté de Mitchell. Je risquais un regard dans la direction de Mallo et je lisais sur son visage qu'elle avait le cœur brisé, mais qu'elle était en adoration devant son frère. Je me doutais qu'elle devait être déchirée à l'idée de partir alors qu'elle venait juste de retrouver son jumeau. Elle et Orion allaient venir au Canada et elle allait laisser Tyler derrière elle. C'était un coup dur pour elle.

— Il y a une autre option, pour ceux de nos frères qui ont besoin de quelque chose d'un peu plus... excitant, fit Tyler avec un rictus et quelques frères eurent des hochements de tête approbateurs, la plupart d'entre vous ne me connaissent pas, je suis Tyler, le frère jumeau de Mallo.

Des murmures incrédules envahirent la pièce alors que tout le monde regardait tour à tour Tyler et Mallo et une fois qu'on le savait la ressemblance était troublante. Mallo avait l'air horriblement mal à l'aise sous l'assaut des regards, mais elle réussit timidement à saluer à la ronde tous ceux qui la contemplaient.

— J'ai cru l'avoir perdue quand j'ai fait ma transition, mais la retrouver ici, ça a vraiment été une bénédiction. Pendant trois ans, j'ai travaillé pour Mac, je vous le dis tout de suite, ce n'est pas légal, mais c'est satisfaisant et notre meute grossit. Nous sommes solides, nous avons un bon conseil de meute et c'est... drôle, cela ressemble autant que possible à la vie que nous avions avant.

— Pourquoi les Forces opérationnelles ne sont pas sur vos talons ? cria quelqu'un au fond de la pièce.

— Oh, mais elles y sont et elles ne manquent pas de venir renifler de temps en temps, admit Tyler, mais nous avons de quoi faire en cas d'imprévus, quelques politiciens dans notre poche et des choses du genre. On rend des services et ce que l'on fait nous permet qu'ils nous laissent tranquilles.

— Peut-être peux-tu expliquer un peu ce que vous faites ? suggéra Mitchell avec un sourire et Tyler sourit lui aussi.

— C'est une bonne idée, Mitchell. Écoutez, mes frères, nous ne sommes pas du bon côté de la loi, mais j'imagine que ce n'est pas bien grave comme notre existence même est déjà illégale. Si vous nous rejoignez, vous travaillerez dans un garage clandestin. Ou vous pourrez faire de la livraison de fournitures à d'autres meutes ou vous engagez dans des combats clandestins. Cette existence n'est pas sans risque, mais nous sommes moins en danger qu'ici.

— Pourquoi ne pas tous vous rejoindre alors ? cria Aadrik qui se trouvait au fond du mess.

Mitchell s'interposa une nouvelle fois.

— Aad, tu peux tout à fait rejoindre la meute de Tyler si tu le souhaites, c'est une bonne option si ce mode de vie te convient. Notre conseil de meute ne veut pas personnellement vivre ça et nous voulons prendre nos distances avec les Forces opérationnelles pour pouvoir repartir à zéro. Il y a des avantages et des inconvénients aux deux options.

Tyler écarta les bras.

— Avez-vous des questions ? Nous y répondrons maintenant et ensuite nous mettrons un terme à cette assemblée.

Mes camarades de meute assaillirent Tyler et Mitchell avec de nombreuses questions : qu'est-ce que la meute de Tyler faisait pendant la journée ? Combien étaient-ils ? Avaient-ils des omégas ? Quand Tyler les informa que des femmes venaient assez souvent, je compris que nous allions perdre des frères. Ils voyaient là l'occasion de trouver leur propre oméga et cela avait un attrait indéniable. Si je devais faire une estimation, je pense qu'au moins la moitié de la meute allait le suivre.

Ils allaient vraiment me manquer, mais c'était aussi une

bonne chose, parce que pour la première fois depuis trois ans, ils avaient le choix. Et nous n'avions jamais eu le choix jusqu'à présent. Nous nous étions préparés, nous avions appris à nous battre et nous trouver des occupations, mais en vérité, nous nous étiolions tous au Complexe. À présent, nous avions des raisons de nous battre et pas juste pour rester en vie.

Mitchell répondit aux questions concernant la meute de Stone et ce ne fut que tard dans la nuit que la réunion finit par se terminer. Tyler annonça donc que ceux qui voulaient se joindre à lui pouvaient le faire immédiatement ou plus tard, mais je me doutais bien que nombreux allaient être ceux qui allaient vouloir partir de suite. Une fois que la réunion fut terminée pour de bon, la foule sortit du mess, ne restant derrière plus que le conseil de meute, Tyler et le père de Pénélope, Mac.

— Ça s'est bien passé, fit remarquer Tyler à Mitchell.

— Aussi bien que je m'y attendais, soupira mon alpha de meute en passant ses grandes mains dans ses cheveux, j'imagine qu'un certain nombre viendront avec toi ce soir et demain. Merci à toi pour ça.

— Il faut qu'on se serre les coudes si on veut que cela fonctionne et puis, il faut qu'on donne le temps à Mallo de changer le monde, pas vrai ?

Mallo se précipita sur son frère et enfouit son visage sur son torse alors qu'elle pleurait. Je savais que son désarroi était palpable pour tout le monde et les avoir vus se retrouver avait été si beau... Orion m'avait déjà dit qu'il était tiraillé entre partir et rester, mais je savais que son besoin de la protéger des Forces opérationnelles le ferait suivre Mitchell. Mallo était une cible permanente avec ses articles. Nous avions besoin d'espace et de liberté pour qu'elle puisse se déchaîner. Tyler frotta tendrement le dos de sa sœur et il regarda Pen, Alice et Carmen.

— Demain, je passe avec Ava pour rencontrer Mallo et j'aimerais qu'elle puisse passer un moment avec vous pour parler de ses pouvoirs. Un de nos camarades de meute vient juste de se lier et immédiatement après, toutes les omégas ont commencé à développer des pouvoirs. Vous n'en êtes pas encore à ce stade, mais ce n'est qu'une question de temps...

Pen fronça les sourcils et croisa les bras.

— Quel genre de pouvoirs ?

— Honnêtement, fit Tyler, c'est foutrement terrifiant et Tiernan commence tout juste à avoir des visions sur le sujet pour leur apprendre à les utiliser et les guider en se servant de notre histoire. Et en tant qu'alpha de meute, c'est mon boulot de les aider avec ses conseils. Mais Ava peut sectionner le Lien entre un alpha et son âme-animale en un claquement de doigts.

Comme pour appuyer son propos, il claqua les doigts et un frisson terrible ébranla Brady et je sus qu'il imaginait être brutalement déconnecté de son loup et c'était absolument horrifiant.

— Qu'est-ce que ça veut dire, exactement ? murmura Pen, le visage blanc comme un linge.

— C'est synonyme de mort immédiate, expliqua Tyler.

— Est-ce que je veux savoir comment tu sais ça ? demanda sèchement Pen.

— Certainement pas, rit Tyler, mais disons simplement qu'elle est incroyable et qu'elle sait se protéger. On s'en tiendra là.

Pen acquiesça, mais ne dit rien de plus. À côté de moi, Brady serra Carmen plus fort contre nous, caressant ses cheveux. À travers notre Lien, je savais qu'il imaginait sa vie soufflée comme une flamme en un claquement de doigts. Il s'imaginait perdre Carmen aussi rapidement, perdre ce que nous avions construit en quelques jours à peine. Son besoin d'elle, de moi, commençait à frémir sous sa peau.

— Il faut qu'on y aille, on se voit plus tard, dis-je au reste du conseil de meute.

Je me tournai, serrant mon alpha et mon oméga contre moi alors que le reste du groupe se dispersait en silence. J'avais besoin de ma compagne et de mon compagnon. Immédiatement.

CHAPITRE CINQUANTE-HUIT

brady

JE PRIS Carmen dans mes bras alors que Connor ouvrait la voie, montant l'escalier principal. Je fis passer ses jambes autour de mes hanches et j'enfouis mon visage dans son cou, j'avais besoin de la savoir près de moi après cette fichue assemblée. J'avais eu pratiquement tous mes camarades de meute en consultation à de nombreuses reprises et je connaissais leurs cœurs et leurs esprits. Et ce soir-là, leur santé mentale avait pris un sacré coup.

Bien sûr, le raid nous avait fait comprendre que nous n'étions plus en sécurité, mais se rendre compte que nous devions partir et probablement nous séparer, c'était un sacré coup dur. Je savais que certains frères seraient heureux de l'occasion de faire autre chose, mais cela donnait aussi l'impression que tout ce que nous nous étions évertués à construire depuis ces trois dernières années était en train de s'effondrer.

J'étais pressé de m'enfouir en Carmen et Connor et ne plus y penser jusqu'au moment où je n'aurais plus le choix. Le psy en moi me tança. Parce que ne pas regarder la vérité en face n'était pas la meilleure chose à faire, mais à présent je mourrai d'envie de me lier à ma compagne et mon compagnon. J'en avais besoin et je me soucierai du reste plus tard.

Connor ouvrit la porte de notre chambre et après que je fus entré avec notre oméga que je déposais en douceur sur le bord de notre lit, il la referma.

— Est-ce que tu vas bien, petite oméga ? demandai-je avec un sourire tendre.

Carmen retira son haut et s'allongea sur les draps puis elle fit glisser son pantalon qu'elle jeta à Connor avec un large sourire. Le sublime sourire avec des fossettes qui m'était devenu aussi nécessaire que respirer.

— C'est vraiment la merde, mais vous êtes là tous les deux pour moi alors ça va, et ça ira encore mieux quand vous serez tous les deux au lit avec moi.

Connor monta sur le lit et roula pour la faire grimper sur lui alors qu'il s'appuyait sur ses coudes.

— Ça ne ressemble pas du tout à ce que tu m'aurais dit quand on s'est rencontrés et j'avais tout le temps peur que tu t'enfuis, expliqua-t-il en rejetant la tête en arrière alors que Carmen se penchait en avant en mordillant son cou, ses cheveux sombres retombant sur les larges épaules de Connor.

— Il y avait quelque chose qui me retenait toujours, admit-elle en s'adossant pour pouvoir se frotter contre son érection alors que le fluide coulait à flots entre ses plis, enduisant mon compagnon sous mon regard.

— Je n'ai jamais eu quelqu'un *avant*, je n'ai jamais eu quelqu'un qui était là pour moi comme tu l'as été Connor et une fois que j'y ai goûté, je n'ai plus pu te laisser repartir.

Le cri étouffé de Connor déchira l'air et Carmen continua son va-et-vient à bout de souffle en rejetant la tête en arrière, ses cheveux retombant le long de son dos. J'étais absolument fasciné par le spectacle alors qu'elle remontait de plus belle sur lui, son membre épais l'étirant impassiblement alors que tous les deux grognaient. C'était une lente torture et je ne parvenais pas à détourner le regard, la façon dont le piercing de sa queue entrait en elle puis tout son membre ensuite, luisant de son désir, le fluide couvrant ses bourses lourdes alors qu'il s'enfonçait de plus en plus loin.

Je tendis la main et pris ses bourses, les tirant et triturant alors qu'il empoignait les draps.

— Vas-y, m'encouragea Carmen alors qu'elle faisait un dernier va-et-vient terriblement lent.

Glissant mes doigts derrière les bourses de Connor, je le titillai alors qu'il écartait plus largement les cuisses et s'arc-boutait sur le lit. Ses hanches allaient à la rencontre de Carmen et moi et il grogna, tout son corps se tendant et se distendant avant de se tendre à nouveau.

— J'ai besoin que tu te déchaînes, oméga, ordonna mon compagnon, ce qui fit rire machiavéliquement Carmen.

— Tu m'auras comme je l'aurais choisi, alpha, corrigea Carmen alors qu'elle continuait ses mouvements, plus lentement encore.

Je continuai de m'affairer alors que la tension croissait en lui, mais à travers notre Lien, je sentais que cette lente torture rendait Carmen qui se retenait de jouir, mais elle ne tenait plus qu'à un fil. La regarder perdre complètement pied sur notre compagnon devint alors mon seul objectif. Me penchant en avant, je glissais ma langue entre ses cuisses, la mordillant et léchant alors qu'elle gémissait.

À travers notre Lien, je sentais des étincelles entre Carmen et Connor alors qu'ils étaient tous les deux à bout de souffle, moment de douloureuse anticipation à l'état pur avant qu'ils jouissent simultanément d'un orgasme fracassant. Un flux d'énergie parcourut notre Lien alors qu'ils criaient, Connor pilonnant Carmen avec force alors que je continuais de m'affairer avec ma langue.

Je m'arc-boutais contre le lit sans le vouloir alors que ma compagne et mon compagnon étaient sous le coup de l'orgasme partagé, haletant contre la bouche de l'autre alors qu'ils s'embrassaient et se titillaient gentiment. Je les regardais, tout mon corps en flamme alors que la tension se dispersait des leurs.

— À mon tour, exigeai-je.

Puis je grimpais sur le lit et fis descendre Carmen de Connor et d'un mouvement souple, je l'installai sur mon érection, me délectant de la sensation du sperme de Connor et du fluide de Carmen sur mon membre. Je la rallongeai sur le ventre de Connor, la regardant s'étirer alors que je remontais sa cuisse contre sa poitrine pour changer d'angle, ce qui eut pour effet de faire courir une décharge électrique sur mes cuisses.

— Plus, alpha, grogna-t-elle en appui sur ses coudes.

Connor pinça doucement ses tétons tandis que je la pilonnais. Mon orgasme montait vite, beaucoup trop vite, et je n'étais pas prêt à perdre cette sensation. Je voulais la sentir jouir, être ébranlée par son plaisir, mais elle n'était pas prête. Me retirant, je la fis se retourner et sa tête buta contre la tête de lit capitonnée, la faisant glapir et retomber sur les oreillers. Elle grogna et se mit à genoux alors que la tension sexuelle qui irradiait d'elle alors que dans cette posture elle avait l'air d'être un animal sauvage prêt à bondir.

Je fus de l'autre côté du lit avant elle et fis claquer mes canines devant son visage alors qu'elle levait la tête et tirait la mienne en arrière, mon oméga me dévora, me mordant férocement et furieusement alors que la chaleur commençait à monter entre mes cuisses. Laissant ma tête en position, je la laissais me mordre, me marquer, me dominer quelques instants seulement.

— Il suffit, oméga, ordonnai-je au moment où je fus prêt.

Elle m'ignora, évidemment parce que depuis les quelques

jours où je l'avais marquée, elle s'épanouissait. Cette femme était prête à m'affronter dans l'arène à tout moment. D'ordinaire, j'étais le psy de bonne composition de la meute, avec l'oméga attentionnée et tranquille, mais elle et moi, au lit, nous étions une véritable tornade d'énergie chaotique. Notre dynamique était différente de celle qu'elle avait avec Connor. Ils étaient doux, tendres, incendiaires quand nous étions elle et moi une tempête électrique, déchaînée et incontrôlable.

Lorsque mon oméga me désobéit en ronronnant lascivement, je tirais en arrière sa tête avec force et enfonçais mes dents profondément dans sa gorge alors que le sang coulait dans ma bouche, l'emplissant alors que je faisais passer ses bras au-dessus de sa tête et que je les maintenais en place.

— Encore, exigea-t-elle alors que je me glissais de nouveau en elle, léchant la plaie.

— Ou quoi ? Tu auras ce que je voudrai bien te donner quand je serai prêt, dis-je.

— Je n'oublierai pas ça, fit-elle, narquoise alors qu'elle poussait un petit jappement et que j'en profitais pour la mordre assez fort afin de faire saigner sa lèvre inférieure.

Cette dynamique de pouvoirs que nous avions était vraiment incroyable, c'était difficilement soutenable. Accélérant le rythme, je la mordais encore et encore alors qu'elle se débattait, ses dents se déchaînant sur toutes les parties de moi qu'elle pouvait atteindre si je commettais l'erreur de laisser sa bouche m'approcher d'assez près.

Elle arriva à mordre l'extrémité de mon cou à la jonction de mon épaule et y planta ses dents, mais lorsqu'elle se mit à gémir, je perdis complètement la tête. En rugissant alors que j'étais soulagé, tout mon désir accumulé jaillissait alors que je la poussais contre la tête de lit et qu'elle jouissait sur moi, me mordant assez fort pour me faire jouir de plus belle.

J'étais vraiment chanceux, me dis-je alors qu'elle retombait mollement dans mes bras, relâchant sa prise et pressant son front contre mon torse. Lorsque je relâchais ses poignets, j'eus la satisfaction d'y voir là une marque légère parce que je n'avais pas été doux avec elle. Mais c'était notre façon d'être et c'était absolument parfait.

CHAPITRE CINQUANTE-NEUF

carmen

CE SOIR-LÀ, ç'avait été les montagnes russes. Il était accablant de voir la meute au grand complet en sachant que nombreux de mes nouveaux camarades de meute allaient partir plus tard dans la soirée ou le lendemain. C'était même bouleversant parce que je me faisais une joie d'apprendre à les connaître à présent que Brady, Connor et moi avions trouvé notre harmonie.

Mais je ne pouvais pas m'attarder sur ce qui aurait pu être, parce que ce n'était pas la réalité et j'étais une personne réaliste. J'avais mes compagnons et c'était plus que tout ce à quoi je m'étais attendu dans cette existence et ils me suffisaient.

Après une partie de jambes en l'air épique, Brady me blottit contre son torse sous les draps et invita Connor à nous rejoindre pour me prendre en sandwich. Ils s'endormirent rapidement, mais j'avais la tête ailleurs.

L'oméga de Tyler, Ava, venait le lendemain pour nous parler des pouvoirs des omégas et honnêtement, ça m'excitait pas mal. Parce que je ne connaissais pas l'existence des alphas et omégas depuis très longtemps, mais ça m'avait toujours paru être une sacrée connerie que seuls les alphas aient des pouvoirs. Il semblait bien qu'il y avait autre chose.

J'étais occupée à me demander si j'avais une louve et si elle aurait un pelage brun bouclé comme mes cheveux lorsque je finis par sombrer dans un sommeil tranquille, mes rêves accompagnés des pas feutrés d'un loup dans la forêt.

Lorsque je me réveillais tôt le lendemain matin, je trouvais Brady et Connor se roulant des pelles sans bruit à côté de moi. Je m'installais de façon à m'adosser contre les oreillers pour profiter du spectacle et bordel, quel spectacle c'était ! Ils accélérèrent le rythme jusqu'à ce que Connor se mette à malmener Brady partout sur le lit, partout sur moi et que nous finîmes par être un enchevêtrement poisseux et collant. Encore une fois. Ils étaient magnifiques.

Je les taquinai et proposai à tous les deux une douche polissonne qu'ils ne refusèrent pas et là aussi nous nous amusâmes. Il semblait que Dieu m'avait enfin donné un peu de répit après une vie entière de difficultés et de défi. Il allait y avoir des difficultés à venir aussi, mais cette fois-ci, je n'étais pas seule. Finalement, je pouvais expérimenter un peu de la beauté de ce monde. À la puissance deux. Mes deux alphas étaient ma plus belle chance et mes moments les plus heureux.

Après que nous fûmes sortis de la douche, Brady me prit dans ses bras et m'embrassa, dévoilant un rien de croc.

— Oméga, veux-tu qu'on t'emmène dans les bois aujourd'hui pour récupérer ton collier ?

— Oui, acquiesçai-je joyeusement, c'est la seule chose que je veux être certaine de prendre avec nous et je suis d'accord, on doit suivre Mitchell.

Connor hocha la tête alors qu'il s'habillait à l'autre bout de la pièce.

— Contente que tu sois de cet avis. Ce matin, Brady et moi,

on doit aider les frères qui veulent rester pour l'instant à se préparer et on va s'occuper de ça aussi longtemps que tu seras avec Ava, si ça te va ?

— Ça m'a l'air parfait, chuchotai-je contre les lèvres de Brady, mordant sa lèvre inférieure, le faisant sourire et il repoussa mes cheveux derrière mes oreilles.

— Tu as raison, admit-il, m'embrassant délicatement en retour, tu es parfaite et je suis vraiment désolé d'avoir lutté contre ça. Connor avait raison, *tu* avais raison, sur toute la ligne.

— Je t'aime. Tellement, dis-je les yeux dans les yeux avec mon superbe compagnon. Un large sourire illumina le visage de Brady, faisant oublier ses pommettes saillantes et faisant apparaître de divines fossettes sur sa peau mate.

— Tu m'aimes ?

— Oui, je t'aime. Vraiment, dis-je avec un petit sourire narquois., et peut-être encore un peu plus après ce que tu as fait hier soir...

Brady me jeta sur le lit avant de monter à quatre pattes et m'embrasser tendrement.

— Je t'aime moi aussi, oméga et ça ne cessera jamais.

Connor nous rejoignit et nous nous serrâmes tendrement les uns contre les autres, profitant de quelques minutes volées avant de commencer l'une de nos dernières journées dans cette maison.

* * *

Une fois que je me fus extirpée de l'étreinte de mes compagnons, nous finîmes de nous habiller et descendîmes au rez-de-chaussée. La maison était agitée et je sentais que cela bouleversait Brady et Connor. Ils avaient certains de leurs frères qui se préparaient à partir le jour même, certains rejoignant la meute de Tyler et d'autres prêts à faire cavalier seul. Je n'osais pas imaginer comme cela devait être dur pour mes compagnons de perdre des membres de leur famille choisie.

Je leur envoyais à tous les deux tout mon amour à travers notre Lien alors qu'ils se tenaient tous près de moi et lorsque nous entrâmes dans la cuisine, toutes les autres omégas et Jude étaient déjà là, mais à l'extrémité du plan de travail se trouvait une femme que je n'avais pas encore rencontrée, ce devait être Ava, l'oméga de Tyler.

Elle avait l'air vraiment *badass*, habillée de la tête aux pieds en cuir noir et elle portait une veste de motard. Elle était mate, mais ses cheveux courts étaient teints en blanc et ses boucles luxuriantes retombaient sur ses oreilles. Un maquillage sombre soulignait ses traits élégants. Aussitôt, je me pris à vouloir avoir fait quelque chose de mes cheveux, mais la voix de Connor me sortit de mes pensées.

— Ava, j'imagine ?

Elle sourit largement, un sourire superbe et aux dents impeccables alors qu'elle nous saluait en agitant la main.

— C'est bien moi, je suis là pour apprendre à vos omégas comment tuer des gens, fit-elle.

Mon Dieu, elle me plaisait déjà. Lorsque je regardais les autres filles, je voyais que nous la regardions toutes avec la même crainte admirative.

— Oh, un gang d'omégas tueuses, j'adore ça ! répliqua Connor en riant, est-ce qu'on peut vous trouver des costumes en latex hyper moulants et des cuissardes en cuir ? Bordel, que tu serais belle dans ton uniforme d'oméga tueuse à gages !

Tout le monde rit et je virai à l'écarlate, Ava posant son regard sur moi. À dire vrai, tous me regardaient et il se trouvait que ça me donnait toujours encore un peu envie de fuir. Brady le sentit et il me fit sortir de la cuisine rapidement.

— On revient vite, assura-t-il.

La joie et le rire de Connor nous parvint à travers le Lien, me caressant tendrement et Brady me prit dans ses bras, parsemant mon nez, mes joues et mes lèvres d'une myriade de doux baisers alors qu'il me plaquait contre le mur à côté de la porte de la cuisine.

— Tu vas passer une journée géniale et j'ai hâte d'entendre tout ce que tu auras appris...

— Je sais, mais je déteste que tout le monde me regarde, je ne sais pas si j'arriverai à m'y faire un jour. Une vie de complexes et de coups durs, ça ne disparaît pas d'un coup juste parce qu'on a un amant très doué, dis-je avant de me corriger parce que Brady haussait un sourcil perplexe, deux amants très doués.

— Peut-être que je devrais vous mater un peu plus souvent si ça peut aider ? suggéra-t-il avec un sourire qui faisait ressortir les fossettes qui ornaient son beau visage.

— Ça ne me dérange pas que tu mates, répliquai-je en mordant sa lèvre inférieure.

— Ne me lance pas là-dessus, j'ai déjà des visions de toi en costume latex hyper moulant à cause de Connor, je vais bander toute la journée en attendant que tu aies terminé.

L'idée me fit pousser un gémissement avide guttural alors que Brady tirait ma tête en arrière et mordit délicatement mon cou. Comment se faisait-il que je sois aussi excitée et prête en permanence ?

Il devait avoir senti ce à quoi je pensais.

— Parce que tu es nôtre comme nous sommes tiens et qu'il n'y a rien de plus juste que ça. Mais si tu as besoin de nous aujourd'hui, appelle et je serai là. Je serai toujours là. Je t'aime tant, soupira joyeusement Brady à mon oreille.

Un frisson parcourut mon échine alors que nous nous embrassions, nous avions fait un sacré chemin depuis que nous nous étions mutuellement choisis. Lorsque Brady me reposa par terre, j'embrassai ses pectoraux et retournai dans la cuisine où Connor plaisantait avec Ava. Connor était vraiment le genre de gens pour qui un inconnu n'était jamais qu'un ami potentiel et ça me plaisait bien. Quand j'étais quelqu'un de plus introverti, Connor était vibrant de joie, animé. Il se retourna pour m'embrasser avant que lui et Brady ne sortent de la pièce.

— La vache ! Les alphas sont vraiment tous les mêmes, plaisanta Ava après leur départ. Le lendemain du jour où on a découvert mon pouvoir, Tyler s'est pointé à la maison avec une combinaison en latex et a insisté pour que je la porte. C'était inconfortable au possible, mais le jeu de rôle au lit qui a suivi, c'était incroyablement chaud-bouillant.

— Beurk ! protesta Mallo.

— Haaa, désolée, mais ton frère est vraiment canon !

— Pouah ! Je sais ! Même avant sa transition, il l'était déjà et toutes mes copines essayaient de le draguer..., soupira Mallo.

— Je peux confirmer, la première fois que j'ai rencontré Tyler, j'étais dans tous mes états, mais ils se ressemblent tellement que c'est un peu dérangeant, rit Pen.

Ava leur sourit alors que je m'installais sur une chaise au plan de travail.

— Voulez-vous qu'on reste ici ou est-ce qu'il y a un meilleur endroit pour discuter ?

Ce fut à ce moment qu'Alice parla, elle qui était restée jusqu'à présent silencieuse et j'étais certaine qu'elle songeait comme son parcours était différent de celui de Pen, de Mallo et moi, qu'elle n'était peut-être pas assez oméga. Je me demandais si elle avait posé la question à Ava, de façon à savoir s'il y avait des exemples similaires dans leur meute. Je sais que c'était une question que j'aurais posée si j'avais été dans la même situation qu'elle.

— C'est l'endroit le plus confortable avec de quoi grignoter, mais il peut vite y avoir du monde. Le mess est juste derrière, pourquoi n'irait-on pas nous installer là-bas, comme ça on aura de quoi manger pas loin, mais on aura aussi de l'espace et de la tranquillité, suggéra Alice.

Ava acquiesça, se détourna du plan de travail et ouvrit les portes qui menait au mess, nous nous levâmes et la suivîmes, allant nous asseoir sur un banc. Elle balaya la pièce du regard, abasourdie.

— Je suis vraiment navrée que vous ayez à quitter cet endroit, ça m'a l'air d'être une maison magnifique. Notre meute vit dans la même rue, mais vivre dans la même maison, ça doit être tellement amusant !

Nous acquiesçâmes sombrement. Même moi qui n'était pas ici depuis longtemps, j'étais attristée à l'idée de quitter la maison.

— La plupart d'entre nous ne sont pas là depuis long-temps, quelques semaines à peine, mais je ne me suis jamais sentie plus chez moi qu'ici, fit Mallo à mi-voix, mais après tout une maison, ce sont surtout les gens qui l'habitent, pas vraie ? Alors, en partant ensemble, nous bâtirons un nouveau foyer.

Alice tendit la main et se saisit de celle de Mallo, je pouvais voir que ses yeux brillaient. Notre groupe resta silencieux un moment jusqu'à ce qu'Alice se tourne vers Ava.

— Merci d'être venue ! Qu'est-ce que tu peux nous apprendre ? On n'en sait vraiment rien dans le domaine !

L'autre oméga sourit.

— Honnêtement, c'est aussi tout nouveau pour nous, ça doit faire environ deux semaines, je crois.

— Ça a commencé quand très exactement ? demanda Jude.

— Tu es chercheuse ? s'enquit Ava.

Jude rougit légèrement, mais acquiesça.

— Oui, mais je ne suis pas une oméga même si j'essaie de

faire la chronique de l'aventure oméga pour essayer de rassembler des informations sur ce que ça implique d'en être. Un jour, j'espère qu'on pourra se servir de toutes les informations réunies pour faciliter la vie aux alphas et aux omégas et peut-être même retrouver des vies normales.

— Merde, ça serait tellement bien, acquiesça Ava, mais bon, je suis un livre ouvert alors je vais te dire tout ce que je sais. Tout notre conseil de meute est lié : alors nous avons Tyler, l'alpha de meute, un voyant, un esprit, un guérisseur, un stratège et un exécuteur. Nous avons tous été marqués au début donc depuis pratiquement trois ans et aucune oméga n'avait de près ou de loin des pouvoirs. J'ai trouvé ça un peu frustrant, pour être honnête. Les mecs peuvent faire ce qu'ils veulent, faire des trucs cool... mais quoi qu'il en soit...

— Amen, lâcha Pénélope.

— On est d'accord ! acquiesça l'autre oméga, mais apparemment notre pouvoir ne vient pas du Lien alpha, mais plutôt d'un besoin de protection. Tiernan a pu en apprendre davantage par ses visions de ces dernières semaines.

— Attends, qu'est-ce que tu entends par là ? demanda Jude.

— Il y a longtemps de ça, avant que les gènes métamorphes ne se mettent en sommeil, les omégas ont développé des pouvoirs lorsqu'en confrontation avec d'autres groupes d'omégas. Les meutes étaient souvent en guerre alors les groupes d'omégas parvenaient à développer des pouvoirs pour se protéger qu'il y ait ou non des alphas dans les parages.

— Attends une minute, cria Jude, tu veux dire qu'il y avait des alphas et des omégas avant le virus ?

— Oui, fit Ava avec douceur, vous ne saviez pas ?

— Je viens juste d'apprendre ça il y a quelques jours, admit Pénélope, Jude, je suis désolée, ça m'est complètement sorti de la tête de te le dire. Rolf l'a dit à Samson dans une vision.

— C'est la première fois que j'en entends parler, Jude, dis-je, solidaire, pourquoi les métamorphes ont disparu ? Qu'est-ce qu'il s'est passé ?

— Personne ne sait vraiment en dehors des conflits et des ravages du temps, mais les gènes ont fini par se mettre en sommeil. Mais la théorie qui prime pour l'instant dans notre meute, c'est que ce virus a réactivé ces gènes d'une façon ou d'une autre.

À côté de moi, Jude semblait essoufflée.

— Il y a toujours eu des alphas, marmonna-t-elle en fermant les yeux, ils ont toujours existé.

Nous la regardions toutes avec inquiétude, mais Pen fut la première à prendre la parole.

— Jude, est-ce que ça change quelque chose dans tes recherches ?

Jude ouvrit grand les yeux, l'air hagard.

— Mon Dieu, oui ! Oui, ça change tout. D'un côté, je meurs d'envie d'aller retrouver Père pour lui en parler et de l'autre rester ici pour en apprendre davantage sur les pouvoirs des omégas. Bordel !

— Jude, restes, l'encourageai-je avec douceur, tu ne vas pas remédier à tous les problèmes du monde aujourd'hui et tu pourrais apprendre des choses utiles...

Elle se mordit la lèvre, déchirée, mais finit par rester avec nous. Se tournant vers moi, elle me remercia.

— Tu as raison, Carmen, tu as absolument raison. C'est seulement que c'est une telle révélation que je peine à y croire. Bordel, vous, les métamorphes, avez toujours existé, c'est..., fit-elle sans finir sa phrase, rejetant la tête en arrière, son rire joyeux emplissant la pièce. Je ne pouvais imaginer ce que ça impliquait pour ses recherches, mais à en croire sa réaction, c'était énorme.

— Ava, de quels pouvoirs disposent toutes les omégas ? s'enquit Pen.

Le sourire de l'autre oméga retomba légèrement.

— Honnêtement, la plupart de nos pouvoirs sont défensifs par nature, mais en revanche on se métamorphose aussi et ça, c'est drôle.

Tout le monde sauf Alice se trémoussa d'impatience à l'idée et je savais que personnellement, c'était ce qui m'excitait le plus dans l'éventualité où nous développerions des pouvoirs.

— Comment ça a commencé ? demanda Alice à voix basse.

— Tout le conseil de meute était lié, mais lorsque l'un de nos frères a pris une oméga, nous sommes arrivées à six et nous nous sommes toutes mises à développer des pouvoirs en un jour à peine. C'était... incroyable, mais franchement, un peu flippant aussi. Mais c'était vraiment très rapide. Je ne sais pas si six est un nombre important ou que c'est ce qui convenait pour notre meute, mais c'est comme ça que ça s'est passé pour nous. Donc pour résumer, je peux sectionner le Lien entre l'alpha et son âme-animale. Les autres omégas peuvent invoquer et contrôler les éléments, créer des champs de force, il y a des télépathes et elles arrivent à se métamorphoser en des trucs vraiment bizarres, comme des hybrides d'animaux et de créatures légendaires...

— Oh, mon Dieu, murmurai-je, parce que j'avais du mal à assimiler autant d'informations d'un coup ?

— Ça semble génial et super cool, et c'est le cas, mais c'est épuisant. Ça demande beaucoup d'énergie pour nous d'utiliser ces pouvoirs et après ça, on dort d'un sommeil de plomb pendant quelque temps après. J'imagine que ça ira mieux avec le temps, mais ce n'est vraiment pas de l'*abracadabra !* des pouvoirs et maintenant tu es Wonder Woman. On est toujours en train d'apprendre comment ça se passe.

Toutes les omégas étaient absolument silencieuses, regardant Ava avec différents degrés d'étonnement, Pen incluse, ce qui me choqua. Naturellement, elle fut la première à se reprendre.

— On n'a pas beaucoup de temps pour apprendre. Mais dans l'immédiat qu'est-ce qu'il faut vraiment qu'on sache en admettant qu'on développe des pouvoirs un jour ?

Ava nous regarda tour à tour.

— L'âme-animale, ça vient naturellement et ainsi vous pouvez échanger avec vos alphas même si pour celles d'entre vous déjà Liées, vous devez déjà être familières avec cette connexion alors passons et parlons des pouvoirs.

À côté de moi, Jude dégaina un calepin et commença à prendre frénétiquement des notes, faisant sourire Ava.

— Les pouvoirs sont arrivés très vite. Un alpha extérieur à la meute qui nous devait de l'argent pensait que ça serait une bonne idée de me suivre partout pour qu'on efface son ardoise. Quand il m'a menacée, j'ai eu une brusque montée de pouvoir et je l'ai coupé de son loup, je n'avais même pas l'intention de le faire, mais ça l'a tué sur-le-champ, expliqua-t-elle et j'étais certaine qu'elle repensait à ce qui s'était passé.

— Eh bien, ça m'a l'air horrifiant, fit sèchement Pen.

— Oui, ça l'était, admit Ava, mais depuis ce moment, je sens le pouvoir bouillonner en moi en permanence et je peux l'invoquer pour mettre la pression sur l'âme-animale d'un alpha, menacer leur Lien. Ce qui peut avoir son utilité, comme vous vous en doutez...

— Naturellement, acquiesça Alice même si son ton me faisait comprendre qu'elle n'aimait guère l'idée. Elle était infirmière, alors j'imagine que l'idée de torturer quelqu'un avec des pouvoirs oméga ne lui était pas bien agréable.

— Et les autres pouvoirs ? demanda Jude sans détourner le regard de sa feuille où courrait son crayon à papier.

Ava nous raconta donc tous les pouvoirs que possédaient les omégas et comment elles les avaient découverts, les histoires étant absolument incroyables, je peinais même à croire qu'elles puissent faire ça. Les heures qui suivirent furent longues et lorsque nous nous arrêtâmes à midi, j'étais rétamée. En regardant les autres omégas, je voyais qu'elles étaient dans le même état. Nous étions toutes affairées à préparer notre repas sans dire un mot. Ava était assise au bar et mangeait sans bruit sa salade de pâtes. Relevant la tête, elle nous regarda.

— Je sais que ça fait beaucoup d'informations, les filles. On peut dire qu'on s'en tient là pour aujourd'hui si vous voulez ? Je peux revenir dans les jours à venir, fit-elle d'une voix douce et aimable.

— Non, finissons-en, qui sait si le vent ne tournera pas et qu'on doit partir plus tôt que prévu. Apprenons le plus vite possible tout ce que nous pouvons, dit Pen.

Personne ne contesta et si je lisais la pièce, je sentais que nous étions toutes déterminées, mais je souhaitais vocaliser notre approbation.

— Je suis d'accord. Si on risque de développer des pouvoirs défensifs, il faut qu'on en sache autant que possible de suite. Nous n'avons pas six omégas liés ici, mais comme nous ne sommes même pas certaines que le nombre joue un rôle dans cette histoire, il faut continuer.

Les autres hochèrent la tête et nous finîmes de manger en silence puis nous retournâmes au mess. Des heures durant, Ava passa en revue tous les pouvoirs, ce qui les déclenchait et ce qu'ils avaient pu apprendre sur le sujet. Et lorsqu'arriva l'heure du dîner, j'avais l'esprit bouillonnant d'une quantité d'informations. Mes alphas me manquaient, mais à travers le Lien, je sentais qu'ils étaient occupés à aider des frères à organiser leur départ. Cela me faisait mal au cœur de vivre à travers notre Lien leur peine, mais nous nous envoyâmes quelques pensées salaces, ce qui me remonta un peu le moral. Ils avaient encore pas mal à faire.

Mes pensées dévièrent vers mon collier et comme l'avait dit Pen, c'était une éventualité que l'on ait à partir plus tôt que prévu alors j'avais pris ma décision. J'avais récupéré le porte-clefs de Connor et j'enfourchais le quad. Je devais y aller dès à présent. C'était la seule chose dont j'avais besoin avant que l'on parte. Et puis, j'avais besoin de temps et d'espace pour réfléchir et la cabane dans les bois était l'endroit rêvé pour ça. Une heure ou deux là-bas et j'allais être de retour à temps pour dîner.

CHAPITRE SOIXANTE

Connor

Le Chimiste était revenu la veille au soir d'une visite à la meute du New Hampshire. Brady et moi l'aidions à charger son équipement dans une remorque au moment où l'on sentit Carmen à travers notre Lien. Là, je la sentais sous le coup de tout ce qu'elle avait appris ce matin-là et son besoin d'un peu de solitude. À présent que nous étions pleinement liés, je pouvais sentir qu'elle se dirigeait vers la cabane dans les bois et cela me fit sourire. *Elle voulait récupérer son collier.*

— Fais un peu attention, Connor, tu ne vois pas le pictogramme sur le côté ? C'est explosif...

Mais quel connard ! Me retournant en grognant, je posai le carton au sol et le rejoignis. Pour son honneur, il ne pâlit pas, mais recula de quelques pas.

— Robert, est-ce que ça vous est venu à l'esprit que maintenant que Samson est lié, on a plus besoin de vous et de votre foutu sérum ? Et que vos façons de vous pavaner avec votre intelligence supérieure arrivent à leur fin ?

Le Chimiste fit la moue, mais resta silencieux, jetant un coup d'œil à la dérobée alors que Brady venait me rejoindre.

— Hey, on finit ça et on s'arrête ! Encore quelques heures et on pourra retrouver Carmen, me dit Brady.

Grognant une nouvelle fois à l'intention de Robert, je retournais m'affairer avec les cartons. S'il avait quelque chose à dire sur le fait que l'on se soit liés depuis son départ, il n'en dit rien. Et c'était une bonne chose parce que je ne voulais pas le savoir dans les parages de ma femme.

Des heures durant nous l'aidâmes à empaqueter tout le matériel *strictement nécessaire* de son laboratoire et honnêtement, il semblait qu'il ne voulait rien laisser derrière lui, mais de savoir qu'il prévoyait de nous accompagner me rendait furax. Jude nous rejoignit après quelque temps, plus silencieuse que d'habitude.

— Jude, est-ce que ça va ? lui demanda Brady.

Elle hocha rapidement la tête.

— Oui, oui ! C'est seulement que ça m'a vraiment ouvert les yeux de discuter avec Ava et d'en apprendre sur les pouvoirs oméga. Elles peuvent faire des choses absolument incroyables, en priorité pour se défendre. C'est sidérant et un peu terrifiant, dit-elle et en nous regardant d'un air méfiant, poursuivit, est-ce que vous étiez au courant qu'il y a toujours eu des alphas ? Et que le virus a activé un gène dormant ?

— Quoi ? Qu'est-ce que tu viens de dire ? exigea de savoir Robert qui se tenait de l'autre côté du garage et qui trébucha sur un carton en empoignant le bras de Jude.

— C'est vrai, dit-elle en s'adressant à son père, apparemment Samson a vu dans une vision et la meute de Tyler nous l'a confirmé. Le virus a d'une façon ou d'une autre activé un gène. Les alphas ont toujours existé jusqu'au moment où le gène a cessé de s'exprimer et que les hommes ont perdu la capacité à se lier et à faire la transition. Ce n'est pas un virus artificiel, murmura-t-elle.

Le Chimiste était blanc comme un linge.

— Ça change tout, se dit-il à lui-même, le regard ahuri alors que son cerveau assimilait l'information et lorsqu'il croisa mon regard, il commença à aboyer des autres.

— Ouvre ce carton, Brady et trouve-le...

— Non, tonna Brady dans le garage vide, on est sur le point de partir pour sauver notre peau. Robert, vous aurez le temps pour ça plus tard, mais pour l'instant, vous n'allez pas résoudre le mystère de l'origine des alphas ou comment supprimer la phase de sauvagerie.

Robert croisa les bras sur son torse et s'apprêtait à faire une réplique cinglante.

— J'ai pris beaucoup de notes, Père, fit Jude avec douceur, pourquoi n'en finirait-on pas avec ça et ensuite nous passerons en revue ce qu'Ava et les omégas m'ont dit ? Nous pouvons nous en servir, ce pourrait être la clef pour trouver comment mettre complètement un terme aux crises de sauvagerie. Une véritable avancée !

À ce mot, Robert releva la tête et la fusilla du regard, mais il comprenait son raisonnement.

— Oui, oui, une avancée. Juste ce dont nous avions besoin, dit-il en marmonnant et il se remit à empiler et étiqueter des cartons alors que Jude me regardait.

Je n'étais pas certain de ce que je lisais dans son regard, il y avait de l'inquiétude, des remords, de l'appréhension et elle tourna la tête tout aussi rapidement avant d'aider son père avec les cartons. Brady croisa mon regard et fit la moue, me faisant passer à travers notre Lien l'inquiétude qu'il éprouvait pour elle. Nous ne pouvions rien faire dans l'immédiat. Le Chimiste était un électron libre et j'étais déterminé à mieux le tenir à l'œil. Ces derniers temps, il s'intéressait beaucoup aux omégas et à présent que j'en avais une, je trouvais ça encore plus malsain qu'avant.

— *Pas notre oméga. Il ne l'approchera pas,* rugit pratiquement Brady à travers notre Lien.

— *Hors de question,* répondis-je laconiquement parce que c'est tout ce que j'avais à dire sur le sujet.

CHAPITRE SOIXANTE-ET-UN

carmen

COMME LA NEIGE AVAIT FONDU, je retrouvai sans difficulté mon collier. Il semblait qu'il s'était pris dans une branche au moment de ma chute alors il avait été là tout du long. Je me le passais autour du cou, repoussant les cheveux passés sous la chaîne. Je ne me rendais compte qu'à présent combien je m'étais sentie perdue sans ce souvenir de la femme la plus généreuse que j'ai connue.

Lucy, tu serais si heureuse pour moi, j'aurais voulu que tu puisses rencontrer les meilleurs hommes que je connais, dis-je au fond de moi en pressant l'améthyste contre mon cœur.

Je repartis alors que le soleil commençait à décliner et ne m'arrêtais qu'une fois arriver à la cabane. L'endroit ne m'avait jamais fait l'effet de m'appartenir, mais c'était là que j'avais rencontré Connor. Descendant du quad, je remontais les marches pour vérifier si je n'avais rien laissé sur place qui pourrait nous être utile. Je n'étais pas restée là bien longtemps, mais ç'avait été le début d'une nouvelle vie pour moi, une vie où j'avais rencontré mes deux incroyables compagnons. J'en-

voyais une vague d'amour à travers notre Lien et sourit lorsqu'ils m'envoyèrent en retour une vague de chaleur.

Mon collier était autour de mon cou, à sa place. Je n'avais
pas vraiment besoin d'autre chose bien que j'aie rangé mes
vêtements dans un sac avec quelques autres objets récupérés
dans la cabane. Ouvrant la porte, je sortis, descendis les
marches jusqu'à ce que j'entende un grognement qui me fit
frémir alors que je relevais la tête.

Deux personnes se tenaient devant moi, entre le quad et la
rive du lac. L'un d'entre eux était clairement un alpha, énorme
et musclé, mais l'autre était une femme qui était colossale elle
aussi. Elle devait faire au moins trente centimètres de plus que
moi et était terriblement musclée. Si je n'avais pas su que seuls
les hommes pouvaient faire la transition, j'aurais pu penser
qu'elle était un alpha.

Mais d'où venaient-ils ?

Je remontais une marche, ma main se posant sur mon
collier alors qu'elle me regardait en poussant un petit cri
désapprobateur.

— Je ne crois pas ma jolie petite oméga, me nargua-t-elle,
tes compagnons ont blessé ma louve, mais c'est toi qui vas
payer le prix de cet affront. Immédiatement.

Oh mon Dieu, les prisonniers. Ce devait être eux.

Je braquais mon regard sur l'alpha à ses côtés et la façon
dont il passait sa main sur le ventre de la femelle ne m'échappa
pas alors qu'il arrivait à ma hauteur. Autour de son cou se trouvaient des plaques d'identité de l'armée, alors il devait être
l'alpha dont mes compagnons m'avaient parlé le matin même.
Bordel, que faisait-il ici ?

— Je ne suis au courant de rien, dis-je pour essayer de
gagner du temps alors que j'envoyais une demande à l'aide
désespérée à travers notre Lien. Je ne pouvais m'enfuir nulle
part ni me cacher, mais je n'allais pas me laisser tuer sans me

battre non plus. Hurlant à travers le Lien, je remontais en vitesse les escaliers de la cabane et claquai la porte derrière moi.

J'entendis un rire effroyable alors que l'alpha mâle mettait un coup de poing dans la porte en bois et y fit un trou énorme. Balayant la pièce du regard, je récupérais un couteau à la cuisine. Mes compagnons n'arriveraient pas à temps, mais je n'allais pas laisser ce connard m'abattre sans rien faire. Pas maintenant. Peut-être que si je gagnais un peu de temps ? Un tout petit peu de temps.

Mon Dieu, s'il vous plaît, une dernière faveur, priai-je.

CHAPITRE SOIXANTE-DEUX

LE CRI DÉSESPÉRÉ de Carmen à travers le Lien me fit passer de suite à l'action et au même moment Samson entrait en hâte dans le Cabanon.

— Quelque chose ne va pas, il y a quelqu'un ici, l'alpha femelle s'est fait la malle.

Oh bordel, oh putain de bordel ! L'alpha avait dit qu'elle allait s'en prendre à Carmen. Elle nous l'avait dit.

— Carmen, murmura Connor lorsqu'il s'en rendit compte en même temps que moi ce que cela impliquait. Sans plus réfléchir, nous sautâmes sur le quad le plus proche et nous démarrâmes, roulant à tombeau ouvert jusqu'à la cabane.

— *On arrive, oméga, on arrive*, hurlai-je à travers le Lien tout en fulminant contre Samson qui était sur le quad à côté du mien.

— Mais qu'est-ce qui s'est passé ? Comment s'est-elle barrée de là ?

Je voulais réduire le monde entier à néant et nous allions encore trop lentement à mon goût.

— Je sais pas, rugit-il en retour, il y a quelqu'un avec elle, je les entends à la cabane, un mâle. Accélère !

— Je sais ! répondis-je sur le même ton, pressant Connor. J'étais mort de trouille pour ma compagne et il me semblait qu'on me plongeait dans un bain d'eau glacée.

Oh, mon Dieu, mon Dieu, si tu m'entends fais qu'elle soit sauve.

À travers le Lien, je ne ressentais que sa douleur et sa souffrance et je ne pouvais pas dire ce qu'ils étaient en train de lui faire subir, mais ça la détruisait et nous n'étions pas encore assez rapides.

— *On arrive, on arrive, tiens bon !* criai-je de plus belle à travers le Lien.

Samson vira à gauche alors que nous approchions enfin de la cabane et il descendit de son quad et s'enfonça dans les bois, je me dis qu'il devait tenter de les surprendre en arrivant dans une autre direction. Je priais que mon oméga puisse tenir le coup le temps qu'il mette en action son plan.

Dès que nous arrivâmes à la hauteur de la cabane, je me précipitai, montai les marches et entrai, Connor sur mes talons. Ce n'était pas particulièrement malin, mais ma seule préoccupation était de retrouver mon oméga.

La porte avait déjà sauté de ses gonds et la cabane était en triste état, la femelle alpha se tenait à côté d'un homme asiatique colossal qui avait un patch rouge sur son cou et que je ne reconnus pas. Ce n'était pas l'un de nos prisonniers et il n'était pas là durant le raid. On ne le connaissait pas. Peut-être que c'était son compagnon, celui qu'elle avait dit qui viendrait la chercher.

Entre eux deux se trouvait Carmen et elle était déjà couverte de sang, tellement de sang qui coulait de nombreuses plaies sur sa poitrine et son cou. Elle sanglota dès l'instant où elle nous vit.

— Filez de là, ils vont vous tuer ! ordonna-t-elle en criant de colère et de douleur.

N'y compte même pas, petite oméga. Si le moment est venu de partir, ce sera tous ensemble.

— Je vous l'avais bien dit qu'il viendrait me chercher, que vous aviez quelque chose qu'il voulait, fit l'alpha femelle qui nous narguait d'une voix sirupeuse.

Le mâle grogna alors que la femelle agrippait avec force Carmen. Connor rugit et s'avança de deux pas alors que le mâle tirait Carmen à lui et j'entendis son épaule se disloquer. Ma compagne poussa un cri de douleur lorsqu'il la colla contre lui, une griffe noire contre sa gorge.

— Je pourrais calmer cette douleur en un instant, suggérat-il avec un rire dément, mais vous avez blessé ma compagne alors on va blesser la vôtre. Ensuite, on va retrouver ma sœur et détruire cet endroit.

Il posa sa main sur l'épaule non disloquée de Carmen, ses griffes noires s'enfonçant dans sa chair, lui faisant pousser des hurlements. Soudain, nous entendîmes un cri strident alors qu'une silhouette colossale passait par la fenêtre, s'écrasant sur le mâle et écartant Carmen avec force. C'était Samson. Merci mon dieu. Il tomba au sol dans un amas confus de membres avec le mâle alors que la femelle bondissait sur Connor, toutes griffes noires dehors.

Je plongeai sur Carmen en même temps que Connor plaquait la femelle au sol, la rouant de coups de poing lorsqu'elle envoya un coup de griffe sur son œil blessé. Il siffla, mais ne s'arrêta même pas lorsqu'elle rit, rendant coup pour coup. Elle était rapide et vicieuse et il fallait que je sorte mon oméga de là. Prenant Carmen dans mes bras, je me précipitais vers la porte, bondis sur le quad alors qu'un coup de feu ébranlait la cabine. Bordel, Samson. Un second coup de feu retentit et le Lien du côté de Connor s'assombrit dans mon esprit.

— Non, mon Dieu non, sanglota Carmen en enfouissant son visage dans mon torse alors que je démarrais.

Nous n'avions pas parcouru deux mètres que les alphas se précipitaient hors de la cabane et se lançaient à notre suite, nous faisant descendre de force du quad. Ils tentaient une nouvelle fois de nous séparer, mais je donnais des coups de poing, je mordais tout en gardant Carmen derrière moi.

La femelle braqua un pistolet sur moi et tira à bout portant, la balle s'enfonçant dans ma poitrine et ressortie, la force de l'impact me plaquant contre un arbre. Mon énergie retombait et mes doigts cessaient de bouger, Carmen m'échappant. Le mâle la récupéra et recula, la plaquant contre son torse alors qu'elle se débattait, le griffait, nous appelait Connor et moi.

Connor, je t'aime, dis-je au vide silencieux qu'il avait autrefois occupé, *je suis désolé de ne pas avoir réussi à la protéger.*

Et là, ce fut le néant. La dernière chose que je vis était mon oméga, couverte de sang et brisée, mais qui continuait à se battre.

— *Je t'aime, tellement*, lui envoyai-je.

CHAPITRE SOIXANTE-TROIS

carmen

LE LIEN avec Brady disparut de mon esprit alors que je criais son nom et celui de Connor encore et encore. Criai-je à voix ou était-ce dans les profondeurs de mon cœur où ce n'était à présent plus que le néant et le vide ? Je n'étais sûre de rien, mais sans mes alphas, il ne me restait plus aucune raison de vivre, j'en étais certaine et jamais je n'avais été plus certaine de quoi que ce soit.

Chaque instant, chaque épreuve, chaque situation où j'avais dû me débattre m'avaient menée à ma rencontre avec mes compagnons. Et je ne voulais pas vivre dans un monde où ils ne seraient pas à mes côtés. L'alpha mâle m'écrasa contre son torse, déjouant facilement mes tentatives de lui arracher les yeux avec un sourire mauvais.

— Comment veux-tu que l'on fasse ? Je suis prêt, dit-il à l'intention de sa compagne.

— Comme je suis prête, fit-elle d'une voix pratiquement soyeuse alors qu'elle lui caressait l'épaule se penchant pour m'aplatir contre lui et qu'elle écrasait ses lèvres sur les siens.

Je me penchais en avant et la mordis avec force. Mais cela

n'eut pour effet de la faire rire et d'un revers de main elle me repoussa sur le côté pendant que le sang commençait à me remplir la bouche.

— Tu as envie de te battre, petite oméga, je dois bien t'accorder ça.

— Nous n'avons pas beaucoup de temps, la meute arrive, fit le mâle en penchant la tête sur le côté.

— Bien, acquiesça-t-elle, laissons-leur un petit cadeau pour quand ils arriveront. Un petit morceau par-ci, un petit morceau par là. Nous allons retrouver ta sœur le temps qu'ils nettoient cette petite oméga.

— Naturellement, dis-moi ce que je dois arracher en premier, tes désirs sont des ordres, fit-il, impassible, la voix dénuée de toute émotion.

— Mon tout doux, ronronna-t-elle même lorsque je mis un coup de pied le plus fort possible et qu'à la dernière minute elle agrippait ma cheville qu'elle tordit et je sentis que les tendons de mon genou se rompirent et que les muscles se déchiraient.

Mais cette connasse n'aurait pas la joie de m'entendre crier. Et ce même si ça devait être la dernière chose que j'allais faire, je la tuerais. Je laissai ma tête retomber sur le torse du mâle, je me forçais à réprimer mon rire, un rire fou et malsain.

— Va te faire voir et que ton alpha aille se faire voir aussi ! Allez donc pourrir en enfer tous les deux, crachai-je une fois que je me fus calmée.

La femelle fit la moue et pencha la tête sur le côté avant de plisser les yeux.

— Qu'est-ce que tu fais ?

— Je vais te tuer, lui dis-je alors que je refermais les yeux et que je me concentrais intensément.

Je cherchais au fond de mon âme mes compagnons, mais tout était noir et sombre puis au bout d'un moment, je sentis une très légère présence à l'avant de mon esprit, une étincelle de quelque chose de dangereux et puissant. La flamme m'appelait, me tentait, me pressant de la nourrir pour en faire un brasier dévorant. Lorsque mon instinct prit le dessus, je ramenais à moi ces flammes, les laissant me lécher les jambes et les bras, tout mon esprit était incandescent alors que les flammes me consumaient de l'intérieur.

— Qu'est-ce que tu fais ? aboya la femelle sur un ton pressant.

Ouvrant les yeux, je rivais mon regard au sien, poussant cette vision de feu mentale dans son esprit, et elle poussa un cri, trébuchant en arrière.

— Qu'est-ce qui ne va pas ? demanda l'alpha qui se trouvait derrière moi.

Je pouvais à peine l'entendre alors que je m'enfonçais de plus en plus profondément dans son esprit jusqu'à ce que je sente la connexion primaire avec sa louve et lorsque j'arrivais là, je trouvais son âme-animale gémissante et je lui tordis le cou sans une arrière-pensée avant de la faire s'embraser instantanément.

— NON ! rugit le mâle alors que mes camarades de meute sortaient des bois obscurs en fonçant vers nous.

Quelqu'un m'arracha des bras du mâle et un autre rire dément m'échappa jusqu'à ce que je me mette à sangloter. La dernière chose que je vis avant de perdre connaissance fut le doux visage de Mitchell qui me tenait dans ses bras, mais je ne voulais pas de lui. Je voulais mes compagnons. Ma tête retomba en arrière alors que je cherchais Brady du regard et le trouvais gisant au sol, un trou béant dans la poitrine.

Je t'aime Brady, je t'aime Connor, pensai-je en refermant les yeux, *un jour, nous nous retrouverons. Où que nous allions après, je vous y retrouverai. Je vous le promets.*

CHAPITRE SOIXANTE-QUATRE

brady

JE COMMENÇAIS à être très vaguement conscient de ce qui m'entourait et je clignai des yeux. Immédiatement mes pensées se tournèrent vers ma compagne et mon compagnon et j'essayais de me redresser, mais une main ferme me repoussa.

Griz. Il grimaça et me repoussa plus fort encore même si je peinais à me relever.

— Carmen, Connor. Les foutus alphas, rugis-je alors qu'il me maintenait toujours en place.

— Tu es blessé, Brady, il faut que tu restes allongé. Tu as reçu une balle dans la poitrine et ça n'a pas l'air joli.

— Où sont-ils, Griz ? S'il te plaît..., grognai-je alors que j'obtempérai et m'allongeai en tournant la tête sur les côtés pour chercher Connor et Carmen et je ne pouvais trouver ni l'un ni l'autre avec notre Lien et le vide qui m'accueillit était accablant.

Il se releva et s'écarta de moi.

— Connor est à l'intérieur, les alphas ont tiré sur lui et sur Samson avec la même chose qu'ils ont utilisée sur toi, je ne sais pas ce que c'est, mais ça vous a assommé tous les deux. Carmen n'a pas repris connaissance... c'est... elle est dans un triste état.

— Je suis le foutu guérisseur de cette meute, Griz, laisse-moi me relever, j'ai besoin de ma compagne et de mon compagnon, exigeai-je alors que je tentais de m'asseoir.

Mon stratège de meute protesta, mais je forçais mon corps à se redresser et lorsqu'il vit que je refusais de rester allongé comme il me le demandait, il grogna, mais fit passer son bras sous le mien et passa le mien sur son épaule. Griz me portait pratiquement alors que j'avançais péniblement, mes pieds incapables de bouger. Connor et Carmen étaient allongés sur des brancards juste devant la cabane et mes camarades de meute s'affairaient pour probablement ramener tout le monde au Cabanon.

— Fichez le camp, ordonnai-je alors que Griz m'aidait à m'installer entre les brancards.

Je sifflais de douleur, je tendis les deux mains en posant une sur le cœur de Carmen et l'autre sur celui de Connor. Je lisais mon compagnon à travers notre Lien, il était là, il irait bien même si je détectais à peine sa présence et que je sentais sa souffrance. Mais je ne parvenais pas du tout à sentir Carmen. J'envoyais un courant de guérison en elle et rien ne se passa.

J'avais besoin d'un peau à peau. Je fis glisser ma main sur la poitrine de mon oméga, la passais sous son tee-shirt pour la poser contre son cœur. Là encore, je ne sentais rien. Elle était inanimée, couverte de sang à la suite de nombreuses entailles profondes et de blessures.

Je refermai les yeux et cherchais mon pouvoir, laissant ses vrilles tièdes palpiter à travers mon organisme et dans le sien. J'étais épuisé, d'une façon absolument pas naturelle, mais je continuais de déverser tout mon pouvoir en Carmen jusqu'à physiquement ne plus en être capable.

— Allez, oméga, la suppliai-je à haute voix.

Des étoiles dansaient devant mes yeux alors que mon énergie baissait. Sous mes mains, Carmen restait silencieuse. Comme si notre Lien était... parti. Un sanglot me déchira alors que je me rapprochais d'elle, collant mon torse contre sa poitrine, cœur à cœur et que je passais un bras autour de mon oméga parce que l'autre ne répondait pas. Tout me faisait souffrir, mais centimètre par centimètre, je la prenais dans mes bras, son cœur contre le mien. Et je l'implorais de revenir à moi. J'injectais tout ce qu'il me restait de pouvoir avant de retomber pesamment aux côtés de Connor. J'avais tant besoin d'eux deux. Il fallait que je trouve davantage de pouvoir. Quelque part... Il devait bien y avoir un endroit.

— *Je suis là, Carmen, reviens-nous, revient,* dis-je en tentant me concentrer, les yeux clos.

CHAPITRE SOIXANTE-CINQ

connor

Tout mon corps me faisait souffrir. Était-ce ça la mort ? Parce que j'avais toujours cru que ce serait tranquille, comme un bateau qui s'éloigne de la rive dans des eaux calmes. Ce que je ressentais à ce moment-là n'avait rien de ça ; il me semblait qu'on me poignardait à de nombreuses reprises même si quelque chose palpitait et s'immisçait dans ma conscience.

Je me sentis suffoquer puis je peinais à respirer alors que la douleur devenait encore plus accablante.

— Ne bouge pas, Connor, ordonna mon alpha de meute en posant une main sur mon épaule. Tu es grièvement blessé, ta compagne et ton compagnon sont là, on a mis la main sur celui qui t'a fait ça et il devra répondre de ses actions.

— Où sont-ils ? coassai-je, le corps trop endolori pour envisager de bouger.

— À côté de toi, dit-il, la voix marquée par l'inquiétude.

Je poussais un cri angoissé et tournant ma tête à gauche, je vis Brady avachi à côté de moi, Carmen dans ses bras, mais je ne parvenais pas à la sentir à travers notre Lien. J'étouffais un rugissement et je me forçais à changer de position pour pouvoir me rapprocher d'elle, pour pouvoir la toucher. Mais mon corps ne voulait toujours pas bouger.

Brady était présent dans notre Lien, blessé, épuisé, perturbé. Il devait avoir perdu connaissance en essayant de la guérir. Mais elle n'était... plus là. La rage m'enflamma alors que j'essayais désespérément de toucher mon oméga.

— Mitchell, aide-moi, je ne peux pas bouger, l'implorai-je.

Mon alpha prit délicatement mon oméga et l'allongea dans mes bras faisant passer l'un d'eux autour d'elle. Rien de mon corps n'acceptait de bouger quand je le souhaitais. Fermant les yeux, je la cherchais, je sentis les vrilles fines du pouvoir guérisseur de Brady l'envelopper, mais incapables de faire quoi que ce soit. Mes mains sur mon oméga, j'ouvrais mon esprit au sien, cherchant n'importe quel signe d'elle. Je me retrouvais ainsi dans une dense forêt sombre, ce qui me réconforta, parce que c'était l'intérieur de sa conscience, c'était la maison.

Lorsqu'un grognement interrompit le silence, je sus instinctivement qu'il s'agissait de l'âme-animale de mon oméga. Je m'agenouillais alors qu'une énorme louve noire sortait des bois, me dévisageant. Agressivement. Elle était sur la défensive, blessée et il exsudait d'elle un pouvoir que je n'avais jamais vu ou ressenti. Méfiante, elle me regardait, mais comme j'étais l'esprit, nous pouvions nous relier.

Dans l'esprit de Carmen, je n'étais plus blessé et je pouvais me mouvoir. Alors je me déshabillai et me métamorphosai en loup. Et une fois cela fait, je rejoignis ma compagne et elle fit claquer ses fortes mâchoires et mordit mon épaule avant que je ne puisse m'approcher assez pour frotter ma joue contre la sienne, frotter du bout du museau sa poitrine et son cou.

Sa louve se tendit, mais après un moment, elle finit par se détendre, épuisée.

— *Laisse-le pouvoir de guérison faire son œuvre,* l'exhortai-je à travers notre Lien, *reviens à nous, reviens-moi....*

Elle geignit, mais s'allongea à côté de moi, sa tête énorme sur ses pattes et ses yeux papillonnèrent. Lorsque je m'allongeais moi aussi, son épuisement me frappa de plein fouet et lorsqu'elle tourna la tête, nos nez s'effleurèrent. Dès qu'elle se fut complètement détendue, le pouvoir guérisseur de Brady déferla sur nous comme un tsunami. À l'intérieur de l'esprit de Carmen, ce fut un déferlement d'énergie bleue qui tourbillonnait et nous entourait, s'enfonçant dans la fourrure de Carmen, s'immisçant dans son corps et enduisant aussi comme je le voyais mon pelage et ma peau. Ce que Brady pouvait faire me laissait abasourdi.

Je ne savais pas combien de temps nous restâmes allongés là avant que je sente que ma compagne nous revenait, plus sur la défense et se battant pour sa vie.

— *Allons retrouver notre compagnon*, la pressai-je, et nous quittâmes son esprit.

* * *

Lorsque je sortis de l'esprit de Carmen, nous étions allongés sur un brancard, sa forme humaine toujours dans mes bras. Mitchell portait l'extrémité la plus proche de ma tête et je forçais ma main à bouger pour caresser les cheveux emmêlés de Carmen, mais je peinais à la bouger, toutefois, centimètre par centimètre, j'y parvenais, me délectant de la sentir dans mes bras.

Sur le brancard à côté du mien se tenait Brady, les yeux grand ouverts alors qu'il nous regardait avec convoitise. Ça me faisait un mal de chien d'essayer de bouger, mais je tendis la main lentement pour le toucher et il fit de même, nos mains s'entrelaçant.

— *Dieu merci, tu es là, je t'aime tant*, lui envoyai-je à travers le Lien.

— Que s'est-il passé, Mitchell ? croassa péniblement Brady.

— Votre oméga s'est défendue, vous a défendus, vous pouvez être vraiment très fiers d'elle ! C'était... incroyable de voir ça. Je ne sais pas ce que vous venez de faire tous les deux, mais avant elle semblait partie pour de bon puis d'un coup elle est revenue, fit-il à mi-voix.

— Mais qu'est-ce qu'elle a fait ? demandai-je dans un murmure alors que je peinais à relever la tête pour regarder mon alpha de meute.

— Elle a montré qu'elle avait des pouvoirs extraordinaires, Connor. La première oméga de notre meute ! Et tu sais quoi, si elle a des pouvoirs. Si elle a des pouvoirs, ça veut dire que dès qu'elle sera guérie, elle pourra se métamorphoser. Imaginez, juste un moment, quand vous pourrez courir tous les trois au clair de lune.

Cette remarque me fit sangloter brutalement et les soubresauts me firent siffler de douleur, ma plaie toujours douloureuse.

— J'ai vu sa louve, Brady, je suis allée dans son esprit et je l'ai vue, elle est tellement, foutrement, belle.

Il grogna et ferma les yeux de soulagement alors que Mitchell posait sa main sur mon épaule.

— Repose-toi mon frère, on va t'installer dans le Cabanon avec ta compagne et ton compagnon, Arlo est en route, tout va bien se passer.

CHAPITRE SOIXANTE-SIX

carmen

CLIGNANT DES YEUX, je les ouvris sur un plafond sombre.

— Te voilà, murmura une voix à ma droite et je tendis la tête dans cette direction, je fus stupéfaite lorsque je vis un doux sourire illuminer le visage sublime de Brady, les larmes coulant à flots sur mes joues alors que je tentais de me redresser. *J'avais mal partout.*

— Shhh, doucement, oméga. Arlo vient juste de terminer une session de guérison, mais tu risques d'avoir mal pendant quelques jours. Viens là, ordonna-t-il en venant s'asseoir au bord du lit et me serra contre son torse.

— Et Connor ? Où est-il ? Est-ce qu'il va bien li aussi ? Je ne sais pas ce que s'est passé..., sanglotai-je en couvrant son torse, son cou et ses lèvres d'une myriade de baisers successifs.

— Il va bien, chérie, fit Brady, Arlo s'est occupé de lui et ensuite nous nous sommes occupés de toi lui et moi. Il arrive. Regarde à l'intérieur, tu devrais pouvoir le voir.

Plissant les yeux, je me concentrai sur mon sublime compagnon, sa chaleur, sa joie envahissaient le Lien, irradiant derrière mon regard alors qu'un rire de soulagement m'échappait. Il apparut dans l'encadrement de la porte et s'immobilisa brusquement comme s'il avait couru pour me retrouver.

— Connor, dis-je en pleurant, me redressant pour le toucher.

— Ma compagne, dit-il sa voix se brisant alors qu'il traversait la pièce et me prenait dans ses bras, dévorant ma bouche en un baiser intense et passionné qui me laissa à bout de souffle et avide de plus ?

— Qu'est-ce qui s'est passé ? J'ai cru qu'elle vous avait tués tous les deux, fis-je, haletante alors que je la touchais partout, sa tête, ses oreilles, ses joues, ses dents, son nez... j'avais besoin de savoir qu'il était vraiment vivant et que tout ça n'était pas seulement le fruit de mon imagination.

— Nous sommes là, nous sommes là et nous sommes vraiment désolés de ne pas être arrivés à temps, murmura Connor contre mes lèvres.

— Mais il semblerait bien que tu aies très bien géré la situation toute seule, fit Brady, le regard brillant, je n'ai jamais été plus fier de t'appartenir, de vous appartenir à vous deux.

Connor s'enfonça dans le lit, son dos contre le torse de Brady et j'étais allongée sur eux deux, touchant chaque centimètre d'eux que je pouvais voir alors que je les parsemais d'une multitude de petits baisers. Je ne pouvais pas m'arrêter, je ne pouvais pas m'empêcher de m'assurer qu'ils étaient vraiment là à mes côtés.

— Qu'est-ce qui s'est passé ? Parce que je crois bien que je l'ai tuée, mais c'est la dernière chose dont je me souviens...

Une ombre passa sur le visage de Connor alors qu'il repoussait doucement les cheveux qui me retombaient sur la joue.

— Oui, tu l'as tuée, tu as le même pouvoir qu'Ava. Je ne sais pas comment tu as fait ça, Brady et moi ne t'avons pas vu faire, mais Mitchell et le reste du conseil sont arrivés juste à temps pour te voir à l'œuvre, expliqua Connor.

— Ça t'a assommée et j'ai essayé d'utiliser mon pouvoir de guérison, mais d'une façon ou d'une autre ton âme-animale a réussi à lutter contre comme si elle était encore sur la défensive, mais Connor s'est lié à elle et elle a permis à mon pouvoir d'agir. Et voilà...

Bordel ! J'avais une louve !

— Je ne me souviens de rien de tout ça, je me souviens juste avoir cherché désespérément quelque chose pour m'aider et une flamme est apparue dans mon esprit et d'une façon ou d'une autre, j'ai poussé cette flamme dans l'esprit de la femelle et je me suis retrouvée avec sa louve. Que... j'ai tué, murmurai-je à voix basse, le chagrin me secouant de toutes parts *!*

Brady passa une main sous mon menton pour me relever la tête de façon que je le regarde.

— Tu t'es défendue, Carmen. Il y aura absolument des conséquences à ce que tu as dû faire, mais tu n'avais pas d'autres choix, d'accord ? Et je suis là si jamais tu as besoin d'en parler.

Son regard sombre croisa le mien, mais je lus moins de remords que quelques instants auparavant. Ces alphas m'auraient tuée si ma meute n'était pas arrivée aussi vite qu'elle était venue.

— Et puis, ils ont mis la main sur l'alpha, dit Connor.

— L'alpha ? Il est là ? Je ne veux pas de lui ici, dis-je dans un filet de voix.

J'aurais dû être terrifiée, mais au lieu de ça c'était une rage bouillonnante qui montait en moi, une rage que je peinais à contrôler et je finis mes propos sur un ton véhément alors que Brady fit signe que c'était impossible.

— Nous ne pouvons pas, oméga. Il était sous l'influence de la merde qu'ils mettent dans ces patchs rouges, il divague et délire complètement depuis qu'on lui a enlevé. Il semblerait qu'ils ont d'une façon ou d'une autre forcé un marquage avec la femelle grâce au patch et on présume que c'était dans le but de pouvoir les contrôler tous les deux. Dans l'immédiat, c'est une bombe à retardement, mais dès qu'il aura à retrouver son équilibre mental, nous l'interrogerons pour savoir comment il est arrivé ici et ce qu'il veut. Il n'arrête pas de parler de sa sœur.

Quelque chose me revint d'un coup en tête.

— Oui, il a parlé d'une sœur quand on était dans la cabane. C'est Jude, pas vrai ? Vous connaissez les situations familiales de toutes les omégas...

Connor grimaça, regarda tour à tour Brady et moi, son regard rempli d'inquiétude.

— C'est certain ! Ses plaques d'identité sont au nom d'Asher Chen.

Oh bordel ! Asher Chen... Jude Chen... L'alpha qui m'avait attaquée devait être le frère de Jude.

* * *

Des heures plus tard, Connor, Brady et moi suivions Mitchell et Griz dans les entrailles du Cabanon. Nous avions décidé de demander à Jude d'aller voir l'alpha même si au plus profond de mon cœur, je savais déjà qu'il était son frère. En y repensant, il était difficile de manquer leur ressemblance même s'il était beaucoup plus massif.

Elle était dans le laboratoire lorsque nous apparûmes et elle compulsait une pile de papiers. Lorsqu'elle me vit, elle sourit largement et traversa rapidement la pièce pour se jeter dans mes bras ce qui me fit grogner de douleur, elle recula d'un pas à peine.

— Carmen, je suis tellement heureuse que tu ailles bien. Tu m'as foutu la trouille de ma vie, mon amie, pleura-t-elle dans mes cheveux.

— Jude, il faut qu'on te dise quelque chose..., commençai-je dans un murmure.

Son sourire radieux retomba lorsqu'elle me regarda.

— Qu'est-ce qu'il se passe ? Est-ce que ça va ?

— Je vais m'en sortir, Jude, dis-je à mi-voix et me rapprochant d'elle je la pris par la main que je frottais doucement, l'alpha qui m'a attaquée m'a dit qu'il cherchait quelque chose, que le raid de la semaine passée était un avertissement, mais que tout ce qu'il voulait vraiment, c'était quelque chose qu'il cherchait depuis très longtemps : sa sœur.

Jude fronça les sourcils et recula d'un pas, retirant sa main de la mienne.

— Qu'est-ce qui te fait croire qu'il a un Lien avec moi ? fit-elle sur un ton nerveux en se recroquevillant sur elle-même.

— Selon ses plaques d'identité, il s'appelle Asher Chen et il a dit qu'il cherchait sa sœur, répondit Mitchell d'une voix douce.

Là, Jude releva la tête, les yeux embués de larmes alors qu'elle peinait à respirer.

— C'est... c'est impossible, murmura-t-elle, incrédule.

— Ça ne peut être que toi, insista Mitchell, nous ne l'avons pas encore dit à ton père. Peux-tu le confirmer ?

Jude acquiesça, mais je sentais que nous venions de la perdre en lui donnant cette information.

— Je suis là, je suis avec toi, dis-je en reprenant sa main, elle avait été ma première amie à mon arrivée ici et je la sentais déjà ériger une muraille autour d'elle-même.

Si c'était bien son frère et qu'il avait manqué de me tuer, qu'allait-il advenir de notre amitié ?

Nous sortîmes du Cabanon et rejoignîmes un cortège de

quads, je savais que nous allions aller dans les bois où ils rete-naient prisonniers les autres alpha qui avaient été libérés par la femelle folle alors que cela faisait un moment qu'ils s'étaient enfuis. À en croire Samson, ils n'allaient pas revenir et n'al-laient pas nous causer de problèmes.

Nous nous garâmes devant un bâtiment en béton qui ressemblait un peu à un bunker. Mitchell composa un code et une porte sombre s'ouvrit sur les profondeurs du bâtiment. Personne ne dit un mot, mais derrière moi j'entendais Jude respirer irrégulièrement. Nous arrivâmes à un espace ouvert avec un mur vitré et deux cellules vides, dans la troisième se trouvait le mâle alpha qui m'avait attaqué et il braqua son regard sur nous dès l'instant où nous alignâmes devant la baie vitrée. Jude fit un pas en avant, sa paume à plat contre le verre et leurs regards se croisèrent.

— Asher, murmura-t-elle, les yeux exorbités et la bouche béante.

— Ma sœur ! Je suis venu ici pour elle, où est-elle. Où est la connasse qui a tué ma compagne ? Je vais te tuer, je vais tous vous tuer, vociféra-t-il.

Jude se remit à pleurer et nous regarda tous.

— Qu'est-ce qui ne va pas chez lui ? Il ne me reconnaît pas ?

— Il avait l'un des patchs rouges, le même genre que ce que les alphas portaient lors du premier raid et on lui a enlevé, mais il est comme ça depuis hier et je ne lui fais pas assez confiance pour laisser quelqu'un l'aider, mais s'il se calme, on trouvera quoi faire, fit Mitchell.

— Il n'y a pas grand-chose à faire, dit sèchement Connor, il a torturé Carmen et essayé de la tuer.

— Je sais, reprit Mitchell avec douceur, mais dans l'immé-diat il est notre seule source d'informations et il a laissé les autres alphas repartir et dans tous les cas, ils ne savaient rien.

— Est-ce que c'est important ? m'enquis-je, parce que de toute façon, nous allions partir.

— Qu'est-ce que vous suggérez là ? demanda Jude en croisant les bras.

— Je ne sais pas ce que je veux faire de lui dans l'immédiat, admit Mitchell, mais au fond de moi, j'imagine qu'on devra sûrement l'abattre ; il est trop dangereux pour qu'on puisse le garder dans les parages et il a manqué de tuer Carmen, ce n'est pas comme si nous pouvions l'intégrer à la meute.

Jude se tourna vers moi, les yeux brillants de larmes qui menaçaient de couler.

— Carmen, s'il te plaît, je sais ce qu'il a essayé de faire, mais c'est peut-être à cause du patch parce que le frère avec lequel j'ai grandi n'aurait jamais fait de mal à une femme et je veux croire qu'il est encore là quelque part...

Une détermination de fer me fit me redresser alors que je regardais ma nouvelle amie.

— Jude, il m'a pratiquement tuée et il y a pris du plaisir. Si tu peux trouver ton frère en lui, ne te gêne pas, mais j'ai le même pouvoir qu'Ava et s'il venait à me menacer, je pourrais le tuer.

Elle acquiesça, mordant sa lèvre pour retenir ses larmes.

— Merci, c'est beaucoup plus que ce à quoi j'aurais pu m'attendre. Je vais réparer ça, il faut que je répare ça, dit-elle et elle se tourna ensuite vers Mitchell pour lui demander s'il était possible qu'il vienne avec nous et qu'on essaye de trouver une solution durant le voyage.

— Je pense qu'on peut présumer qu'ils le suivent d'une façon ou d'une autre, Jude, fit sévèrement Mitchell.

— Je trouverai une façon de m'en assurer si c'est le cas, répliqua-t-elle avant de se radoucir, s'il te plaît, Mitchell, je ne l'ai pas vu depuis trois ans... j'ai cru... j'ai cru qu'il était mort.

Mitchell se tourna vers moi.

— Si Carmen et ses compagnons acceptent, je te le permets.

— J'accepte, je tiendrai le coup, acquiesçai-je même si Connor soupira derrière moi et qu'à travers notre Lien, je sentais l'inquiétude de Brady, mais aussi qu'il était préoccupé pour quelqu'un qui était dans une mauvaise passe.

Jude hocha la tête et retourna à l'alpha qui faisait les cent pas dans sa cellule. Leurs regards se croisèrent, mais il ne semblait pas la reconnaître du tout. Il était à présent plus qu'une coquille vide et mon cœur se serra pour Jude même si en voyant l'alpha, je ne pouvais m'empêcher de bouillir.

Détournant le regard, Jude traversa la pièce avec détermination et Griz la suivit sans bruit alors qu'elle sortait de la pièce et remontait les escaliers.

— C'était intense, j'ai besoin de repos, rentrons à la maison, d'accord ? dis-je à mes compagnons.

— Évidemment, approuva Connor en me caressant les cheveux.

— Tout ce que tu veux, oméga, murmura Brady à mon oreille.

Mitchell regarda l'alpha qui continuait ses allées et venues avant de se tourner vers moi.

— Tu es sûrement la personne la plus courageuse que je connaisse, Carmen. Est-ce que tu es certaine de pouvoir supporter Asher dans les parages ? Ta sécurité et ton bien-être sont mes priorités.

— Pas courageuse, le rassurai-je, seulement très forte et oui, on tiendra le coup. Je ne peux pas priver Jude de son frère et si elle peut l'aider..., éludai-je parce que je ne savais même pas si l'alpha dans la cellule pouvait être aidé au point où il en était. Qui savait ce que les Forces opérationnelles lui avaient fait subir, mais si quelqu'un pouvait trouver une solution, c'était bien Jude.

Mes compagnons me touchèrent pour me rassurer et nous quittâmes le bunker, laissant derrière nous l'alpha rugissant dans l'espace restreint.

CHAPITRE SOIXANTE-SEPT

carmen

— Je ne sais pas comment tu arrives à avoir l'esprit tranquille en sachant qu'il est là et dans la prison même d'où il a fait s'échapper sa compagne, marmonna Brady à mon oreille alors qu'il me portait tandis qu'une fois les portes du Complexe franchies nous remontions à la chambre de Connor tandis que je lui mordais le cou.

— J'ai appris quelque chose de très important hier, ris-je tout en le mordant, je suis *badass*.

Brady et Connor rirent tous les deux alors que l'on rentrait dans notre chambre.

— Peut-être que je serais un peu plus inquiète si je n'avais pas mes pouvoirs, admis-je, mais de savoir ce dont je suis capable me tranquillise l'esprit.

— Tu parles de ça en riant, oméga, mais il y a de grandes chances qu'il y ait des répercussions émotionnelles à ce que tu as fait hier quand bien c'était justifié, fit sévèrement Brady.

— Oh, je sais, fis-je, narquoise, mais je suis toujours dans l'état d'esprit « Bordel, on a survécu alors baisons comme des lapins ! » alors si on peut faire ça ? Parce que le reste est tellement lourd à porter et je veux me changer les idées. Et puis, qui de mieux que toi pour m'accompagner à remettre d'aplomb mon pauvre esprit fragile ? fis-je en battant des cils et mordant la lèvre inférieure de Brady, ce qui le fit rire.

— Je te l'accorde, oméga, dit-il et ses fossettes apparurent, je te proposerais bien de te reposer, mais je sens ton besoin à travers notre Lien.

Il se régalait de ma morsure, pressant son front contre le mien. Mes compagnons passèrent le gros des heures qui suivirent à me couvrir d'attention, laissant échapper notre terreur et notre frustration alors que notre Lien brillait, un vrai phare qui fendait la nuit d'horreur que nous venions de passer. Aucun de nous n'était totalement guéri, mais grâce au pouvoir extraordinaire de Brady et l'aide d'Arlo, nous étions tous en bonne voie pour être bientôt sur pieds.

Une fois que nous fûmes satisfaits, je m'asseyais dans le lit et je sentis une sensation inédite d'étirement et de traction dans ma poitrine. Me tournant vers mes compagnons, je laissais échapper un ronronnement.

— Je veux me métamorphoser et aller courir sous la lune avec vous, vous voulez m'accompagner ? m'enquis-je.

Connor fut le premier à se relever, un large sourire aux lèvres et il se transforma en un craquement d'os et je me fis la réflexion avec fierté qu'il était devenu plus rapide. À côté de moi, Brady fourra son nez dans mon cou, me faisant grimper sur lui pour un baiser alors que Connor nous donnait des coups de tête.

— Bien, très bien ! fit Brady alors qu'il se redressait, me posait délicatement par terre et un instant plus tard, mon ravissant compagnon se tenait à côté de moi sous sa forme de loup.

Je leur souris à tous les deux, fermais les yeux et me concentrai. Je pouvais la sentir, ma louve, dans ma poitrine, et ça la démangeait de sortir à présent que j'allais mieux et que j'étais avec mes alphas. Une douleur incisive m'envahit, parcourut mes côtes et tout mon corps s'embrasa, se transformant et s'étirant, ça faisait un mal de chien, mais lorsque la douleur disparut, je me tenais devant mes compagnons sous ma forme de louve, haletant après l'effort.

Brady grogna, le regard brillant d'excitation, il était prêt à courir. Connor s'avança et frotta sa joue contre la mienne, mordillant gentiment mon cou. Nous étions prêts à y aller et j'étais plus qu'excitée à l'idée. Mes alphas se retournèrent et se dirigèrent vers la porte, mais nous nous rendîmes compte que nous ne pouvions pas l'ouvrir sous cette forme. Connor se métamorphosa avec un petit rire satisfait, ouvrit la porte, nous fit signe de passer et lorsque je passais devant lui, il caressa le bout de mon oreille.

— Tu es belle comme ça, oméga, te voir transformée en louve, ça m'excite sacrément...

Je mordillais son ventre et le chatouillai avec ma queue. Connor referma la porte de notre chambre, se transforma à nouveau alors que nous remontions à grands pas le couloir. Je m'aperçus dans le seul miroir du couloir. J'étais à peine plus petite que mes compagnons, une fourrure sombre légèrement ondulée couvrait mon long corps du museau à l'extrémité de la queue. Mes yeux n'étaient pas différents des miens même si ce corps se mouvait différemment de l'autre et que je me sentais différente, plus puissante, plus consciente de ce qui m'entourait.

Penchant la tête sur le côté, j'accélérai le pas pour rattraper mes alphas, nous passâmes devant Samson qui nous sourit largement alors qu'il enfonçait ses grandes mains dans ses poches.

— Carmen, me salua-t-il en inclinant légèrement la tête ?

Je lui donnais un petit coup de queue pour lui faire savoir

que je l'avais entendu et il rit. Nous descendîmes ensemble les escaliers, j'étais encadrée par les deux alphas lorsque nous arrivâmes en bas des marches. Là, ils arrivèrent à la porte, la franchissant sans peine alors que quelqu'un l'avait poussée pour rentrer. J'entendis le rire cristallin d'Alice alors qu'elles les saluaient.

Lorsqu'elle franchit la porte et que son regard se posa sur moi, je sentis un chagrin accablant et de l'exaltation. Elle était ravie pour moi et accablée de ne pas pouvoir vivre quelque chose de près ou de loin similaire. J'étais un rappel constant de ce qu'elle et Mitchell ne pouvaient pas faire même s'ils étaient liés.

Et je ne pouvais même pas y remédier même si au fond de mon cœur, je sentais que le Lien qu'elle avait avec Mitchell était fort et juste. Passant le seuil de la porte, je frottais ma joue contre la sienne dans une démonstration de sororité.

Alice tendit la main et passa ses petits doigts sur l'extrémité de mon oreille.

— Tu es vraiment incroyable, ma sœur, amuse-toi bien avec les garçons, sourit-elle.

Je lui donnais un petit coup de tête qui la fit rire et elle me mit une petite tape.

— File de là, dépravée, plaisanta-t-elle en me donnant un coup de hanche.

J'avais horreur de la voir dans cette situation alors je geignis et posais ma tête contre sa poitrine, essayant de lui envoyer du réconfort. Elle se blottit contre moi et je l'entendis renifler au moment où elle enfouit son visage dans ma joue.

— Désolée de pleurer, ma belle, couina-t-elle, mais je suis tellement heureuse pour toi.

Je tentais de ronronner, mais il ne me vint qu'un bruit guttural et étrange qui ne parvint qu'à la faire rire.

— Je ne sais pas ce que c'était, mais je ne crois pas que ça soit une réussite, gloussa-t-elle en essuyant les quelques larmes qui perlaient sur ses joues. Merci, Carmen, nous sommes tellement heureux que tu ailles bien, j'ai hâte que tu me racontes ta première course, maintenant, il faut que tu y ailles pour de bon...

Je regardai une dernière fois Alice, elle sourit, je me retournai et je suivis mes alphas à l'extérieur. Là, la lumière de la lune m'accueillit et je m'en délectais, me laissant tomber au sol pour me rouler dans l'herbe. À présent, je comprenais pourquoi les chiens aimaient tant faire ça ; c'était si bon de sentir la terre sous ma fourrure.

Connor glapit et bondit en avant pour mordiller mes pattes que j'agitais. Mordant en retour, je me relevai et me mis à courir, contournant le Complexe et m'enfonçant dans la forêt. Mes compagnons couraient à mes côtés, hurlant joyeusement dans la nuit. Nous courûmes des heures durant jusqu'à ce que nous arrivâmes à une très belle source chaude où nous reprîmes forme humaine et là, ils me prirent à de nombreuses reprises pendant des heures sous le clair de lune. Mon cœur était si empli d'amour que j'étais persuadée qu'il allait éclater. Ils étaient tout pour moi et je n'allais jamais les laisser repartir.

Aujourd'hui, c'est une bonne journée, me dis-je.

épilogue — brady

Nous passâmes la journée qui suivit à faire des cartons, regroupant tout ce dont nous avions besoin et faisant nos adieux aux frères qui préféraient choisir leur propre route. Une vingtaine d'entre eux avaient décidé de rejoindre la meute de Tyler, ce qui d'une certaine façon ne m'étonnait pas, car il proposait du travail, une communauté et surtout, des omégas. Nous n'étions pas certains que nous pourrions avoir ça à l'avenir. Mais je savais qu'une vie à dépecer des voitures et me battre contre d'autres alphas pour de l'argent n'était pas mon avenir.

Carmen travaillait sans répit à nos côtés, aidait les frères à se préparer et restait dans les parages alors que nous saluions nos frères. C'était difficile parce que je connaissais très personnellement tous ces hommes, mais s'il y avait bien une chose dont j'étais certain, c'est que pour la première fois depuis des années, ils avaient de nouveau de l'espoir et personne ne partait en mauvais termes.

Bien sûr, tout n'était pas rose, le frère de Jude restait enfermé dans le bunker et Robert avait pété une durite quand on lui avait dit. Il était d'une humeur massacrante, mais Mitchell s'occupait de gérer la situation. Samson nous avait dit qu'il nous faudrait partir le lendemain, car l'arrivée des Forces opérationnelles était imminente ; si nous nous attardions ici, nous allions mourir.

Et je ne pouvais pas l'accepter parce que j'avais des raisons de vivre et ces deux raisons se tenaient là mes côtés alors qu'on saluait les derniers de nos frères s'enfonçant dans l'obscurité. Ce soir-là, nous organisions une soirée autour d'un feu de joie, une dernière soirée avec tous ceux d'entre nous qui restaient avant de prendre la route. Ce n'était pas tant pour faire la fête que pour forger des Liens et refermer une porte pour pouvoir en ouvrir une autre et faire ses choix.

Aadrik fut le dernier à partir et il m'accorda un sourire doux et me serra dans ses bras.

— Bonne chance, Brady, je n'ai pas de mots pour te remercier pour tout ce que tu as fait pour moi depuis mon arrivée ici. Que du bon, mec !

— À toi aussi, Aad, prends soin de toi, lui dis-je.

Il sourit, monta dans l'une des voitures de Mitchell et remonta l'allée en vitesse. Je pris mon oméga par la main et nous ramenai à l'intérieur. Je pouvais encore sentir l'odeur du feu de camp autour duquel s'assemblaient mes frères. Orion et Mallo étaient là, Tyler à leurs côtés et il la serra dans ses bras. Ils se faisaient leurs adieux ce soir-là et personne ne savait quand ils se reverraient. À côté d'eux, Samson et Pen étaient blottis l'un contre l'autre et je savais qu'il pensait à sa fille, qu'il venait juste de retrouver alors que nous devions à nouveau partir. Je priais pour que l'on trouve une façon de les faire se retrouver rapidement.

Le visage de Griz s'obscurcit lorsque Jude traversa le mess paraissant très inquiète, mais elle plaqua un sourire. À côté de

Griz, Mitchell tenait Alice contre son torse, mettant son nez dans son cou, elle avait les yeux clos.

Il y avait tant d'inquiétude ce soir-là, tant de malaise, mais quand je regardais autour de moi, je sentais aussi profondément que l'on était entourés de gens qui s'étaient trouvés une famille malgré tout ce qui se passait dans le monde, ils étaient ma famille.

Quelqu'un avait allumé une radio et on entendit d'un coup de la salsa, Pen rit bruyamment.

— Oui... on y est arrivés ! cria-t-elle à quelqu'un alors que Samson se mettait à la faire danser.

Merde. Il dansait bien, genre vraiment bien. Il faisait virevolter avec facilité son oméga alors que Carmen se mettait à danser à côté de moi. J'aimais sa façon de prendre le bonheur quand il venait malgré toutes les difficultés qui nous tombaient dessus ces derniers temps.

— Moooh, regarde comme ils sont mignons, se languissait-elle, est-ce que l'un d'entre vous sait danser ?

— Pas comme ça..., grommelai-je alors que je regardais Samson se déhancher souplement en musique, comme un professionnel.

— Allez, on y va ! insista Carmen.

Connor me mit une grande claque dans le dos.

— Bonne chance, connard, je vais chercher à boire, fit-il avant de se diriger vers une glacière qui avait été installée à distance du feu.

Je laissai Carmen me traîner à proximité de Samson et Pen et je la fis maladroitement danser. Oui, j'avais dansé plus jeune, mais je n'avais jamais été particulièrement bon à ça.

— Puis-je avoir cette danse ? coupa la voix grave de Samson.

Pen rit et me prit par la main.

— Viens, Brady, on dirait bien qu'on nous remplace.

Son regard bleu pétillait de malice alors qu'elle regardait son compagnon prendre ma compagne par la main, la plaquant contre son torse. Je grognai lorsque sa main glissa le long de son dos, mais il la posa à une distance respectable de ses fesses alors qu'il se mettait en mouvement. Elle était naturellement une bonne danseuse et elle suivait les mouvements de Samson avec facilité. Ils volaient pratiquement dans un déchaînement de cheveux et de déplacements séduisants, je me sentis durcir dans mon pantalon.

J'allais bientôt avoir besoin d'elle. Je pouvais à peine la regarder se déhancher sans que je pense à toutes les choses que j'avais envie de lui faire. Une main oméga me tapota la joue.

— Tu es vraiment un mauvais cavalier, me tança Pen.

— Désolé, Pen, m'excusai-je en me tournant vers elle avec mon sourire le plus chaleureux, j'ai la tête un peu... ailleurs.

— Je vois ça, oui, ricana-t-elle, laisse-moi te chercher à boire et tu peux te faire beau et t'énerver tout seul en regardant mon compagnon faire danser ta compagne.

J'acquiesçai, mais je ne parvenais pas à détacher mon regard de Samson et Carmen, la façon dont il la faisait bouger si facilement et la façon dont elle suivait ses mouvements comme si elle avait toujours dansé avec lui. J'avais envie de ça et j'étais déterminé à demander à Samson de m'apprendre à le faire une fois que nous serions arrivés à l'endroit où nous devions aller. Si on avait le temps. Si on était en sécurité. Si elle en avait envie.

La chanson finie, ils dansèrent sur la suivante, et ce durant une bonne vingtaine de minutes jusqu'à ce que le regard de Carmen croise le mien et que ses mouvements perdent de leur régularité. Samson rit et lâcha sa main, la remercia pour la danse et partit retrouver son oméga.

— Mes frères, fit la voix de stentor de Mitchell qui fendit la nuit d'hiver glaciale, un instant.

Quelqu'un grogna et nous rîmes tous. Mitchell était un orateur né, mais nous aimions tous nous moquer de lui.

— Demain, nous quitterons cet endroit, cet endroit qui a été notre foyer pendant ces trois dernières années, dit-il en balayant l'assemblée du regard, mais tout le monde était attentif, ce fut mon privilège de vous faire venir ici et je suis reconnaissant que l'on ait l'occasion d'aller ailleurs, à un endroit où nous serons plus en sécurité, un endroit où nous pourrons nous épanouir et ne plus être sous la botte des foutues Forces opérationnelles et toutes leurs conneries. Un endroit où nous pourrons poursuivre le travail de Mallo, Connor et Jude !

Je regardais tout le monde et je ne pouvais lire sur les visages que de la compréhension et une sombre résignation. C'était une route difficile qui allait nous attendre, mais nous étions prêts.

— Le temps est venu, poursuivit Mitchell, je suis chanceux d'avoir cette famille, chanceux d'avoir toutes ces personnes qui ont rejoint la meute ces trois dernières années. De toutes les fibres de mon être, je vous promets de prendre mes décisions toujours dans le but de vous protéger.

Il serra Alice contre lui, la faisant se blottir sur son torse.

— Alice et moi avons comme seule priorité votre sécurité, je sais qu'on vous demande beaucoup de confiance alors que nous quittons le Complexe. Griz et moi avions envisagé cette éventualité depuis le début et je ne peux pas vous promettre que nous serons tous en sécurité, mais de tout mon être, je vous protégerai. Chacun d'entre vous.

Après ce qu'avait dit en toute honnêteté Mitchell, l'humeur était sombre. Mais s'il y avait bien une chose que je savais, c'était que notre alpha de meute aurait préféré mourir plutôt que de laisser quelque chose nous arriver. Il avait toujours été là, une présence forte et constante et cela n'allait pas changer.

Connor contourna le feu, passant à Carmen et moi une boisson alors que nous continuions d'écouter Mitchell qui expliquait ce qui nous attendait le lendemain. Le discours était glaçant, mais il fallait dire que le sujet l'était particulièrement : nous n'étions plus en sécurité au Complexe et notre temps ici arrivait à son terme. Mais une partie de moi était excitée à l'idée d'être assez loin des Forces opérationnelles pour pouvoir enfin respirer. Un endroit neuf et frais. Un nouveau départ.

Une fois que Mitchell eût fini, la fête commença pour de bon, la moitié de mes frères sacrément ivres et l'autre se battant pour s'amuser sur le terrain d'entraînement. J'y voyais là Griz qui se déchaînait sur les plus jeunes avec une férocité que je ne lui connaissais plus depuis longtemps. Lorsque je me retournais pour voir où se trouvait Jude, elle avait les yeux rivés sur lui et le regardait faire voltiger nos camarades de meute comme des poupées de chiffon. Je me dis qu'il n'était plus qu'une question de temps avant qu'ils ne débordent et ne puissent plus garder leurs mains pour eux.

Je n'étais pas certain de pouvoir m'en réjouir, à cause de tout ce qu'il se passait avec Asher, car cela compliquait sérieusement la situation. Mais je n'allais pas y penser ce soir parce qu'à travers notre Lien, l'envie que m'envoyait Carmen m'accablait. Elle avait déjà bien bu et était follement excitée sous l'effet de l'alcool.

Je la pris par la main, passai ma boisson à Connor et me blottissant contre son épaule, je le regardais avec un rictus.

— Donne-moi quinze minutes et ensuite, rejoins-nous dans les bois, j'ai besoin de toi.

Le sourire qui fendit son visage me brûla tant il était intense. À travers notre Lien, je sentais l'anticipation monter entre ses cuisses pour nous. De savoir que nous allions dans les bois pour nous amuser sans lui était un entêtant aphrodisiaque. Encore à présent, je lui envoyais des idées de ce que je voulais faire à notre compagne, de ce que je voulais lui faire et il geignit presque alors que nous nous éloignions vers la forêt.

— Où va-t-on, alpha ? me demanda Carmen même si j'entendais son ton amusé.

— Nous allons taquiner Connor à mort et ensuite nous nous enverrons en l'air sous le clair de lune jusqu'à ce que tu nous implores d'arrêter, dis-je.

— Ça se passera pas comme ça, rit-elle.

— Nous verrons, oméga, nous verrons, répliquai-je et je la fis passer sur mon épaule avant de me mettre à courir.

Nous n'avions pas fait 800 mètres dans les bois que déjà mon oméga me mordillait le cou, ronronnait à mon oreille et plus généralement me rendait complètement dingue. Je la pressai contre l'arbre le plus proche et l'embrassais avec délicatesse et attention comme Connor l'aurait fait.

Lorsque nous nous écartâmes, son regard était voilé de désir, se posait sur mes lèvres alors qu'elle se frottait contre mon bas-ventre.

— Oméga, lève la tête, ordonnai-je, relevant son menton d'un doigt griffu de noir.

Carmen geignit, mais acquiesça, son regard chocolat croisant le mien, il était empli de défi, affichant un sourire narquois. Elle me défiait dès qu'elle en avait l'occasion.

— Je dois te remercier de m'avoir rappelé que je pouvais faire mes choix, agir et faire du bonheur une priorité, ton amour est mon plus grand trésor, ronronnai-je contre ses lèvres.

Ses yeux s'emplirent de larmes de joie et se refermèrent alors que se penchant en avant, ses lèvres chatouillaient les miennes.

— Je vous choisirai toujours, Connor et toi, chaque fois.

— Aujourd'hui, c'est une bonne journée, rit Connor qui trottinait jusqu'à nous, son œil bleu vissé à Carmen et moi.

— Tout à fait, viens ! ronronna Carmen en nous regardant tour à tour, Connor et moi.

Encore une fois, l'oméga prenait les commandes et ça me plaisait beaucoup. Je savais que Connor aussi était d'accord quand il la fit passer de ses bras aux miens, la dévorant désespérément alors qu'il m'envoyait tout son amour à travers notre Lien. Tout sourire, je me rapprochai d'eux et les rejoignis.

FIN

*****

Envie d'en savoir plus sur Carmen, Connor et Brady ?
Cliquez ici pour rejoindre ma newsletter et lire l'épilogue bonus.

Envie d'autres Alpha ?
Si vous avez aimé l'histoire d'Connor, Carmen & Brady, vous allez adorer celle de Griz & Jude, *La Colère*

ordre de lecture

Inscrivez-vous à ma newsletter

- Préquel – *bonus gratuit pour les abonnés à la newsletter*
- L'Éveil, tome 1
- Épilogue du tome 1 : *bonus gratuit pour les abonnés à la newsletter*
- La Fièvre, tome 2
- Épilogue du tome 2 : *bonus gratuit pour les abonnés à la newsletter*
- L'Envie, tome 3
- Épilogue du tome 3 : *bonus gratuit pour les abonnés à la newsletter*
- **À venir.....Tome 4!**

chapitre un - griz

Jude,

J'ai l'impression d'être une corde de soie sur le point de se rompre lorsque je suis à côté de toi, tu es enfouie au plus profond de mon âme même quand tu prends tes distances avec moi. Je sais que tu le ressens toi aussi et je prie du fond du cœur et absolument désespérément que quelque chose change. Que quelque chose changera assez pour que tu cèdes au besoin que nous avons d'être ensemble et que tu me laisses t'aimer comme tu le mérites, car tu mérites d'être aimée Jude, et ce quoique quiconque te dise...

Bien à toi,

Griz

Je grognai et repliai la lettre avant de la ranger dans la boîte à chaussures où étaient déjà rangées les centaines de lettres que je lui avais écrites ces trois dernières années. Des lettres que je ne lui remettrai jamais parce qu'elle savait se restreindre encore davantage que moi quand bien même son corps m'appelait. Je fourrai la boîte à chaussures dans un sac de voyage et fermai les yeux pour essayer de reprendre contenance. Je n'avais pas besoin de prendre grand-chose alors que nous quittions le Complexe qui avait été notre maison pendant trois ans, mais ces lettres, ces souvenirs, il le fallait.

En grognant, je fermais encore plus les yeux en repensant à cette nuit où un an plus tôt, Jude était arrivée, ivre et m'avait demandé de l'emmener aux sources chaudes et je m'étais dit qu'à ce moment-là, elle était prête à tenter le coup pour nous deux, mais quand Connor et Brady s'étaient pointés, elle avait détalé à toute vitesse.

Ça m'avait fait mal sur le moment et c'était encore difficile à ce jour.

Les choses commençaient à déborder parce que Jude n'était jamais restée aussi longtemps au Complexe. Elle et son père, le Chimiste, à dire vrai, n'étaient jamais là plus d'une semaine consécutive et ils étaient déjà présents depuis quelque temps. Non seulement ça, mais nous allions fuir au nord quelques jours plus tard, elle et son père allaient nous accompagner. Ils étaient tout comme nous des cibles à cause de leurs recherches sur les alphas. Des recherches qui pouvaient faire exploser le mythe qui faisait des alphas des monstres irrationnels. En particulier après que nous avons commencé à faire passer le mot aux informations à travers les articles de Mallo.

Les alphas, les hommes ravagés par le virus de l'Éveil avaient semé le chaos au début de la pandémie alors que les médias n'avaient pas été très tendres avec nous, mais nous leur montrions à présent que les alphas ne représentaient pas une menace pour la société comme tout le monde semblait le croire. Du moins, nous pourrions ne plus l'être si nous trouvions un remède pour les crises de sauvagerie initiales où tant d'alphas se déchaînaient. C'était pour cette raison que les recherches de Jude et Robert étaient vraiment capitales, parce que s'ils pouvaient trouver un remède...

S'ils arrivaient à comprendre les crises de sauvagerie et créer un vaccin pour nous en prémunir, les alphas pourraient éviter ces moments qui nous donnaient une si mauvaise presse. J'étais absolument certain qu'ils pouvaient y parvenir, mais ils avaient besoin d'espace, de temps et de calme, ce qui n'était plus possible ici.

Le raid de la semaine précédente nous avait fait clairement comprendre que les Forces opérationnelles n'allaient pas nous laisser tenter d'exposer la vérité au grand jour, mais Mitchell et moi avions des projets, des projets que nous avions mis en place des années auparavant quand il n'y avait que nous deux ici.

Je repoussai mes pensées concernant le virus, j'enfilai un tee-shirt et je grommelai lorsque mes bras peinèrent à passer les manches. Notre voyant de meute, Samson et moi étions de loin les deux alphas les plus massifs du groupe et réussir à avoir des vêtements à ma taille était une lutte de tous les instants. Ces trois dernières années, je n'avais eu de cesse de gagner des muscles et j'en étais à ne plus avoir que deux ou trois tee-shirts et deux jeans encore à ma taille.

Je n'avais pas grand-chose à prendre avec nous lorsque nous allions partir, j'imagine. Deux tenues et une boîte à chaussures de lettres d'amour jamais remises. On frappa à la porte alors que je grognais devant mon placard pratiquement vide.

— Entrez ! criai-je alors que je passais en revue les vêtements parfaitement pliés et choisissais un autre tee-shirt.

Un jour militaire, toujours militaire. Mitchell me sourit et il traversa la pièce, s'adossant contre la porte de mon placard.

— Je ne me remettrai jamais de la façon que tu as de plier tes vêtements, me dit-il alors que son regard bleu de glace parcourait mon placard puis se braquait sur moi, mon alpha de meute tout sourire.

— Ne te dérange pas pour voir si je fais toujours mon lit au carré, répliquai-je avec un large sourire, mes habitudes militaires prêtant toujours à rire entre nous.

Le sourire de Mitchell retomba et il grimaça.

— C'est maintenant que ça arrive, Griz, on quitte le Complexe, on l'avait prévu dès le départ, mais je dois dire que cela me fait horreur.

J'enfilais mon tee-shirt et me mis à bougonner quand je me rendis compte que celui-ci ne m'allait pas mieux que les autres et je n'avais pas le temps d'aller à Parrish et de demander à Margie de m'en coudre un nouveau.

— C'est une bonne chose qu'on se soit si bien organisée, Mitchell. Imagine si ça n'avait pas été le cas. Au moins maintenant, nous donnons le choix à nos frères et puis si on peut trouver un espace qui donne à Robert et Jude l'espace et la liberté nécessaires pour effectuer leurs recherches, peut-être qu'ils feront des progrès incroyables.

Son regard bleu se posa de nouveau sur moi, ce regard omniscient qui voyait tout.

— Tu tiens le coup ? Comme elle est là depuis un moment..., demanda-t-il avec douceur, mais cela me ramena brutalement à la réalité.

— Pas vraiment, avouai-je parce que je ne cachais rien à Mitchell. Nous étions les deux premiers arrivés ici, nous avions commencé cette meute ensemble, nous n'avions aucun secret l'un pour l'autre. Me retournant, je m'adossais contre l'autre porte du placard et croisai les bras.

— J'ai manqué de l'embrasser trois fois cette semaine, j'ai l'impression que je suis sur le point de débloquer et je suis très honnêtement terrifié à l'idée d'être coincé dans une voiture avec elle pendant quelques jours.

— Tu as la force de dix hommes en toi, Griz, tu t'en sortiras très bien.

— J'aimerais pouvoir dire que je suis d'accord avec toi, mais la simple présence de Jude Chen me tue.

— Est-ce que tu as seulement essayé de lui en parler ? Maintenant qu'on a plus besoin du sérum pour Samson...

— Il y a d'autres choses qui doivent la retenir, sûrement, réfléchis-je à voix haute, parce quoi que je dise, peu importe à quel point nous sommes proches, elle détale toujours à la dernière seconde. Bordel, peut-être que ça fait trois ans que je me trompe sur toute la ligne et qu'elle est carrément pas intéressée.

— Je ne pense pas que ça soit le cas, toute la meute est douloureusement au courant de votre Lien à Jude et toi, fit mon alpha de meute avec un rictus.

Je n'étais même pas surpris, même Samson voyait notre Lien avec son don de voyant ; Jude et moi étions liés de la façon qui comptait le plus : elle était mon oméga. Même si elle était partie en courant la dernière fois que ça m'avait échappé et que je lui avais dit.

— Comment va Alice ? demandai-je avec douceur, changeant de sujet.

Il grogna et passa ses deux mains dans ses cheveux.

— Pas bien. Entre ce que vivent les autres omégas et le fait que Brady puisse voir mon âme-animale, c'est émotionnellement une épave et je ne sais pas comment lui dire ou lui montrer comme elle m'appartient pour qu'elle arrive à me croire.

— Est-ce que tu peux comprendre son point de vue, au moins ? demandai-je alors que son regard se rivait à nouveau au mien.

— Bien sûr, répliqua-t-il, les sourcils froncés, je suis aussi secoué qu'elle, mais elle doute de nous. Pas moi. Il n'y a eu qu'elle pour moi et il n'y aura toujours qu'elle pour moi.

J'acquiesçai. Nous avions souvent eu cette conversation dernièrement. Alice était parfaite pour lui, mais cela lui avait porté un coup lorsque les autres omégas avaient commencé à vivre des choses différentes d'elle. Mitchell ne se transformait pas et n'avait pas gagné de pouvoirs supplémentaires en dehors d'une intuition franchement flippante et une autorité naturelle sur la meute.

Mais cela suffisait à faire de lui un meneur incroyable et elle le complétait à la perfection.

— Ne t'inquiète pas, elle reviendra à la raison, lui rappelai-je avec douceur alors qu'il soupirait.

— Bon Dieu, j'espère vraiment, Griz, parce que ça nous déchire et je ne sais pas comment l'aimer plus fort que je le fais déjà.

— Je le sens bien, mon frère, admis-je alors qu'il regardait le plafond en soufflant, descendons et aidons nos frères à faire leurs bagages, ça ne nous ferait pas de mal de nous changer les idées.

Mitchell soupira et acquiesça alors que nous sortions de la pièce sans bruit. On faisait sacrément bien la paire tous les deux.

à propos de l'auteure

Anna Fury est née en Caroline du Nord, pratique couramment l'ironie et le sarcasme, adore le style tiki et les plantes de forme phallique. Visitez sa page Instagram pour avoir un aperçu du papier peint le plus sexy que vous ayez jamais vu #sivoussavezvoussavez

Elle écrit chaque fois qu'elle a une minute de libre : en promenant le chien, sous la douche, *aux toilettes*. Les voix dans sa tête ne s'arrêtent pour personne. Quand elle n'est pas en train de pianoter furieusement sur son ordinateur, elle aime la randonnée et le vélo, tout ce qui implique de sortir en pleine nature.

Elle vit à Raleigh, en Caroline du Nord, avec son Monsieur Parfait, une tornade de trois ans, et deux adorables vieux chiens. Anna *adore* échanger avec ses lecteurs, alors rendez-vous sur ses réseaux sociaux ou contactez-la par e-mail à l'adresse : author@annafury.com

notes

5. CARMEN

1. Ice Cube est un rappeur américain et sa chanson *It was a good day*, (en français, *C'était une bonne journée*) fut un grand succès en 1992.

22. CONNOR

1. Le *Beef jerky* est une viande de boeuf séchée, fort consommée aux US grâce à son état de conservation et ses protéines

2. Le pozole est une sorte de potée mexicaine et peut contenir de la viande de porc, de dinde ou de poulet. Il existe des pozoles verts ou rouges, selon les ingrédients de la sauce incluse dans la cuisson. Une fois prêt, il est servi accompagné d'ingrédients variés ; des tortillas frites, de la coriandre hachée, de l'avocat, de la peau de porc frite, du chou blanc finement coupé, des radis, des oignons émincés et du piment.

36. CARMEN

1. Goldschläger (littéralement « batteur d'or » en allemand) est une liqueur forte (40 % d'alcool) à la cannelle. D'une couleur claire, elle laisse voir de fines paillettes d'or flottant dans la bouteille.